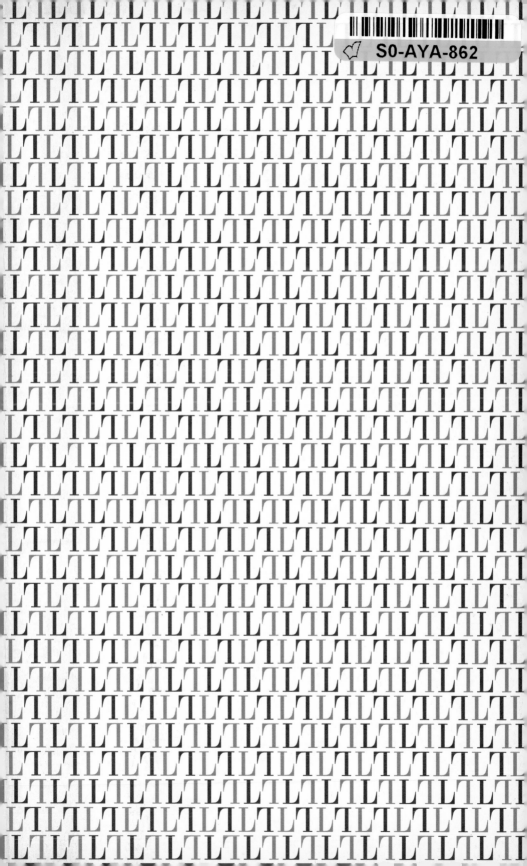

En un lugar sin nombre

En un lugar sin nombre

Katherena Vermette

Traducción de
Laura Manero Jiménez

Lumen

narrativa

Papel certificado por el Forest Stewardship Council®

Agradecemos la ayuda a la traducción otorgada por

Título original: *The Break*

Primera edición: marzo de 2018

© 2016, Katherena Vermette
© 2018, Penguin Random House Grupo Editorial, S. A. U.
Travessera de Gràcia, 47-49. 08021 Barcelona
© 2018, Laura Manero Jiménez, por la traducción

Printed in Spain – Impreso en España

ISBN: 978-84-264-0499-2
Depósito legal: B-249-2018

Compuesto en La Nueva Edimac, S. L.
Impreso en Egedsa
Sabadell (Barcelona)

H404992

Penguin
Random House
Grupo Editorial

Para mi madre

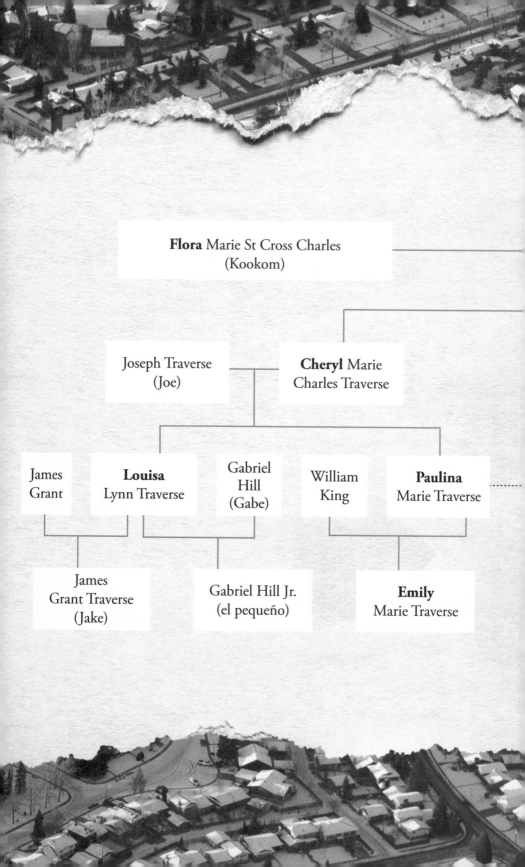

Flora Marie St Cross Charles
(Kookom)

Joseph Traverse
(Joe)

Cheryl Marie
Charles Traverse

James
Grant

Louisa
Lynn Traverse

Gabriel
Hill
(Gabe)

William
King

Paulina
Marie Traverse

James
Grant Traverse
(Jake)

Gabriel Hill Jr.
(el pequeño)

Emily
Marie Traverse

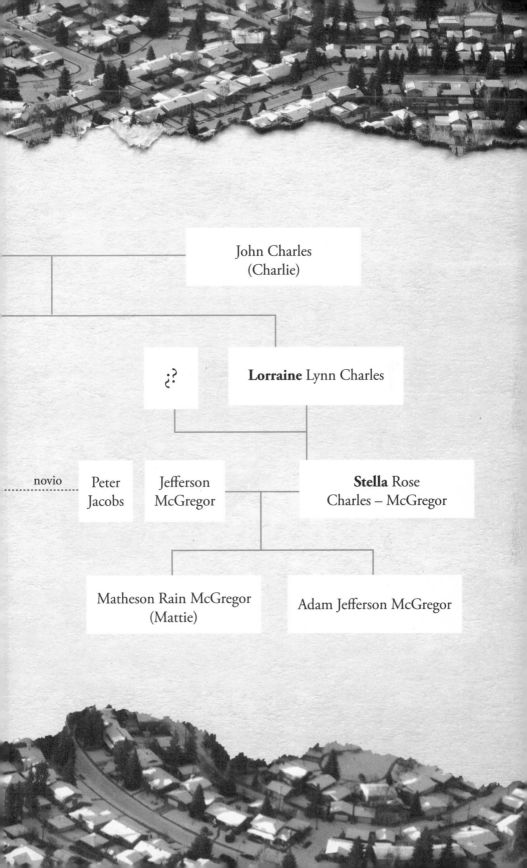

John Charles
(Charlie)

¿?   **Lorraine** Lynn Charles

novio   Peter Jacobs   Jefferson McGregor   **Stella** Rose Charles – McGregor

Matheson Rain McGregor
(Mattie)

Adam Jefferson McGregor

La forma más habitual de perder el poder es creer que no se tiene.

ALICE WALKER

PRIMERA PARTE

La Brecha es un descampado que se abre al oeste de McPhillips Street. Un solar estrecho, de unas cuatro parcelas de ancho, que interrumpe el denso tejido de casas a uno y otro lado y atraviesa las avenidas desde Selkirk hasta Leila, ocupando todo ese extremo del barrio de North End. Hay personas que no le dan ningún nombre y seguramente ni siquiera piensan mucho en él. Yo nunca lo llamé de ninguna manera: solo sabía que estaba allí. Pero cuando se trasladó a vivir justo al lado, mi Stella le puso la Brecha, aunque solo para sus adentros. Nadie le había dicho nunca que se llamara de otra forma y, por alguna razón, creyó que debía ponerle nombre.

El terreno es de la eléctrica Hydro, que debió de reservárselo en la época anterior a que hubiera nada más por allí, cuando todos esos llanos de la orilla oeste del río Rojo no eran más que hierbas altas y conejos, grupos de matas que llegaban hasta el lago, más al norte. El barrio creció a su alrededor. Las primeras casas se construyeron para los inmigrantes del este de Europa que se vieron empujados al lado malo de las vías del tren, donde los mantuvieron apartados del acomodado sur de la ciudad. Alguien me contó una vez que en North End se hicieron casas baratas y grandes, pero que las parcelas eran estrechas y cortas. Eso fue cuando tenías que poseer cierta cantidad de tierra para poder votar, y todas esas parcelas se delimitaron de tal forma que quedaran excluidas por apenas unas pulgadas.

Las altas torres metálicas de Hydro se construyeron más adelante, al parecer. Se yerguen enormes y grises a uno y otro lado de ese pequeño pedazo de tierra, sosteniendo en alto dos cables plateados y lisos, muy por encima de la casa más alta. Las torres se repiten cada dos manzanas, sistemáticamente, y se pierden a lo lejos hacia el norte. Puede que lleguen incluso hasta el lago. La niña de mi Stella, Mattie, las bautizó como robots cuando la familia se trasladó a vivir allí al lado. Robots es un buen nombre para ellas. Todas tienen una cabeza cuadrada y se ensanchan un poco en la base, como si estuvieran en posición de firmes, y luego están esos dos brazos levantados, elevando los cables hacia el cielo. Son un ejército helado que monta guardia, que lo ve todo. Las casas que se construyen y se desmoronan a su alrededor, las oleadas de gente que llega y se va.

En los años sesenta empezaron a instalarse allí indios, en cuanto los indios del censo oficial pudieron salir de las reservas y muchos de ellos se trasladaron a las ciudades. Fue entonces cuando los europeos comenzaron a escabullirse poco a poco del barrio, como un hombre que se aleja a hurtadillas de una mujer dormida mientras aún está oscuro. Ahora hay allí muchísimos indios, familias grandes, buena gente, pero también bandas, putas, fumaderos, y todas esas enormes y bonitas casonas, por lo que sea, han acabado medio combadas y cansadas, como los ancianos que siguen viviendo en ellas.

La zona que rodea la Brecha está algo menos deteriorada que el resto, es más de clase obrera, lo justo para que la gente trabajadora que vive en ella se crea fuera de ese núcleo y a salvo de ese drama. En los caminos de entrada de allí hay más coches que en el otro lado de ~~McPhillips. Es~~ un buen barrio, pero aun así se le nota, si sabes buscar. Si te fijas en esas casas con ventanas que no se abren nunca, tapadas con sábanas. Si te fijas en esos coches que llegan bien entrada la noche, aparcan en mitad de la Brecha, lo más lejos posible de cualquier casa, y solo se quedan allí unos diez minutos antes de alejarse otra vez. Mi Stella se fija en eso. Yo le enseñé a mirar y a estar siempre alerta. No sé si hice bien o mal, pero aún sigue viva, así que algo de bueno tendría.

Siempre me ha encantado ese lugar que mi niña llama la Brecha. Solía salir a pasear por allí en verano. Hay un sendero que se puede seguir hasta llegar al límite mismo de la ciudad y, si vas con la cabeza gacha y solo miras la hierba, casi dirías que te has pasado el día entero en el campo. Allí los viejos plantan huertos, unos huertos grandes con hileras ordenadas de maíz y tomates, bien rectas y limpias. Durante el invierno, en cambio, no se puede ir a pasear. Nadie se encarga de abrir ningún camino. En invierno, la Brecha no es más que un lago de viento y blancura, un campo de nieve fría y cortante que se levanta con la ráfaga más leve. Y cuando la nieve toca los cables desnudos de Hydro, se genera ese zumbido tan molesto. Es continuo y lo bastante tenue para no prestarle atención, igual que un murmullo parecido a una voz pero en el que no logras distinguir palabras. Y aunque tienen más de tres plantas de alto, cuando nieva, esos cables parecen estar muy cerca, muy bajos, y susurran con ese zumbido que es casi como una música, solo que no tan suave… Puedes no hacerle caso. No es más que ruido blanco, y hay personas capaces de no hacer caso a algo así. Hay personas que lo oyen y simplemente se acostumbran.

Nevaba cuando ocurrió. El cielo estaba rosado y henchido, y la nieve por fin había empezado a caer. Incluso desde el interior de su casa, mi Stella oía el zumbido, tan claro como su propia respiración. Cuando el cielo se llena de nubes sabe que no tardará en llegar, pero, igual que con todo lo que ha tenido que sufrir, simplemente ha aprendido a vivir con ello.

Stella

Stella está sentada a la mesa de su cocina con dos agentes de policía, y durante un buen rato nadie dice nada. Se limitan a estar allí sentados, todos ellos mirando hacia otro lado, o al suelo, durante esa larga pausa. El agente mayor se aclara la garganta. Huele a café rancio y a nieve, y le echa un vistazo a la casa de Stella, a su cocina limpia y su salón oscuro, como si intentara encontrar pruebas de algo. El más joven repasa las notas que ha garabateado, las hojas de su libretita de espiral están rizadas y arrugadas.

Con una manta sobre los hombros, Stella sostiene una taza de café caliente con toda la mano, acaparando su calor pero temblando todavía. Con la otra ha convertido un pañuelo de papel húmedo en una bola. Mira hacia abajo. Sus manos tienen el mismo aspecto que las de su madre, manos viejas en una mujer joven. Manos de anciana. Su Kookom también tenía las manos así y, ahora que toda ella es anciana, las manos de su Kookom son prácticamente transparentes, la piel se le ha ido desgastando. Las de Stella aún no están tan mal, pero se las ve demasiado arrugadas, demasiado viejas para su cuerpo, como si hubiesen envejecido antes que ella.

El agente mayor respira con pesadez. Stella por fin levanta la mirada y se mentaliza para empezar a explicarlo todo, una vez más.

Los dos agentes están sentados con los hombros erguidos y ninguno de ellos toca las tazas de café humeante que les ha preparado y les ha dejado en la mesa. Siguen con las cazadoras del uniforme puestas. Las radios que llevan al hombro escupen interferencias y voces amortiguadas, números y avisos.

Ella ha dejado de intentar no llorar delante de esos desconocidos. El agente Scott, el joven, es quien rompe el silencio.

—Bueno, sabemos sin ningún género de dudas que algo importante ha pasado… ahí fuera. —La mira de reojo. Su voz suena fría, lenta, y se demora en las palabras «ha pasado» y en el «ahí fuera». Su boca se frunce con una compasión ensayada que Stella sabe que es falsa, pero que de todos modos acepta.

El tipo mayor, el agente Christie, no la mira, solo muestra su conformidad mediante un rápido asentimiento de cabeza, con barba incluida, y otro carraspeo. Stella cree que está aburrido, y que el joven —qué joven es— está entusiasmado, puede que incluso excitado.

El agente Scott, de nuevo, intenta ser amable y le pregunta, de nuevo:

—¿No recuerda nada más? ¿Cualquier cosa?

Stella derrama una lágrima al parpadear y sacude la cabeza. Mira por la ventana en dirección a la Brecha, esa extensión de terreno vacío que hay junto a su casa. No tiene que fijarse mucho para saber que está nevando un poco. Lo oye por el leve zumbido, el grave murmullo de las torres de Hydro, que no llegan a verse. El cielo sigue estando de un rosa luminoso aun de noche, henchido con toda la nieve que todavía está por caer. La Brecha es casi toda ella una losa blanca y vacía que se extiende hasta la casa del otro lado. El revestimiento exterior de la casa y la nieve reflejan la luz de las farolas y la luna, pero las ventanas están oscuras, por supuesto. Todo el mundo tiene las ventanas oscuras menos Stella.

Los dos agentes han salido ahí fuera antes, se han paseado a zancadas y han trazado un círculo alrededor de la sangre, ese charco que ha fundido la nieve. Stella justo alcanza a distinguirlo desde la ventana, solo ve un extremo. Yace sobre el terreno blanco como una sombra oscura; seguramente está congelado, a estas alturas. Los copos siguen cayendo encima como si quisieran taparlo. No tiene un aspecto siniestro. No parece lo que es en realidad.

Stella repasa cada uno de los detalles en su cabeza, lo recuerda todo aunque quiere olvidar. Ahora deben de ser las cuatro de la madrugada y Jeff llegará pronto a casa. Que Jeff llegue es lo que más desea en esos momentos. Aguza el oído por si oye a sus hijos, preparada por si se despiertan, sorprendida de que no lo hayan hecho ya con el ruido que han armado los agentes con sus botas al llegar, pero arriba todo está en silencio. El bebé duerme desde que Stella por fin consiguió acostar a sus hijos hará unas cuatro horas, cuando terminó de hablar con el 911. Ellos se han dormido, pero ella no ha sido capaz. Esperaba y miraba por la ventana, sin nada más para entretenerse que sus pensamientos angustiados. Así que se ha levantado y se ha puesto a limpiar. Cuando por fin se han presentado los agentes, todo estaba impecable.

Su mente se dispersa, pero ella lo recuerda todo, una y otra vez.

—Era pequeña, muy pequeña. —A Stella le tiemblan los hombros cuando vuelve a encontrar las palabras—. Como una mujer muy menuda, de metro y medio quizá, no mucho más. —Se aferra a la manta que la envuelve—. Melena negra, lisa y larga. No he podido verle la cara. Era muy pequeña y flaca.

Se toca su propia melena negra y larga, y entonces recuerda algo más. Se queda sin voz unos instantes. Sabe que se está repitiendo.

—Bueno, solo la vio a través de la puerta, ¿verdad? —Scott ha dejado de tomar notas. Su bolígrafo descansa sobre la libreta, encima de los pocos garabatos azules que ha escrito.

Christie por fin le da un sorbo al café.

—Sí, a través de la mosquitera, del cristal. —Stella gesticula en el aire. Todavía puede ver a esa mujer pequeña a través del cristal empañado, alejándose despacio, marchándose finalmente por el sendero negro.

—De todas formas eso le queda bastante lejos, señora McGregor. ¿Está segura de que no ha podido ser un chico? Ya sabe que muchos de esos chavales nativos llevan el pelo largo.

Stella se lo queda mirando. El rostro demasiado joven del agente sigue siendo una máscara sonriente y rígida. Ingenuo. Stella piensa esa palabra y le da vueltas en la cabeza. Ingenuo.

—No, era una chica. Una mujer. —Baja la mirada otra vez, se cubre las manos con la manta pero sigue temblando.

—Está bien, está bien, cuéntenoslo de nuevo —intenta animarla Scott con delicadeza—. Desde el principio, por favor. Oyó ruidos fuera…

Stella niega con la cabeza.

—No oí nada fuera. El bebé se despertó. Subí a buscarlo y miré por su ventana. Al principio no sabía lo que estaba viendo, pensé que era una pelea o algo así. Tenía mala pinta, así que llamé al nueve uno uno. Pero no podía hacer nada, mi niño no paraba de llorar, le están saliendo los dientes.

Levanta la vista y se encuentra con que el tal agente Scott asiente y se inclina hacia delante. Un gesto ensayado. Su compañero toma otro sonoro sorbo de café y consulta su reloj. Stella se vuelve hacia el viejo reloj de la pared: las 4.05. Sí, Jeff ya habrá acabado el turno y estará de camino a casa.

—Nueve uno uno. Emergencias.

—Sí. Hola, se está produciendo algún tipo de pelea delante de mi casa. Parece como si estuvieran atacando a alguien.

—Lo siento, señora, no la oigo bien. ¿Ha dicho que hay una agresión? ¿Delante de su domicilio?

—Sí, sí. Chsss, Adam, chsss, cariño.

—¿Y dónde vive usted, señora?

—En Magnus. El mil doscientos cuarenta y tres de Magnus Avenue. En el lado oeste de McPhillips. Justo después de la Brecha…, ese descampado.

Oye que el telefonista suspira.

—De acuerdo, señora, ¿se está produciendo todavía la agresión?

—Sí, creo que sí, o espere, creo que… Están huyendo.

—Está bien, señora…

—¡Oh, no! Ay, Dios mío. Chsss, Adam, no pasa nada.

—¿Señora? ¿En qué dirección han huido?

—Hacia McPhillips. Corren en esa dirección. ¡Pero hay alguien herido! Es una chica, una mujer, creo. ¡Dios mío!

—Señora, enviaré a alguien ahora mismo. ¿Señora?

—Ay, Dios, ay, Dios, ay, Dios, no se levanta. Tiene las piernas… No… no se mueve.

—¿Señora?

—Ay, Dios. Ay, Dios mío…

—Señora, no puedo oírla con el niño llorando. Enviaré a alguien ahora mismo.

—Ay, Dios mío.

—Por favor, quédese donde está. ¿Señora? ¿Señora?

—Es que no se mueve.

Scott vuelve a intentarlo.

—Y luego, cuando se ha acercado a la puerta y se la ha quedado mirando, ¿la víctima se ha levantado?

—Sí… —Se queda sin voz, asiente con la cabeza.

—¿Y usted no ha salido? ¿Y tampoco ha hablado con esa persona?

Stella niega con la cabeza y baja la mirada otra vez. No puede soportar la forma que tienen esos agentes de observarla.

El joven prueba de nuevo:

—¿Ha visto algo peculiar en los atacantes? ¿Algún distintivo en la ropa o algo así?

Stella intenta tragarse la ira y las lágrimas, y la vergüenza, y mira al agente. Su tez es tan joven que todavía tiene un par de espinillas. Se le ven unas pecas oscuras por encima de la nariz. A Stella siempre le ha gustado esa clase de pecas, la piel salpicada de marrón.

—No, solo… Mmm. —Se calla, piensa—. Ropa oscura y ancha, cazadoras bomber, supongo. Uno de ellos llevaba una trenza negra y larga. Los demás iban con capuchas, negras. Cazadoras grandes y oscuras. —Todo eso ya lo ha dicho antes. Cree que quizá los agentes estén intentando confundirla, como si estuviese mintiendo sobre algo.

Scott se yergue contra el respaldo. Christie se limita a dar otro sorbo de café y casi suelta un «Aaah» de lo ruidoso que es bebiendo.

—Si recuerda alguna cosa más, señora McGregor, aunque crea que no es importante…

Stella no solo sacude la cabeza, sino todo el cuerpo. No quiere pensar en ello, pero no puede pensar en nada más. Los hechos se repiten una y otra vez en su cabeza, un eco visual, las imágenes se amalgaman. Los detalles ya se le están desdibujando, cuerpos oscuros y borrosos sobre la nieve blanca. La noche apagada ahí fuera, el niño que llora, llora y llora. La voz tranquilizadora de Stella, chsss, cariño, chsss, pero ve unos cuerpos encorvados sobre algo, ¿qué es? ¿Qué es? Entonces, de repente, todos se ponen en pie de un salto y echan a correr. No, todos no. Queda uno. Solo uno. Allí tirado, tan quieto, tan inmóvil, algo, no, alguien oscuro y pequeño tirado en la nieve.

—¿Stell? ¿Stell? —grita Jeff al abrirse paso por la puerta de atrás.

Ella se sobresalta y va hacia su marido antes de que grite más fuerte.

—Eh. —Ve su rostro preocupado. Se agarra a ambos lados de su parca abierta y tira de él hacia sí. No sabe por dónde empezar.

—¿Dónde están los niños? —pregunta él con la voz entrecortada, asustada.

—Sus hijos están bien, señor McGregor —informa Scott desde la mesa—. No hay de qué preocuparse.

Jeff aparta a Stella con delicadeza y la mira a la cara. Ella asiente y se apoya contra él, echándose a llorar de nuevo. El interior de su abrigo es tan cálido… Sus brazos son fuertes, la rodean y, por un segundo, consiguen que se sienta mejor.

—Se ha producido un incidente justo delante de su propiedad, señor McGregor —sigue explicando el agente joven—. Su esposa ha sido testigo de una agresión.

—¿Una agresión? —pregunta Jeff. Toma a Stella de la mano y los dos se sientan a la mesa.

Ella no quiere soltarlo. Los agentes no se presentan, se limitan a seguir hablando con frases sucintas que tienen un dejo oficial. Jeff asiente con la cabeza mientras escucha. Stella vuelve a sentir frío.

—Su esposa cree que ha sido una violación de algún tipo. —El agente joven pronuncia esas palabras como si fueran preguntas. ¿Esposa? ¿Violación?

—No, sí ha sido una violación. Han violado a alguien. —Stella se vuelve hacia Jeff—. Era una mujer, una mujer muy pequeña y flaca.

Jeff se limita a asentir mientras la mira y le aprieta la mano. Cree que con eso ayuda.

—Tenga algo en cuenta, señora McGregor —interviene por fin el agente mayor—. Hace mucho que nos dedicamos a esto, y es que no parece una agresión sexual. Resulta… ¿poco probable? —Ahora también él pronuncia las palabras como si fuesen preguntas.

—¿Por qué? ¿Por qué dicen eso? —Stella balbucea e intenta sonar firme, pero ya duda de sí misma. Estaba tan oscuro, y ella está tan cansada…

—Bueno, para empezar ha sido en el exterior, en invierno. Eso es muy poco habitual. Y hay mucha sangre, lo cual significa que alguien…, bueno, ha sangrado.

—¿Y si la hirieron? ¿O le pegaron una paliza? ¿No pueden analizar la sangre o algo así? —Stella ha empezado a tartamudear.

—Ya sé que se ha llevado un buen susto, pero pensemos en los hechos. Había una botella de cerveza rota en el escenario. —Christie se detiene, suspira—. La bebida suele ir asociada a peleas. La sangre también indica pelea. Las agresiones sexuales no suelen producirse fuera, con este frío, en invierno. Resulta… poco probable. Sé que sin duda habrá sido muy duro presenciarlo. Sin duda fue muy violento. Es habitual… dejarse llevar por el pánico. —Christie asiente con la cabeza y da un último sorbo a su café, como para zanjar la conversación.

A Stella se le secan las lágrimas en los ojos y una ira que ya conoce la invade por dentro. No es capaz de encontrar las palabras adecuadas. No existe ninguna que lograra convencerlos, de todos modos.

—Bueno, no sabemos lo que ha ocurrido, ¿verdad? Ninguno lo sabemos a ciencia cierta —dice Jeff, intentando echar un cable.

Stella está sentada a su lado y todavía se aferra a su mano. Se da cuenta de que él siente alivio. Se da cuenta de que piensa que ya está todo arreglado.

Desde que ocurrió, lo único que ha deseado ella era que él estuviera allí, para reconfortarla. Ahora que está, Stella no se siente mejor. Se siente aturdida y él solo le aprieta la mano. Eso no ayuda. Quiere soltarse, pero solo consigue aflojar los dedos y dejar su mano inerte dentro de la de él. Jeff ni se da cuenta. Ella mira por la ventana. La nieve cae con más fuerza.

Lo que de verdad quiere hacer es llamar a su Kookom. Piensa en ella, en su hermosa abuela, que a buen seguro estará durmiendo en el sótano mohoso pero cálido donde tiene su apartamento, allí al lado, en Church Avenue. Stella quiere ir a tumbarse con ella, entre sus brazos arrugados, y que la mujer le susurre que todo va bien, como hacía siempre. Stella siempre lo creía, pasara lo que pasase.

—Si tenemos alguna novedad, se lo haremos saber. —Christie se levanta—. Lo más probable, por esta zona, es que fuese violencia entre bandas. Yo no me preocuparía. Solo cierren con llave. Asegúrense de estar bien protegidos.

Jeff los acompaña a la puerta, pero Stella se queda sentada, hirviendo por dentro y mirando a la nieve de fuera. Oye cómo ríen a medias, educadamente, como hacen los hombres blancos al despedirse, y eso solo consigue enfurecerla más.

—Joder, cielo, estaba muerto de miedo —dice Jeff al regresar a su lado. La envuelve con sus brazos en actitud consoladora, pero esta vez solo para consolarse él mismo—. Cuando he visto el coche patrulla delante de casa. Mierda, no me había asustado tanto en la vida.

Stella sigue ahí sentada, dejándose abrazar.

—Sé lo que he visto —dice al cabo de un momento, consciente de que ahora ya solo suena desafiante. Patética.

—Lo sé, cielo. Ya lo sé. Pero puede que… —Se calla, lo piensa mejor—. ¿Quién sabe qué coño habrá sido?

—Yo. Yo lo sé —contesta Stella, y luego baja la voz para no despertar a los niños—. Sé lo que he visto, Jeff.

—Ya lo sé, ya lo sé. Pero… tienen razón, ¿o no? Parece… poco probable.

—Pero…

—Ellos saben lo que se dicen, Stell. Y, vamos… —Vuelve a hacer una pausa, se está esforzando de verdad. Se sienta a su lado, la mira a los ojos—. No sé, Stella, puede que, yo qué sé, ¿lo soñaras en parte? —Ahora también él habla con preguntas—. Últimamente no duermes muy bien con Adam tan inquieto por lo de los dientes, ¿verdad?

Stella se levanta, está que echa humo. Recoge todas esas estúpidas tazas de café y se las lleva a la cocina, las deja caer en el fregadero y empieza a frotar. Las coloca en el escurreplatos y se pone a pasar la bayeta por la encimera. Jeff sigue sentado a la mesa, esperando que diga algo.

—No estoy loca —suelta ella por fin.

—No creo que estés… Nadie ha dicho eso. Solo pienso que, a lo mejor… —Bosteza.

Ella ve que no quiere hacerlo, pero no puede evitarlo. Es tan tarde que ya es temprano. Ha estado horas esperando a que llegara la policía. Ha aguardado temblando, pensando que se presentarían en cualquier momento. No era capaz de parar de limpiar ni de llorar. Debería haber llamado a su Kookom entonces. La habría encontrado dormida, pero aun así habría contestado. O a la tía Cheryl, que sí habría estado despierta. La tía Cheryl la habría escuchado. Es probable que se hubiera acercado a verla, hubiera hecho café y les hubiera gritado a esos polis en cuanto empezaron a actuar como si no la creyeran. Pero Stella no ha hecho nada de eso. Jeff se levanta, se coloca tras ella en el fregadero, la envuelve con sus brazos y la encierra en un abrazo forzoso. Ella espera a que haya terminado para poder escurrir la bayeta mojada.

—Estabas medio dormida. Y no pasa nada. Está bien. Pero con tu historial, cielo, sabes que podrías haberlo soñado. Quizá estabas confusa.

Stella se aparta de él y va a limpiar la mesa.

—Ahí fuera hay sangre por todas partes —dice por encima del hombro mientras sale otra vez de la cocina con paso furioso. El viento vuelve a arreciar, repica contra la vieja ventana.

—Nadie dice que no haya pasado nada —contesta él con un suspiro—, pero podría ser algo diferente a lo que tú crees.

Ella no dice nada y continúa frotando.

Jeff se queda de pie un momento, en mitad de la cocina. Stella se niega a levantar la mirada, sigue con la cabeza gacha al pasar a su lado, sacude la bayeta en el fregadero.

Derrotado y cansado, él se mete en el cuarto de baño y se prepara para acostarse.

Stella vuelve a limpiar la encimera, deja la cafetera a punto para que el café esté listo cuando de verdad llegue la mañana, ordena los trapos de cocina. Después baja al sótano, saca la ropa limpia de la secadora y se pone a doblar.

Cuando por fin se mete en la cama, ya asoma el frío gris de antes del alba. Le duele todo el cuerpo y su marido está profundamente dormido.

Piensa otra vez en su Kookom y quiere llamarla. Kookom siempre se levanta temprano. Seguro que ya está en pie, preparándose un té y mirando por la ventana. «Viendo llegar el día», como dice ella. ¿Cuándo fue la última vez que llamó a su abuela? Hace demasiado tiempo. La culpabilidad la inunda. Stella enfría su ira candente con un poco de gélida vergüenza. Pero no llama, no puede. Solo consigue tirar del edredón hasta taparse la barbilla y quedarse allí tumbada.

La luz gris se extiende al otro lado de las persianas, pero ella no hace nada. No hasta que oye despertarse a su hija. Entonces, dispuesta, salta otra vez de la cama.

Emily

Emily nunca ha besado a un chico.

Hubo una única vez, algo así como en quinto, cuando le dio un besito en la mejilla a aquel niño, Sam, cerca de los labios pero no en los labios de verdad. Aunque eso no tendría que contar; solo fue un desafío que le lanzaron después de clase, con todo el mundo reunido alrededor. El niño tenía los dientes grandes y como de conejo, y los labios agrietados. Puso morritos, pero ella se volvió un poco en el último segundo para que sus labios le aterrizaran en la mejilla. Todos los niños se pusieron a chillar como si fuera la gran cosa. Le dejó una marca húmeda, pero en realidad no fue nada. No como se supone que tiene que ser un beso. Emily no cree que cuente, para nada.

Su mejor amiga, Ziggy, tampoco ha besado nunca a ningún chico, pero ella es diferente. Ziggy es una tía dura y a ella no le importa, piensa que los tíos del insti son todos unos tarados. Emily cree que seguramente tiene razón, pero hay algunos, unos pocos, que son tan, tan monos...

Clayton Spence es el más mono de todos.

Emily tiene trece años. Casi todo el tiempo cree que es fea y que está gorda, y está segura de que nunca, jamás, le ha gustado a nadie.

Está bastante convencida de que es repulsiva y de que nunca conseguirá echarse novio y nunca le darán un beso de verdad.

Se queja mucho de eso a Ziggy, o por lo menos Ziggy se queja de que ella se queja mucho de eso. Pero Emily cree que ya va siendo hora. Trece años son ya una edad para tener novio, o por lo menos para haberse besado con un chico.

En eso está pensando mientras Ziggy y ella se abrazan a sus carpetas y avanzan por Peanut Park encorvadas para combatir el frío y llegar lo antes posible a la casa nueva de Emily. Hace tanto frío que casi van corriendo. Emily ha vuelto a dejarse los guantes, y las mangas de la cazadora no llegan a cubrirle del todo. Solo están a una manzana del instituto y ya tiene las puntas de los dedos frías y entumecidas. Avanzan todo lo deprisa de lo que son capaces.

—Eh, Emily —llama una voz, una voz masculina, desde la vieja estructura de barras.

Emily se sobresalta al oír su nombre. Mira a Ziggy, que también parece asustada, como si estuviera a punto de echar a correr. Pero entonces Emily ve que, increíblemente, es él.

—¿Te he asustado? —Clayton baja de un salto y se acerca a ellas. El pelo le rebota al caminar.

—No. —Emily se encoge de hombros, como una tonta.

Ziggy la mira como si fuera boba. Sus gafas se han empañado con el frío.

—No mientas. Ya te digo si te he asustado. —Clayton ríe, pero sin demasiada maldad. Se acerca directo y se detiene justo delante de ella. Huele a tabaco, pero no resulta desagradable—. No ha sido adrede.

Emily cree que Clayton es el chico más guapo que ha visto en la vida. Es lo que dijo cuando votaron. Ziggy eligió a Jared Padalecki, de su serie preferida, *Supernatural*. Pero Emily quería elegir a alguien a quien conociera más o menos de verdad, alguien a quien pudiera ver en persona para descubrir cómo olía. Alguien con quien pudiera tener una oportunidad en la vida real, o algo así. Clayton es mayor, repitió curso hace unos años, así que tiene por lo menos catorce, puede que quince. Sobre el labio superior se le ve un vello castaño e hirsuto que parece muy suave y brillante, y cuando sonríe enseña toda su reluciente dentadura. Clayton no solo esboza sonrisas, él sonríe de verdad, de oreja a oreja. También tiene unos labios rosados y perfectos. Emily se ha pasado bastante tiempo contemplándolo desde lejos, pero ahora que lo tiene ahí delante puede mirarlo directamente. Se da cuenta de que es alto, pero no demasiado. Ella está acostumbrada a ser más alta que los chicos, pero así es mejor. Clayton tiene justo la estatura adecuada.

Vuelve a encogerse de hombros, incapaz de pensar en nada que decir que no resulte patético, así que decide mirarle los pies. Lleva las zapatillas con los cordones desatados, están recién estrenadas y tienen un blanco limpio y resplandeciente.

—¿Adónde ibais? —Clayton sonríe de oreja a oreja.

Emily siente esa sonrisa. De repente no le importa tener tanto frío que podrían caérsele los dedos, ni que Mountain Avenue quede todavía a dos manzanas de allí. Está tiritando pero no quiere moverse.

—A casa. —Se abraza con más fuerza a su carpeta.

—Ah. —Él sigue sonriendo. En algún sitio se oye reír a alguien—. ¡Oye! ¿Quieres venir a una fiesta?

Alguien vuelve a reír, más fuerte. Es un amigo de Clayton, pero Emily no sabe cómo se llama. A Clayton todo el mundo lo conoce.

—¿Qué? —Empieza a levantar la mirada hasta que llega a lo alto, estremecida.

—Una fiesta. Tendrías que venir a la fiesta. —Parece que habla deprisa—. Tráete a tu amiga. —Señala con la cabeza a Ziggy, que solo lo mira por encima de sus gafas empañadas, sin sonreír ni nada. A veces Ziggy da vergüenza ajena.

—Vale —contesta Emily, y luego reflexiona—. ¿Dónde?

—En Selkirk Avenue —responde él—. ¿Tienes un boli?

—Sí, claro. —Abre la carpeta lo más deprisa que puede, con lo que está a punto de caérsele todo a la nieve. Se le para el corazón solo de pensar que pudiera caérsele todo, todos los apuntes. Se habría muerto. Consigue sacar un boli y se lo pasa.

—Sabía que tendrías uno. —Otra sonrisa enorme.

De pronto a Emily le arden las mejillas; es la helada sumada a la vergüenza. El frío de febrero es un asco, seguro que tiene toda la cara colorada. Le devuelve la sonrisa lo mejor que puede, y él le tira del brazo con delicadeza y lo sujeta cerca de su cuerpo mientras le escribe en la muñeca, «1239». A la tinta le cuesta salir, así que vuelve atrás y repasa el 1. Adelante y atrás, va deslizando la punta del boli sobre su piel. Tiene los dedos muy fríos, pero le sostiene la palma de la mano con suavidad, la suelta demasiado pronto.

Ella se vuelve para marcharse, se siente como una tonta, y entonces da media vuelta.

—Ah, sí, ¿qué día?

—¿Qué día? Ah, claro, supongo que cualquier día —contesta él riendo—, pero deberías ir el viernes. Sí, pásate el viernes y yo estaré allí.

Su amigo vuelve a reír y grita:

—Vámonos, Clay. ¡Aquí fuera se me están helando las pelotas!

—El viernes, ¿vale? —Le sonríe con ternura, y esta vez es una sonrisa diferente. Esta vez es agradable. Es tan guapo, y también muy majo. Y quiere que ella vaya a una fiesta—. Vendrás, ¿verdad?

Emily asiente sin pensarlo. No dice que sí, no encuentra su voz a tiempo, pero enseguida sabe que no piensa perdérselo. No se lo va a perder por nada del mundo.

Se supone que los besos son dulces. Se supone que son suaves y con toda la boca. Incluso húmedos, pero solo un poco. Se supone que te excitan y te hacen feliz, consiguen que te olvides de todo y de todos. Emily cree que a partir de ese momento hay un antes y un después, y que se supone que es perfecto.

—¡Paulina no te va a dejar ir ni en broma! —exclama Ziggy subiendo demasiado la voz cuando llegan a la casa nueva de Emily, que aún está vacía y llena de cajas. Emily todavía no se lo puede creer. No hace más que repasar la escena una y otra vez, intentando recordar hasta el menor detalle para que no se vaya volando—. Pero es que ni en broma.

Tiene razón. La madre de Emily jamás se lo permitirá.

—Podría decirle que me quedo a dormir en tu casa —propone. Las puntas de los dedos empiezan a descongelarse y siente pinchazos, pero el resto de ella sigue acalorada. Clayton Spence.

—Bah, ¿y qué vamos a decirle a Rita, entonces? —pregunta Ziggy mientras se sienta en el suelo y saca los libros para dejarlos encima de la mesa de café.

—Ella también saldrá. Es el viernes —contesta Emily, sintiéndose valiente, mientras mira por la ventana y piensa, piensa. Será fácil—. Mi madre no lo comprobará. Estará demasiado ocupada adorando a Pestoso en el bar para que le importe.

Ziggy la mira de soslayo. «Pestoso» es el apodo que Emily le ha puesto a Pete, el tipo con el que su madre y ella acaban de irse a vivir. Emily no sabe nada de él, aparte de que huele a gasolina porque se pasa todo el día trabajando con coches, así que lo llama el Pestoso. A Ziggy, de todos modos, no le da ninguna lástima.

—Ay, por favor, Paulina no es ni la mitad de horrible que cuando Rita se busca un hombre nuevo.

—Al menos tu madre no te lleva a vivir con ellos. Venga, ¿es que no lo hueles? Pero si apesta a gasolina todo el rato, y yo tengo que vivir aquí.

—Al menos tiene trabajo. ¿Te acuerdas de Freddie? Estuvo durmiendo en nuestro sofá un mes entero. Él también apestaba, pero a sudor y mal aliento. Te juro que nunca salía, pero es que ni del apartamento.

—Sí, era asqueroso. —Emily saca sus libros y entonces se acuerda otra vez de Clayton. Es como si se le olvidara solo un segundo y luego se emocionara de repente otra vez. Clayton.

—Y siempre estaba viendo lucha libre. Odio esa mierda de la lucha libre. —Ziggy pone una mueca desdeñosa y aparta la mirada.

Emily se pregunta si su amiga estará celosa, si a lo mejor Ziggy también querría que un chico la invitara a salir. Ziggy es una auténtica monada y sería un bombón solo con que se maquillara un poco y se olvidara de las gafas. Se comporta como si no le importara nada, pero seguro que sí le importa, al menos un poco. Pobrecilla.

—¿Quééé…? ¿Que no te mola la lucha libreee…? —Emily pone una voz divertida para arrancarle una sonrisa a su mejor amiga.

Las dos se ríen, de nada en realidad, se olvidan de todo y se echan unas buenas carcajadas.

Una vez Clayton compartió el libro de mates con Emily. Fue a principio de curso, así que seguramente él ya no se acordará.

Se había olvidado su libro y levantó la mano para decírselo al señor Bell.

El profesor suspiró como si estuviera ofendidísimo.

—¿Me dejas que comparta el tuyo? —preguntó Clayton inclinándose y sonriéndole a Emily.

—¿Cl-claro…? —Su voz sonó quebradiza al pronunciar la palabra.

—Gracias —repuso él, y se acercó más aún para mirar la página.

Ella no fue capaz de decir nada más. Ni siquiera se atrevió a intentar hablar. En realidad, apenas respiraba.

—Gracias —dijo él otra vez, después de apuntarse todos los números. Su gran sonrisa era tan contagiosa que Emily no pudo evitar sonreír también, pero enseguida miró hacia otro lado, convencida de que había puesto una mueca boba y demasiado feliz.

Después de eso, Clayton dejó de ir a clase. El señor Bell siguió pasando lista con su nombre una temporada, pero solo una semana o así. Después, desapareció.

Ella aún añoraba el sonido de su nombre y siempre se acordaba de que iba entre Roberta Settee y Crystal Swan. Y luego el de ella, Emily Traverse.

—Vale, bueno, si vamos a hacerlo, tenemos que pensar en todo —dice Ziggy, accediendo al fin. Tienen los libros de ciencias sociales abiertos, aunque en realidad no los están mirando.

—Saldrá bien, Ziggy —dice Emily, intentando ser guay, intentando sentirse guay—. Mi madre quiere salir, la he oído hablando de eso con mi tía Louisa. No comprobará nada si piensa que me quedo en tu casa, y tu madre va a ir a ese rollo de la galería de mi Kookoo, ¿verdad? Todo saldrá bien.

—Aun así, quiero estar en casa hacia las once, máximo, o mejor a las diez, porque ese sitio queda pasado McPhillips, así que será una caminata larga. ¡Tenemos que ir con mucho cuidado, joder! Con Rita nunca se sabe, es como un ninja. —Ziggy se recoloca las gafas, y Emily piensa otra vez lo guapa que estaría sin ellas.

—¡Eres una gallina con tu madre! —Se echa a reír y empuja a su amiga del brazo.

—¡Ni que tú fueras muy valiente! —Ziggy la empuja a ella, pero también sonríe—. Solo te atreves porque estás coladita por Clayton. —Pronuncia su nombre como en un suspiro exagerado.

—¡Que te calles! —Emily vuelve a empujarla.

—¡Clayton…! —Ziggy se cae al suelo—. Oh, Clayton…

Emily le da un manotazo y se echa a reír.

—Te voy a hacer un martinete que te vas a enterar.

—¡Como si supieras lo que es un martinete!

Ziggy estalla en carcajadas y Emily saca el codo y se da una palmada en él.

—Clayton… —Ziggy está llorando mientras rueda por el suelo—. Oh, Clayton.

Emily se ríe y finge luchar, aunque muy mal.

Está exultante. Sabe, porque lo sabe, que él va a besarla.

Phoenix

Phoenix sube tropezando los escalones de la entrada, que están cargados de nieve, y tira de la puerta mosquitera para abrirla. Sabía que la casa no estaría cerrada, pero en los últimos pasos hasta allí ha pensado que a lo mejor sí, solo esa vez. Eso le iría que ni pintado a su puta suerte, ¿vale? Pero qué va, está abierta, así que puede dejarse caer en la calidez de dentro. Joder, qué gusto.

La casa de su tío huele a tabaco, a porros y a comida rancia, pero a ella le parece estupenda. Y está caliente. Phoenix saca las manos de las mangas de la cazadora, se las frota una contra otra y sopla para ayudar a que recuperen la sensibilidad. Las tiene rojas y en carne viva, pero aun así sigue frotando.

Hay una tía flacucha desmayada en el sofá, y otra en el sillón. Parece que se hayan desplomado allí mientras estaban hablando y que nadie se haya molestado en moverlas ni taparlas con nada. Una ronca un poco, tiene la cara aplastada contra el brazo desnudo y le cae un hilo de baba sobre un tatuaje horrible de una rosa y varios moratones en fila. Joder. Phoenix huele el alcohol desde donde está, esa peste asquerosa del día después. Se las ve bastante hechas polvo, incluso sobando. La mayoría de la gente tiene una pinta plácida cuando duerme, pero esas chicas solo parecen un poco menos desgastadas.

No se ve a nadie más por ahí. Parece que la casa esté dormida. Phoenix oye una música que llega a poco volumen desde la habitación de su tío, así que sabe que él está allí dentro. No puede dormir si no es con música, casi siempre temas de rock de la vieja escuela, Aerosmith y AC/DC. Clásicos, le gusta especificar a él mientras le da una colleja a cualquiera que intente decirle que ya nadie escucha esa mierda. A Phoenix siempre le ha gustado esa música. Le recuerda a él, a cuando ella era pequeña y él era un buen chico, antes de que toda esa otra gente empezara a salir con él y se volviera un tipo duro.

Joder, cómo se alegra de haber llegado.

Siente punzadas en los pies y va cojeando hasta la cocina, que está asquerosa, y allí se deja caer en la primera silla derecha que encuentra y suelta la bolsa. Las orejas le arden. Nota pinchazos en sus anchos mofletes a medida que se le deshiela la cara. Se quita las zapatillas de deporte destrozadas y se frota los dedos de los pies. Los tiene como cuando se te han quedado dormidos y empiezan a despertarse otra vez. Hace horas que perdieron la sensibilidad y se convirtieron en dos palos de golf al final de sus piernas. Así se ha recorrido todo North End como buenamente ha podido durante horas. Pone los pies en alto sobre otra silla. Le duelen y le tiemblan, o sea que intenta no moverlos.

La mesa está llena de bolsas de comida para llevar, ceniceros a rebosar, botellas y cajas de veinticuatro cervezas vacías. Rebusca entre los restos de cigarrillos y encuentra una colilla larga. Hay cinco mecheros desperdigados por ahí, pero solo uno funciona. Inhala deprisa. La cabeza se le pone a mil y luego se le va un poco. Hacía mucho que no daba una buena calada. Se reclina en el asiento, echa un vistazo a su alrededor e intenta pensar en cosas agradables.

Ese sitio está hecho un vertedero. La encimera está llena de basura y vasos rotos, todavía pegajosos de la priva. Un charco oscuro se endurece sobre el linóleo agrietado, y algo se pudre en los fogones. Eso es lo que hará, piensa, lo limpiará todo antes de que su tío se levante. A él le gusta que haga cosas de chica como esa.

Últimamente le apetece hacer cosas así, amables. Debe de ser todo el tiempo que ha pasado a solas, piensa. En el Centro se estaba muy tranquilo casi todo el rato. Los únicos chicos que había, aparte de ella, eran tarados o putos pirados suicidas. En ese sitio no meten a muchas ratas de barrio como ella. La mayoría de los chavales que ella conoce acaban en un correccional. Ya ha estado en uno, y es más chungo, aunque en las secciones de chicas todo resulta más fácil. Allí, lo más que puede hacer una de esas perras es intentar darte un bofetón, o arañarte, joder. Phoenix es una chica grande. Nunca ha tenido ningún problema para imponerse a nadie, así que casi siempre conseguía inmovilizarlas solo con agarrarlas de las muñecas. Ella da puñetazos con el puño cerrado. Es fácil. Son los chicos los que son fuertes de verdad y tienen que pegarse en serio, ellos sí tienen que preocuparse de que no los rajen ni les den una paliza en grupo ni mierdas así. Las chicas solo te comen el tarro o se te abalanzan moviendo las manos como si estuvieran locas y pudieran matarte a base de esos penosos bofetones de mierda. El Centro ha sido como una piscina infantil comparado con el correccional; solo un puñado de chavales desquiciados con demasiado tiempo libre, todos con depresión y movidas así. Phoenix nunca ha sido tan patética, la verdad.

Pero sí ha estado pensando en su tío, en lo mucho que lo admira. «Piensa en alguien a quien admires», les dijo al grupo la consejera en una de esas terapias chorras de darse las manos. Ella pensó en él; se llama Alex, Alexander, como su padre, pero ya nadie lo llama así. La mayoría de la gente ni siquiera sabe que su nombre es ese, pero Phoenix lo sabe porque son familia. Ella siempre lo llama Bishop delante de los demás, pero cuando piensa en él sigue siendo Alex.

También ha pensado en Clayton, pero «admiración» no acaba de ser la palabra adecuada para lo que siente por él.

Cuando vuelve a tener los pies casi normales, todavía palpitando como si fueran corazones pero ya no dormidos, se acerca a la nevera para ver lo que hay dentro. A pesar de todas las cajas de comida para llevar, allí no queda ni un trozo de pizza reseca. Encuentra un paquete caducado de fideos chinos en el armario, y luego una olla que puede limpiar para poner agua a hervir. Mientras se calienta, mete toda la basura en bolsas viejas y encuentra un paño de cocina usado pero no demasiado asqueroso y lo pasa por toda la encimera. Rescata un par de colillas largas más de los ceniceros y los limpia también. Cuando por fin se sienta a comerse los fideos, la mesa está limpia. Se los come sin nada, no quiere añadirle ese polvo repugnante con sabor a gamba. Es lo mejor que ha comido desde hace meses.

Una de las chicas del salón se estira y gime, alguien se mueve en la habitación de su tío. Phoenix oye una voz. No está solo. La luz está cambiando al otro lado de la ventana, oscurece. Ya es entrada la tarde y Phoenix ha estado todo el día andando ahí fuera, con ese frío.

Ha salido del Centro antes de que hubiera nadie despierto. Era la mejor hora para largarse. A los guardias los llaman «mentores», pero siguen siendo putos guardias y cambian el turno a las seis de la mañana, cuando aún no se ha levantado nadie. Entonces es cuando comprueban las camas, y después queda otra hora o así antes de que empiecen a llegar los demás trabajadores. Phoenix se quedó con todo eso al poco de estar allí, sabía que sería la mejor hora para largarse.

El viernes era el mejor día, porque era cuando solía tener turno Henry. Henry era un viejo tarado y vago al que todo le importaba una mierda. A eso de las seis y media ya estaría sobando en la sala de descanso. Era un buen plan. Phoenix preparó la bolsa ayer por la noche y se dejó la ropa puesta. Cuando han ido a comprobar si estaba en su cama, la han encontrado tapada hasta la barbilla y parecía dormida. Después ha esperado, se ha acercado a su puerta a escuchar cuándo dejaba de informar el «mentor» sobre todas las cosas inútiles que habían pasado esa noche y se largaba por fin de una puta vez. Se ha imaginado a Henry asintiendo como si no le importara una mierda y con ganas de volver a dormirse en cuanto pudiera. Que es lo que ha hecho. A eso de las siete menos cuarto ya estaba roncando, y Phoenix se ha escabullido por la puerta delantera como si fuese un día normal y corriente y ella fuese una persona normal y corriente. Allí no cierran las puertas con llave porque les gusta fingir que confían en los chavales. La puerta ha emitido un pitido y el busca que Henry lleva en la cadera ha vibrado, pero él estaba como un tronco, y no tenía cerca a nadie más que pudiera darse cuenta, aunque les hubiera importado algo.

Era un buen plan.

Pero fuera era febrero y ella no tenía dinero ni teléfono, y además estaba a tomar por culo en el puto barrio de St. Vital, en el sur de la ciudad. Ha intentado recordar por dónde ir, pero también quería mantenerse apartada de las calles principales por si descubrían demasiado pronto que se había escapado. Se ha pasado toda la mañana vagando por calles enredadísimas. Todas giraban y se retorcían como si intentaran confundirla. Esos yuppies blancos salían de sus casas de lujo y se metían en sus coches, y a ella, con su fina cazadora militar, la fulminaban con una mirada algo más larga de lo normal, pero no le preguntaban nada ni se detenían. Ha doblado muchas esquinas solo por si alguien llamaba a la poli, que en ese barrio se presentaría bastante deprisa, suponía.

En algún momento ha encontrado St. Mary's Road y se ha metido en el centro comercial para entrar en calor. Le lloraban los ojos y sentía las orejas como si se le fuesen a caer. Ha mangado un gorro en el Dollar Store, pero debería haber pillado algo de comer o haber llamado a cobro revertido a su tío para que fuera a buscarla. Debería, tal vez, pero el caso es que quería conseguirlo ella sola y presentarse en su casa sin más, como por arte de magia, como si lo hubiera logrado con clase. Quería impresionar a su tío, que chocara la mano con ella y la acercara hacia sí como hacía con cualquier otro de sus colegas tipos duros, como a su igual. Quería que saliera de su habitación y se llevara una sorpresa, una sorpresa grata, al verla. Así que ha seguido caminando, ha cruzado el centro de la ciudad, se ha recorrido la interminable Main Street y todo Selkirk hasta el otro lado de McPhillips. Hasta la otra punta de toda la puta ciudad. Está orgullosa de sí misma, pero le duele todo, joder.

Oye a su tío levantarse y hablar medio a gritos en su habitación, diciéndole a alguien que se levante de una puta vez. Phoenix se enciende otra colilla, se recoloca la sonrisa y se reclina en el asiento, preparada para ver a su tío y su cara sorprendida.

—Phoenix, ¿qué coño haces tú aquí? —dice él al entrar en la cocina con el albornoz bien atado, un chupetón oscuro en el cuello y el sueño todavía en la cara.

Solo han pasado unos meses desde la última vez que lo vio, pero le parece que está viejo y que tiene la cara gris, como si hubiese estado fumando demasiado. Se sienta a la mesa frente a ella y saca un cigarrillo de un paquete que lleva en el bolsillo del albornoz. Solo tiene unos diez años más que Phoenix, pero ya se le está cayendo el pelo, tiene más entradas que la última vez que lo vio. Su rostro enjuto parece más viejo de lo que debería, a sus veintiséis años. Se parece a una fotografía que tiene Phoenix de su bisabuelo. El abuelo Mac, como lo llamaba Elsie. Se murió antes de que ella naciera, pero tiene la sensación de haberlo conocido. Grandmère tenía tantas fotos y tantas historias… Era un hombre muy guapo y divertido, les decía. Phoenix cree que debió de ser justo así, como su nieto: Bishop. Alex.

—No puedes quedarte aquí, joder. Tu trabajadora social ya ha estado llamando y se ha puesto como una histérica.

—¿Para qué cojones llamaba? —dice Phoenix—. Maldita zorra entrometida.

—Porque te has largado del centro de menores, capulla. Como venga por aquí… —La señala con el cigarrillo y con un dedo amarillento.

Phoenix asiente con la cabeza, quiere sonreír pero no lo hace. Apaga su colilla, encuentra otra.

—Joder, Phoenix, eso es una marranada de rácanos. Toma. —Le lanza su paquete.

Ella lo alcanza y se le escapa la sonrisa. Se enciende uno y le da una calada larga y limpia.

—¿Cómo has llegado hasta aquí? —Su tío se inclina hacia delante. Tiene más arrugas en la cara que antes. Se preocupa mucho, ahora que está al cargo de tantas cosas.

—Andando —contesta ella con el tono de voz más displicente que puede, aunque está bastante orgullosa de sí misma, joder.

—¿Todo el puto camino? ¡Me cago en la madre…! —Se echa a reír.

Phoenix casi sonríe otra vez, pero se contiene y dice que sí como si no fuese nada. Da otra calada. Luego piensa un momento y pregunta:

—¿Quién era la puta esa que te ha llamado?

—Ha llamado a Angie, a mi antiguo teléfono —escupe él.

—¿Y qué coño le ha dicho ella? —escupe también Phoenix, con los hombros bien erguidos, como si estuviera dispuesta a pelearse con la ex de su tío allí mismo, si hiciera falta.

—Angie no le ha dicho una mierda, pero… Joder. —Sacude la cabeza—. No puedes quedarte aquí. Tengo muchas movidas entre manos, Phoenix. Ahora mismo no puedo cargar con más marrones.

Ella asiente, sabe que Angie, la madre de su niña, no dirá nada. Alex confía en ella. Todavía la quiere, en realidad. Phoenix lo sabe porque son familia. Sabe que él sigue queriendo a Angie, pero ella le da demasiado la vara cuando viven juntos, y él tiene movidas de las que ocuparse. Aun así, Alex le paga el apartamento de Machray Avenue y le compra a su hija lo mejor del mundo, toda su ropa lleva nombres de marcas. Eso es amor, piensa Phoenix. Entonces recuerda por qué está allí y piensa en qué debería hacer. A lo mejor podría quedarse en casa de Roberta o de Dez.

—¿Tienes algún otro sitio adonde ir? —pregunta su tío, leyéndole la mente.

—Sí, estaré bien. —Ella asiente y pone la expresión que usa cuando cree que la cosa afloja.

—Vale, bien —contesta él, y da una palmada en la mesa—. Tengo que darme una ducha. —Se levanta como si la invitara a marcharse.

—¿Tienes un teléfono que pueda usar? —pregunta ella.

Él le lanza un móvil de prepago sin decir palabra. No se ha fijado en que ha limpiado la cocina.

Phoenix baja al sótano para descargar allí sus cosas y ver si encuentra algo de ropa para cambiarse. Es una vieja bodega con paredes de piedra y charcos fríos en el suelo. Su tío tiene un deshumidificador en un rincón para que la humedad no le estropee todo el material que almacena allí.

Phoenix deja sus trastos en un rincón, detrás de un par de cajas de televisores que son lo bastante grandes para esconderla a ella. Pero no encuentra nada de ropa, solo aparatos electrónicos y unos cuantos contenedores de plástico sin marcar. Se rinde sin encontrar nada de lo que necesita.

«¿Cuándo os habéis sentido más seguros?» La mentora se lo preguntó al grupo ayer. Grace, así se llamaba. Alta, delgada y guapa, Grace era todo lo que Phoenix no es. Y rica. Grace tenía un reloj de pulsera brillante, de esos que Phoenix solo ha visto por televisión. Si se le diera bien robar, ya se lo habría agenciado, pero es torpe como ella sola. Así que, mientras los demás chavales lloriqueaban, ella se puso a pensar en todas las formas posibles de mangar ese puto reloj. Grace solo trabajaba durante el día y nunca la pillaría durmiendo como a algunos de los otros «mentores». El cierre del reloj parecía bastante bueno. Phoenix lo miraba mientras Grace gesticulaba con las manos, abrazaba a los chavales y les decía que no pasaba nada y que todo iría bien. Joder. Mierda, robárselo sería imposible, decidió al final.

—¿Cuándo te has sentido tú más segura? —le preguntó Grace, mirándola directamente. Y el resto de la sala también; todos los ojos sobre ella.

Phoenix estaba demasiado furiosa para que se le ocurriera nada. Se quedó mirando a esa mujer tan guapa, y delgada de cojones, y se quedó sentada con los hombros encorvados, como dispuesta a salir de allí a empujones si hacía falta. No dijo nada, solo se quedó mirando a Grace. E incluso la ricachona y preciosa Grace fue lo bastante lista para pasar de largo.

Las cosas de su bolsa siguen frías aun después de haber estado un buen rato dentro de casa. Phoenix la deja encima de una caja y saca una camiseta que está casi lo bastante limpia para sacudirla un poco y ponérsela. Mientras lo hace, no mira su cuerpo repugnante y gordo, solo se quita la cazadora, se quita una camiseta y se pone la otra. Esta le queda un poco más ancha. En el puto Centro siempre le hacían comer tres veces al día. Se ha puesto como una foca. No se cambia nada más. Esos pantalones anchos son los mejores que tiene, aunque apesten. Baja la mirada hacia su ropa e intenta alisarla un poco. Se siente enorme pero mejor.

De todas formas solo tenía unas pocas prendas para llevarse consigo. Eso y unas cuantas fotos antiguas ha sido todo lo que ha tenido que meter en la bolsa. No mira las fotografías, pero las toca para asegurarse de que están ahí dentro antes de esconderlo todo detrás de la caja más grande. En el suelo hay un par de lonas viejas y una manta hecha jirones, todas mojadas, y las extiende por encima de las cajas para que se sequen un poco, por si acaso. Puede que al final tenga que dormir allí.

Es un plan bastante bueno.

Arriba, su tío se ha dejado los cigarrillos en la mesa. Phoenix sonríe porque, a fin de cuentas, es muy buen tipo. Cuando eran pequeños, él era un niño muy bueno, se portaba muy bien con ella. Se la llevaba a dar vueltas en bici por St. John's Park, la sentaba en el manillar y conducía con cuidado, sosteniéndola por ambos costados a la vez que sujetaba el manillar, porque era pequeña y muy patosa. En aquella época, antes de que naciera su hermana pequeña, Sparrow, cuando él todavía era Alex, vivían todos juntos en la casa marrón del otro lado del río con la vieja Grandmère y los padres de Alex, y con Cedar-Sage, la otra hermana de Phoenix, que no era más que una niñita que siempre estaba contenta. Incluso su madre, Elsie, estaba casi siempre por allí. A Phoenix le dolía el trasero de ir sentada encima del manillar, sobre todo cuando pasaban por los viejos tablones de madera del puente, irregulares y llenos de baches, pero nunca dijo ni una palabra, solo se sujetaba mejor, y Alex la sujetaba también.

Phoenix marca primero el número de la casa de Roberta, pero el teléfono no funciona. Luego prueba con el de Dez y, por supuesto, Dez contesta al segundo tono.

—Dez, joder, ¿cómo te va? —dice con una risa dura, y da otra calada.

—¿Phoenix?

Oye que hay alguien al fondo, una risa por ahí detrás.

—Sí, soy yo. ¿Cómo te va, tía? —Apaga el cigarrillo y de repente se pone nerviosa. Hace seis meses que no ha visto a sus chicas. Las ha llamado cuando ha podido, pero perdió el privilegio de usar internet el primer mes de estar allí dentro. La verdad es que ha estado bastante desconectada—. ¿Qué pasa por ahí?

—Pues nada, lo de siempre. —Dez suena rara, distante—. ¿Y tú qué haces, joder? ¿De quién es este teléfono?

Alguien, al fondo, dice algo que Phoenix no llega a entender.

—De Bishop —contesta, intentando resoplar las palabras, sonar dura—. Me ha dado uno de prepago.

—Entonces ¿ya estás fuera? —Dez nunca ha sido muy de pensar ni de ir a clase.

La persona del fondo vuelve a decir algo, parece una chica.

—Sí. —Esta vez Phoenix finge algo mejor su desdén—. ¿Esa es Robbie?

—Sí, y Cheyenne. Entonces ¿te quedas en casa de tu tío? —Sigue sonando rara, o puede que solo muy directa.

—A lo mejor. Aún no lo sé. —Phoenix piensa un momento—. Veníos. Necesito algo de hierba. —El tono es imperativo.

—Claro. —Dez se arranca esa respuesta y deja de hacer preguntas. Por fin.

—Oye, ¿has visto a Clayton últimamente? —Phoenix pronuncia cada una de esas palabras como si no significaran nada.

—Pues sí, casi todos los días. ¿Por qué? —La voz de Dez suena indiferente.

—Por curiosidad. Podrías decirle que venga también. —Phoenix baja la mirada hacia su cuerpo repugnante y mete tripa aunque nadie la esté mirando.

—Seguro que de todas formas ya está por ahí. Suele pasarse.

—¿Por qué tendría que estar aquí? —Lo piensa—. Ah. Vende hierba para Bishop.

Nadie se lo había dicho. Jode un poco saber que nadie la ha avisado. Hace un par de meses que no consigue dar con Clayton, así que a lo mejor es algo muy nuevo. Oye a su tío salir de la ducha y piensa que se lo preguntará a él después. Nunca habla mucho de su negocio, pero tal vez le cuente qué hay de eso.

—Vale, guay —le dice a Dez—. Oye, ¿puedes traerme algo de ropa? No tengo nada que ponerme. Como una sudadera de capucha o algo así. Aquí me estoy helando.

Las chicas del fondo siguen hablando. A Phoenix le gustaría saber qué coño están diciendo, pero aun así intenta no cabrearse demasiado. Al menos no de momento. En lugar de eso, endereza la columna y respira hondo, tal como esos putos «mentores» le decían siempre. Joder. Quizá su tío le deje vender también un poco a ella, para ganarse algo de pasta. Aunque su tío seguramente dirá que no, porque intenta cuidar de ella, como ha hecho siempre.

—Claro —contesta Dez, despacio, todavía sin mucha seguridad—. Puedo encontrarte algo.

—Guay. Gracias. —Phoenix asiente con la cabeza aunque nadie pueda verla—. Hasta dentro de un rato, pues. —Su voz vuelve a sonar con fuerza, y sabe que no tardarán.

Dez le conseguirá ropa y la maquillará como ella sabe. Y así, cuando llegue Clayton, estará como cualquier otra chica, lista para la fiesta, lista para él.

Sí, piensa, es un buen plan.

Louisa

Gabe se marchó anoche, tal como dijo. Tal como yo sabía que acabaría haciendo.

Fue como si me dieran una patada.

—Louisa, cariño, que solo me vuelvo a casa una temporada —dijo mientras metía su ropa en la mochila. Como si fuese una noche cualquiera y él solo se marchara de visita. Y quizá era así—. Puedo, mmm, aprovechar para que me lleve Lester, pero él quiere salir esta misma noche. Dice que mañana va a nevar, así que, mmm, más nos vale ir tirando. Ahora mismo.

—De acuerdo —me limité a decir yo. Me senté porque de pronto estaba mareada.

Él se volvió en la puerta y, como si se le acabara de ocurrir, dijo:

—Y te quiero, ¿eh?

Después, por algún motivo, dio unos golpecitos en el marco. El sonido que hizo pareció resonar en nuestro dormitorio. Mi dormitorio, ahora, supongo.

Levanté la mirada, pero solo pude contestar asintiendo con la cabeza.

—¿Te llamo después? ¿Mañana o así? —Era una pregunta para la que él no tenía respuesta. No sabía cuáles eran las nuevas reglas, y yo tampoco.

—Vale, está bien. El Pequeño querrá hablar contigo. Llámame para que sepa que has llegado bien allí arriba. —Lo dije mirando hacia el tocador. Sus cosas ya no estaban desperdigadas por encima. Las había recogido todas.

—Vale, eso haré.

Sabía que sus «Eso haré» no significaban lo que se suponía que significaban, pero estaba harta de pelearme por ello.

—Conduce con cuidado —fue todo cuanto añadí.

Oí cómo hablaba con los niños fuera, en el salón.

—Vale, chicos, tengo que irme ya —dijo, como si fuese cualquier otro adiós, nada especial. Y quizá lo era.

Tal vez solo es que yo quiero pensar que hemos roto definitivamente. Para siempre.

Oí que salía de casa, pero no me moví de donde estaba sentada, en la cama. Mi cama. Que de algún modo también parecía más vacía. Me quedé allí sentada intentando sentirlo. El vacío. El espacio frío que solía ocupar Gabe. Dicen que el aire se pone así, frío, cuando pasa un fantasma.

Tal vez sea igual que cualquiera de las otras veces. Tal vez un día, pronto, se presente de vuelta igual que hace siempre, al final, y yo solo me esté imaginando que esto es más de lo que en realidad es. Tal vez. O tal vez se ha marchado de verdad, como yo siempre he creído que haría. Harto de mí y de todos mis rollos. Harto de que nunca le dé lo que quiere. No lo culpo. También yo estoy bastante harta de mí misma.

Mi jornada laboral va transcurriendo, pero soy incapaz de concentrarme. En lugar de eso, la tarde del viernes se alarga ante mí: mis archivos no están actualizados y no he devuelto ninguna llamada.

En lugar de eso, no hago más que mirar al cielo rosado por la ventana de la oficina. Lester tenía razón, va a nevar. Las nubes parecen hincharse y le confieren a todo una sombra oscura y alargada. El centro de la ciudad se difumina.

Miro mis archivos, todos esos niños pequeños y pobres que ya tienen unas historias épicas, con madres malas o tristes. El espacio en blanco donde se supone que deberían estar sus padres. Todo se difumina. Está visto que ahora mismo no soy capaz de ser una trabajadora social, pienso. Solo puedo ser una mujer abandonada.

Intento identificar esa sensación. Como si, de conseguir identificarla, pudiera describirla, ponerle un nombre y una etiqueta y, así, enfrentarme a ello. Herida, enfadada, triste, traicionada, indigna. Intento contener las lágrimas porque no quiero llorar aquí, en el trabajo, donde se supone que soy dura y objetiva, pero no lo consigo. Levanto la mirada hacia las fotografías que hay clavadas en mi corcho —mis dos niños, mi familia, mi hombre—, que también se difuminan.

Gabe Hill llegó flotando a mi vida sobre una enorme ola de atractivo y buen olor. Tenía unos hoyuelos tan grandes que casi me caigo dentro.

Era perfecto.

Estábamos en el backstage de algún acontecimiento. El ex de Rita nos había conseguido las entradas, y mi hermana Paulina y yo nos acicalamos para la ocasión. Todas sabíamos quién era Gabe. Todo el mundo sabía quién era Gabe. Él llevaba una camisa negra de cuello sin botones, planchada y limpia, y estaba allí plantado, con las piernas separadas como todo buen guitarrista, aunque no estuviese tocando la guitarra. Todas nos quedamos mirándolo demasiado rato, pero ninguna tuvo valor para acercarse a él.

Recuerdo que fui a la barra a por una cerveza. Cuando regresaba, di un sorbo y al levantar la mirada me lo encontré justo delante. Él solo me ofreció una sonrisa, tierna y perfecta. Yo solo intenté secarme discretamente la barbilla, esperando que no me hubiera visto las gotas de cerveza, ni la baba.

Todavía me encanta ese primer trago de una Lab Lite. Hasta su olor me hace recordar esa noche.

Era el único hombre sobrio de la sala. No bebía, dijo, y tampoco fumaba. Después de eso, no hizo falta mucho más para convencerme. Y algunos hombres tienen esa forma de mirarte… Gabe era así, estuvo haciéndome caso toda la noche, me escuchó de verdad. Me dejó del todo aturullada.

Acababa de conocerlo y no sabía que le hacía eso a todo el mundo. Pensé que yo era especial.

Me acerco al escritorio de Rita. Quiero zambullirme en mi estudiada autocompasión y hablar de mis problemas. Rita es la mejor amiga de mi madre y la conozco desde que era pequeña. Fue ella quien me consiguió este puesto cuando acabé los estudios, y las dos también nos hemos hecho buenas amigas. En realidad, es la naturaleza intrínseca de este trabajo. Ella me escucha, pone cara pensativa, su cuerpo adopta una postura de trabajadora social ensayada a la perfección y, cuando termino, me mira por encima de la montura de sus gafas y entra a matar.

—¿O sea que crees que se ha ido allí arriba a zumbarse a alguna mujer?

—Él lo niega. —Me encojo de hombros.

—Pues claro que lo niega. ¿Qué quieres que te diga? ¿«Mmm, sí, cielo, me estoy… zumbando a una tía aquí en la reserva, qué quieres, pues sí»? —Suelta una de sus risas de Rita, de cuerpo entero y echando la cabeza hacia atrás. No es así con los clientes; a los clientes solo les ofrece la parte en la que escucha y se guarda sus pullas para sí.

Yo solo consigo corresponderle con una leve sonrisa. No puedo reírme como ella quiere que haga. Rita sigue riendo, intentando hacerme sonreír a mí también, pero no soy capaz. Ni siquiera sé qué más decir ya. Solo hago que repetirme lo mismo. Estoy furiosa. Sí, furiosa. Esa es la palabra.

Otra mujer, pienso. Otra.

No, estoy herida.

—¡Siempre lo niegan, Louisa! —La voz de Rita suele sonar un poco pasada de volumen, pero cariñosa, a su manera ruda. Ella es así con todo. Es práctica, o blanco o negro, dicho y hecho. Eso la hace ser muy eficiente.

Yo intento ser como ella, pero ni me acerco. Veo todas las facetas y todos los ángulos. Necesito verlo todo, sentirlo todo, antes de poder tomar una decisión, cualquier decisión. A Rita no le hace falta. Todo lo que ella tiene de implacable yo lo tengo de endeble. Ella los tiene bien puestos, cuando yo lo único que tengo son sentimientos confusos y deprimentes de chiquilla sobre cualquier cosa.

En especial sobre Gabe.

Estoy sentada en su escritorio con la cabeza muy gacha.

—Bueno, y entonces ¿qué excusa te pone para ir allí arriba cada dos por tres? —Se balancea de un lado a otro en su silla. Mi vida no es más que otro problema que ella puede analizar metódicamente en busca de puntos flacos y detalles que investigar.

—No sé. Que su tía y su tío no quieren marcharse de su casa y necesitan mucha ayuda. Ese sitio se les cae a pedazos. Para Gabe es su hogar, quiere estar allí.

—Suena plausible. —Rita asiente; un gesto ensayado.

—Pero antes no le importaba. Solo se preocupa ahora. —Me encojo de hombros.

—Cierto. —Aparta la mirada, pensativa—. Ha estado mucho tiempo aquí abajo, o de gira.

Rita es más suspicaz que yo. Se alimenta de sospechas. Una vez me contó que su ex, Dan, siempre estaba intentando colársela, así que se considera una experta. Me lo contó con una gran risotada desbordante de las de Rita.

—Bueno, sí tiene cierto sentido, de algún modo —opino—. Ahora todos sus primos están allí arriba, y Lester ha entrado en el consejo, así que Gabe siempre encuentra quién le suba. Es como si nunca hubiese tenido tantas oportunidades de estar en casa desde que era pequeño. Además, allí arriba todo el mundo lo adora. Lo tratan como si fuera un famoso de verdad.

—Famoso, bah… Si su canción solo la pusieron una temporada en la emisora de country. —Ríe.

—¡Allí arriba todo el mundo escucha country, Rita! —Suspiro. Toqueteo los papeles de su escritorio, pero no me centro en nada en concreto—. Es que le sienta bien ver que todos lo valoran tanto. —Yo no lo valoro, pienso, pero no lo digo.

—Pues claro —dice ella—. Un tipo guapo con guitarra y, encima, una canción en la radio. ¡Carne para los lobos! —Hace un gesto con las manos como de abalanzarse sobre algo y vuelve a reír, más fuerte aún.

No le pregunto quiénes son los lobos en este supuesto.

Su marido, Dan, la engañó con una de sus amigas comunes. Vivían en la reserva por aquel entonces y los rumores circularon por toda la comunidad, incluso que la niña de cinco años de aquella mujer era en realidad hija de él. Él lo negaba, pero aun así Rita se vino a vivir a la ciudad y dejó de ser «tan condenadamente tradicional», como decía ella, y volvió a fumar y a beber. Decía que en realidad solo lo había dejado por él, y que se moría por echar un trago desde hacía «diez condenados años».

Apenas soy capaz de sonreírle. Quiero seguir furiosa. La furia me transmite poder, pero ya siento cómo vuelven a brotar las lágrimas. Qué idiota.

—Ay, cielo. —Me acaricia la rodilla—. Esto te ha dejado rota de verdad, ¿no?

Solo consigo asentir con la cabeza. Rita me pasa un pañuelo de papel y sigue acariciándome la rodilla.

Cuando Rita volvió a la ciudad, mi madre le encontró un apartamento en el edificio donde viven Kookom y ella, y se pasaba a verla todos los días. Me dijo que Rita estaba «muy afectada», pero también me hizo jurar que guardaría el secreto. Rita se hacía la dura cuando había alguien más delante.

—Bueno, y ¿conoces a esa mujer que se está zumbando?

—¡Deja de decir zumbar!

Se echa a reír otra vez. Casi resulta contagioso.

—¿Sabes quién es?

—Eso creo.

—¿Cómo se llama?

—Melody.

—¿Melody? ¡Pfff, vaya mierda de nombre! —exclama, y suelta una carcajada.

Seguro que a él le parece un nombre bonito, como una canción que sabe tocar.

La noche que conocí a Gabe, hablamos durante horas metidos en una burbuja solos él y yo. Cuando me levanté para irme, me dio un abrazo enorme y fantástico. Su cuerpo tenía la forma perfecta y ocupaba justo la cantidad de espacio adecuada. Me encantó la manera en que me hundí en él. Nos quedamos allí de pie, como si estuviésemos bailando, y es que durante ese largo minuto sí que bailamos, en realidad.

Fuera hacía buen tiempo, así que Paulina y yo volvimos a casa dando un paseo. Bueno, tal como lo cuenta ella, yo volví a casa tambaleándome a su lado. Dice que era como si llevara una cogorza monumental y que tenía una sonrisa de boba en la cara.

Todo mi cuerpo ansiaba estar con él. Gabe. Su nombre daba vueltas y más vueltas en mi cabeza, y por todo mi cuerpo, mientras caminaba a casa emocionada a más no poder. Bueno, Paulina caminaba. Yo flotaba.

—¡Joder, Gabe Hill! —Me reía, aquella noche tan cálida y tan lejana.

—Me gusta su canción. —Mi hermana sonrió y se puso a cantarla.

Me uní a ella, desafinando pero dándolo todo. Sin que me importara si me oía alguien.

A partir de ahí todo sucedió muy deprisa.

Él me llamó al día siguiente. Y ya por la mañana. Esa noche se pasó a tomar un café. Fue muy educado y muy atento con Jake, que por entonces tenía nueve años y estaba siempre tan rodeado de mujeres que cualquier hombre era su héroe, y sobre todo ese tipo alto y guay que se trajo una guitarra y se puso a tocarle viejas canciones country. Yo miraba a Gabe, en mi casa, a ese hombre tan bello dedicándole su amable atención a mi solitario hijo. Todo mi cuerpo ansiaba estar con él. Lo quería allí, no solo por mí, también por mi chico, cuyo padre se había marchado hacía tiempo y no merecía la pena ir tras él. Todo lo que sabía con certeza sobre Gabe era lo gran guitarrista que era, que sabía cantar arrastrando las palabras con un perfecto dejo country y que tenía un single de éxito. Decía que quería ayudar a la gente y ser un ejemplo. No parecía que lo dijera solo por impresionarme.

Esa noche se quedó a dormir. En realidad nunca llegó a venirse a vivir con nosotros. Solo se quedó en casa. Cinco años.

Al contrario que yo, mi hermana Paulina es feliz. Nunca ha sido tan feliz y, si tengo que ser sincera, eso me está matando.

—Es tan... majo —volvió a decirme el fin de semana pasado mientras envolvíamos sus platos en papel de periódico—. Pero majo de verdad. Con todo el mundo.

Yo iba metiendo la vajilla en una caja pequeña, una pieza tras otra, sin comentar nada.

—Todavía se pone muy nervioso cuando trata con Emily. No tiene ni idea de qué hacer con una niña de trece años. Me parece que lo tiene muerto de miedo.

—¡Y eso que, en realidad, quien debería tenerlo muerto de miedo soy yo! —me burlé. Lo dije en broma, aunque solo a medias.

—Uy, y así es. No te preocupes. —Y siguió contando—: Tiene una familia enorme, Louisa. Pero enorme de verdad: seis hermanos. Sus padres viven todavía en la casa donde crecieron todos ellos, allá en el monte, justo a las afueras de su reserva. ¡En el monte! Se ha pasado toda la vida allí. Caza y todo eso.

Se le iluminaba la cara al repetir cosas que ya me había contado un millón de veces. Yo le sonreí y me imaginé la estampa: una casa de verdad en una comunidad de verdad con una familia de verdad. ¡Indios de verdad! No mestizos de ciudad como nosotros. Comprendía qué era lo que le gustaba a Paulina de todo eso. Recordé que también a mí me gustaba con Gabe: su gran familia, su hogar de verdad. Me encantaba ir a visitar a todo el mundo a su casa. Para Paulina y para mí había sido muy diferente, nuestra infancia en la ciudad y nuestra familia pequeña, tan escasa y destrozada. Disfrutamos de un par de inviernos en casa de nuestro padre en el monte, pero aquello siempre estaba demasiado solitario, siempre había demasiado silencio.

—¿No crees que voy muy deprisa? —A Paulina se le quebró la voz, insegura.

Levanté la mirada, vi su rostro lleno de vulnerabilidad y duda.

—¿Cómo voy a saberlo yo? —fue todo lo que dije mientras miraba hacia otro lado—. Gabe se vino a vivir conmigo al cabo de un día.

—Y mira cómo os ha ido. —Me di cuenta de que ella no había querido decir eso.

Tenía razón, pero solo me encogí de hombros. Sabía que lo que quería eran palabras de aliento, palabras dichas con convicción, que le transmitieran seguridad y alivio. Como las que ella siempre tenía para mí.

A mí me faltaban.

Pero seguí ayudándola a hacer cajas.

Mientras preparo mis cosas para salir a hacer una última visita antes de acabar la jornada, llama mi Kookom.

—Bueno, y ¿cómo te encuentras hoy? —Lo pregunta como si no lo supiera ya. La anciana tiene la habilidad de saber cómo estoy solo por el tono de mi saludo.

—Estoy bien, Kookom —contesto mientras recojo mis cosas—. ¿Cómo estás tú?

—Ay, ya sabes —dice con un suspiro—. Sigo vieja. Entonces ¿vendrás mañana a cenar? —Así es como pide Kookom las cosas. Aún no me había comentado nada de la cena de mañana.

—Claro —digo—. ¿Qué querrás?

—Me encantaría un poco de pollo frito. Hace a saber cuánto que no como pollo frito. —Me doy cuenta de que ha estado pensando en esto todo el día.

—De acuerdo, mañana nos pasamos, pues. —Ordeno los papeles de mi escritorio y clavo uno en mi corcho de manera que tape la foto de Gabe.

—Estupendo. ¿Gabe también vendrá? Lo necesito para que me ayude a mover unas cosas. —Esa es la forma que tiene de meter las narices.

—No. Gabe ha tenido que volver a su casa una temporada, Kookom. —Es todo lo que voy a decirle. No tengo por qué contarle nada más. Todavía no. Y menos si al final él vuelve—. Jake y yo podemos ayudarte. ¿Qué es lo que tienes que mover?

—Ah… —El sonido se alarga, elocuente—. Pues nada más que unos trastos viejos de ahí abajo, en el almacén. No es gran cosa. —Esa es su forma de intentar que me sienta útil, capaz, ocupada.

—Nos las apañaremos, Kookom. No te preocupes.

—Uy, ya lo sé —me asegura—. Díselo también a Paulina y a Emily, si no están demasiado atareadas para hacerme una visita. Hace mucho que no veo a esas niñas. —Debe de hacer unos dos días.

—De acuerdo, se lo diré. Oye, tengo que dejarte. Te llamo después, ¿vale?

—Muy bien, mi niña. Te quiero. —Esa es la forma que tiene de decirme que sabe más de lo que le estoy contando.

—Yo también te quiero. —Cuelgo deprisa, antes de que mi voz me traicione más aún.

Rita y yo nos abrimos camino por la ciudad nevada mientras la luz disminuye y cae aún más nieve sobre el blanco. Nos deslizamos hasta llegar al extremo más alejado del noroeste para ver a Luzia, una de mis madres de acogida preferidas. Nos recibe con sonrisas y café. Me mira igual que Kookom. Elocuente.

Las ancianas saben.

—Bueno, y ¿qué vas a hacer ahora? —pregunta Rita mientras regresamos en el coche. No está metiendo las narices, no del todo.

Yo voy acurrucada en el asiento del copiloto y noto la cara arrasada por las lágrimas. Vuelvo a sentirme entumecida.

—No lo sé.

—Es una situación dura. —Suspira sin apartar los ojos de la calle.

Yo asiento aunque no se ha vuelto hacia mí, y miro por la ventanilla mientras salimos del paso subterráneo de Main. Ya está oscuro. En cierto modo, en invierno siempre está oscuro. Veo pasar el barrio: personas que salen tambaleándose de los bares demasiado temprano, una niña con un cochecito intentando cruzar la arteria nevada por donde no debe. Lo veo sin sentir nada de todo ello.

—Creo que estoy acabada. Pero acabada de verdad. —Mi voz me parece más que débil.

—Yo también lo creo —replica Rita con calma—. Conozco esa sensación, niña. Lo siento.

Seguimos el trayecto en silencio, rodeadas por las calles amortiguadas. Desearía encontrar otro tema sobre el que hablar, sobre el que pensar, pero no se me ocurre nada.

—Te vendría bien salir conmigo —me dice Rita, y da un manotazo en el volante—. Es viernes, ¿sabes? La gente sale los viernes.

—Ah, ¿sí? —pregunto, y me lo pienso—. ¿Adónde quieres ir?

—Vayamos a eso de la galería de tu madre. Nos emborrachamos. Nos divertimos. Nos olvidamos de todo.

—Pero ¿quién va a cuidar de mi niño?

—Pídele a Paulina que se lo quede, ¿o es que está demasiado enamorada para hacer de canguro un rato? O a Jake. ¿Para qué están los adolescentes, si no? Le enviaré a Sunny para que le haga compañía. Joder, cuando yo tenía su edad cuidaba de todos los críos, y de sus primos también.

Me encojo de hombros mientras pienso en todos esos pasos tan sencillos.

Nunca parece sencillo, pero lo es.

Podría salir y punto, emborracharme, ser una persona. Podría dejar las penas a un lado y divertirme. Podría.

¿Qué es lo peor que podría pasar?

Cheryl

Cheryl despierta oliendo la nieve. Febrero entra a ráfagas en su pequeña habitación desordenada mientras los coches tocan la bocina en Main Street, una manzana más abajo. Le parece recordar que abrió la ventana en algún momento de la noche, cuando por fin se dejó caer en la cama. Le parece recordar que quería que entrara el aire para rememorar algo que anhelaba. Algo que ya no es capaz de recordar a la mañana siguiente, sobria, pero puede imaginar qué era.

Rueda sobre sí misma para bajar de la cama, aunque le cuesta. La cabeza le martillea a causa del whisky de centeno, sus tobillos resecos proclaman artritis y todo su ser necesita entrar en calor. En la cocina, pone las manos bajo el grifo hasta que el agua sale caliente y le alivia, luego saca un par de analgésicos del blíster. Su cuerpecillo nota todos los huesos al apoyarse en la encimera. La cabeza gacha, los pulmones de fumadora sacando la noche anterior a toses entre sorbo y sorbo de agua. No tarda mucho en sentirse algo mejor, o al menos lista para empezar el día.

Hubo una época en la que pensaba que a su edad ya lo tendría todo bajo control, que contaría con un plan de jubilación, estaría creando arte y se iría apagando poco a poco con una sonrisa de satisfacción. Pero sus cincuenta y tantos están resultando exactamente igual que sus cuarenta y tantos, solo que todo le duele más.

Cojea por el apartamento intentando que sus tobillos envejecidos entren en calor mientras se pasa las manos retorcidas por el pelo corto. Su pelo de Kookoo, como lo llaman sus hijas, porque por lo visto todo el mundo se corta el pelo cuando va cumpliendo años. Ese es su ritual, pasearse por la mañana intentando recomponer la noche anterior. En su mesa de café hay una botella de licor pequeña, vacía, tumbada junto a un vaso vacío y pegajoso, lápices de diferentes longitudes y densidades, y virutas de goma de borrar esparcidas por la superficie como si fueran diminutos gusanos grises. El lienzo, nada cooperativo, está inclinado en el suelo, apartado con enfado y cansada tristeza.

Está intentando reproducir una vieja serie de pinturas. Mujeres lobo, las llama ella, fotografías encerradas en pintura acrílica, retratos transformados. Empezó la serie hace años, y toda la primera tanda fueron cuadros de su hermana, Lorraine: todas las caras y los lobos que podría haber sido. Ahora Cheryl intenta pintar a algunas de las otras mujeres fuertes que conoce. Ha hecho un cuadro para cada una de sus hijas, Louisa y Paulina, dos lobos pequeños y hermosos, cada una de ellas muy parecida a su madre pero de formas diferentes.

En algún momento de anoche, en mitad del whisky, empezó un nuevo retrato de su hermana. Estudió todas las fotos que tenía de ella, pero ninguna le parecía adecuada. Al final se decidió por una muy antigua, como del 74, de cuando Cheryl conoció a su ex, Joe. En la fotografía, Lorraine tiene como mucho dieciséis años y está sentada en el viejo Challenger azul medianoche de Joe. Más alta y con mejor figura que su hermana mayor, Lorraine lleva una cinta para el pelo marrón y con cuentas, y una cazadora de flecos, sus piernas largas visten vaqueros de pata de elefante y lleva las botas rojas que Cheryl le tomaba prestadas cada vez que Lorraine le dejaba. La abundante melena le cae en ondas alrededor del rostro joven, en el que no hay ni una arruga, ni una preocupación. Las dos hermanas tenían la misma boca suave, pero Lorraine siempre fue más guapa. Cheryl pegó la fotografía al lienzo, justo en el centro, y empezó a esbozar algo a su alrededor, pero nada le parecía bien. No era capaz de quedarse con ningún trazo. Por la mañana lo ve muy burdo. El lienzo sigue en blanco alrededor de la chica del coche, solo hay unas rayas a lápiz medio borradas, líneas arañadas que se hunden en el blanco y borrones amenazantes como nubes grises. A su hermana se la ve muy sola.

Cheryl desearía tener una foto de ella bailando. Eso es lo que necesita. Lorraine nunca estuvo más viva que cuando bailaba. Le encantaba bailar, siempre estaba meciéndose de aquí para allá. Pero el caso es que, en toda la poca vida que vivió, nadie le hizo nunca una fotografía bailando.

La menopausia es curiosa, piensa Cheryl, todo parece regresar de nuevo. Vuelven los viejos anhelos y recuerdos, en sueños y en pensamientos, continuamente. Esa noche se ha pasado horas regurgitando partes dispersas de su vida, personas que ya hace tiempo que no están y decisiones olvidadas desde hace mucho. Todo parece repetirse, una y otra vez. Bebe para poder dormir, o eso es lo que se dice a sí misma. Pero, aun dormida, sus fantasmas la persiguen, quieren que los mire, que los recuerde.

Anoche soñó con los abedules, finos y blancos contra la nieve, y con los lobos aullando en el horizonte. Ella iba caminando con raquetas, como hacía cuando vivían en el monte. Sus piernas de niña de ciudad adoraban todo aquello. Le gustaba tanto que, años después, aun solo en sueños, sus piernas seguían conociendo cada tensión, cada giro. Era capaz de oler la nieve, y el aire frío del invierno.

Cuando vivía en el monte, su hermana Lorraine subía a verla. Las dos dejaban a las niñas con Joe para que construyeran fuertes e hicieran guerras de bolas de nieve, y ellas salían a caminar con las raquetas durante horas. Ambas le pillaron el truco al instante. Joe les enseñó a atárselas bien, a dar zancadas levantando mucho las rodillas y a sujetar los palos con firmeza. Tras despedirse con las manos enfundadas en manoplas y los rostros embozados en la bufanda, salían hacia los abedules y el viento. A Cheryl le encantaba la forma en que las raquetas la hacían flotar sobre la nieve; se hundía, pero no hasta el fondo. Después de tener a las niñas se había sentido muy pesada, como si tuviera el cuerpo lleno de piedras, desgarbada y torpe. Cuando se ponía las raquetas, sin embargo, podía deslizarse por entre los árboles que se extendían desde el lado norte de su pequeña casa con revestimiento de contrachapado. Pensaba que así era lo más ligera que sería jamás. Podía ponerse esos grandes pies y sentirse menuda. No solían hablar mucho, Lorraine y ella, solo respiraban y observaban, y no se oía ningún otro sonido en millas a la redonda, solo las redes de sus pies cuando tocaban la nieve, y a veces los lobos, muy lejos, más allá de los árboles. A Cheryl le encantaba.

También le encanta soñar con ello. Cada vez que tiene ese sueño.

Pero se ha despertado helada y sola, con la ventana abierta. Por un momento no ha sabido decir dónde se encontraba. En la que ha sido su casa desde hace años. Durante ese instante solo sabía que junto a ella había un espacio vacío que dolía, el hueco donde se suponía que debía estar su hermana.

Cuando Cheryl llega a la galería todo está en silencio y vacío. Enciende las luces de la oficina, pero deja que la zona pública descanse en su polvo oscuro y acogedor. Se asoma a mirar el gran espacio en penumbra, los cuadros de las paredes se difuminan entre las sombras, los rincones parecen espeluznantes, infrautilizados. Le encanta, hasta la última pulgada.

Prepara café aunque ya casi es de noche otra vez. Sus ayudantes no tardarán en llegar; son jóvenes, así que probablemente acaban de levantarse de la cama y necesitarán cafeína. Consulta su lista de tareas pendientes, le envía otro mensaje de texto a Lyn para tranquilizarla y se sienta a su escritorio, el grande del fondo. Le encanta sentarse ahí, la sensación, el peso mismo de ese sitio. Da hacia la galería alargada y polvorienta, que ahora está tranquila y apagada pero que, como ella, aguarda en la oscuridad. Le encanta ese trabajo, su trabajo de «por fin lo he conseguido». No gana suficiente dinero, desde luego, pero tiene algo a lo que hincarle el diente después de años de empleos serviles y de criar a las niñas. Allí, ella está al mando. Por fin. Le gusta paladear esos momentos. Igual que con un sabor dulce en la boca, o con el olor mágico de sus nietos, los inhala en largas inspiraciones. Siempre hace eso cuando intenta que las cosas buenas duren todo lo posible.

Le encantan los momentos como ese. Los de tranquilidad, antes de que empiece todo. Nunca duran lo suficiente.

La artista que expone esa noche, Lyn, llega a toda prisa con el invierno sobre el abrigo y una bolsa llena de folletos que ha impreso en el último momento.

—¡Está nevando! —dice la joven, afirmando lo evidente. Tiene un moratón reciente debajo del ojo, apenas camuflado bajo capas de base y una línea de purpurina plateada—. ¿Quiere eso decir que la gente no vendrá?

—Siempre vienen. —Cheryl le descuelga del hombro la bolsa de los folletos—. Deja de preocuparte, va a salir genial.

Lyn solo suspira. Debe de ser la artista con mayor talento que Cheryl ha conocido en mucho tiempo, pero es demasiado joven y está demasiado nerviosa para que nada llegue a calarle del todo. Así que Cheryl le ofrece una cerveza y un cigarrillo. Recuerda esa sensación, el miedo a lo que pensará la gente de ti y de tu arte, todo tu espíritu está ahí colgado, expuesto. Ese miedo nunca desaparece del todo. Solo puedes llegar a mitigarlo hasta cierto punto, o tragártelo.

Pronto tienen la galería barrida, han comprobado hasta la última pieza, todas las mesas están dispuestas y Lyn está todo lo preparada que estará jamás. Le da sorbos a otra copa y charla con amigos. Cheryl cierra la puerta de la oficina y llama a su madre para ver cómo está. El apartamento de la mujer está una planta por debajo del suyo, y Cheryl ha bajado a verla antes de salir, pero no quiere que se desoriente. Suele pasarse sobre la hora de cenar, cuando ya está oscuro, y su madre podría preocuparse si no lo hace.

—¿Puedes traerme algo de leche cuando vuelvas a casa? —Su madre carraspea. Le chirría la voz; estaba durmiendo.

—No, mamá, hoy no llegaré hasta tarde. Es viernes. Tengo aquello, ¿te acuerdas? —Cheryl no hace más que oírse diciéndole a su madre que se acuerde, aunque es evidente que la anciana no puede.

—Ah, sí, ya sé. Ahora ya lo sé. —Jamás admite estar desorientada.

Cheryl sabe que no tenía ni idea.

—Tengo esa inauguración en la galería. Vamos a exponer unos cuadros nuevos y daremos una pequeña fiesta. Esa chica joven que te presenté, Lynden.

—Ah, sí, sí. —Su voz se eleva y vuelve a desvanecerse. Cheryl la imagina asintiendo al teléfono. Siente alivio cada vez que su madre recuerda algo, o finge recordarlo—. ¿La niña de Lorne?

—No, mamá, la niña de Lorne no. Es una artista.

—Ah. Ah… —Cheryl oye pensar a su madre—. O sea que ¿no vas a venir a casa?

—No, hasta tarde. Louisa iba a pasarse por allí al salir del trabajo. Debería llegar dentro de poco —le recuerda.

—Ah, sí. O no. No, acabo de hablar con Louisa. Va a traerme pollo frito mañana. Cenaremos mañana.

—Está bien. Bueno, de todas formas debería estar ahí dentro de poco, también hoy.

—No necesito que me vigiléis. Sé que las dos andáis muy ocupadas.

—Ella quiere ir, mamá. Te llevará la leche para que puedas prepararte tu té por la mañana.

—Muy bien, muy bien. —Suena brusca y cansada.

—¿Has comido algo? —Cheryl se descubre hablándole a su madre igual que la mujer solía hablarles a sus hijas adolescentes.

—Sí, claro que he comido. No soy una niña, ¿sabes? —Y su madre contesta igual que contestaban ellas.

—Vale, está bien. Bajaré en cuanto me levante por la mañana —dice Cheryl, otra vez distraída por el ajetreo que la rodea—. Puede que me despierte algo tarde, pero bajaré enseguida. —Para su madre, cualquier hora más allá de las cinco de la mañana es dormir hasta tarde.

La mujer no le hace caso.

—Sabías que Gabe ha vuelto a marcharse a su casa, ¿verdad? —dice, siempre dispuesta a compartir un cotilleo y a retener a Cheryl al teléfono.

—Solo ha subido a ayudar a su familia, mamá. Yo no me preocuparía. —Cheryl sabe lo que piensan Rita y Louisa, pero se niega a creerlo. Gabe es un buen hombre. Ella lo sabe.

—Mmm… —dice su madre como si estuviera de acuerdo—. ¿Dónde he oído eso antes?

—Tengo que colgar, mamá. Lo siento. Tengo un día movidito. —Cheryl sabe que su madre quiere decir algo sobre Joe, algo sobre la soledad de la propia Cheryl, pero es que no se ve capaz de entrar ahí, hoy no, no cuando todavía sigue acusando la noche anterior y tiene tanto que hacer.

—Bien, bien, de acuerdo. —Pero lo dice como si quisiera seguir charlando—. ¿Has hablado con Stella, Cheryl?

—No, mamá. —Cheryl suspira y se tapa los ojos con la mano para poder concentrarse mejor, hacerle a su madre el caso que necesita cuando menciona a la hija de Lorraine—. Hace bastante que no sé nada de Stella, mamá. Si supiera algo, te lo diría. ¿Y tú?

—Ah, bueno, qué lástima. —La voz de su madre vuelve a perderse lejos.

Lyn la llama desde la galería. Su voz sobresalta a Cheryl y la saca de esa oscuridad. Ella levanta la mirada y le hace un gesto con la mano a la joven.

—Todo va bien, mamá. Estoy convencida de que Stella está bien, solo que muy ocupada con el bebé. Ahora tengo que irme. Te llamaré por la mañana, ¿vale? Louisa debe de estar a punto de llegar.

—Muy bien, de acuerdo. Adiós, venga. —La anciana cambia de tono, como si fuera Cheryl quien ha estado intentando retenerla al teléfono.

Cheryl le envía un mensaje de texto a su hija en ese mismo instante para asegurarse de que le lleve la leche, para asegurarse de que alguien se ocupe de su madre, de que por lo menos la familia ayude con las pequeñas cosas que puede hacer.

Rita llega un par de horas después con los labios pintados y, para sorpresa de Cheryl, con Louisa a su lado. Sus hijas nunca se han interesado mucho por su trabajo, casi nunca van a ver sus exposiciones. Debe de haber pasado algo.

—¿Y dónde has dejado al pequeño? —le pregunta a Louisa, intentando enterarse.

Su hija solo se encoge de hombros.

—Jake y Sunny se han quedado con él. Ya está acostado. Todo va bien, mamá. —Está enfadada y se bebe el vino a grandes tragos.

Rita mira a Cheryl de medio lado. Cheryl sabe que ocurre algo, pero nadie dice nada más sobre el tema.

Louisa no habla mucho en toda la noche, pero Cheryl sabe lo que pasa. Aun con treinta y cinco años, su hija es capaz de enfurruñarse igual que cuando tenía catorce, pero lo único que puede hacer su madre es dejarla en paz. Tampoco su dulce Louisa sabe aún lo bella que es, ni lo bien que lo tiene.

—Me siento muy cómoda, mamá. Como si estuviera en casa —le comentó Paulina cuando Cheryl fue a ayudarla a abrir cajas en su nueva casa, esa misma semana. Nunca había oído a Paulina tan enamorada. Era bueno oírla así.

—Se supone que eso es lo que debes sentir. —Cheryl daba sorbos a su café mientras estaba allí sentada, sin ayudar con nada en realidad.

—Sí, supongo. —Su callada hija se encogió de hombros y volvió a poner cara de chica dura. Paulina siempre ha sido más blanda que Louisa, igual que Lorraine era más blanda que Cheryl, como si necesitaran más protección.

Cheryl sonrió, contentísima de ver que su pequeña Paulina al fin había encontrado a Pete, un buen hombre con un buen trabajo, después de llevar tanto tiempo sola.

—Ay, si además supiera fregar los platos… Vamos, que él cree que lo hace bien, pero no. —Su hija sacudió la cabeza y desenvolvió el primer plato. Estaba intentando ser dura, pero lo cierto era que no podía.

Cheryl también recordaba esa sensación.

—No hay muchos que sepan —comentó—. Si crees que tú lo tienes mal, tendrías que haber visto a los hombres de mi generación. No creo que tu padre supiera ni lo que era el lavavajillas. —Cheryl se echó a reír al recordarlo—. Pensaba que solo era una enorme botella de jabón con olor a limón para lavarse las manos.

—Sí, es bastante tradicional para esas cosas, en fin. —Paulina sonrió—. Pete no está tan mal. —Y entonces sonrió con una sonrisa diferente, de enamorada hasta la médula.

Cheryl vio que su hija se volvía de nuevo hacia las cajas por abrir, y su propia sonrisa se desvaneció lentamente. Las dos estuvieron calladas un minuto. Paulina colocó una pila de platos en un lado del armario, bien ordenados, y abrió otra caja. Cheryl recolocó los platos; descascarillados y pesados, eran de la casa vieja de su madre, la grande, la de Atlantic Avenue. Paulina los fue dejando en la encimera, uno a uno, y, al mirarlos, Cheryl sintió de pronto una nostalgia de algo en lo que intentaba no pensar ya más.

—Siento que tengo suerte —dijo Paulina al cabo de un rato.

—Una amiga me dijo una vez que no usara esa expresión. No digas que tienes suerte, sino que eres afortunada, me dijo. —Cheryl se levantó, pero solo para volver a llenarse la taza—. No se trata solo de suerte y ya. Te lo has trabajado.

—¿Cómo me he trabajado esto? —se burló su hija.

—Bueno, lo has hecho bien, has construido un buen hogar, y un hombre se ha fijado en ello.

—Lo dices como si ese hombre fuese un premio.

—Bueno…, en cierto sentido lo es, ¿o no? —Cheryl se echó a reír.

Paul esbozó una sonrisa, una pequeña y tímida.

—Soy afortunada, ya lo pillo, creo. Vamos, que él es bueno, bueno de verdad. Es… No sé… Casi da miedo.

—¿Cómo que da miedo? —preguntó Cheryl, aunque conocía la respuesta.

—Bueno, es que no me fío. No me lo creo. He pasado tanto tiempo sola, me han tratado tan mal, que no me fío de que de verdad sea así. Ni de que esto vaya a durar, ¿sabes?

—Tú déjate llevar, Paulina. Lo único que puedes hacer es disfrutarlo. E intenta convencerte de que sí está pasado.

Su niña siguió vaciando cajas. Cheryl quería zarandearla por la suerte que había tenido, por su buen hombre. Ella apenas si podía recordar qué era sentir algo así. Hacía mucho tiempo desde la última vez que había estado con un hombre, y los buenos momentos siempre fueron demasiado breves.

Después de varias rondas, cuando la gente empieza a salir de la galería y bajar la larga escalera de madera hasta el portal, Cheryl se pone a trabajar de nuevo. No hay mucho que limpiar y casi todo pueden dejarlo allí hasta el lunes. Rita y Louisa ayudan, pero Louisa se bambolea como si hubiera bebido demasiado vino.

—Tú vete a casa, mi niña. Ya podemos nosotras con todo esto. —Cheryl se la queda mirando un buen rato. Su hija está muy triste.

—De acuerdo —dice Louisa por fin—. Vale.

Cheryl la acompaña a la salida y Louisa incluso deja que la abrace. Cheryl conoce esa tristeza que siente y quiere zarandearla a ella también. Sus pobres niñas caprichosas, que nunca saben la suerte que tienen ni lo afortunadas que son en realidad.

—Te quiero, mi niña —le dice a la coronilla de Louisa.

—Y yo a ti, mamá. —Se pasa una mano por la cara.

Ha llorado otra vez, pero Cheryl finge no darse cuenta.

—Muy bien, llámame mañana. Comeremos pollo con Kookoo y todo irá bien. —Cheryl busca su mirada y le sonríe, pero ella la rehúye. Su niña dura.

Louisa se limita a asentir y se mete en el taxi. Piensa demasiado, ese es su problema, cree Cheryl, que sabe muy bien que no es de las que hablan las cosas.

Cuando regresa al interior de la galería, recoge la fruta y oye que hay un plan para acercarse al bar. Les dice a todos que no la esperen, y así Rita y ella pueden terminar.

En cuanto se ha ido todo el mundo, las dos mujeres se refugian en la oficina y abren la ventana de par en par.

—¿Y qué coño ha pasado ahora? —pregunta Cheryl mientras se enciende un cigarrillo.

Rita sabe perfectamente de qué habla. Siempre se le ha dado bien eso.

—¿Qué? Pues Gabe, joder, que se ha ido otra vez a su casa. Se marchó anoche. Ella cree que para siempre. —Rita asiente en dirección a la ventana abierta, a la calle nevada, y también saca un cigarrillo.

—Ya he oído eso antes. —Cheryl da una larga calada y disfruta del humo sucio en su garganta—. Volverá. Louisa siempre piensa que va a dejarla para siempre. Piensa demasiado.

—Me siento mal. La he convencido para que saliera. Pensaba que se soltaría un poco y se divertiría.

Cheryl solo menea la cabeza.

—No, mi Louisa no. Cuando está triste, está triste. A más no poder, todo el rato.

—Estará bien. No es más que un hombre. Ya encontrará a otro. —Rita se ríe a un volumen demasiado alto.

—Gabe ha ido a ocuparse de su familia, nada más. Volverá y ella estará bien. Es que es demasiado dura con él, mierda.

Rita exhala mirándola.

—Crees de verdad que eso es todo lo que pasa.

Cheryl señala a su amiga con el dedo y el cigarrillo.

—Tú siempre piensas mal de él, yo siempre pienso bien. Así que, en algún punto a medio camino, hemos acertado.

—Mientras haya acertado yo… —dice Rita, y ríe de nuevo.

Cheryl piensa un momento y cambia de tema.

—Mi madre vuelve a preguntar por Stella.

—¿Esa niña sigue sin pasar a veros?

—Sí, desde hace meses. Vamos, que ¿en qué coño está pensando? —Cheryl sacude la cabeza y echa el humo fuera, hacia el frío.

—Se casó con un blanco y ahora pretende ser mejor que nosotros. Ha olvidado de dónde viene. Una mujer puede hacer muchas estupideces por un hombre estúpido. —Rita tira la ceniza de su cigarrillo y baja la mirada; por un momento parece más vieja de lo que es.

Cheryl no hace caso del comentario, pero sí del gesto.

—Ya, pero ¿dejar de visitar a su Kookom, dejar de vernos a todos? Ya sé que lo ha pasado mal desde que Lorraine murió, pero de todas formas... somos su familia.

—¿Sabes qué te digo? Que le den. —Rita lanza la colilla por la ventana y pone una expresión desafiante, dura.

No comentan nada más al respecto. Las dos saben que hay tanto que decir, tanto dolor a su alrededor, que a veces lo mejor que pueden ofrecerse una a la otra es el silencio.

—Esta noche hay luna llena —suelta Rita entonces.

—¿De verdad? —Cheryl mira por la ventana, pero solo puede ver las densas nubes rosadas y toda la nieve que cae.

—Saca los tambores —dice Rita, hablándole a un lugar muy lejano—. Se supone que las lunas hay que celebrarlas. Son poderosas.

—Bueno, pues muy bien, ¡que empiece la fiesta! —bromea Cheryl, y tira el cigarrillo por la ventana.

Las dos se echan a reír, seguramente a buen volumen, y van a buscar sus abrigos para bajar al bar. Con los brazos entrelazados, resbalan sobre la nieve y ríen con la boca abierta y demasiado fuerte, porque a nadie le importa lo que hagan dos señoras mayores.

Le encantan los momentos como ese. Los de bullicio, antes de que empiece todo. No, los buenos nunca duran lo suficiente.

Zegwan

Hace un frío que pela, y a Ziggy se le ha metido hasta los huesos cuando por fin encuentran esa fiesta, cuando Emily y ella se arman de valor y abren la puerta de la vieja casa desvencijada que retumba a ritmo de bajo y vibra llena de personas. Dentro, aquello está abarrotado de gente y el aire está cargado por el humo. Hace calor, mucho calor, pero ella sigue tiritando.

Ziggy está enterada de lo de las bandas, no es imbécil. Su hermano, Sunny, sabe quién es quién y qué es qué, y le ha explicado todo lo que hay que saber. A ella le parece que todo eso es una estupidez, pero él le dijo que era importante que lo supiera, así que Ziggy le hizo caso, más o menos. Todos esos tipos son rojos. Algunos llevan bandanas en la cabeza, o metidas en los bolsillos superbajos de los pantalones, y otros llevan gruesas sudaderas de marca con capucha del mismo color intenso. Ziggy sabe quiénes son. Hay una banda roja y una banda negra, y a los unos no les caen bien los otros. Los rojos siguen llevando negro, porque todo el mundo lleva negro, pero los negros jamás llevan rojo, o algo por el estilo. Una chorrada por el estilo.

Se pone delante de Emily y se queda quieta un momento. Su amiga es tan ingenua que probablemente ni siquiera se ha dado cuenta de que acaban de meterse en la fiesta de una banda. La niña bonita, como la llama Ziggy. Es muy guapa y muy poco consciente de las cosas. Emily tiembla de frío después del largo camino que han recorrido hasta allí, McPhillips entera, pero se baja un poco el abrigo para que todo el mundo pueda ver la camiseta ajustada que lleva debajo.

Ziggy echa otro vistazo. Nadie ha pestañeado siquiera al verlas entrar, pero ella no piensa admitir que tiene miedo. Ve a Roberta Settee sentada con ese chico, Mitchell, en un rincón. Parece que van colocados y sueltan risitas con las cabezas muy juntas. Ziggy los conoce desde la guardería, pero apenas ha hablado con ellos ese año. Ese año, todos empezaron a ir al instituto y allí se separaron en grupitos y bandas. Ziggy y Emily se convirtieron en pardillas, buenas chicas. Mitchell, Roberta y los demás entraron en esa banda.

Ziggy sabe que no pasa nada por que Emily y ella estén ahí, porque su hermano no está vinculado a nadie. Él dice que es neutral y que está «por encima de esa mierda», pero en realidad Jake y él no se han decidido todavía. Solo tienen catorce años, sin embargo, así que aún tienen tiempo. Al final tendrán que elegir algo. Tendrán que encontrar amigos como sea. Ziggy odia toda esa mierda, está encantada de ser chica y pardilla, porque así no tiene que preocuparse, o al menos casi nunca.

Justo cuando está a punto de decirle a Emily que más les vale irse de ahí a toda leche, Clayton sale de una habitación oscura; los ojos tan rojos como su sudadera de capucha, y su gran sonrisa más exagerada aún que de costumbre.

—¡Lo has conseguido! —le grita a Emily demasiado fuerte y sin mirar siquiera a Ziggy.

Emily está que se derrite. Intenta evitarlo, pero Ziggy lo ve. Ahora la gente sí las mira. Ziggy detesta que la gente la mire. Clayton habla demasiado fuerte y Emily se está portando como una pánfila.

Clayton las pasea por el salón y presenta a Emily a un par de chicos.

—¿Y tú quién coño eres? —El tipo lleva el pelo repeinado hacia atrás y recogido en una trenza larga, mira a Ziggy de arriba abajo con ojos estrábicos.

—Zegwan —dice ella con una voz muy seria.

—Joder, ¿y qué clase de nombre es ese? —dice el otro de pelo largo con una risotada aguda.

—Uno anishinaabe —contesta Ziggy—. Igual que vosotros.

Ha intentado hacerse la dura, pero quizá ha hablado en voz demasiado baja, porque el chico no hace más que reírse.

Clayton se lleva a Emily hasta un sillón libre haciendo exagerados gestos caballerosos.

Ziggy se queja, pero, de nuevo, demasiado bajo.

—¿Una cerveza? —les pregunta él a las dos.

Emily asiente con la cabeza.

Cuando el chico da media vuelta, Ziggy fulmina a su amiga con la mirada.

—Va, solo una —pide Emily, pero en voz lo bastante baja para que nadie la oiga.

Clayton regresa con tres botellas de cerveza abiertas y más sonrisas.

—Gracias. —Emily le sonríe también, pero tuerce el gesto al dar un trago.

Ziggy acepta la suya, pero solo para tenerla en las manos y parecer integrada. Todo el mundo está colocado o hecho polvo, todos hablan en voz muy alta, intentando hacerse oír por encima de la música. Suena Tupac rapeando, y todos se saben la letra. Clayton también. Emily solo sonríe; ella no conoce esa música más que la propia Ziggy. A Sunny le gusta, pero Rita siempre le dice que se ponga los cascos para no tener que oír «esa basura del puto esto y puto lo otro».

—¿Es que no se sabe ninguna otra palabra? —gritó su madre con una carcajada.

A Ziggy nunca le ha gustado. A ella le gusta la música de verdad, esa en la que cantan y hay instrumentos.

Clayton va supercolocado y no hace más que sonreír. Ziggy no es imbécil. Él se la queda mirando demasiado rato, así que da un trago de esa horrible cerveza. Le entran arcadas, y de verdad que lo único que quiere es marcharse de una vez, joder.

Emily da un sorbo y suelta una risita cada vez que Clayton dice algo. Ziggy no los oye del todo. Está ahí plantada sin más. Una chica con camiseta de tirantes la repasa con la mirada, así que ella agacha la cabeza, pero sigue curioseando. Hay chicas con vaqueros superajustados y camisetas más ajustadas aún apoyadas contra las paredes. Llevan el pelo alisado, y les cae recto y negro a cada lado de sus caras pintarrajeadas con maquillaje. Hay chicos enormes con sudaderas de capucha más enormes aún, charlando con porros gigantescos en la mano. Clayton va a buscar otra cerveza y regresa dando vueltas por toda la sala. Parece que conoce a todo el mundo. Hace chocar sus botellas con las de ellos y sonríe más aún.

La verdad es que Ziggy no le ve ningún sentido y solo quiere marcharse. Le da un golpecito a Emily en el hombro, pero su mejor amiga no tiene que mirarla para saber lo que va a decirle.

—¡Solo unos minutos más! —le suelta.

Clayton pregunta si Emily quiere un cigarrillo. Ella se encoge de hombros y acepta uno. Ziggy lo rechaza sacudiendo la cabeza.

Emily da una calada nerviosa y tose un poco. Clayton se echa a reír. Solo han fumado un par de veces. Jake y Sunny les enseñaron a hacerlo una noche en casa de Rita, cuando no había nadie más.

—Inhala como si te hubieras dado un susto o algo así —dijo Jake antes de dar una calada experta—. Como haciendo «¡Ah!» muy deprisa.

—Que no, que no, joder. Tú solo haz como si mamá fuese a pillarte con ese pitillo. —Su hermano Sunny se burló de ella poniendo cara de susto.

—¡Vete por ahí! —exclamó Ziggy.

Pero todos se echaron a reír.

Funcionó. Inhaló deprisa de verdad y el humo le bajó por la garganta y la ahogó. Ziggy se puso a toser mientras su hermano no paraba de reírse de ella. Se lo pasó a Emily, que se obligó a dar una calada, pero el humo le salió en una bocanada y Jake dijo que ni siquiera se lo había tragado.

—¿Cómo lo sabes?

—No es que seas precisamente buena fingiendo, Emily. —Se encogió de hombros.

Emily siguió fingiendo que se tragaba el humo, pero los chicos no la creyeron ni una sola vez.

Allí ni siquiera intenta fingir nada: inhala de verdad, se atraganta. Clayton vuelve a reírse de ella, como si no pudiera parar.

Les pasan un porro y luego otro más, los dos seguidos. Ziggy sacude la cabeza y los rechaza con la mano, se queda sentada en el brazo del sillón, al lado de Emily, intentando no parecer muy incómoda. Emily no hace más que atragantarse y tragarse el humo de verdad. Todo el mundo tose y se atraganta, así que no desentona mucho. La cara se le pone colorada y los ojos mustios al instante, pero sonríe a Ziggy.

Después le masculla algo a Clayton, que todo el rato tiene esa sonrisa de oreja a oreja y dice que por qué no salen fuera. Su voz suena demasiado fuerte, demasiado alegre. Ziggy los sigue aunque no la hayan invitado a ir con ellos. No se ha quitado la cazadora. También Emily lleva aún el abrigo, aunque se lo ha bajado por los hombros.

Fuera ya está nevando otra vez. El cielo cargado de nubes refleja la luz, así que casi está tan claro como de día. Los copos de nieve son enormes. Ziggy cree que puede distinguir sus formas. Se queda de pie en el jardín delantero, y Clayton y Emily se sientan en la nieve dura de los escalones de la entrada. El aire limpio y frío sienta muy bien. Le gusta el invierno, y lo dice.

Clayton y Emily se ríen de ella.

—¡Joder, me parece que te has pillado un colocón pasivo, india! —se burla Clayton.

¿Un qué? Ziggy intenta repetir esas palabras, pero no le salen. Emily solo se ríe más fuerte aún.

—¡Menudo careto! —aúlla Clayton.

Ziggy está muerta de la vergüenza. Y ahora también asustada.

—Emily, tenemos que irnos —es lo único que se le ocurre decir. Esta vez sí consigue pronunciar las palabras.

—Ni hablar, pero si acabáis de llegar. —Clayton les sonríe. Parece hablar a un volumen cada vez más alto según va pasando la noche.

—Es que tengo que estar en casa a las diez —insiste Ziggy con valentía.

—A las diez… ¡o diez y algo! —Clayton ríe.

—Solo unos minutos más —suplica Emily.

Ziggy sigue ahí plantada. Quiere tumbarse, allí mismo, en la nieve. Piensa que le sentará muy bien, la nieve dura contra las mejillas, los copos cayendo delicadamente sobre sus párpados.

—Joder, pero si ahora empieza a animarse la fiesta. —Los ojos de Clayton son dos ranuras.

Ziggy fulmina a Emily con la mirada.

—Podemos volver otra noche. —Se obliga a intentar ser valiente. Ve a esa chica por la ventana del salón, la que antes se ha quedado mirándola… Ha retirado la sábana para mirar hacia el jardín. Otra chica se acerca a mirar también. A Ziggy le suena de algo, pero no recuerda su nombre.

—No, ni hablar, no puedes dejarme aquí solo —bromea Clayton. Apoya la cabeza en el hombro de Emily y la mira con ojos de cachorrito.

—Tengo que irme, me quedo a dormir en su casa. —Ella le corresponde con una sonrisa enorme. Una que Ziggy no le había visto nunca.

Ziggy tirita un poco y luego ya no puede parar. Tiene frío, o está nerviosa, o ambas cosas.

—¡Yo te llevo! —anuncia Clayton en voz bien alta.

—¿Q-qué? —balbucea Emily.

—Que se marche ella. Yo te acompaño dentro de un rato, pero antes nos tomamos otra cerveza. —Y se da una palmada sin ningún motivo en la rodilla, cubierta por sus pantalones anchos.

—Vale —accede Emily antes de mirar siquiera a Ziggy, y él asiente como si no hubiera más que hablar y entra en la casa.

En cuanto se cierra la puerta, Ziggy ya está junto a su amiga.

—¡No pienso dejarte aquí!

—Ay, solo tienes miedo porque odias volver a casa andando tú sola. —Emily intenta hacerse la dura.

Debe de estar fumada, mierda. Ziggy está tan furiosa que podría soltarle un bofetón, pero en vez de eso, se la queda mirando.

—Venga, Ziggy. Quédate y relájate un poco. ¡¡¡Que es Clayton Spence, caray!!! —susurra Emily. Sí que está fumada—. Y es una monada, ¿a que sí? ¿A que es monísimo?

Ziggy da una patada en la nieve. Las chicas de la ventana sueltan la sábana.

—Una cerveza más. Y se acabó. Te lo juro. Tu madre no se enterará.

—¡No es ella la que me preocupa! —Levanta un poco la voz.

—¡Y una mierda que no! —Emily suelta una risita.

Ziggy sonríe. No quiere, pero lo hace. Cheyenne. La chica se llama Cheyenne. Es un año mayor, pero repitió curso como en cuarto. Fue entonces cuando la conoció. Cuando Ziggy vino a vivir a la ciudad, solía ir a casa de Cheyenne para jugar a las Barbies. Tenía un porche alargado y cerrado con mosquitera, y su madre siempre se reía y era muy divertida. Hacía una sopa con hamburguesa muy buena, el plato preferido de Ziggy cuando era pequeña.

Esta vez Clayton regresa con dos cervezas nada más, y una vaharada de aire caliente escapa del interior. Solo mira a Emily, y los dos se ponen a hablar tan juntos que Ziggy no puede oír lo que dicen.

Se queda ahí de pie con las manos hundidas en los bolsillos, balanceándose, intentando no notar el frío. Se siente tan tonta que lo único que quiere es irse a casa. Empieza a nevar con más fuerza, pero la nieve aún cae ligera y fresca. Los grandes copos se le enganchan en el pelo, fríos. Ziggy se mira las botas y da patadas en la nieve. El mundo parece lento, la nieve ya cae más densa y pesada.

Se oye el chirrido de la puerta al abrirse y de pronto hay cuatro chicas allí de pie. Cheyenne, Roberta y dos más. Ziggy levanta la mirada justo cuando la más grande de todas alarga un brazo, agarra a Emily y le tira del pelo.

Ziggy se queda helada, inmóvil.

—¿Qué coño haces, Phoenix? —grita Clayton. Se pasa una mano por la boca. No se levanta ni nada, solo vuelve la vista hacia ellas y luego mira otra vez hacia delante, como si fuera lo más molesto del mundo.

Ziggy está petrificada, el frío la sacude por dentro. Emily tiembla igual que cuando está a punto de llorar.

—¿Quién es esta zorra? —La chica habla junto al oído de Emily, le estira más fuerte del pelo y tira de ella hacia arriba hasta ponerla de pie.

Emily se echa a llorar, pero intenta no hacer ningún ruido.

Ziggy solo es capaz de quedarse ahí quieta, con las manos fuera de los bolsillos como si pudiera hacer algo, pero no lo hace. No puede. Está helada.

—Mierda, Phoenix, suéltala. —Clayton parece exasperado, no asustado ni enfadado. Sigue sin levantarse; solo mira hacia la calle mientras la nieve le cae en el pelo.

Quizá también él está asustado, piensa Ziggy. Las demás chicas se han quedado allí de pie con pinta de duras. Cheyenne ni siquiera la mira. Emily también está de pie, soportando los tirones, intentando mantener el equilibrio. Baja la mirada de forma lastimera hacia Clayton, como si él pudiera hacer algo. La chica no la suelta durante un rato bastante largo. Después lanza a Emily escalones abajo. Ziggy reacciona lo bastante deprisa para atrapar a su amiga y evitar que se caiga al suelo. Sus botas rechinan en el camino cubierto de nieve pisada.

Ziggy sostiene a su mejor amiga, pero no se le ocurre qué más hacer. Esas chicas tienen muy mala pinta y las están mirando muy mal. Emily se endereza poco a poco y se sacude la nieve de los vaqueros, pero no levanta la cabeza.

—¿Quién coño te crees que eres? —La primera chica escupe las palabras. Es enorme, corpulenta, y está furiosa.

Emily sacude la cabeza y sigue con la mirada gacha. La nieve no deja de caer a su alrededor, y Ziggy sigue sin poder pensar.

—¿Te crees que puedes presentarte aquí como si nada y quitarles el novio a las demás?

Empieza a reunirse gente alrededor de la puerta abierta, a mirar. Un chico vuelve a levantar otra vez la sábana y se asoma a la ventana del salón.

Emily no deja de sacudir la cabeza con debilidad. «Corre.» La palabra le viene de repente. «Corre.» No se le da bien correr y no es muy rápida. Pero no pueden pelear. Pelea peor que corre.

—¡Phoenix! —intenta intervenir Clayton, pero sigue ahí sentado con las manos en la cabeza, inclinado hacia delante. Se le están quedando los hombros blancos de tanta nieve.

—Cierra el pico, Clayton, cerdo, que eres un putón de mierda y un capullo. Esta es la casa de mi tío. A casa de mi tío no vienes a montártelo con una petarda.

Ziggy le echa unos dieciocho años, tal vez más. Parece mucho mayor que las demás chicas.

Baja la vista hacia Emily, que no hace más que mirar al suelo y temblar mientras llora. Ziggy la agarra por la parte de atrás del abrigo.

—Sí, eso, petarda de pacotilla, ¿qué te parece, eh, petarda, puta, guarra inútil? ¡Que me mires, cojones!

Emily levanta la mirada, estremeciéndose, y la nieve le cae en la cara. Clayton se ha tapado la boca con la mano, pero todavía parece estar más molesto que otra cosa. Se ven más caras en la ventana, la sábana está toda levantada y la luz le da a Ziggy en los ojos. Una chica con una sudadera de capucha, la que Ziggy no conoce, se enciende un cigarrillo y la mira directamente. Podrían echar a correr. Al menos podrían intentarlo.

La chica mayor, Phoenix, no le quita los ojos de encima a Emily. Su mirada fulminante no se mueve.

—Deberías contestarle —le dice a Emily la chica de la capucha.

Emily niega con la cabeza muy deprisa.

—No lo sabía —dice.

—¡¿Que no lo sabías?! —La cara de Phoenix es más terrible aún cuando grita. Se le deforma toda ella—. Está visto que no sabes nada.

Emily respira hondo. Ziggy lo nota, nota el miedo de su mejor amiga a su lado. El silencio lo cubre todo. Ziggy siente que está esperando. Phoenix sigue fulminándolas con la mirada, y las demás chicas se yerguen en lo alto de los escalones. Clayton sigue ahí sentado, insignificante.

Ella mira a su mejor amiga, que no le devuelve la mirada pero puede verla.

Corre.

Ziggy no sabe si lo ha dicho alguien o si lo ha dicho ella o si solo lo ha pensado, pero la palabra resuena en su interior una y otra y otra vez: corre corre corre-corre-corre-corre-corre-corre-corre. Empuja a Emily delante de ella, por el camino y en dirección a la calle, gira sobre sus talones en la nieve rechinante y echa a correr tras ella todo lo deprisa que puede.

Tommy

El agente Tommy Scott no dice una palabra hasta que están en el coche patrulla. Hasta que tiene las manos sobre el volante y puede mirar al frente y no a su veterano compañero. Sabe que Christie se va a reír de él, pero se cuadra de hombros y de todas formas lo pregunta.

—¿Y tú qué sacas en claro de todo este tinglado? —Intenta calmar la voz para sonar lo más ecuánime posible.

—No ha sido más que una pelea de bandas, joder —dice Christie, despreocupado, tirando del eje metálico del portátil y perdiendo la mirada en la pantalla—. Esa mujer está loca. Compadezco a ese tipo.

Tommy vuelve la vista atrás hacia el descampado… ¿Cómo lo ha llamado ella? La Brecha. Las torres eléctricas de Hydro se ciernen oscuras hasta una altura de por lo menos cuatro pisos, estrechas en lo alto, como si fuesen una especie de atalaya. Como las que salen en las películas postapocalípticas o algo así, esas en las que el mundo se ha ido a la mierda, todo está devastado y solo sobreviven los más lúcidos. De todas formas dan miedo, ocultas en las sombras de la noche. Entre ellas apenas logra distinguir el lugar que han inspeccionado, ese enorme charco de sangre en medio de un espacio de nieve pisoteada. Alguien ha perdido mucha sangre. Él se lo ha quedado mirando nada más llegar, ha visto toda esa sangre y ha pensado que iba a ser un caso de los grandes.

Eso ha sido antes de que hablaran con la testigo.

—Seguro que alguien se presenta en Urgencias con una señora apuñalada antes de que termine la noche. No pienso preocuparme por eso —dice Christie, y empuja el ordenador para volver a dejarlo en mitad del salpicadero—. Vámonos a Tim's.

—¿El sitio que hay junto al puente? —pregunta Tommy, todavía mirando ese espacio, la Brecha.

—Sí, iremos a ver cómo vive la gente bien —dice Christie con sarcasmo. Al otro lado del puente, la cosa está menos espesa.

Tommy arranca y esquiva el Mercury modelo antiguo, sin duda el coche del señor McGregor. Ese tipo debe de haber corrido para llegar a casa y ha aparcado a toda prisa; la parte de atrás del vehículo sobresale hacia la calle.

—Se va a llevar un buen golpe. —Christie asiente con la cabeza en dirección al sedán alargado, blanco contra la calle blanca y los montículos de nieve.

—Deberías avisarle —opina Tommy, que sabe lo mucho que le gusta a Christie hacerse el buen samaritano siempre que puede.

—Bah, no le pasará nada. —También le gusta hacer el mínimo esfuerzo posible, siempre que puede—. Ya tiene bastante con lo de dentro.

A Tommy le culea un poco el coche patrulla al incorporarse a McPhillips. La noche está tranquila y la nieve cae en grandes copos a su alrededor. El cielo está nublado y bajo. La ciudad se refleja en él como si estuvieran bajo una cúpula. Tommy enfila Selkirk, pero no deja de pensar en ese aviso. Las palabras, la testigo, su pelo oscuro cayendo lacio a lado y lado del rostro. Pómulos altos y ojos almendrados. Arreglada debe de estar bastante buena, pero esa noche estaba abatida bajo un albornoz viejo, con vómito de bebé en un hombro. Tenía la cara llena de manchas y constantemente la hundía en pañuelos de papel. Su horror era sincero, no un horror fingido. Ni un horror de loca. Horror de verdad.

—Cosas más descabelladas han pasado —empieza a decir, despacio—. Solo es que me ha parecido raro, nada más. Hay algo que me da mala espina.

—Ah, ¿ya te estás haciendo el rastreador indio de la policía, hijo? —Christie se ríe. Tiene una de esas risas congestionadas de fumador; suena como si le saliera de un rincón profundo y asqueroso de su panza sobreexpandida—. Yo no me preocuparía, «me-tí». No es más que una puta loca. Como esa las hay a patadas.

Tommy solo se encoge un poco. La mujer estaba inquieta, eso seguro, desaliñada y a todas luces muy afectada. Piensa cómo la describiría en el informe. Nativa, de treinta y tantos, delgada, altura media, menciona repetidas veces a su bebé, visiblemente agotada y consternada, llanto incontrolado. Parecía que llevase así bastante tiempo antes de que ellos llegaran. Pero, claro, habían pasado unas cuatro horas desde que les había llamado.

—No creo que sea una agresión sexual —dice Christie, con autoridad—. Ya te digo, no hay señales de nada más que de una pelea. Tú redacta su declaración. Como mucho, pronto entrará en Urgencias un herido de arma blanca.

Tal vez tenga razón. Lleva haciendo esto mucho más tiempo que Tommy. Pero el viejo es vago, tan vago que no ha tomado nota de nada más que de lo imprescindible. Es probable que ni siquiera haya escrito lo que les ha dicho la testigo. No de verdad.

Selkirk Avenue está dormida, todos los edificios deteriorados parecen más limpios con la nieve y el invierno. Los agentes siguen avanzando con el coche, despacio, como se supone que deben hacer. Los ojos siempre abiertos. Los vehículos que hay por ahí adoptan ese mismo ritmo lento y cuidadoso, igual que hacen los civiles cuando ven un coche patrulla. A Tommy siempre le ha gustado eso: cómo, al conducir él, el mundo a su alrededor se endereza, mejora. Lo mismo pasó cuando se puso el uniforme: de pronto todo el mundo se erguía un poco, y había incluso quienes le sonrían y lo saludaban con la cabeza, algunos incluso parecían sinceros. Ha pasado casi un año ya, pero esa sensación no se ha desvanecido.

Un borracho se tambalea por la acera. Su cuerpo viejo y abotargado se inclina al pasar junto a los altos e irregulares montículos de nieve, pero no se cae. La cazadora, raída y rasgada, le cuelga abierta, y la barriga pálida sobresale por debajo de su camiseta sucia. Christie lo observa buscando algún lío, pero no hay ninguno. Pasan junto a una casa en la que hay una fiesta, hay luz en todas las ventanas aunque fuera ya está amaneciendo. En los escalones de la entrada hay nativos mayores fumando, pero dentro no parece que haya más que un puñado de borrachos riendo y gritándose unos a otros. Christie mira por su ventanilla y le indica a Tommy que reduzca, pero Tommy sabe que no es nada, solo una gente tomándose unas copas. Aun así, Christie les hace una señal con la cabeza a los tipos de los escalones. Están temblando de frío, pero yerguen la espalda.

En el aparcamiento de Tim's hay otro coche patrulla. Clark y Evans están sentados en su vehículo. Clark se encarga de los informes y Evans habla por teléfono.

Tommy baja su ventanilla y se detiene junto a ellos.

—¿Qué pasa, hermano? —dice cuando la ventanilla de Clark baja también.

—No mucho, no mucho. ¿Y vosotros? —No deja de escribir con el teclado.

—¿Quieres algo? —Christie abre la puerta del copiloto.

—No, estoy bien —responde Tommy. Luego piensa un momento—. Gracias. —Es mejor tener a Christie contento.

El viejo poli gruñe algo y se aleja hacia la cafetería.

Tommy se vuelve de nuevo hacia Clark.

—Ya hemos acabado, creo. Y menos mal. Estoy reventado. —Pasa las manos por el volante. Dos horas y estará en una cama cálida, junto a Hannah. Ella ha salido esa noche, unas copas con amigas en un bar de vaqueros, así que dormirá hasta tarde mañana. Hoy. Le ha enviado un mensaje de texto al llegar a casa a las tres, se le dan bien esas cosas. Aun así, no es probable que siga despierta, no acabe cuando él. Pero al menos mañana es sábado, así que dormirá hasta mediodía, como poco. Eso será agradable, disfrutar del calor de la cama unas cuantas horas. Casi perfecto.

—Dímelo a mí. Por aquí ha sido un no parar. —Clark teclea con dos dedos y sigue sin levantar la mirada.

—¿Algo interesante? —Tommy sabe que el tipo solo quiere acabar ya para dar por terminado el turno. A Clark se le da bien eso.

—Pues no, solo nativos pegándose con más nativos. Lo mismo de siempre.

Por la radio de Clark se oye entre interferencias algo que Tommy no consigue entender. Él apagó la suya al entrar en casa de la testigo y no ha vuelto a encenderla. Entonces se acuerda y ajusta el dial.

—Mujer, quince años, metro sesenta y dos de estatura, corpulenta, vista por última vez en el Migizi Centre, en Saint Vital. —El operador pronuncia «Me-guii-sii», pero Tommy sabe que no se dice así. Debería ser «Me-gue-se». Vocales cortas, lo recuerda de su profesor de lengua. Un hombre alto con una risa potente y una trenza gris que le bajaba por toda la espalda hasta llegar a un punto donde el pelo dibujaba una curva perfecta. ¿Cómo se llamaba?

Evans termina de hablar por teléfono.

—¿El viejo está dentro? —le pregunta a Tommy.

Él asiente con la cabeza. Tiene que redactar la declaración, y debería realizar llamadas de comprobación a las unidades de Urgencias cercanas, solo por si acaso. Sí, seguramente le quedan todavía dos horas más antes de poder meterse en la cama.

Los viejos regresan, riéndose de algo. Tommy sube la ventanilla y pone la calefacción, pero aun así oye sus risotadas a través del cristal. Se quedan de pie ahí fuera, ven a sus jóvenes compañeros con los ordenadores y vuelven a reír. Tommy yergue los hombros y sigue tecleando, sube el volumen de la radio por si oye algo sobre alguna agresión sexual, preguntándose si habrán denunciado alguna. Casi espera que sí, solo para demostrarle al viejo que se equivoca.

—Es un buen currante, este chico. —Oye que le dice Christie a Evans—. No pensé que lo fuera, siendo «me-tí» y todo eso…

—Uy, te sorprenden, te sorprenden —contesta Evans, siguiéndole la corriente—. No es que sean indios pura sangre ni nada por el estilo. Son buenos caballos, estos «me-tí».

Los viejos vuelven a reírse y se alejan para recorrer todo el perímetro del aparcamiento mientras fulminan a los transeúntes con la mirada.

El primer día de Tommy, Christie se acercó a él con su barriga rechoncha y su barba entrecana. Tommy se cuadró y le ofreció una mano para saludarlo, pero el viejo no se la aceptó.

—Me han dicho que eres «me-tí» —dijo con una sonrisilla de desdén.

Tommy no sabía cómo reaccionar, así que asintió con la cabeza.

—Pues bueno, novato, tu trato de favor se acaba aquí. ¿Está claro?

Tommy, todo engalanado él con su uniforme nuevo y el coraje por estrenar, de pronto se sintió sucio. Se frotó las manos y tuvo ganas de lavárselas.

—Tú conduces. Yo estoy muy viejo para esta mierda.

Tommy no sabía a qué se refería, pero no pensaba preguntar.

Desde entonces ha sido «el me-tí». Sabía que nunca tendría que haber marcado esa puta casilla. Solo lo hizo porque Hannah lo obligó.

—Así entrarás, seguro. Es por lo de la igualdad de oportunidades o algo así. Tienen que aceptarte. —Asintió entusiasmada con su melena rubia, como hace siempre. Con una risilla tonta, como suele decirse. Hannah tiene una risilla tonta.

—Pero es que no tengo carnet ni nada —repuso él.

—Pues consíguelo. Tan difícil no puede ser. Todo el mundo tiene uno.

Hannah tenía su propio concepto de los *métis*, y Tommy no quería corregirla, así que lo dejó estar. Solo se encogió de hombros, no muy convencido de que fuese tan fácil.

—Tú enséñales una foto de tu madre. Así no podrán dudar de ti.

Él la miró de medio lado. Hannah no tenía mala intención. La madre de él tenía aspecto de nativa, de nativa de verdad. La mujer era casi de pura sangre, pero nunca consiguió entrar en el censo oficial porque su padre era *métis*. Por aquella época hacían esas cosas. Si eras una mujer y te casabas con alguien que no fuera de tu comunidad, te quitaban el carnet de nativo censado. Y aunque su madre sí lo hubiese tenido, habría vuelto a perderlo al casarse con su padre, que era blanco. La ley cambió por fin en los años ochenta, y un montón de gente recuperó la inscripción en el censo oficial, pero su madre dijo que ella no lo quería.

—Podría haberlo conseguido hace años, pero tu padre no lo habría permitido. —Su padre era un capullo racista.

Ella siempre había querido que Tommy se identificara con los *métis*, como el padre de ella, como ella misma. Pensaba que era una buena elección, y por lo visto Hannah también.

—Venga, Tommy. Si quieres llamo yo. Te ayudaré. —Hannah siempre estaba dispuesta a ayudar—. Si con eso consigues el trabajo, entonces merece la pena. Puede que incluso te den una exención fiscal o algo así.

—No hacen carnets de *métis*, son carnets de nativo censado, y no es así como funciona.

—¿Qué diferencia hay? —Puso una mirada de ojos grandes y penetrantes, frágiles e inocentes, y una nariz respingona, como un cervatillo. Con el paso de los años, esa mirada parecía cada vez más y más ensayada.

—El censo oficial es para los indios, un *métis* solo es *métis*: mestizo —explicó en términos que ella pudiera entender.

—Bueno, pues tú no eres indio, solo eres *métis*, así que conseguiremos eso.

—La verdad es que mi madre podría volver a inscribirse, si quisiera. Mi tía lo hizo, después de que muriera mi abuela. Y yo también podría, en realidad.

—¡No tienes que llegar tan lejos! Con *métis* ya nos vale. —Hannah lo dijo como si estuvieran eligiendo un color de pintura. El rojo resulta demasiado atrevido, solo un rosa pálido, por favor.

Tommy no añadió nada más, pero firmó los formularios que ella le había rellenado. Al final, el carnet llegó cuando él estaba haciendo la instrucción. Se lo quedó mirando un rato largo, pensando que su padre debía de estar revolviéndose en su tumba. Revolviéndose y soltando tacos sin parar, gritándole hasta el último condenado insulto racista que se le ocurriera a su cerebro de pelirrojo rabioso.

—¡Joder, qué frío hace! —Christie vuelve a sentarse en el coche, que se inclina bajo su peso—. Vamos a seguir, cojones, que ya son casi las cinco.

Tommy termina con lo que estaba redactando y empuja el ordenador sin decir palabra para dejarlo en su sitio. Todavía no ha oído ningún aviso de herida de arma blanca ni de agresión sexual. Eso no quiere decir nada, él sigue teniendo esa sensación. Algo le ha dado mala espina, y esa mujer, esa testigo tenía algo, era tan… sincera. Aun así, sabe que es mejor no preguntarle a Christie. Quería comentarlo con Clark, pero no ha tenido oportunidad de hacerlo. Es un buen tipo, Clark, creció en el barrio pobre de Elmwood, así que es lo que Christie definiría como «susceptible de cojones», pero a Tommy le gusta saber qué piensa sobre cuestiones controvertidas.

Recorren Main Street en silencio; es probable que Christie vaya medio dormido. Tommy está agotado pero despierto. En la esquina con Pritchard ve a una chica. Se escabulle hacia las sombras cuando pasan, pero él la ha visto. Falda corta y ajustada, botas altas negras. Debe de tener frío, piensa. No viste muy diferente de como se arregla Hannah para salir, y ella siempre se queja de que se congela. Pero de todas formas sigue vistiéndose así.

—Buenas noches. Buenos días —gruñe Christie ya en comisaría, y saca su mole del coche—. Hasta mañana, ¡rastreador!

Eso de rastreador es nuevo. A Tommy no le molesta tanto como lo de «me-tí», no le importaría que se quedara con eso.

Clark también aparca el coche, pero solo lo saluda con la mano y entra. Es el final del turno, no hay tiempo para cháchara.

Tommy se queda allí sentado un momento más y luego empieza a teclear mientras la voz de esa señora resuena en su cabeza. Estaba muy inquieta y afectada. En realidad no era tan mayor, puede que de la misma edad que él, solo que parecía avejentada. Cansada. Su madre también ofreció ese aspecto durante muchos años. Esa mujer se parecía un poco a su madre, en realidad, pero es que a él las nativas siempre le recuerdan a su madre.

Nunca había estado en North End hasta su primer turno, hace ya varios meses. Cuando se sentó al volante, Christie empezó a ladrarle órdenes. Primero recorrieron Main, luego Selkirk. Todo era tal como él lo había imaginado, viejo y decadente.

Su primer aviso fue de violencia doméstica. Un gordo borracho con vómito en una camisa que algún día debió de ser blanca, un maltratador, lo que son las cosas, y su mujer, pequeña y flaca, con la cara machacada, ensangrentada y ya con principio de inflamación. Ella no quería denunciar, pero de todos modos tuvieron que llevarse al tipo.

—Tolerancia cero. —Christie masticó las palabras. Y luego, en el coche, las repitió—: Tolerancia cero, joder.

El gordo lloraba en el asiento de atrás, con las manos esposadas a su espalda en una posición extraña, la cara cayendo sobre su enorme barriga cubierta de vómito. Tommy no sintió compasión, solo cuadró el rostro y se llevó al tipo a comisaría. Pensó en la mujer, allí sola, en su salón destrozado, con la cara empezando a hinchársele. Tendría que limpiarlo todo, seguro que primero limpiaría y luego se tomaría unos analgésicos para poder dormir un poco, si es que conseguía conciliar el sueño. Eso era lo que hacía siempre su madre. Limpiaba primero. Aquella mujer tenía el pelo oscuro y muy rizado, los ojos negros, igual que los de su madre.

—… agresión con arma… —suena en su radio, y él aguza el oído, pero no es nada parecido a lo que está buscando. Lo más probable es que nunca se enteren, de todas formas. El caso acabará donde acaban siempre: muy lejos, donde nunca vuelva a oírse hablar de él.

Este trabajo no es lo que él creía. Pensaba que estaría echando puertas abajo, siempre metido en acción. En la academia aprendió lo que era la policía de proximidad, lo cual básicamente significaba que se esperaba de él que fuese amable y estableciese relaciones con los ciudadanos, pero tampoco es eso lo que hace. Casi siempre se dedica a tomar notas, redacta informes y nunca vuelve a pensar en ellos. O sí piensa en ellos, pero la verdad es que no hace nada al respecto. Los incidentes se convierten en informes, pasan a ser meras palabras en una pantalla. Los documentos del ordenador se convierten en números y se archivan.

Su padre era un borracho despreciable. No, era un tipo furioso, y los tipos furiosos se convierten en borrachos despreciables. Sus manos, permanentemente manchadas por el trabajo poco cualificado en la fábrica, se le convertían en puños después de solo una copa. Si no prestabas mucha atención, podías pensar que estaba estirando las manos, nada más, doloridas por la artritis precoz, que las flexionaba después de todo un día de trabajo duro. Pero Tommy sabía lo que pasaba de verdad. Su padre solo se estaba preparando. La escena era muy normal: su madre, Marie, fumando en un extremo del sofá, el pequeño Tommy en el otro, y en el sillón balancín Tom padre, que se levantaba en cada pausa publicitaria y se iba a la cocina para abrirse otra lata de cerveza. Pero Tommy sabía de qué iba todo aquello en realidad. Igual que Marie. Cuando era pequeño, ella sabía en qué momento exacto tenía que enviar a su hijo a la cama. Cuando llegó a la adolescencia, también él había aprendido a identificar ese momento, lo intuía, y su madre dejó de enviarlo arriba. En lugar de eso, su cuerpo en pleno desarrollo se convirtió en un escudo entre su padre y ella, un bloque tenso de hombros cuadrados, dispuestos a saltar.

—Es una salvaje, Tommy —decía su padre cuando pensaba que ella no lo oía—. La saqué barata de la reserva. Estaba rebajada. —Ese era su gran chiste. Su mujer de saldo.

Mientras su padre vivía, su madre nunca hizo nada, siempre se quedó en casa, no era más que una pobre nativa con un cabrón blanco por marido. Tommy solía preguntarse si sucedía lo mismo con todos los maridos blancos y las mujeres indias. Cuando él se case con Hannah, serán mujer blanca y marido rosa, pero no será lo mismo. Tampoco será muy diferente. Hannah a veces suelta chistes, vagas ocurrencias sin gracia sobre los modales salvajes de su hombre y cómo lo ha domesticado. No lo dice con mala intención, y él nunca le ha dicho que le molesta.

Siente lástima por esa señora, eso es lo que pasa. Siente lástima por ella y ya está. No mentía, pero lo que les ha contado no parece verdad. Marie siempre mentía cuando la policía iba a su casa. Les decía cualquier cosa con tal de que se marcharan enseguida. Esa señora ha dicho que jamás los habría llamado, pero que no sabía qué otra cosa hacer. Todavía estaba muy afectada, después de haber esperado horas enteras, cuatro, y no hacía más que hablar, aun cuando se ha hecho evidente que no la creían. Ahí hay algo, piensa él. Tiene que haberlo.

Llama a tres hospitales, pero nada encaja con ningún posible suceso. Todas las voces le contestan con monotonía, apenas si toman nota de sus preguntas. Nada que le cuadre. El sol sale con una luz fría. Al final Tommy suspira, cierra el portátil, apaga la radio y el coche. Esa noche hace un frío de cojones. Pero dentro de una hora, más o menos, podrá tumbarse junto a Hannah y entrar en calor a su lado.

SEGUNDA PARTE

Mi niña, he estado esperando, creo. Llevo tanto tiempo esperando que ya ni siquiera sé qué es lo que espero. Pero creo que lo sabré cuando llegue. Será una de esas cosas que se saben y punto, una de esas sensaciones como de inspirar hondo que se tienen cuando de pronto todo cobra sentido.

Es una forma frustrante de describir algo, ya lo sé, pero no conozco otra manera de hacerlo. No es fácil atrapar un espíritu. Hay que dejarlo libre.

Cuando naciste, fue así. Como inspirar hondo. Antes de que llegaras, yo estaba tan desorientada que ni siquiera pensaba que deseara tenerte. Veía a tu tía con la pequeña Louisa y pensaba que yo no sería capaz de hacer todas esas cosas; yo no. Mis manos no sabían cómo arrebujar a una niña tan pequeña en una mantita prieta, ni notar cuándo estaba lo bastante caliente el biberón. En mi corazón no había sitio para todo el espacio que ibas a necesitar. No me veía capaz.

Sin embargo, cuando llegaste solo tuve que mirarte y lo supe. Ni siquiera fue un sentimiento, o puede que sencillamente no exista una palabra lo bastante grande para todo ese sentimiento. Era tantísimo que me llenó a rebosar. Fue algo más que una certeza. Mucho más.

Fuera lo que fuese de mí, el caso era que yo te quería y tú lo sabías. Tu Kookoo lo sabía también. Y todas correspondíais a ese amor. No importa lo que llegues a pensar o lo que llegues a saber, eso es lo más importante sobre mí.

Y aún sigo esperando.

Sigo aquí.

Jamás podría alejarme mucho de tu lado.

Stella

La mañana después transcurre fría y silenciosa, como si nada hubiese ocurrido la noche antes. Apenas unas horas antes. El cielo está claro, pero la nieve vuela por toda la Brecha y cubre el rojo oscuro con un blanco nuevo. Poco a poco, poco a poco. Stella contempla la escena por la ventana de la cocina. El sol gana intensidad, frío y silencioso, y la sangre ya prácticamente ha desaparecido. No queda ni una huella. La nieve lo ha limpiado todo, como hace siempre. Sus copos quedan prendidos en las ramas de los flacos olmos desnudos y los vuelven blancos, y hermosos también. Esos árboles son más pequeños que los que hay más cerca del río. Allá en Atlantic Avenue, donde Stella vivía cuando era pequeña, los árboles eran altos y tendían arcos de un lado a otro de la calle, por toda ella, como un túnel. Cuando esos árboles se llenaban de nieve, solo había que esperar una buena ráfaga de viento y entonces volvía a nevar otra vez.

El día va avanzando y Jeff duerme para recuperarse del turno. Stella limpia una y otra vez la encimera, la mesa y barbillas sucias. Cada llanto de su bebé recibe un abrazo raudo y sentido, y cada deseo de la pequeña Mattie queda concedido en cuanto se intuye nada más. Stella satisface las necesidades de todos, pero no está del todo allí. Está haciendo una lista, una lista de..., ¿cómo lo llamó Jeff?

¿Su pasado? No, «un pasado como el suyo». Sí, eso dijo. Las palabras resuenan en el interior de su cabeza, que acusa la falta de sueño. Le arden los ojos. Da otro sorbo de café y piensa en ello. En su pasado. El de ella. Sabe a qué se refería él, lo que sabe él, lo que ha compartido con él esas noches oscuras llenas de recuerdos y desasosiego. Piensa en cada uno de esos episodios, en todos esos casos. Uno tras otro. Sí que es el pasado. Aunque ni siquiera es el suyo. Solo son historias que en realidad pertenecen a otras personas, pero que de algún modo llegaron a ella para que las guardara a buen recaudo, para que las conociera, para siempre. Incidentes. Situaciones. Dan vueltas en su cabeza, imparciales y objetivos. Cosas que vio, cosas que le contaron sus primas, cosas que su madre y la tía Cheryl les contaron a ella y a sus primas, Louisa y Paulina, cuando eran niñas pequeñas; todas esas medias historias grandes y pequeñas que constituyen una vida. «Un patrón.» Stella piensa en esa palabra: como algo que conforma otra cosa. «Patrón.» Todos esos pequeños detalles, esas advertencias de que fuese con cuidado, esas lecciones sobre lo que no debía hacer. Siempre supo ser cuidadosa, siempre supo recelar de los hombres, de los extraños, los hombres que hacían cosas extrañas. Así la educaron. Alerta. Una a una, esas escenas resuenan en su cabeza casi todos los días. Un pasado como el de ella. Mattie consigue una segunda taza de Cheerios y otra hora de televisión, y el bebé necesita que lo acune hasta que se duerma.

Sube a la planta de arriba, se sienta y sigue acunándolo hasta mucho después de que se haya calmado al fin. Le encanta su carita, su aliento suave y oloroso sobre la piel de ella. Lo mece, lo sostiene muy cerca y mira por la ventana. La nieve ha dejado de caer, pero las nubes persisten en la periferia y el viento golpea el cristal. Ella creía que había desaparecido del todo, pero desde ahí arriba ve una larga línea de pisadas que atraviesan la losa de nieve, por lo demás intacta.

Se estremece, se yergue en la silla y se reclina hacia atrás hasta que solo puede ver el cielo brillante y frío y los cables de Hydro. Sigue meciéndose, intenta respirar, tranquilizarse.

Un pasado como el de ella.

Las altas torres metálicas quedan justo fuera de su campo visual. Los «robots» de Mattie. Es un buen nombre; Stella casi puede ver sus caras cuadradas con gesto adusto de firme resignación, una tras otra, como una imagen atrapada en una sala de espejos.

En algún punto de esa reflexión, se duerme. Las manos firmes sobre su bebé, la música de los dibujos animados justo por debajo, su niña pequeña cantándola a media voz, y el cruje que te cruje de los tablones del suelo mientras ella sigue meciéndose lentamente hasta quedarse dormida.

En la vieja casa de Atlantic, el armario de su habitación quedaba debajo de la escalera. Por eso el hueco continuaba hasta más allá de los vestidos colgados y se convertía en un fuerte alargado y oscuro con un techo que se arqueaba hacia el suelo, cada vez más bajo. Stella guardaba allí una linterna vieja, libros y secretos. Una tarde, con la luz del sol entrando por la ranura que quedaba bajo la puerta cerrada, sus primas y ella se fueron pasando la linterna sentadas en un pequeño círculo allí dentro. El áspero bajo de encaje de su vestido bueno, que colgaba por encima de ella, le rozaba la frente. Stella se había sentado con sus flacas piernecillas cruzadas, las rodillas arañadas del verano. Tenían unos ocho años. Sí, no recuerda ningún dolor en el pecho, así que su madre debía de vivir todavía. Ese verano sus primas habían vuelto del monte por primera vez, vivían todas juntas en la gran casa y Stella estaba contentísima. Fue entonces cuando Louisa contó esa historia, la primera de todas las que ella conservaría. Louisa se llevó la linterna a la barbilla de manera que su piel se encendió de rojo justo ahí y su frente se iluminó de un amarillo brillante.

—Le noté su cosa. Y fue tan, tan asqueroso… —relató su prima. Ese segundo «tan» supuso toda una nueva dimensión—. Él respiraba con fuerza, como si estuviese corriendo. Le habría dado un puñetazo si hubiese podido.

Paulina se echó a llorar, aunque todavía no le tocaba a ella. Stella se hizo con la linterna para pasársela a su prima pequeña, pero Paulina solo negó con la cabeza. Louisa la recuperó enseguida porque sabía que su hermana no contaría nada. Siempre dejaba que Louisa hablase por ella.

—Y también olía. Como si le hiciese falta una ducha.

—¿Y tú qué hiciste? —preguntó Stella en un susurro ahogado, consciente de que aquello era lo más importante que había oído jamás.

—Le dije que tenía que ir al baño, fui y me cerré con pestillo.

Stella habría jurado que vio la voz de Louisa elevarse como un vapor en el haz de luz ascendente de la linterna.

—¿Qué pasó después?

—Que Paulina entró desde la calle. —Hizo un gesto con la cabeza en dirección a su hermana—. Yo salí del baño, tiré de la cadena para que él pensara que de verdad había ido al váter y me inventé una historia para que nos marchásemos ya a casa, pero él tenía a Paulina sentada en las rodillas y los dos lloraban.

—¿Él lloraba? ¿Y qué hizo entonces?

Stella miró directamente a la pequeña Paulina; no podía imaginarse que nada malo le hubiera pasado a la pequeña Paulina.

Louisa hizo como si sacudiera la cabeza y se encogiera de hombros a la vez.

—Nada. Solo... siguió haciendo lo mismo... con su cosa.

Stella rodeó a Paulina con un brazo y la acarició como había visto que hacía su Kookoo con las personas que necesitaban abrazos. Paulina era la clase de niña a la que siempre querías abrazar. Louisa nunca necesitaba ni un brazo ni nada.

Se quedaron calladas un buen rato. El aliento vaporoso de Louisa era lo único que se movía en aquel espacio oscuro. El «caray» ni siquiera llegó a salir de los labios de Stella.

—¿Por qué lloraba él? —preguntó al fin.

Louisa se encogió de hombros y le pasó la linterna a Stella, lo cual quería decir que le tocaba a ella, que era su turno de contar una historia de una vez que te hubieran hecho daño. Necesitaba algo siniestro, algo sucio. Se rascó la frente, donde el vestido seguía rozándola, pero no se le ocurría nada. Así que decidió contar chistes de «toc, toc» hasta que Paulina empezó a reír.

—Toc, toc —dijo por quinta vez dando golpecitos de verdad en la pared en cada ocasión.

—¿Quién es? —contestó Louisa, también por quinta vez, molesta.

—Jaleo.

—¿Jaleo qué más? —preguntaron las hermanas al unísono, desconcertadas ambas.

—¡Armando Jaleo!

Paulina se rio. Estaba siendo amable, o puede que en realidad solo tuviera necesidad de reír.

—No es así —dijo Louisa sin reírse. En lugar de eso, le arrebató la linterna—. Se supone que tenías que decir «Armando» primero.

Louisa siempre lo sabía todo. Todo.

Stella despierta sobresaltada. El cielo sigue claro, el sol sigue brillando y su bebé sigue respirando con suavidad contra su piel. ¿Qué hora es?

La música de los dibujos animados de abajo ha cambiado. El siguiente programa.

Stella deja a Adam en su cuna y baja a abrazar un rato a su hija. Todavía nota el sueño sobre la piel, como una película siniestra y maligna.

Hace meses que no ve a su familia. Cuando nació Mattie, las dos iban muchísimo a visitar a su Kookom. Se acercaban allí por la tarde a tomar el té sin prisas y hablar de esto y lo otro, como hacían siempre. Stella le preguntaba por la tía Cheryl y Louisa y Paulina. La tía vivía en el mismo edificio que Kookoo, pero dirigía una galería, así que nunca estaba por allí. Louisa era casi como si estuviese casada y vivía en una casa de alquiler en Cathedral Avenue. Paulina había acabado los estudios siendo la primera de la clase y había conseguido un buen trabajo en el hospital. Kookom siempre tenía mucho que contar, y Stella solo se sentaba en el suelo y jugaba con la pequeña Mattie mientras escuchaba las historias de su Kookom como había hecho siempre.

A las demás no las veía nunca porque nunca iba allí de noche. A Jeff esas visitas le ponían nervioso, según decía. Además ahora, con un bebé..., añadía. Antes nunca parecía haberle molestado, pero a partir de entonces también las visitas de la tarde empezaron a inquietarle. Que su mujer se llevara al bebé en autobús hasta esa parte realmente mala de la ciudad, todas las cosas que podían pasarles, decía, y empezaba a enumerarlas, una a una. Podían atracarla, podían apuñalarla, podía cruzarse en el camino de un traficante o algo peor. Eso le decía, como si todas esas cosas ocurrieran de verdad. Jeff no lo entendía. Era un chico blanco que había crecido en las afueras. No tenía ni idea de cómo eran las cosas en realidad. De lo que ocurría en realidad. Pero ella no quería discutir, así que lo dejó estar sin decir nada y empezó a llamar en lugar de ir de visita.

Adam ni siquiera ha conocido aún a su familia. Y tiene ya seis meses.

Stella le va dando vueltas a todo eso mientras saca adelante el día, mientras da de comer, lava y viste a sus hijos, casi le parece que una y otra vez, sin hacer caso de las escenas que le ocupan la mente, sin hacer caso de ese zumbido que le provoca dolor de cabeza. Se toma otro analgésico e intenta olvidar. Olvidarlo todo. Todas esas palabras. Las imágenes perdidas de lo que ha visto.

A media tarde se tumba junto a Mattie, que finge dormir la siesta. Debería llamar a su Kookom, pero no quiere preocuparla. Está muy mayor, piensa Stella. Se inquietará si me oye triste. Podría llamar a la tía Cheryl, pero ¿qué le diría?

Así que, en lugar de eso, se queda ahí tumbada con un brazo echado por encima de su niña, pensando medios pensamientos que en realidad son recuerdos y despertándose una y otra vez. Kookom. Ella y su Kookom, su Nokomis, su abuela, que siempre estaba allí, incluso cuando todos los demás se habían ido. Kookom esperándola cuando llegaba a casa del colegio, el olor a sopa casera de hamburguesa por todas las habitaciones. Kookom riéndose de algún culebrón que no estaba pensado para hacer gracia. Kookom arropándola por la noche, aun después de que Stella insistiera en que no lo necesitaba. Kookom tumbada a su lado cuando no podía dormir, y junto a ella cuando se despertaba asustada, porque Stella siempre tenía pesadillas, incluso antes de que muriera su madre. Kookom roncando un poquito, con un brazo echado sobre la cintura de Stella. Kookom diciéndole que todo iría bien, y Stella creyéndola. Cada vez. Pasara lo que pasase. Incluso cuando Stella se hundió en la tristeza, y en su interior se abrió ese agujero que ella sabía que jamás volvería a cerrarse. Incluso entonces, Stella la creyó.

De pronto, con un estremecimiento, recuerda la noche anterior. Se le había olvidado por un segundo, pero ahora está completamente despierta y siente mucho mucho frío.

Ella nunca quiso irse a vivir ahí. Quería comprar una casa en el gentrificado barrio del centro donde estaban de alquiler, pero no podían permitírselo. Entonces Jeff encontró esa casa y se entusiasmó.

—Está en el lado bueno de McPhillips —les dijo la agente inmobiliaria cuando fueron a verla—. Un pequeño barrio estupendo que está en alza.

Era una rubia alegre que parecía encontrarse solo un poco incómoda en la zona.

Jeff sonrió con educación y comprobó las vigas del sótano como si supiera lo que estaba buscando. Stella no dijo nada, pero ya conocía el lugar. Ese barrio quedaba muy cerca de su antiguo barrio; eran el mismo, en realidad. Demasiado cerca. Su pasado. Todo él, justo allí, al otro lado de McPhillips.

Se mudaron enseguida. Jeff se moría de ganas. Cuando llegó Adam, Stella se vio con una niña pequeña y un bebé. De pronto empezó a dejar de llamar a su Kookom, a toda su familia. Igual que cuando había dejado de ir a visitarlos, sucedió sin más. Vivía muy cerca, pero aun así tenía que recorrer Selkirk Avenue con el coche para ir a cualquier parte. Aun así, tenía que verlo todo, todas aquellas cosas que había visto siempre, aquellos lugares a los que Jeff ya no quería que fuese. Él no lo entendía. A ella nada de eso le daba miedo. Pero todo le dolía, en cambio.

La televisión sigue y sigue. Jeff duerme, Adam duerme y Mattie se levanta y juega en el suelo sin hacer ruido. Su cabecita se vuelve de vez en cuando, pero Stella no se mueve. Solo le sonríe, y entre sonrisa y sonrisa deja la mirada perdida en su vacío exhausto. El día transcurre como si no hubiese ocurrido nada. Seguro que la sangre ya estará del todo cubierta y, si saliera ahí fuera, ni siquiera sería capaz de decir exactamente dónde estaba. Ni siquiera ella. Y nadie más sabe que ha ocurrido.

Stella no sabe qué hacer y al mismo tiempo quiere hacer muchísimas cosas. Quiere llamar a su Kookom, quiere tumbarse con ella en ese apartamento de un sótano mohoso donde, curiosamente, siempre hay calidez y se siente uno a salvo. Pero no hace nada. Se queda ahí tumbada, sola, con el brazo estirado todavía donde antes estaba acostada su hija.

Paulina

Cuando cuelga el teléfono no piensa, solo se pone en marcha. Eso es lo que hace Paulina cuando ocurre algo, va para allá. Es lo que hacen todas cada vez que Kookom está muy enferma, o cada vez que pasa algo con los niños. Van para allá, ven qué es lo que hay que hacer y lo hacen, no piensan mucho, no sienten nada y no se ponen histéricas, solo van. Ocúpate de tu familia. Ve.

Su primer pensamiento de verdad es el de dar gracias por trabajar en el hospital, porque así ya está allí. Después le dice con calma a su supervisora que tiene que bajar a Urgencias porque su novio va a llevar a su hija.

—Ay, Dios mío, Paulina, ¿qué ha pasado? ¿Algo grave? —Las buenas intenciones elevan su voz de señora mayor hacia las octavas más altas.

—No lo sé. —Es lo único que se le ocurre contestar a ella.

—Bueno, avísanos en cuanto sepas algo. Tómate todo el tiempo que necesites.

La voz de su supervisora se desvanece y Paulina toma la ruta de siempre escaleras abajo, solo que esta vez más deprisa. Mientras baja, piensa en todo lo que podría haber ocurrido y qué clase de cosas puede que tenga que hacer. Si es una mala regla, puede avisar a la doctora Froehlich. La ha visto en la cafetería esa mañana, así que es probable que siga allí. Seguro que es eso. Nada más. Baja los escalones de dos en dos, agradecida de poder llegar tan deprisa.

—¡Paulina, algo va mal con Emily! No sé qué ha pasado. Voy a llevarla a Urgencias. —La voz de Pete al teléfono resonó con un tono muy poco natural que ella nunca le había oído.

—¿Qué quieres decir? ¿Qué le ocurre?

Paulina quiso tranquilizarlo de inmediato. Acaba de venir a vivir con nosotras, pensó. Seguramente solo exagera. No sabe nada de niñas de trece años.

—Se ha desmayado. Estaba bajando las escaleras y se ha desplomado. —Hizo una pausa, una de esas pausas suyas, cargadas de pensamientos embarullados—. Está sangrando, Paulina.

—¿Sangrando, cómo? Déjame hablar con ella.

—Está inconsciente, Paulina. La tengo en la camioneta. Me la llevo ya.

—Vale, pero conduce con cuidado. Nos vemos allí.

—Está sangrando, Paulina. Por... ahí abajo. No tiene buena pinta. Hay sangre por todas partes.

Por su cabeza pasaron todos los supuestos posibles: tal vez un quiste desgarrado, tal vez una deshidratación. Paulina corre por el largo pasillo lleno de recodos y piensa que debería avisar a Ginecología en cuanto llegue. Seguro que no será nada. No puede ser tan malo como cree Pete. Es que él no está acostumbrado, nada más.

Nada más, ¿verdad?

Pero ¿cómo puede haber quedado inconsciente?

¿Y qué ha querido decir Pete con eso de «por todas partes»?

Paulina se controla y respira hondo antes de cruzar las puertas.

No quiere dejarse llevar por el pánico. Seguro que no es nada. Ahora tengo que ocuparme de mi niña, piensa.

Coge una silla de ruedas y cruza con ella las puertas batientes de Urgencias. A Emily le gustará: una silla de ruedas, como una paciente de verdad.

La mañana casi resulta agradable. La nieve, después de caer toda la noche, por fin ha parado. Ha salido el sol, el blanco limpio destella bajo su luz. Un quitanieves avanza pitando por el lado contrario de la calle, pero la nieve amortigua la mañana. Paulina inhala el aire limpio y fresco. Este invierno ha nevado mucho.

La camioneta de Pete dobla la esquina a toda velocidad y frena con un chirrido delante de la entrada de Urgencias. Paulina abre la puerta con otra inspiración profunda, preparada para tranquilizar a su hija enferma.

En lugar de eso, se muerde el labio para tragarse su propio grito. Es verdad que hay sangre por todas partes. Ha calado los pantalones de chándal de Emily, que antes eran grises, cubre oscura todo el tejido del asiento y forma un charco en la alfombrilla de plástico del suelo. La cabeza de su hija ha caído contra el asiento. Paulina toca la pierna de la niña y Emily gime. Paulina alarga la mano y le aparta el pelo sudado. Tiene un corte en el labio inferior. Va a tocárselo, pero sus dedos manchan de sangre la piel pálida de su hija. La cara de su pequeña está tan blanca que casi es azul, tiene los labios hechos cisco y respira superficialmente.

—¡Emily! —grita por fin, y su voz se quiebra convertida en un sonido extraño—. Emily... ¡Emily! —Lo intenta de nuevo, zarandeando a la niña inerte.

Por detrás de ella, Pete encuentra a un celador y una camilla. Paulina lo oye gritar y alguien la aparta.

—Paulina. Paulina, hazte a un lado. —Es un enfermero a quien conoce, con otra compañera detrás de él—. A un lado, Paulina. Nosotros nos encargamos. ¡Ya nos encargamos!

El enfermero le busca el pulso en la muñeca.

—¿Emily? Emily, necesito que abras los ojos —grita la enfermera y sacude con cuidado su cuerpecillo.

Pete rodea a Paulina con los brazos y se hace atrás unos pasos para dejar sitio al personal médico. Ella no se ha dado cuenta de que le tiembla el cuerpo hasta que los grandes brazos de él la estrechan, hasta que se cierran con firmeza a su alrededor e intentan tenerla quieta.

Los dos enfermeros sacan a Emily de la camioneta y colocan su cuerpo inerte en la camilla. Paulina levanta una mano hacia el brazo de Pete, pero se detiene al verse los dedos, rojos de sangre. La sangre de Emily. No quiere tocar nada. Lo único que hace es extenderlos en el aire invernal. De repente hace mucho frío. Empujan la camilla de su hija, se la llevan a una sala y cierran la puerta. Pete se sienta en una de las sillas de la zona de espera y tira de Paulina con delicadeza para que se siente también.

—No —dice ella, aturdida—. Tengo que ir a lavarme las manos.

Va al servicio y se pasa agua fría por las manos rojas. Se le ha quedado sangre metida en las uñas y se las frota con el espeso jabón líquido rosa. El olor metálico es tan fuerte... Sigue frotando hasta que ya solo huele el granuloso jabón perfumado. Cuando levanta la vista, se ve más sangre en el uniforme de trabajo del hospital. Sabe dónde encontrar otro. Después. De momento intenta limpiarse un poco los pantalones con el papel marrón para las manos. Solo consigue emborronar la sangre y dejarla de un color más oscuro, más profundo, y ponerse perdida de trocitos de papel mojado.

Regresa a la zona de espera, la puerta cerrada, su hija al otro lado, y Pete que habla por teléfono; le parece que está hablando con su familia. Unas enfermeras corren tras ellos.

—¡Necesito succión aquí! —grita alguien.

Y Paulina siente que le ceden las piernas. Cae en una silla. Pete busca su mano y aprieta.

—Presión arterial: ochenta, cuarenta.

Pete termina la conversación y la mira, silencioso como siempre, esperando.

—Tengo que llamar a Louisa —piensa ella en voz alta—. Y a mi madre. Mi madre puede traer a Kookoo.

—Vale, eso puedo hacerlo yo —dice él mirándola.

Ella no lo mira. Solo siente su mirada.

—Vale. También tendrías que mover la camioneta. No puede quedarse ahí fuera mucho rato. Así, delante de las puertas.

—Ahora voy a moverla. Y llamaré a Louisa. —Pete se levanta, pero da media vuelta otra vez—. ¿Quieres que vaya a buscar a alguien para que se quede aquí contigo?

Paulina le hace un gesto con la mano para que se marche.

—Enseguida vuelvo. —Asiente, la ha entendido.

En cuanto se ha marchado, ella suelta un grito repentino. Un brusco arrebato de lágrimas y un rugido violento que casi consigue tragarse, pero que se desborda antes de que pueda reprimirlo. Después se queda callada. No va a perder los nervios; aunque quisiera, no sabría cómo hacerlo. Se quedará ahí sentada, esperando a que la necesiten.

Tiene el cuerpo entumecido, la mente en la sala que hay tras ella. No puede ver lo que pasa dentro, pero sí oye cada una de las frases y siente cada movimiento como si fueran muchos pequeños terremotos que sacuden su interior.

—Oxígeno —dice el enfermero, Mark, el que estaba en la cabeza de la camilla.

—Diez centímetros cúbicos —dice la otra enfermera, una chica joven a quien Paulina no conoce, junto al brazo de Emily.

—Vale, ya lo tengo...

Otra enfermera entra corriendo con dos unidades de sangre, una más sale con un listado para enseñárselo a algún médico. Nadie la ve, pero ella lo ve todo. Se queda ahí sentada mucho rato, hasta que vuelve a respirar con normalidad y la conmoción se convierte en un dolor sordo, una oleada de náuseas que tiene que tragarse continuamente.

Pete regresa oliendo al frío de fuera y a tabaco.

—Tu madre viene de camino —le dice—. Irá a buscar a tu Kookom. No he podido hablar con Louisa, pero tu madre dice que la llamará ella también. —Hace una pausa—. ¿Ha salido alguien ya?

Paulina niega con la cabeza y siente que regresa algo parecido a las lágrimas. Frías y huidizas, le caen por la cara y ella se las limpia como la molestia que son. Pete se sienta y le toma la mano. Se inclina hacia ella como ofreciéndole el hombro, pero Paulina no puede soportarlo. Lo mira y lo ve esperándola, pero solo consigue decir que no con la cabeza. No puede descansar ni derrumbarse. Se pone en pie de un salto e intenta mirar al interior de la sala, pero hay demasiados cuerpos que le tapan la vista. Así que se sienta de nuevo y deja que Pete le coja la mano. Pero sigue sin poder descansar.

Esperan una eternidad. Ella ya no piensa, no con pensamientos de verdad, solo ve retazos inconexos: Emily con su primera bici de dos ruedas, la mirada de fastidio que le echó Emily anoche, lo mucho que se parecía a su tía Louisa en ese momento. Nada se le queda. En realidad Paulina solo siente el caos de ahí dentro, el trajín y el estrépito. Un médico al que no conoce entra corriendo, aferrado a su estetoscopio. Otra enfermera se arranca un delantal empapado de sangre. Pete le aprieta la mano más fuerte. Eso la hace llorar otra vez. No quiere llorar. Si se permite seguir llorando, ya no parará jamás.

Cuando Emily nació. Probablemente esa fue la última vez que su hija estuvo allí como paciente, y no solo visitando a su madre en el trabajo. Ese día de primavera de hace tanto tiempo, Paulina era jovencísima y le temblaba todo alrededor de esa barriga que se suponía que era su niña. Su madre estaba histérica a su lado, pidiendo a gritos que la ayudasen cada vez que ella gimoteaba. También Louisa estaba allí, pero calmada como es ella. Había tenido a Jake el año anterior y se comportaba como si todo fuese bien, normal, pero resultó un parto largo y Paulina estaba asustada. El dolor, toda esa nueva persona que estaba a punto de venir al mundo, un ser vivo del que ella sería responsable. Era un miedo diferente.

La sala de detrás queda en silencio. Algo se serena y el trajín disminuye. Paulina tiene el cuerpo helado, la mano de Pete es lo único que siente. Apenas respira. Después de otro largo minuto, la puerta se abre al fin y ella oye el ritmo constante de los pitidos del interior. Siempre es un sonido tranquilizador, pero en este momento es el mejor sonido que ha oído en su vida.

—¿Paulina? —Un médico con uniforme verde le tiende la mano—. Soy el doctor Lewicky. He estado atendiendo a su hija.

Ella asiente y le da la mano con debilidad mientras el hombre se arrodilla para hablar con ella mirándola a los ojos.

—Ya la hemos estabilizado. Ha perdido mucha sangre, pero ahora está bien. ¿Trabaja usted aquí, en el hospital?

—En Geriatría —contesta Paulina con la voz quebrada—. Solo soy auxiliar.

—Bueno, tiene la presión baja y ha habido que hacerle una transfusión. Ahora está dormida. Hemos tenido que sedarla porque había que suturar.

—Suturar —murmura Paulina pensando—. ¿Por qué?

—Su hija tenía diversas partículas de cristal en las paredes de la vagina. Eran partículas pequeñas, así que sospechamos que ha estado sangrando sin pausa durante algún tiempo antes de que empezara la hemorragia. También hemos encontrado señales muy recientes de ruptura del himen, y tenía un corte bastante grande en la cara interior del muslo. Pero ahora ya la hemos estabilizado. Ha dejado de sangrar. Tendrá mucha hinchazón, pero se recuperará con normalidad. Le hemos administrado antibióticos intravenosos por si hubiera alguna infección y la vacuna del tétanos. Tiene un corte bastante feo también en el labio y algunos moratones, pero se pondrá bien. Todo debería acabar bien, al final. —La mira en actitud expectante.

Paulina siente que el color abandona su rostro y no se le ocurre nada que decir, no consigue asimilarlo.

—Bueno, Paulina, esto tenemos que denunciarlo. En un asunto como este, tan violento como parece que fue, ya sabe que debemos presentar denuncia. —El médico mira entonces a Pete y luego otra vez a Paulina, que solo es capaz de seguir ahí sentada.

Al cabo de un momento, cree que consigue asentir.

—La policía llegará enseguida. Necesitarán que les hagan una declaración y les den algunos datos. —El médico se pone de pie para zanjar el tema—. De momento, puede entrar a ver a su hija. Como le he dicho, está dormida. En Triaje están esperando habitación, y entonces podrán subir todos arriba.

Paulina dice que sí con la cabeza, pero no es capaz de levantar la mirada. Siente vergüenza, por lo que no sabe. Por ella o por su hija, no está segura. Hace ademán de levantarse, pero Pete tiene que ayudarla. La sostiene pegada a él, y Paulina arrastra sus piernas pesadas y renqueantes hacia la sala, por fin a esa sala. Una enfermera con el uniforme embadurnado de sangre le ofrece una tenue sonrisa y cierra el recipiente lleno de gasas y guantes ensangrentados.

Emily está ahí tumbada, con los ojos agitados y un tubo de oxígeno en la nariz. Todavía tiene la piel muy blanca, pero ya no de ese tono que daba tanto miedo. Le han curado el corte del labio con un pequeño vendaje, y debajo del ojo se le ve un hematoma en el que Paulina no se había fijado antes. Examina la cara de la niña, necesita aprenderse de nuevo todos sus detalles. La sangre va bajando desde el gotero que pende por encima de su cabecita, recorre un delgado tubo rojo y entra en su brazo. La aguja que penetra su piel es insoportablemente enorme. Paulina ve el metal bajo el esparadrapo.

Se seca esas lágrimas tan molestas y toma la mano inerte de su hija entre las suyas. Aprieta con fuerza, pero no obtiene reacción alguna, por supuesto. Se queda ahí de pie, temblando, con la sensación de estar a punto de caer. Como desde lejos, oye que Pete suelta un hondo suspiro, siente su aliento en la nuca. Él está en silencio detrás de ella, sosteniéndola. Al cabo de un momento se da cuenta de que eso es todo lo que puede hacer, todo lo que tiene que hacer. Solo puede estar ahí de pie, a duras penas, aguantar.

Cristal, ha dicho el médico. Cristal.

No, Paulina y toda la familia ya habían estado juntos en el hospital en otra ocasión. Jake se rompió el brazo cuando tenía unos siete años, quizá, y todos se apretaron en un taxi para ir a toda prisa para allá. El conductor dijo que no podía llevar a tantos, dijo que sobraba una persona, o Paulina o su madre. Pero Cheryl se limitó a meterse a empujones y le dijo al hombre que se aguantara. Louisa no podía ni mirar. El pequeño antebrazo de Jake estaba inerte y tenía un bulto rojo en el centro, como un codo nuevo. Tuvo que encargarse Paulina, envolverle el brazo no muy fuerte con un trapo de cocina y sostenerlo en su sitio mientras todos se apretaban en el asiento de atrás. Emily estaba alerta y callada, apretujada entre su madre y la puerta mientras el taxi iba dando sacudidas por las viejas calles en dirección al hospital. Paulina no soltó el brazo de su sobrino, siguió sosteniéndolo con delicadeza y sonriéndole para que el niño supiera que todo iría bien. Y así fue. Aunque se había roto dos huesos. En la radiografía brillaban como dos líneas irregulares, quebrados y zigzagueantes como zetas dobles.

Paulina no suelta la mano de Emily, pero es incapaz de sonreírle, no puede tranquilizar a nadie diciendo que todo irá bien. Emily no se despierta, pero Paulina sigue sin soltarla, no hasta que llegan las enfermeras para llevársela a planta. Entonces las sigue, detrás de la camilla, hasta una habitación tranquila y beis de una de las plantas superiores, con Pete tras ella. Él lleva los abrigos sobre el brazo y, cuando están en el ascensor, le posa una mano entre los omóplatos con tanta delicadeza que ella apenas lo nota.

En cuanto Emily está instalada en su nueva cama, Paulina retoma su posición al lado de su hija, sosteniendo su mano inerte, sosteniéndola como si le fuera la vida en ello. Pete le acerca una silla para que se siente y sale a buscar café. La madre de Paulina entra como un torbellino, y su Kookom llega moviéndose despacio tras ella. Cheryl sienta a su madre en el silloncito de felpa que hay a los pies de la cama antes de estallar.

—Joder, ¿qué pasa con este sitio? Estábamos abajo, en Informa-ción, y nos han dicho que fuésemos a Urgencias. Así que hemos ido, y no sabían dónde narices estabais.

Baja la mirada hasta su nieta, toma su rostro entre sus manos rudas y retorcidas. Huele a bebida y a tabaco rancio.

Paulina mira el maquillaje corrido de su madre, su melena sin peinar. Ha salido a todo correr. Detesta verla así, seguramente borra-cha todavía, pero solo puede bajar la mirada hacia Emily. Emily es lo único que importa. Cheryl se calla, y lo único que oye Paulina du-rante un rato es el suave goteo del intravenoso de Emily en su oído.

—¿Qué narices ha pasado? —pregunta Cheryl, que toma la otra mano de Emily y mira a su alrededor. También hace eso, mira a su alrededor buscando algo que hacer, algo con lo que ser útil. Pero no hay nada.

—Tenía cristales —empieza a decir Paulina, aunque apenas puede.

—¿Cristales? —Cheryl mira a su propia madre, que se esfuerza por oírlas desde su sillón.

—Cristales —escupe Paulina—. Dentro.

—¿Dentro? —La voz de Cheryl se eleva de una forma poco natural, dolorosa—. ¿Ahí dentro?

Su hija asiente con la cabeza. Ya no puede volver a abrir la boca; cada vez que lo hace, de ella salen sonidos extraños, voces guturales que proceden de algún lugar que ella ya no abre nunca.

—¿Cómo...? —Cheryl mira a su alrededor sin saber qué ha-cer—. ¿Cómo se le han metido ahí?

En ese instante Pete regresa a la habitación y las mujeres se ca-llan. Lleva una bandeja con cafés y, apilados en el centro, palitos para remover y botecitos de crema de leche. Su rostro, que no suele ser emotivo, tiene una expresión de preocupación cansada.

Es un pensamiento fugaz, pero perdura quizá demasiado. No es la primera vez que Paulina se pregunta si lo conoce de verdad, o de qué sería él capaz, si es que puede imaginarlo siquiera.

Pero entonces ve que su madre se levanta a ayudarlo con la bandeja y lo rodea con sus brazos. Se le ve enorme con Cheryl, pequeña y con el pelo corto, hundida en su abrazo de oso. Hablan, pero Paulina no los oye. Se limita a volverse de nuevo hacia su hija, hacia el hematoma que tiene bajo el ojo y el corte del labio, algo hinchado ya bajo la gasa, sobresaliendo como si hiciera un puchero.

Louisa

Hay un momento, nada más despertarme, en que solo pienso en los buenos tiempos. Todas las cosas por las que estoy agradecida me vienen a la cabeza y soy feliz, un momento. Me quedo mirando el techo, las bastas rebabas donde el yeso forma curvas como si fuese la cobertura blanca alisada sobre un bizcocho, y casi noto una sonrisa en la cara. Entonces me doy cuenta de que estoy sola en la cama y recuerdo lo que ocurre. Mi cuerpo se tensa a causa de todas las cosas que han salido mal, todo aquello por lo que debo preocuparme. El techo tiene manchas, pequeñas grietas que se han vuelto marrones, por lo que sea, por una fuga que habría que arreglar. El techo, que una vez fue hermoso y escultural, se muestra ahora tal y como es. Seguro que todo él se me caerá encima un día de estos.

Muevo la cabeza y me arrepiento de todas esas copas de vino. Las siento dentro de mí, avinagradas, deseando salir. Necesito analgésicos, agua y café, pero no quiero separar la cabeza de esta almohada. Solo consigo volverme hacia un lado y apartar la mirada del techo que se cae a pedazos. No hay duda de que un día se me caerá encima.

Sin embargo, a un lado encuentro el marco vacío de la puerta, con grietas y necesitado de una mano de pintura, donde Gabe se detuvo la otra noche. Donde dio unos golpecitos con los nudillos contra la madera. Llamó para que lo dejara entrar, o para que lo dejara salir. El vacío sonoro de antes y de después. Todos los espacios vacíos que él solía ocupar.

Me levanto de la cama despacio. Solo son las siete y media y ya estoy completamente despierta. Tendría que obligarme a dormir otra vez, pero el pequeño se despertará pronto y necesitará algo, así que ruedo hasta bajar de la cama y ponerme en pie. Por qué no.

Sunny y Jake duermen en el salón, cada uno en un sofá, despatarrados, con sus largas extremidades adolescentes bien estiradas. Están donde los dejé anoche al llegar a casa, como si hubieran caído rendidos al sueño allí mismo. ¿Cuándo han crecido tanto? Parece que hayan dado un estirón desde ayer, flacos y largos, con unos tobillos finos que sobresalen de las mantas y de esos pantalones grandotes que llevan. Jake tiene la boca entreabierta, su labio superior está oscurecido por el vello. Cada día se parece más a su padre. Poco a poco crece y se convierte en él. Me recuerda un montón de cosas que creía haber olvidado.

Le doy unos golpecitos suaves.

—Eh, eh —susurro—. Que ya es de día. Sube a tu cuarto.

Mi chico tiene los ojos adormilados y oscuros. Se levanta despacio y zarandea a su amigo sin miramientos.

—Sunny. Sunny, arriba.

Tropiezan, envueltos en las mantas. Son buenos chicos, la verdad. Rita se pasa un poco con Sundancer, pero, igual que mi Jake, es un buen chaval. Mi chico es también el más guapo del mundo. Igual que su padre, James. James, huido y desaparecido en combate. Era como Gabe. Precioso como Gabe. Nunca sentí que fuese mío, igual que con Gabe. James no podía dejar de ir de aquí para allá, igual que

Gabe. Solo que él, un día, me abandonó para siempre. De improviso pero de forma definitiva. Nos sacó de nuestra agonía y punto. No como la agonía torturadora que nos traemos Gabe y yo, que no se acaba nunca. No, James arrancó esa tirita rápido y de un tirón. Éramos muy jóvenes. Yo pensaba que eran cosas que pasan cuando se es joven y tonto. Por lo visto solo son cosas que me pasan a mí.

Me siento a la mesa mientras se hace el café. Trago agua y pastillitas de color naranja para que me amortigüen este palpitante dolor de cabeza. No soy capaz de estar derecha mucho rato, la verdad es que debería reclinar la cabeza en algo blando. Bajo el sol de la mañana, la nieve recién caída forma montículos ondulados sobre el fuerte de nieve de los chicos, lo redondea y lo suaviza. La vieja valla que hay al fondo del jardín se está cayendo, en algunos sitios está hundida a causa de la edad y de los años que los chicos llevan dándole patadas y trepando a ella. Pronto se vendrá abajo. Un día perderá un clavo más y se fundirá con el suelo. Si todavía es invierno, la nieve caerá sobre ella y me olvidaré de que está ahí hasta la primavera.

—¿Mamá? —El pequeño se frota el sueño de los ojos y viene tambaleándose directo a mi regazo.

Lo levanto como si fuera un suspiro, aun con los brazos doloridos. Su pelo negro y rizado contra mi mejilla. Nos quedamos sentados así, despertando mientras yo espero a que me hagan efecto los analgésicos, escuchando cómo va saliendo el café, demasiado despacio. Él se acurruca más y se hunde en el hueco de mi cuerpo. Yo inhalo su aroma.

—¿Puedo desayunar los cereales de malvaviscos? —Lo ha estado preparando. Me siento manipulada, pero aun así voy a buscárselos.

Nos hacemos un ovillo en el sofá, que aún conserva el calor de donde ha dormido Jake. El pequeño con su cuenco de leche teñida de rosa, que se le derrama por un lado; yo aferrando mi café con leche. Me tumbo de lado, mi niño se acurruca en el recoveco que formo con las rodillas dobladas y, antes de que termine la canción de Bob Esponja, ya estoy dormida.

James era guapísimo. Seguramente lo sigue siendo, pero hace casi cinco años que no le vemos el pelo. Una vez vino de visita, justo después de que Gabe entrara en escena. Yo estaba embarazada y su madre me había llamado. Era una mujer muy dulce y crédula que estaba convencida de que su hijo caminaba sobre las aguas y de que solo necesitaba otra oportunidad para ser un buen padre. Solo una más. A mí ella me dio mucha lástima, y las hormonas me tenían llorosa, así que lo dejé venir. Solo una vez más. James entró agitado y apestando aún a la noche anterior. Jake, con sus nueve años, le dio un abrazo educado y respondió a sus preguntas, pero no tuvo ninguna para él. Es un alma antigua, mi Jake. Nunca ha sabido mucho de su padre, tampoco ha preguntado, sencillamente lo entiende, de algún modo. No se acuerda de cuando estábamos juntos, ni del día en que su padre llegó a casa, se preparó una bolsa y dijo que se iba a vivir con Darlene. Lo dijo como si yo supiera quién era Darlene, pero no, al principio de verdad que no me acordaba. Él pensó que lo hacía para molestarlo, una vez más.

—Es que eres tan fría, Louisa. Eres fría de cojones. Vas por la vida como si no necesitaras a nadie, como si nadie pudiera hacer nada por ti, ni nada mejor que tú. Eres demasiado fría, joder, por tu propio bien —dijo mientras recogía sus cosas.

Después recordé a Darlene, del bar. La había visto un par de veces. Era escandalosa y divertida. Dos cosas que yo no fui jamás.

Todavía no se me ha olvidado. Fría, dijo. Fría de cojones. El hombre que se suponía que me amaba.

El día que pasó a vernos, sin embargo, James arrastraba los pies, nervioso, con pinta de ser más inmaduro que el niño al que había engendrado y abandonado. Le temblaban las manos cuando Gabe le ofreció un café. Mi nuevo hombre sobresalía muy por encima del primero, era más alto, más ancho. Me sentí poderosa. Después solo sentí lástima por ese pobre muchacho que bebía demasiado y que se había convertido en un viejo a pesar de tener solo veinticinco años. Algo después de aquello, un Jake más que sabio me dijo: «Mamá, cuando crezca, seré como Gabe y no me emborracharé». Estaba jugando a un videojuego en ese momento, ni siquiera levantó la mirada. Me sentí tan orgullosa que se me empañaron los ojos y me alegré de que no pudiera verme, porque detesta verme llorar.

Por entonces también creía aún que Gabe y yo lo conseguiríamos. Creía aún que había mejorado en calidez.

—¡Mamá! ¡Mamá! —Me encuentro con la cara del pequeño delante de la mía. Le cae leche por la barbilla—. ¿Mamá? —Me zarandea solo un poquito.

—¿Qué? ¡Qué! —exclamo, quizá algo brusca.

Todavía me duele la cabeza. Él apoya un codo en mi costado y me mira con ojitos dulces.

—¿Puedo beber un poco de zumo? —Se lo piensa un momento—. Por favor.

Le tomo la cara con ambas manos y le doy un beso en su precioso moflete lleno de leche. Lo quiero tanto que desearía estrujarlo.

Le sirvo su zumo en una taza de plástico y me caliento el café. Pienso en mirar el teléfono, que es lo que debería hacer, pero en realidad no me apetece. Lo apagué ayer mientras volvía a casa en taxi; ayer, a medianoche, cuando Gabe todavía no había llamado y yo estaba harta de mirar ese maldito aparato. Resisto a la tentación de mirar, de decepcionarme otra vez. En lugar de eso, bebo un sorbo de café y, adormilada, veo un par de episodios del programa tontorrón de mi hijo.

La verdad es que no creo que le haya dicho una palabra amable a Gabe desde hace meses. Sencillamente me rendí, las palabras se me atascaban y mi cuerpo estaba siempre tenso, apartándose de él. El frío de la infelicidad y del invierno caló en mí. Gabe lo siguió intentando durante mucho tiempo, siguió diciéndome «Te quiero», siguió mirándome un buen rato después de que yo apartase la mirada. Pero yo no era capaz de ceder. Ya no podía hacerle sitio. La Navidad llegó y pasó volando sin que le diera unas palmaditas en el hombro siquiera. Él me regaló una batidora porque yo la había pedido; le di las gracias, pero sonreí solo a medias. Yo para él tenía una tarjeta regalo.

Creo que sonrió, pero en ese momento ya me había vuelto hacia otro lado.

Hace un par de días me dijo que quería irse a vivir otra vez a su casa, que podía quedarse con su tía y su tío y ayudarles un poco más. Una temporada. Ya lo había dicho unas cuantas veces. Una temporada. Me limité a asentir, conseguí ponerme más tensa aún y le di la espalda.

Cuando volvió a casa de su última gira en noviembre sí que lo recibí con una gran sonrisa y un abrazo cálido, con todo el cuerpo. Había estado fuera tres semanas. Las cosas siempre nos iban muy bien cuando estaba fuera. Hablábamos todas las noches, nos decíamos «Te quiero» a través de las crepitantes conexiones telefónicas. Yo siempre lo echaba de menos.

Y entonces él se me sacudió de encima.

—No te acerques demasiado, cielo. Antes que nada necesito una ducha.

Recuerdo que reí, contentísima de tenerlo de vuelta. Las cosas siempre iban de maravilla cuando volvía a casa. Incluso le llevé la bolsa y todo.

Se estaba desnudando, y entonces lo vi. Un pequeño chupetón en la clavícula, tan pequeño que podría haber sido otra cosa. Él podría haberme convencido de que era cualquier otra cosa, pero se lo tapó demasiado deprisa, se puso su enorme albornoz y se alejó con una rauda sonrisa. La enorme sonrisa de Gabe. Solo que quizá un poco demasiado grande y forzada.

Dejé su bolsa y me senté en la cama, nuestra cama. Sentí tanto frío que me hizo falta un jersey.

Aun así, le lavé la ropa.

Oigo el teléfono fijo sonar y sonar. El estómago se me vuelve del revés, pero ni me molesto en levantarme. Gabe preferiría dejar un mensaje, de todas formas. No hago más que aovillarme, abrigada bajo la manta, y oigo otra vez esa molesta canción de los dibujos animados.

Sé que debería hacer algo. Sé que esta locura de limbo entre estar juntos y no estar juntos es extraña y malsana. Y estoy convencida de que también inquieta a mis hijos. Ellos ya saben que su padre y figura paterna se marcha de vez en cuando, y que en algún momento regresa. ¿Qué pensarán...? Seguro que Jake solo piensa que eso es lo que hacen los hombres. Al menos Paulina y yo siempre supimos que nuestro padre vivía en el monte. Odiaba la ciudad y nunca estaba con nosotras, pero al menos siempre estaba en un mismo lugar. Siempre podíamos ir a verlo. Nunca lo hacíamos, pero sabíamos que podíamos.

—Mamá —llama Jake desde su cuarto—. ¡Mamá! Kookoo al teléfono.

—¿Qué? —Me despierto sin saber que me había dormido otra vez.

—Kookoo al teléfono, pregunta por ti.

—¿Por qué narices llama a tu teléfono? —Me acerco penosamente, envuelta en la manta como si fuera un chal.

—Dice que lo ha intentado con el tuyo, pero que no contestas.

De repente estoy muy cabreada con mi madre.

—Dime —rechina mi voz.

—Louisa. Tienes que venir al hospital. Ahora mismo. Tienes que venir ya.

—Vale, vale, cálmate, mamá. ¿Qué ha ocurrido? —Pienso en mi abuela, en mi dulce, dulce Nokomis.

—Acabamos de llegar. Ya está estable, pero Paulina... —Se le quiebra la voz—. Tienes que venir ya, Louisa.

—Vale, ya lo sé, ya lo sé. ¿Al Health Science?

Jake me mira con ojos de dormido. Pienso en Paulina, que tendrá turno y seguro que ya está en Urgencias con nuestra abuela.

—Sí, Kookoo y yo acabamos de llegar.

Eso me descoloca.

—¿Kookoo? ¿Qué? ¿Qué ha pasado, mamá?

—La han agredido, supongo. No sabemos lo que ha pasado. Estaba sangrando mucho...

—¿Quién estaba sangrando? ¿Quién está herida? —Levanto la voz de una forma poco natural.

Los ojos de Jake se han abierto del todo y me miran fijamente.

—Emily. Emily está herida. Mi dulce niña... —Vuelve a quedarse sin voz.

Oigo de fondo que Kookoo dice algo para tranquilizarla. No entiendo las palabras, pero su voz suena serena.

Emily.

Mi sobrina, tan dulce y pequeña, menuda como una preciosa muñequita. Emily.

—Enseguida estoy allí. No te preocupes. Llego enseguida —digo y cuelgo.

Apago el cerebro. No debo permitirme sentir, no debo permitirme llorar. Solo voy para allá.

Cheryl

En la habitación del hospital hace calor, está llena. Cheryl entra con cautela y se sienta en una silla de plástico junto al sillón de felpa donde su anciana madre echa alguna que otra cabezada. Siente que el calor va subiendo en su interior y también a su alrededor. Se quita el abrigo pero sigue sintiéndolo, el pánico que crece. Está sudando. Nota el tabaco y la bebida que exudan sus poros y se siente burda. Burda y acalorada. Quiere arrancarse la ropa y abrir la ventana del todo, pero solo exhala intentando ralentizar su respiración y conseguir que sus bocanadas de aire suenen lo menos posible.

Emily está dormida en la cama de hospital, ligeramente incorporada y con aspecto de ser demasiado pequeña bajo esas sábanas color crema. Sobre ella se cierne un gotero, sus delgados tubos de plástico llevan un líquido transparente hasta el dorso de su mano. En el meñique tiene una abrazadera blanca conectada a una máquina que anuncia su pulso con pitidos. Paulina sigue aferrando la mano de su niña. Sus ojos tienen ese brillo que aparece después de mucho llorar. Pete por fin ha dejado de caminar de un lado para otro y está derrumbado en una silla al lado de Paulina. Parece derrotado y exhausto. Todos están ahí sentados como si no supieran qué hacer, como si no supieran de dónde ha venido el golpe. Cheryl no deja de mirar el rostro de su nieta. La piel pálida de sus mejillas de niña, sus labios suaves bajo la gasa, casi sin color. Demasiado pequeña. Es una de esas imágenes que sabe que recordará siempre, y no de las buenas, sino de las que no querrías recordar pero siempre lo harás.

Louisa entra corriendo con esa expresión resuelta en el rostro. Intenta hacerse la dura, pero en realidad se la ve cansada. Su hija mayor lo repasa todo con la mirada como si estuviera buscando alguna incompetencia. Cheryl conoce esa mirada suya. Ahora Louisa intentará arreglarlo todo. No dice gran cosa, pero se va directa al expediente médico con sus ojos de trabajadora social, en busca de respuestas. Satisfecha hasta cierto punto, Louisa vuelve a enganchar la carpeta metálica a los pies de la cama, se coloca detrás de su hermana y le acaricia los hombros. Paulina apenas nota que la está tocando.

Paulina no ha dicho nada y no ha soltado la mano de Emily desde que han llegado, desde que Pete ha regresado con unos cafés que siguen olvidados en la mesa, en el suelo, en el alféizar, y todos se han quedado mirando a la niña. Mirándola nada más, preguntándose cómo evitarán volverse locos. Cheryl mira por la ventana, hacia los tejados vecinos. Ya conoce esto, esta espera. Se tira del cuello del jersey deseando poder ir a por una camiseta, y lo detesta todo.

Cuando Pete la ha llamado, ella ha saltado de la cama, se ha puesto lo primero que ha encontrado y se ha ido directa abajo, al apartamento de su madre. La mujer ya estaba despierta, pero algo desorientada. Cheryl se lo ha explicado todo en pocas palabras mientras iban en el taxi. Hemorragia. Bien. Hospital. Bien. El rostro de la anciana se ha descompuesto entonces, pero solo entonces y solo un momento. Le han caído unas lágrimas por las arrugas de su cara, que se encogía con preguntas sin pronunciar. Pero cuando han llegado ya estaba tranquila, e incluso al ver a la pequeña Emily, inmóvil como una piedra, su rostro de anciana se ha mantenido fuerte. Emily, su pequeña y menuda Emily, estaba rota.

Cheryl se acerca y se sienta al otro lado de la cama de hospital, le da la mano a su nieta. Quiere apoyarse en el hombro de Emily, quiere apretar la cara contra esa manta y llorar. Pero sigue aferrando su mano, con cuidado de no interferir con la abrazadera del dedo ni con la aguja intravenosa, que se le ve a través de la piel. La deja posada, inerte y ligera, encima de la suya. Es tan pequeña que hace que la mano de Cheryl parezca grande. Cheryl se siente tan impotente que empieza a susurrar tonterías, pequeñas palabras por si Emily puede oírla:

—Mi niña, mi dulce niña, te quiero. Estamos todos aquí. Estás bien. Ya estás a salvo.

Cheryl ha vuelto a soñar que caminaba con raquetas, por el monte, con su vieja casa de contrachapado a lo lejos, la casa de Joe. Esta vez iba con su Louisa, o al menos le ha parecido que era su niña. Una de esas criaturas que aparecen en sueños sin que sepamos bien quiénes son. Primero era Louisa, después su hermana balanceándose sobre las raquetas, luego una desconocida. Tal vez fuera Emily. Todas ellas tienen la misma figura, en realidad, solo que se mueven de formas diferentes. El caso es que ese rostro en sombra no hacía más que transformarse bajo la nieve.

Fuera quien fuese, levantaba las rodillas y avanzaba por el monte más deprisa de lo que podía ir Cheryl. El sol casi se había puesto y las sombras empezaban a alargarse por entre los árboles, esos tan delgados que había junto a la carretera, que se levantaban allí como altas picas sobresaliendo de la nieve, oscureciéndose a medida que crecía la noche. Louisa-luego-Lorraine iba muy por delante, Cheryl no conseguía colocar bien los pies, no podía girar lo bastante deprisa. Y Lorraine se convirtió entonces en otra persona, en Emily o quizá en su madre, y luego en una sombra de alguien a quien Cheryl no conocía de nada. Percibía a la extraña, a la parte desconocida de esa figura. Quería llamarla, pero no sabía qué nombre usar, así que seguía intentando avanzar, se esforzaba por colocar bien los pies.

—¡Vamos! —le gritó la criatura onírica-mujer-niña—. Eres muy lenta.

—Ya voy. —Cheryl resollaba por el esfuerzo—. Espera.

La criatura le sacaba cada vez más ventaja. Las sombras crecían. Los árboles se volvían más negros, y más altos en cierta forma.

—¡Venga! —gritaba la otra.

Cheryl se afanaba con sus pies impotentes.

La figura oscura se fundió con los arbustos de más adelante hasta que Cheryl ya no fue capaz de distinguirla de los árboles.

Ha despertado sintiendo un pánico candente, y entonces ha sonado el teléfono. Y entonces ya no ha pensado; simplemente se ha puesto en marcha.

Dos agentes de policía entran por fin en la abarrotada habitación del hospital. Llevan los uniformes bien planchados y huelen al exterior. Uno es un hombre blanco, mayor y con barba; el otro, un *métis* con aspecto de ser muy joven. El joven mira mucho rato a Emily, que está quieta y duerme con los párpados apretados, como si estuviera fingiendo. Se detiene junto a la cama, al lado de Paulina. Su cuerpo, en su uniforme, resulta tan ancho que hace que Paulina parezca aún más pequeña. El mayor se mantiene a distancia, contra la pared.

—Hola, señora. —Toma la palabra el joven, nervioso e inseguro—. Señora Traverse. Soy el agente Scott y este es el agente Christie. —Le ofrece a Paulina su tarjetita blanca—. Lamento... Lamentamos lo que está pasando usted hoy.

Paulina asiente con la cabeza, mirando la tarjeta como se supone que debe hacer.

—¿Son todos familia los que están aquí? —El agente mira en torno a sí y sus ojos se encuentran con los de Cheryl.

La mujer se yergue hasta ser lo más alta que puede, asiente y presenta a todo el mundo explicando su relación con la niña pálida que yace inmóvil en la cama, conectada a máquinas que emiten pitidos.

El joven mira un poco más a su alrededor, pero sus ojos regresan a Emily. Saca una libretita de espiral, de esas que se compran en tiendas de baratillo, y un boli Bic todo mordido. Escribe un buen rato.

—Bueno —empieza de nuevo—, y ¿hay algo que puedan contarnos? ¿Algo poco habitual en el comportamiento de Emily? ¿Algo que les haya llamado la atención?

Tiene la piel y el pelo suaves, es tan joven..., y pecas oscuras en la nariz, pero está claro que es *métis*. En cualquier otra situación, Cheryl le preguntaría de dónde es.

Paulina lo mira y niega con la cabeza antes de volverse enseguida otra vez hacia su niña.

—¿Sabe dónde estuvo su hija anoche? —pregunta el agente, cernido sobre Emily, observándola.

—Por supuesto que sé dónde estuvo. —La voz de Paulina se enciende con una crudeza repentina—. Iba a dormir con su amiga, pero al final volvió a nuestra casa. —Se le quiebra la voz—. Es una buena niña.

El agente se detiene un momento, mira hacia la cama como si fuese a sentarse en ella, pero solo se agacha junto a Paulina.

—Nadie lo pone en duda, señora Traverse, solo queremos averiguar qué ha ocurrido.

El otro policía, el mayor, Christie, sigue apoyado contra la pared del fondo, repasándolos a todos. Mira a Pete y luego a Louisa, y ambos le devuelven la mirada. Desafiantes.

—¿Tiene alguna idea de quién pudo ser? —pregunta el agente Scott en voz baja, solo a Paulina.

Ella niega con la cabeza, nada más. Al otro lado de la cama, Cheryl se estremece y cruza los brazos como para afianzarse. No quiere llorar. No quiere mostrarse aún más emotiva e impotente. Quiere ser como su Louisa y fijar los labios en una línea prieta. Nada de lágrimas.

—¿Puede decirme dónde estuvo usted anoche? —El policía lo vuelve a intentar.

Paulina lo piensa un momento.

—Salimos a tomar algo al Briar. Es un pub. Hasta eso de las doce, puede que la una, luego volvimos a casa.

—¿Y el señor...? —Consulta sus notas—. El señor Jacobs, ¿estuvo con usted?

Paulina asiente.

—¿Cuándo llegó su hija a casa?

Paulina traga saliva, nota la garganta seca. Cheryl mira a su alrededor buscando agua y le hace una señal a Louisa para que vaya a por ella.

—Debió de llegar... antes que nosotros. Estaba durmiendo, así que la dejé tranquila. Pensaba que se quedaba a dormir en casa de su amiga.

—¿Quién es esa amiga?

Paulina asiente como si no lo hubiera oído. Así que Cheryl la ayuda.

—Ziggy —dice—. Zegwan. Es la hija de mi mejor amiga. Viven en mi edificio, donde estamos también mi madre y yo. Es una buena chica. Jamás metería a Emily en ningún lío. Conozco a su madre desde hace años. Son tradicionales, muy buena gente. —Siente que está divagando, pero no puede parar.

—¿Podrían darme su teléfono?

Sí, sin duda es *métis*. Se parece a uno de los hermanos de Joe; la misma mandíbula, los mismos ojos almendrados que esa gente y, por supuesto, las pecas.

—Claro. —Cheryl lo piensa un instante y recita el número de Rita.

Tendrá que enviarle un mensaje de texto. ¿Cómo se le puede haber olvidado llamar a Rita? El calor vuelve a brotar en su interior.

—¿A qué hora ha salido de casa esta mañana? —tercia el agente mayor, Christie, mirando solamente a Paulina.

—A las seis. —La voz de la mujer suena temblorosa, insegura—. Seis y media. Me han llamado para que hiciera el turno de las siete de la mañana. Emily estaba dormida. En su habitación. No he querido despertarla.

—Y el señor Jacobs ha declarado que su hija... —El joven consulta su libretita otra vez—. Que ha perdido el conocimiento después de bajar las escaleras por la mañana. ¿Él estaba en la cocina cuando se ha «desmayado»?

—Eso es lo que... Debe de haber sangrado durante toda la noche... —La vocecilla de Paulina se apaga, cada vez más pequeña. Parece una niñita perdida, como si fuese ella la que tiene trece años.

Cheryl no se mueve de su sitio, pero sus manos se mueren por consolar a su hija. Pete mira a todo el mundo, pero no dice nada.

—Muy bien, gracias, Paulina. —La sonrisa de Scott es comedida—. Por ahora es suficiente, creo. Nos pondremos en contacto con esa amiga, y las enfermeras nos avisarán en cuanto su hija se despierte. —Sonríe a medias y se marcha con el otro agente.

Cruzan la puerta con cautela y sin hacer ningún ruido.

Paulina asiente con la cabeza y se le empañan los ojos. Solo repite movimientos, no sabe qué hacer. Cheryl mira a su otra hija, que también lo comprende. Había traído un vaso de agua, pero lo deja a un lado y alarga un brazo para tocar de nuevo el hombro de su hermana. Al notar el roce, o solo cuando sabe que los agentes se han marchado, las lágrimas de Paulina caen sobre su niña, que yace rota en la cama. Entonces Cheryl se pone por fin de pie, con el cuerpo rígido por esa postura incómoda, tensa, y abraza a su hija hasta que Paulina, al cabo de un rato, se aparta.

La tarde va pasando. Cheryl llama a Rita en lugar de enviarle un mensaje de texto, hay demasiado que decir, pero le salta directamente el buzón de voz. Rita nunca revisa los mensajes, pero decide dejarle uno de todos modos y escucha la voz cortante y formal de su amiga antes del pitido.

—Rita. Soy Cheryl. —¿De verdad suena tan áspera su voz?—. Llámame cuando oigas esto. Es importante. Es una barbaridad. Llámame, por favor.

En la habitación, todo el mundo está con los nervios a flor de piel, pero aún estupefactos a causa del miedo. Cansados. Cheryl sale a buscar más café. Sigue la línea azul hasta la cafetería; ruido blanco de gente que anda, habla y mastica. Las sillas arañan el linóleo y varias máquinas emiten pitidos. Una barbaridad. Cheryl solo puede pensar en regresar allí, junto a todas sus niñas. Quiere que su madre le dé unas palmaditas en la mano, como hace siempre, suave y tranquilizadora. La piel de las manos de su madre está tan vieja que es casi transparente, pero todavía es capaz de apretar con fuerza. La anciana ha estado muy callada en el sillón de felpa.

De vuelta en la habitación, ve que su madre parece serena pero algo perdida. Jamás admite que está desorientada. Cheryl debería llevársela a casa. Pero, entonces, ¿quién cuidará de ella?

El sol se esconde tras el edificio y todo se oscurece, aunque no son más que las tres. Cheryl se coloca al otro lado de la cama y acerca la silla para poder descansar la cabeza otra vez junto a la de su nieta. Da alguna cabezada y piensa en Joe. Debería llamar al padre de las chicas, al abuelo de Emily. Se pregunta si alguien ha pensado en decírselo. Imagina cómo se pondría si lo supiera, impotente y furioso en su casa de las estribaciones del monte. ¿Vendría a la ciudad? ¿O enviaría solo mensajes telefónicos reconfortantes? Su hija mayor se pasea a ratos, su madre ronca levemente en el sillón de felpa y a su hija pequeña se la ve cada vez más y más abatida, pero no suelta ni un instante la mano de Emily. Pete entra y sale, habla por teléfono, le cuenta lo ocurrido a su familia. Una y otra vez, las crudas palabras que se repiten, y Cheryl que intenta asimilarlo todo. Una agresión. No lo sé. Aún no ha despertado. No, no vengáis. Aún no. Pete le transmite mensajes y condolencias a Paulina, que en realidad no parece oírlo.

—¿Por qué no os vais a dar una vuelta, chicos? —propone Cheryl mirando a Pete, que sigue andando de aquí para allá—. Comed algo. La enfermera ha dicho que no se despertará hasta dentro de un buen rato.

—No puedo comer nada, mamá. —Paulina levanta la mirada de repente, enfadada, como si la sola idea le resultara insultante.

Cheryl se siente abofeteada y retrocede.

—Pues solo a dar una vuelta —sugiere Louisa, con ánimo de ayudar—. Id a por otro café. Moveos un poco.

Paulina se limita a negar con la cabeza.

Louisa mira a Pete, que capta su intención.

—Vamos, Paulina. Solo una vuelta corta. Les traeremos un café, y yo llevo el teléfono. Nos llamarán si hay algún cambio, ¿verdad?

Louisa y Cheryl asienten. Él tiene una voz muy agradable y le habla muy bien, pero aun así ella niega con la cabeza.

—Paulina, ve —dice Kookom desde su sillón; una orden delicada. Nadie sabía que estaba despierta. Paulina se la queda mirando—. Tráeme un té.

Paulina sigue sin querer, pero se levanta. Pete la ayuda, pero ella no alza la vista ni dice una sola palabra.

En cuanto salen por la puerta, Louisa empieza a susurrar.

—¿Tú qué piensas? —Sus ojos suplican—. ¿Crees que ha sido él quien ha hecho esto? —Sus manos vuelan, abarcan toda la cama, a la niña que sigue dormida.

—No. ¿Pete? ¡Ni hablar! —La voz de Cheryl es tenue pero aun así tajante. Lo ha pensado un segundo, pero ahora le parece ridículo. No encaja. No está bien—. ¿Cómo se te ocurre? ¡Desde luego que no! —Su voz es todo lo dura de lo que es capaz.

—¿De verdad? Tampoco es que lo conozcamos tanto. Si no, ¿quién? —Los ojos de Louisa se transforman.

Siente dolor, Cheryl lo sabe, mucho dolor. Cheryl piensa un momento y habla con palabras comedidas.

—No sabemos nada de Pete, salvo que es un buen hombre que hace feliz a tu hermana. Hasta que no sepamos otra cosa, no diremos nada más. —Cheryl habla con una voz lo bastante firme para que su hija lo deje estar. No puede creerlo, no quiere.

Louisa va a decir algo, pero su madre la detiene.

—Hay que confiar en alguien, Louisa. No todo el mundo es un monstruo.

Se quedan sentadas en un silencio reticente. El único sonido lo produce la madre de Cheryl, que tararea una vieja canción. ¿Cuál es? Solo le llega en retazos por encima de los sonidos del pasillo. Cheryl no tiene energía para preguntar, pero intenta adivinar qué canción es durante más tiempo de lo que normalmente haría.

Louisa hierve en su propia ira un rato más, pero Cheryl no quiere ni planteárselo. Pete es un buen hombre. Ella sabe cuándo un hombre es bueno. Louisa y Rita piensan que es una ingenua. La de cosas que han visto esas dos en ese trabajo incrustado de tragedia y porquería... Han tenido que endurecerse, convertirse en caparazones con todas las partes blandas protegidas bajo capas y capas de suspicacia y cautela. Cheryl lo sabe. Rita hace ya tiempo que es así. Y Louisa se está volviendo igual que ella. Cheryl lo supo en cuanto Louisa dijo que iba a ser trabajadora social. Así es como debe ser. Dura. A Cheryl nunca se le ha dado bien ser dura. Ella tiene que sentirlo todo. Tiene que ser libre para mostrarse débil y para equivocarse. Las trabajadoras sociales no pueden equivocarse.

Mira cómo duerme su pequeña Emily. La niña sigue teniendo los labios pálidos como el papel, pero sus mejillas van recuperando el color poco a poco. Las máquinas emiten pitidos a su alrededor, insistentes, casi armoniosos, y Cheryl ya apenas los oye. Sí, debería llamar a Joe. Él querría saberlo. Dirá que es la ciudad, la malvada ciudad, y que todos tendrían que haberse quedado con él en el monte. Cheryl querrá decirle que es él quien tendría que haberse quedado junto a su familia, sin que importe dónde estén, pero no lo hará. Hoy no. Será como una burbuja que se tragará garganta abajo, porque en realidad Joe es un buen hombre. No necesita que ella le escupa su rabia, todavía tan viva que brota como si fuera nueva. Pero no. Otra vez no. No en este momento. Hoy solo escuchará el dolor de él, su dolor inútil. Y después se asegurará de que llama a sus hijas para decirles algo que las tranquilice.

Cheryl descansa la cabeza en la cama una vez más, acerca los labios a la mano de Emily, lastrada por el metal y el plástico, y espera. Siente a su nieta, cálida y pequeña, y piensa en cosas buenas: la bendición que ha sido su preciosa y pequeña Emily, un bebé callado y regordete, una niña feliz a quien le encantaba llevar ropa floreada y de color rosa. Se queda dormida un momento y piensa en sus lobos, en los serenos aullidos que de noche van a su encuentro y la ayudan a descansar. Debería hacerle un retrato a Emily. Emily con su carita de niña, Emily más fuerte de lo que ella cree. Cheryl pintará alrededor de su pequeña nieta un potente abrigo de piel de lobo, negro y con solo unos delicados toques de gris, para mantenerla a salvo.

Exhala e intenta transmitirle fuerza a su niña. Los lobos enseñan humildad, enseñan que todos estamos juntos en esto, que formamos parte de un mismo todo. Si algo le ocurre a alguno, todos ellos lo sienten. Cheryl exhala un aliento profundo y cálido, inhala el dolor de Emily y le devuelve toda la fuerza que posee.

Detesta los momentos como ese. Esos momentos torturadoramente dolorosos. Los que parecen durar para siempre.

Tommy

Tommy sigue a Christie a la ruidosa cafetería. El viejo está «muerto de hambre» e insiste en que es hora de comer. Tommy está demasiado crispado y no quiere sentarse. Quiere salir, investigar, hacer algo, trabajo policial. El viejo siempre lo está frenando.

—La chica se despertará pronto, más vale que no nos movamos de aquí —le dice a Tommy—. Además, estoy hecho polvo, joder. Odio esta mierda de turno. —El viejo policía lo mira durante más rato del que sería necesario.

Christie se queja a menudo del turno de noche. Las peores historias pasan en el turno de noche, dice, y parece que siempre están atrapados en él.

Tommy no tiene hambre, pero tampoco le queda otra opción. La ha cagado hasta el fondo con ese interrogatorio y, viendo de qué ánimo está el viejo, seguro que enseguida tendrá que escuchar hasta qué punto. Lo único que puede hacer es dar sorbos de ese asqueroso café de hospital y tragárselo.

—Para empezar, no se hace ninguna pregunta con la familia al completo delante, joder. —Christie ataca con la boca llena de patatas fritas—. Así no vas a llegar a ninguna parte. Todos querrán defender y proteger a los suyos. Esa es una lata de gusanos que más te vale no abrir, amigo mío. —Señala a Tommy con un dedo grasiento.

Él intenta no demostrar el asco que le da, intenta que su rostro sea lo menos expresivo posible, se limita a dar sorbos a su café y esperar el siguiente asalto.

—Y estabas tan ocupado intentando ser compasivo con la madre, joder, que ni te has fijado en ese cabronazo nativo que ponía carita de pena y no dejaba de mirarla desde el rincón. —Christie lo señala con la hamburguesa esta vez.

—Sí que lo he visto —replica Tommy, pero suena desesperado.

—Bueno, pues no le has echado un buen vistazo. ¡Era sospechoso de cojones! —Christie le da dos bocados enormes a la hamburguesa y mastica resoplando.

—Sí, pero ¿crees...? —empieza a decir Tommy—. ¿No crees que podría haber alguna relación con lo de anoche? —Se arrepiente nada más decirlo; es demasiado pronto y no lo ha expuesto con la suficiente seguridad.

—¿Lo de anoche? ¿El qué, de anoche? ¿Esa mierda de la pelea entre bandas? —Christie solo toma aire y traga con esfuerzo—. No, no lo creo. ¿De dónde has sacado esa idea?

Tommy sacude la cabeza. No piensa decir que solo es un pálpito. No piensa darle a Christie la satisfacción de oírle hablar con clichés. Se va a quedar calladito hasta que pueda demostrarlo, mierda.

—Ah, claro, te las das de rastreador, ¿verdad? —Christie mastica las patatas mientras habla—. No me jodas con eso del rastreador indio. Estoy demasiado cansado para esa mierda, joder.

Tommy tampoco ha dormido mucho, pero no piensa quejarse. No hacía más que pensar en esa señora, esa mujer que, en sueños, no dejaba de convertirse en su madre. Ha soñado que también él lo veía, cuatro cuerpos oscuros, la chica debajo de ellos. Después de eso ya no ha podido dormir mucho más. Hannah ha saltado de la cama antes del mediodía y se ha ido a no sé qué feria de bodas con su hermana. Se ha detenido un momento en la puerta del dormitorio, como si quisiera que él le preguntase por qué iba a una feria de bodas. Él no se ha visto capaz de hacerle la pregunta, así que ha fingido que dormía. Pero no podía dormir. No dejaba de pensar en la agresión.

Ha ido al gimnasio temprano. Se ha dicho que necesitaba una sesión de entrenamiento, pero en realidad lo que quería era estar cerca de comisaría y estar preparado. En cuanto ha podido, se ha subido al coche y se ha quedado allí sentado, escuchando los avisos mientras esperaba a Christie. Ha habido dos llamadas por violencia doméstica, un par de chicas desaparecidas en el centro y una cría que sigue huida de una institución para jóvenes de St. Vital. El único apuñalamiento se ha producido en Central Park.

Estaba arrancando el coche cuando ha oído su nombre. Habían llamado del hospital. Mujer indígena. Pérdida de sangre. Indicios de agresión sexual. Ha visto a Christie acercándose por el aparcamiento todo lo despacio que podía ir un gordo, las manos enguantadas envolviendo un café. Tommy ha inspirado deprisa, ha apretado el botón de la radio y se ha sobresaltado cuando se ha abierto la puerta del copiloto.

—Un aviso. Tenemos que ir —ha dicho, demasiado deprisa.

Por suerte, Christie no ha hecho más que gemir y darle un sorbo a su café para llevar.

—Cómo odio este turno, joder.

Han ido un rato en silencio en el coche. Christie ha consultado el informe médico en la pantalla del portátil, sus labios se movían mientras leía y tecleaba despacio. El día estaba claro, pero hacía un frío de cojones y la luz empezaba a aflojar. Ya casi era de noche otra vez.

Tommy iba a meter el coche por Urgencias y Christie le ha escupido:

—Por esta puerta no, joder, que vamos a Pediatría. —Ha empujado el portátil para dejarlo en su sitio y se ha encogido de hombros. Luego ha abierto la puerta antes de que Tommy pudiera quitar la marcha siquiera—. Voy a echar una cagada. Todo esto es una barbaridad. Estaré en el puesto de cafés cuando hayas acabado de leértelo.

Tommy ha seguido con la mirada al viejo mientras cruzaba las puertas correderas y luego ha encendido el portátil. El expediente contenía el largo informe del médico, con su jerga especializada y neutra. Le ha llevado un rato asimilar todos esos números y palabras, unos después de otros. Chica. 13. Puntos. 8. Todavía inconsciente.

Después de terminarse la asquerosa comida de la cafetería, Christie se hurga entre los dientes con la esquina de una tarjeta de visita doblada. Acaba de sacarla y la ha doblado en dos, ha abierto su enorme y horrible bocaza y ha empezado a hurgar. Tommy camina con pasos pesados cuando regresan al puesto de enfermeras. Habla con una rubia joven y guapa que les dice que esperen; les indica las sillas de plástico con un gesto de su mano diminuta. La paciente está aún con el médico, ya se ha despertado, no hay lesiones cerebrales. Tommy se limita a asentir en dirección a la enfermera. Ella se yergue, baja la mirada y sonríe, coqueteando con él. El agente sonríe también y luego se va junto a su compañero. Trabajo policial.

—Tú limítate a preguntar por los putos hechos, ¿crees que serás capaz? —le insiste Christie. Ha dicho que Tommy tiene que «practicar» más, pero la verdad es que está demasiado cansado para encargarse él del interrogatorio.

Tommy intenta acordarse de todo. Está ahí de pie, mirando a las enfermeras con sus uniformes e intentando recordar cada palabra y cómo se supone que debe pronunciarla. Hannah había querido ser enfermera; cuando se conocieron, eso era lo que quería ser. Incluso entró en la facultad de enfermería, pero lo dejó al cabo de seis meses. Era demasiado duro, dijo. En lugar de eso, empezó en una escuela de secretariado legal. Solo era un año, y decía que no le resultaba nada difícil. Así era mucho más feliz. Podía seguir saliendo de fiesta todo el fin de semana y le gustaba mucho más la ropa de oficina que tenía que llevar. Seguramente nunca ganaría una fortuna, pero por lo menos sería feliz. Además, él pronto ascendería, sería un policía importante, ganaría un buen sueldo. Eso era lo que les decía a sus amigos comunes si preguntaban, e incluso cuando no lo hacían. Lo tenía todo pensado.

—Ya pueden pasar. —La joven enfermera rubia le sonríe otra vez. Es una monada, pero él tiene que concentrarse.

Tommy entra primero. El tipo grandote está apoyado en el alféizar y no lo mira. La abuela anciana sigue en el sillón, parece que esté dormida, con la cabeza ladeada y los ojos cerrados. La mujer mayor de pelo corto, que tendrá unos cincuenta y tantos años, la abuela, Cheryl, sigue sentada al otro lado de la cama, lo más cerca que puede de la chica, su nieta. La tía está detrás de ella con los brazos cruzados. Es una mujer joven y guapa, pómulos altos y pelo oscuro y brillante. Y adusta. Así podría definirse su mirada: adusta. Tommy conoce bien esa expresión. Todas sus tías la tienen, e incluso su madre, cuando quiere, pero esa mujer también es muy guapa. La clase de mujer que no sabe que es guapa, o le da igual, que siempre está seria y le importa una mierda lo que los demás piensen de ella. La clase de mujer que lo intimida horrores.

Tommy aparta la mirada de ella y la dirige hacia la chica, Emily. Tiene los ojos tan marrones que son negros, y con pestañas largas. Le resulta más guapa de lo que él creía que sería. Tiene la mejilla izquierda y el labio inferior hinchados, pero en general su aspecto no es tan terrible, ahora que ha recuperado el color en la piel. Él le sonríe y se sienta a los pies de la cama, lo bastante lejos de su madre, Paulina, pero aun así nota que se pone nerviosa. Tommy tiene una fotografía de su propia madre cuando era joven, y es igualita a esa chica. Es su foto preferida. Con trenzas, vaqueros sucios y botas de goma. Su mamá del monte, cuando era muy feliz. En la fotografía no sonríe, pero se le nota. Hubo un tiempo en que le encantaba su vida.

—¿Hola? —Tommy se dirige a Emily con cautela—. Hola, Emily. Qué tal. Soy el agente Scott y este es el agente Christie. Estamos aquí para ayudar. ¿Te ves capaz de contarnos algo de lo ocurrido?

La chica suelta un largo suspiro antes de empezar a hablar.

—Fui... —Mira a su madre—. Fuimos a una fiesta.

—¿Fuisteis, quiénes? —La voz de Tommy sigue siendo tranquila, pero por algún motivo está excitado. Siente que Christie se tensa, alerta, detrás de él.

—Ziggy y yo.

La chica se aparta el pelo de los ojos, su índice resulta torpe con ese cacharro de plástico que le toma el pulso, y el dorso de su mano está cargado por la aguja del gotero.

—¿Fue allí donde se produjo la agresión? ¿En esa fiesta? —pregunta intentando hablar despacio.

—No —contesta ella, que baja la mirada hacia la manta que la tapa—. Después.

—¿Después dónde, Emily?

Casi no puede contener esa extraña excitación. Todo parece tan real..., y él va a arreglarlo. Pero siente a la madre, Paulina, que lo fulmina con la mirada.

Emily niega con la cabeza y mira a su madre otra vez.

—Quizá... —La voz de Christie ruge con fuerza—. Quizá deberíamos hablar con Emily a solas.

—¡No! —La chica sacude la cabeza, asustada de pronto.

—Me parece que ya sabe usted que eso es completamente ilegal, agente. —La tía guapa habla con su compañero esquivando a Tommy—. Su madre debería estar presente en todo momento.

—No si pensamos que hay motivo para estar preocupados —espeta Christie en respuesta, demasiado pronto.

—Si hubiera motivo para estar preocupados, ya tendrían aquí a un trabajador social. Tal como están las cosas, lo único que quieren es acabar con esto, así que adelante. —Es tan recta y tan segura de sí misma... No hace más que cruzarse de brazos una y otra vez.

Christie solo profiere un gruñido, como para decir que no vale la pena molestarse, y le indica por gestos a Tommy que prosiga. Él ve con el rabillo del ojo a la otra abuela, a la anciana de verdad, que sonríe a medias. Tommy también conoce esa expresión.

El hombre, el novio, Peter, se levanta y sale de la habitación. Las mujeres lo siguen con la mirada y luego se vuelven hacia Tommy. Todas están esperando. Él se aclara la garganta.

—Bien, Emily, por favor —empieza a decir olvidándose de todo—. Si pudieras contarme cualquier cosa que recuerdes... No fue en la fiesta, dices.

Emily niega con la cabeza.

—Entonces ¿cuándo fue? ¿De camino a casa? —tantea.

La carita de Emily se paraliza. Tiene la melena alborotada sobre la almohada, no hace más que apartarse el pelo de los ojos. Está muy nerviosa.

—¿Sabes quién te atacó? —Se inclina e intenta ofrecerle todo el consuelo que puede.

La chica sacude la cabeza hacia uno y otro lado, pero despacio, como si le doliera. Cierra los ojos apretándolos mucho y se le escapan las lágrimas.

—Vale. —Tommy vuelve a tomar la palabra—. ¿Fue alguien de esa fiesta? ¿Los viste allí?

Emily mira a su madre, que se inclina hacia ella y le alisa el pelo a la vez que se lo aparta de la cara. Le sonríe con tanto amor que el corazón de Tommy se encoge.

—¿Hay algo que puedas decirnos para, mmm, identificar a los agresores? —pregunta al cabo—. Algún tatuaje. O marcas, cicatrices, cualquier cosa.

Emily niega, no tanto con la cabeza como con todo su cuerpo, y se vuelve hacia un lado. Seguramente le duele muchísimo moverse, pero aun así se aparta de él.

—¿Podemos parar un rato? —La madre parece derrotada—. Necesita descansar. —Solo mira a su hija, con una especie de orgullo pero a la vez con pena. Tommy conoce bien esa expresión.

—Ya lo sé, Paulina, pero es importante. —Escoge sus palabras con mucho cuidado—. ¿Crees que ellos te conocían, Emily? ¿O te estaban siguiendo? —pregunta a la parte de atrás de su cabecita.

La tía interviene:

—Necesita descansar.

Habla con tal autoridad que Tommy casi se levanta para marcharse, pero entonces Christie da un paso al frente.

—Tienes que darnos algo más para trabajar, Emily. No podemos ayudarte si no nos cuentas todo lo que ocurrió. —Su voz se expande por la habitación, fuerte y segura; es un hombre acostumbrado a que lo escuchen.

La madre sigue ahí sentada, tensa, y aferra la mano de su hija mientras asiente como diciéndole que siga. La tía frunce el ceño, pero luego mira también a su sobrina y su expresión adusta se dulcifica; está aún más guapa. La chica se vuelve de nuevo con un estremecimiento en el rostro.

—Estaba oscuro. —Se tapa más con la manta.

—Sé que es difícil... —empieza a decir Tommy.

—Tú diles lo que recuerdes —pide su madre ayudándola con las mantas y tapándola hasta la barbilla—. Solo lo que recuerdes.

Emily sacude la cabeza, un pequeño movimiento repetido una y otra vez.

—Estaba oscuro, no pude verles las caras...

—¿Verles? Vale, ¿cuántos? —intenta Tommy.

—Cuatro. —Su vocecilla se hunde en la almohada—. Creo.

—Cuatro, vale, ¿y qué llevaban puesto? —Su voz da brincos. Tiene que tragar saliva para evitar sonar demasiado entusiasmado.

—Ropa negra, cazadoras negras. —Sus ojos se abren y se cierran, intentando barrar el paso al recuerdo—. Hacía frío.

—Vale, muy bien, Emily, lo estás haciendo muy bien. —Tommy no puede evitar sonreír—. Has dicho que hacía frío, ¿estabas...? ¿Estabas fuera? ¿Pasó en la calle?

La chica asiente. Tommy quiere gritar, pero mantiene la calma y la compostura.

Christie no tiene tanta paciencia, ni tanto entusiasmo.

—¿Había algo que los distinguiera, una cicatriz, color del pelo?

Emily se queda callada un momento. Christie está a punto de hablar otra vez cuando la chica, por fin, dice:

—Creo que... ¿tenían el pelo largo? —Lo dice como si fuera una pregunta.

La habitación espera.

—Y una... una trenza.

—Vale, vale, está bien, Emily. Está muy bien. —Tommy sonríe, eufórico.

—De acuerdo, ¿basta con eso por ahora? —La tía lo mira a los ojos.

Él asiente y levanta la mirada hacia Christie.

El viejo policía suspira y mueve los labios en un «Sí» mudo.

Fuera, en el pasillo, Tommy está decidido a no presumir, está decidido a no soltar nada como «Te lo dije». Pero no puede evitar sonreír. El viejo se lo queda mirando y sacude la cabeza, pero Tommy sonríe.

—Felicidades, puto *métis* —dice—. Ahora eres el orgulloso propietario de un maldito caso de violación que pinta bien jodido.

A Tommy se le descompone el rostro poco a poco.

—Y como plantel de sospechosos tienes nada menos que a todos los putos violadores en grupo del norte de la ciudad. —Suelta una de sus carcajadas de viejo fumador—. ¿Cómo te sienta ahora eso de dártelas de rastreador?

Cuando llegan al ascensor, Tommy está sudando tanto que se tira del cuello de la camisa para ver si consigue aflojarlo un poco. Intenta enderezar la espalda y erguirse.

Avisan a Christie por la radio que lleva al hombro, y el viejo llama a la central con su teléfono.

Tommy se ha desabrochado el último botón, pero sigue tirándose del cuello mientras espera; la ansiedad crece en su pecho.

Hannah quiere casarse. Ese es su nuevo proyecto.

—Somos los últimos que faltan por casarse de todos nuestros amigos —le dijo una noche mientras hojeaba una revista de papel satinado—. Incluso mi hermana va a casarse, y es más joven que yo.

Él nota que ha estado preparando el camino, que es su siguiente proyecto. La vida, para Hannah, no es más que una serie de pasos. Algo realmente sencillo, una cosa después de la otra. Primero Tommy es cabo, luego sargento. Primero se casan, luego se compran una casa. Después tienen unos cuantos hijos. Él sabe que es así como se supone que debe ser, pero no está seguro de qué le parece, si es que le parece algo en concreto.

Solo sabe que está ahí, expuesto delante de él. La verdad es que no tiene que hacer nada, en realidad. Solo tiene que dejarse llevar.

—Me cago en todo —masculla el viejo mientras guarda el teléfono.

—¿Qué?

Christie no contesta. El ascensor se abre y él aprieta el botón de la planta baja.

—Menos mal que ya estamos aquí —dice el viejo con una sonrisita—. Nos ha entrado otra víctima, rastreador. —Le da una palmada a Tommy en el hombro.

—¿Qué? —repite Tommy, esta vez en voz más baja.

Pero lo ha oído muy bien. Las palabras penden en el aire y su respiración recupera el ritmo normal mientras las plantas van pasando con una rápida sucesión de pitidos. Otra víctima.

Zegwan

Ziggy está tumbada en la cama grande. Tiene el rostro cubierto con la manta y vuelto hacia la pared. Se esconde, toda acurrucada y arrebujada. Sabe que pronto tendrá que levantarse, ya debe de ser media mañana y Rita empezará a gritar en cualquier momento, pero no se mueve. Todavía no. Se muere de calor, pero no retira la manta, sino que sigue ahí con los brazos sobre la cabeza, el móvil en la mano, intentando poner freno a todas esas ideas que no hacen más que repetirse, intentando no moverse ni un ápice.

Su madre llegó tarde a casa. Ziggy no miró el reloj, pero oyó que tarareaba y supo que había bebido.

—Pensaba que Emily se quedaba a dormir —medio susurró Rita a su espalda y no dijo nada más.

Ziggy masculló algo, como si estuviera dormida, e intentó respirar más hondo. Profundamente. Como imagina que hace cuando duerme. Por fin Rita se metió en la cama a su lado y enseguida empezó a roncar.

Ella intentaba hacer el menor ruido posible, pero no podía parar de llorar y de temblar. Todo el rato miraba el móvil. Nada. No hacía más que decirse que no había nada de lo que preocuparse, pero no se lo creía ni en broma.

Hoy su madre se ha levantado temprano, como siempre, y ha estado trajinando por la casa durante horas. En la cocina suena la radio, música country. A Ziggy suele gustarle oír la radio en la cocina; le recuerda a cuando estaban en casa, en la casa del monte. Esa mañana echa de menos su casa del monte, nunca en su vida había deseado tanto estar en un sitio.

Puede olerlo. El campo estaría heladísimo y olería a aire limpio. La estufa de leña de su Moshoom estaría encendida de buena mañana; ese olor a musgo de la pila de leña de fuera, los leves chasquidos del fuego. Todos solían levantarse muy temprano el fin de semana. Su abuelo, abrigado con varias capas y franela roja encima de todo; su padre, con sus vaqueros de campo desgastados y un jersey, listo para trabajar. A ella le gustaba levantarse con ellos, escucharlos hablar sentados a la mesa. Su Moshoom tenía tazas y platos de latón, igual que antiguamente. Ella se envolvía en mantas de lana y se sentaba en el regazo de su abuelo mientras el hombre hablaba y su nuez se movía contra la cabeza de ella, su padre asentía y le sonreía como hacía siempre. Ziggy nunca había sentido tanta calidez.

No como esta mañana, que tiene un calor de muerte pero aun así no puede dejar de temblar.

Debe de haberse quedado dormida otra vez, porque la sobresalta el sonido del teléfono de su madre. Es ese tono de una guitarra rasgueando, Ziggy lo ha oído tantas veces que ya ha memorizado cada rasgueo y cada pausa. Es muy tontorrón. Suele darle mucha rabia, pero hoy está paralizada por el miedo. Mira su teléfono; todavía nada, solo su fondo de pantalla con letras de canciones. Sigue esperando.

Rita ha entrado por la puerta y la zarandea de los pies.

—¡Ziggy! ¡Zegwan, despierta! —La voz de su madre suena demasiado aguda para ser natural. Debe de estar muy enfadada.

Ella se tensa, pero intenta gemir como si estuviera muy dormida.

—¡Ziggy, necesito que te despiertes ahora mismo! —Rita intenta recuperar su voz normal, pero no lo consigue.

—¿Qué? —Se vuelve despacio bajo la manta y siente cada pulgada de su cara. Esto no acabará bien.

—¡Ziggy! —Su madre está exasperada y aparta la manta de un tirón.

El soplo de aire frío le calma la piel, pero la luz del día le resulta demasiado brillante, aun con los ojos cerrados. Se tapa la cara antes de que su madre pueda volver a chillar.

—Pero ¿qué narices te ha pasado? —La voz de Rita se viene abajo.

Ziggy no tiene que mirar para saber lo enfadada que está su madre en ese momento.

Ella era la encargada de apilar la madera que cortaba su Moshoom. No era un trabajo fácil, había que ir con mucho cuidado y ser muy fuerte. Sunny se había ocupado de ello antes, pero lo echaron porque no iba con suficiente cuidado, así que acabó paleando la nieve con su padre. Y no con esas palas tan modernas que se instalan en el tractor, no; tuvo que hacerlo con una vieja pala de mano. Esa era la clase de tarea que te encargaban si Moshoom te echaba de otro sitio.

—Tienes que asegurarte de que cada trozo de leña está firme en su lugar antes de colocar el siguiente. No puede ser que esta pila se me caiga cualquier día. Toda la leña se mojaría por culpa de la nieve, y entonces... sería inútil. —Su Moshoom siempre gesticulaba con las manos cuando decía «inútil». Eso era lo peor que se podía ser.

Sunny no era inútil, solo cometía demasiados errores. Quería cortar leña, pero todavía no estaba preparado. Tendría que ir con cuidado porque, si no, acabaría siendo un inútil. Ziggy no pensaba ser una inútil nunca. Jamás.

Así que trabajaba duro. Moshoom cortaba la leña muy deprisa. Sus viejos brazos de franela roja levantaban el hacha hasta muy muy arriba y luego la bajaban de repente y todos los leños quedaban partidos en dos al primer golpe. Ziggy tenía que darse prisa para que la madera no estuviera mucho rato en la nieve, y además le quitaba el polvo a cada trozo antes de colocarlo con cuidado encima de los demás. Sus viejas manoplas de cuero se movían deprisa. Sus pequeñas manos agarraban cada tronco con fuerza. Encajaba los cantos angulosos entre las piezas redondeadas, porque así quedaban más firmes en su sitio, tal como le había enseñado su Moshoom. Cuando la pila se hacía demasiado alta, sacaba del cobertizo la vieja silla de madera y continuaba trabajando. Entonces tenía que darse más prisa todavía, para que le diera tiempo a bajar, recoger la madera y subir a la silla otra vez.

Al terminar, a Ziggy le costaba trabajo respirar, pero su Moshoom le daba unas palmadas en la espalda con su mano encuerada y asentía con la cabeza.

—Ve a calentarte dentro —le decía—. Después de comer, limpiaremos las casetas de los perros.

Le hacía un gesto para que se fuese a tomar un chocolate caliente y a comer estofado recalentado, pero él seguía trabajando. Moshoom nunca se sentaba mientras era de día. Decía que por eso le gustaba tanto el invierno, porque entonces descansaba más.

Rita va a por un paño mojado y frío, se lo pone a Ziggy en la cara y así le cubre los ojos con una hermosa oscuridad. Qué bien sienta. Ella se lo aprieta y nota que tiene los ojos hinchados, uno más salido que el otro. No intenta abrirlos todavía.

Oye que el teléfono de Rita suena, y la voz amortiguada de su hermano al otro lado de la línea.

—¿Ya te has enterado? —pregunta su madre.

Parece que Sunny dice que sí.

—¿Cómo están Jake y el pequeño?

La voz embrollada de Sunny.

—Vale, está bien, dile que llame a Gabe. Ahora tiene que estar aquí con ellos. Después ven a casa.

Más palabras embrolladas. Sunny habla con una voz aguda y cabreada, igual que Rita.

—Te necesito aquí, Sundancer. ¡Ya!

Más embrollo agudo.

—Pues porque... tu hermana tiene la cara destrozada y necesito que me ayudes a llevarla al hospital, joder.

El mundo entero parece detenerse unos segundos. A veces Rita puede exagerar las cosas solo para conseguir la reacción que busca.

—Ya lo sé, ya lo sé. Vale. Voy a llamar a un taxi. —Ziggy oye los pitidos de la línea al cortarse la comunicación y el suspiro de Rita, salido desde lo más hondo de su estómago—. Venga, niña, vamos a vestirte, ¿vale?

Ziggy deja caer el paño y se estremece al abrir un ojo. El izquierdo todavía lo tiene cerrado casi del todo y no quiere forzarlo. Siente como si tuviera un globo de agua sobre el párpado, y lo nota entumecido, igual que una ampolla. El derecho está un poco mejor, pero aun así le escuece. Lo ve todo rojo, incluso la espalda de su madre vuelta hacia ella mientras rebusca en el armario y pasa la mano por su colección de jerséis.

A Ziggy también le encanta estar en su casa del monte en verano. Le encantan los campos de trigo y la hierba crecida, el monte entero. Aun así, cuando lo echa de menos, cuando echa de menos vivir allí, a su padre y a Moshoom, son los días de invierno los que recuerda. Era entonces cuando se quedaban fuera hasta que oscurecía, lo cual casi siempre pasaba muy temprano, pero aun así Ziggy estaba muy, pero que muy cansada cuando por fin aparecían las estrellas. Era entonces cuando Sunny la arrastraba sobre el viejo trineo de madera, o se lanzaban los dos por la cuneta, que era la única cuesta que tenían, aunque apenas era más larga que el trineo. Y aun así, se lanzaban por ella.

Recuerda que una vez su hermano la arrastró hasta el otro lado de la carretera y se internaron en el monte. Sunny le dijo que iban a una montaña y se la llevó muy lejos. Los árboles eran espesos y oscuros, y la capa de nieve tan fina que en algunos lugares se veían las hojas marrones y aplastadas del suelo, por debajo. Su hermano la llevó hasta el río. En realidad, la montaña no era más que una colina con unos tres trineos de alto. La bajada se les hacía siempre demasiado corta y el camino de subida demasiado duro, pero ellos no dejaron de repetir hasta que miraron a su alrededor y vieron que estaba completamente oscuro. Oyeron la voz aguda de su madre y vieron una lucecita que se abría paso entre los árboles. Rita los hizo regresar a los dos andando, y todo el rato les decía que menearan los dedos de los pies y renegaba sin parar mientras el trineo vacío le golpeaba en los talones, porque lo arrastraba tras de sí.

Cuando llegaron a casa, les dijo que se lo quitaran todo menos la ropa interior, también los calcetines. Vertió agua en la vieja palangana y obligó a Ziggy a meter los pies en ella mientras se sentaba frente al fuego. El agua le pellizcaba los dedos y le ardía.

Congelación, dictaminó Rita mientras ponía más agua a hervir en los fogones, como hacía siempre cuando vivían en la casa del monte.

Al llegar Moshoom y su padre, Rita les contó lo que habían hecho sus «hijos malos», y su padre los reprendió por haberse alejado tanto. Moshoom nunca se entrometía cuando sus padres les cantaban las cuarenta. Se sentó en su sillón, porque ya había oscurecido, y sonrió a Ziggy con complicidad. Puso los ojos en blanco a la espalda de su hijo, y a su nieta le costó horrores contener una risita.

Quizá Sunny también lo recuerde. Quiere preguntárselo mientras van todos al hospital en el asiento trasero de un taxi. Rita no se fiaba de estar lo bastante serena para conducir y, además, tampoco saben cuánto rato se quedarán allí. Mejor ir en taxi, ha dicho. Aparcar en el hospital es imposible. Antes, a Ziggy le encantaba ir en taxi, como si fuera el mejor regalo del mundo. Hoy le parece una estupidez. Su madre siempre exagera.

Sunny, al verla, se la ha quedado mirando y ha sonreído.

—Espero que el otro quedara peor.

Rita lo ha mirado como si acabara de meterse en un lío, pero solo le ha dicho que se pusiera en marcha.

Junto a Urgencias Pediátricas hay una gran estructura de barras de madera con forma de árbol.

—¿Quieres ir a jugar un rato, Zig Zig? —Sunny la incordia y señala.

Rita lo fulmina con la mirada. Está tan callada que Ziggy piensa que debe de haberse metido en un buen lío. Esperan un rato larguísimo, y Rita no para quieta ni un segundo de los nervios. Sunny o cuenta chistes o intenta dormir. Ziggy intenta abrir poco a poco el

ojo derecho y se sujeta el paño frío sobre el izquierdo. Se ha visto la
cara cuando ha ido al baño. Ya la tiene toda roja y abultada y con
una pinta que asusta bastante. Se ha visto la mejilla hinchada, y los
labios tan agrietados que se le han partido y sangran un poco. Le
duele la mandíbula derecha. Se la toca con cuidado. Seguro que
le sale un moratón. Todavía tiene los dedos entumecidos. Congelación. También el hombro derecho le duele. Sabe que es ahí donde
se golpeó al caer en la nieve.

Cuando por fin les asignan una cama ya es de noche. Las ventanas están oscuras y todavía esperan a que venga el médico. Rita sale
a fumar un cigarrillo. Ziggy está tumbada y quiere dormir, siente la
cabeza muy pesada y ahora también le palpita. Todo parece doler
más a medida que pasa el día.

—Eh, Sunny —dice.

—¿Sí? —Está sentado en la silla más apartada.

—¿Te acuerdas de aquella vez que fuimos al río y nos quedamos
demasiado rato allí fuera?

—¿Cuando éramos pequeños?

—Sí.

—Sí. Rita se pilló un cabreo de la leche. —Se ríe como hace
siempre.

—Nimishomis no. Yo creo que estaba orgulloso de nosotros, en
cierto modo... —Su voz se pierde.

—Sí, seguro que sí.

—Lo echo de menos.

—Yo también.

Ziggy no quiere despertarse, pero por algún motivo está incorporada en la cama y alguien le presiona el pómulo.

—No parece que esté roto —dice una voz desconocida—. Haremos una radiografía para asegurarnos, pero parece que todo está en orden, señora Sutherland.

—¿En orden? ¿Cómo narices puede estar eso en orden? —Rita levanta la voz.

—Desde una perspectiva traumatológica, quiero decir, no parece que el hueso esté roto.

Ziggy no quiere abrir los ojos. Quiere mantenerlos cerrados y fingir que vuelve a estar junto a aquel río, bajando en trineo por la orilla, solo que esta vez el descenso durará más. Durará todo lo posible.

Parece que el médico se marcha y Rita posa una mano sobre la de Ziggy. La mano de su madre está muy fría, pero le sienta bien, así que la aferra con fuerza. Rita también aprieta, y Ziggy cree que podría echarse a llorar por primera vez ese día.

No quiere hacerlo.

—¿Por qué no vas a buscar algo de comer, Sunny? —Oye el tintineo del monedero de Rita—. Lo que tú quieras.

—¿Ziggy? —pregunta su hermano.

—Mmm... —contesta ella—. ¿Patatas fritas? Y un refresco, a lo mejor.

—¿Seguro que no quieres nada más? —La voz de su madre es tan suave...

Ziggy intenta asentir, pero ahora le duele el cuello. Se aprieta el ojo derecho. El izquierdo todavía está hinchado y empieza a picarle, pero le da demasiado miedo tocárselo.

—De acuerdo. Y, cuando salgas, pídele a la enfermera que venga, ¿vale? —le dice Rita a Sunny—. Haremos que te traigan unos analgésicos, ¿vale, corazón?

Rita no la llama así muy a menudo. Ella es mucho más dura que

Paulina, la madre de Emily. Es incluso más dura que Louisa, la madre de Jake, aunque Jake cree que están bastante a la par. Pero Paulina sí, es una blandengue. Todo el mundo lo sabe.

Cuando oye que Sunny sale, Rita se inclina hacia ella.

—Cielo. —Su voz suena junto al oído de Ziggy—. Tengo que decirte una cosa.

Ella intenta volverse todo lo que puede.

—¿Mamá...? —empieza a decir. No quiere que Rita termine. No quiere saberlo.

—Es Emily, cielo. —Rita le aprieta la mano más fuerte.

—¿Está muerta?

Su madre parece tragar saliva antes de responder.

—No, se va a curar. Pero está muy malherida.

Ziggy no puede respirar. O al menos no lo consigue durante un buen rato.

—La policía viene de camino, tienes que contarles lo que ocurrió. —Oye que Rita respira raro. Ziggy abre por fin el ojo derecho y ve a su madre llorando—. O puedes contármelo a mí, si no quieres hablar con ellos, pero tienes que decirnos qué pasó.

Ziggy no se mueve, vuelve a cerrar el ojo. Solo quiere la nieve, el suave susurro del descenso hasta el río congelado, el olor de los árboles fríos. Ziggy solo quiere irse a casa, a la casa del monte.

—¿Zegwan? ¿Mi dulce niña? —Rita jadea y su voz se distorsiona de una forma poco natural—. Mi niña, ¿qué pasó?

—Fuimos... fuimos a una fiesta. —Su voz no es mucho más que un susurro.

—¿A qué fiesta?

—A una... fiesta de una banda. Emily quería ir. —Ziggy se siente demasiado cerca. Quiere volver a estar lejos.

—¿Por qué quería ir Emily a una fiesta de una banda? —Rita no le suelta la mano.

—No sabía que era de una banda. Quería ir para ver a un chico. —Ziggy mantiene los ojos cerrados. Eso la ayuda.

—¿Y qué pasó entonces? —La voz de su madre es un suspiro.

—Su... novia nos vio. —El miedo. Ese miedo.

—¿Su novia? —La voz de Rita se vuelve aguda.

—Una chica, una chica mayor. Intentamos escaparnos. —Sus piernas, cómo obliga a sus piernas a correr.

—¿Y qué pasó luego? —Suave de nuevo.

—Otra chica me alcanzó. Me caí. Me dio una paliza, mamá. —Ahora también Ziggy jadea.

Abre el ojo, pero su madre solo la mira, intenta no mostrarse de ninguna manera, ni enfadada ni triste.

—¿Y qué pasó con Emily? ¿Viste lo que ocurrió? —Es lo único que dice.

—Se fue corriendo.

Rita se atraganta.

—Corría por delante de mí. Se escapó y luego ya no pude encontrarla. —El frío, cuánto frío...

Rita sigue haciendo ruidos, como si se ahogara.

—¿Mamá? —Algo malo ha pasado.

—No se escapó, corazón. Alguien la agredió.

—¿Esas chicas?

—No, cielo, no. Alguien, alguien... —Habla despacio. No quiere pronunciar las palabras—. La violaron, corazón. Alguien la violó. —Pero las pronuncia, y entonces Ziggy tiene que oírlas.

Abre el ojo otra vez y ve que su madre ha bajado la cabeza todo lo que puede.

—¿Qué quieres decir? —No tiene sentido.

—Que a Emily la atacaron y... la violaron. —Traga saliva—. Está arriba, aquí, en el hospital. Se va a curar. Estaba herida, pero ahora ya está bien.

Ziggy no cree que Rita esté exagerando esta vez.

Vuelve a recordarlo todo de nuevo. Cómo esa chica, Roberta, se arrodilló encima de ella. Cómo le golpeó la cara, aunque al principio no sentía nada de nada, hasta que le apretó la cabeza contra la nieve dura. Eso le dolió tanto que pensó que se había cortado. Entonces la chica se apartó de encima y echó a correr con la otra.

Ziggy las oyó gritar y luego alejarse, pero no pudo más que quedarse allí tirada y mirar cómo caía la nieve desde el cielo rosado.

Cuando por fin se levantó, echó a andar sin rumbo por la acera, tropezando sin parar. Miró hacia aquel gran campo abierto, pero no vio a Emily. La llamó al móvil, pero no contestó. Gritó su nombre en el aire frío por si estaba escondida en alguna parte, pero nada. Cuando llegó a casa, las mejillas y los dedos de las manos y de los pies le ardían de congelación. Comprobó el teléfono. Había llamado a Emily treinta y siete veces y no hacía más que enviarle mensajes de texto una y otra vez, pero no le llegaba ninguna respuesta. No sabía qué pensar. Pero no había visto a Emily. Emily se había escapado, seguro.

La cara se le empezó a descongelar mientras estaba metida en la cama. Se tapó con las mantas hasta que tuvo demasiado calor, hasta que empezó a dolerle de una forma muy diferente.

Phoenix

El humo hace que le escuezan los ojos, pero Phoenix da otra larga calada a la colilla de su cigarrillo. Ve cómo el humo sube en volutas desde la brasa y danza gris y brumoso en el aire. La habitación está muy cargada. Desiree tose en algún lugar. No, en algún lugar no; está ahí mismo, pero el sonido llega como desde muy lejos, resuena. Ahí al lado, la mañana despunta con un sol gris. No, ahí al lado no, sino justo al otro lado de la ventana. Phoenix observa, y el humo asciende en espirales hacia el techo y desaparece en la neblina.

—¿Qué coño haces, Mitchell? ¡Pásalo ya! —exclama Roberta.

Phoenix se sobresalta al oír su voz, pero luego solo está cabreada. Se le ha acabado el silencio apacible. ¿Cuánto ha durado?

El novio de Desiree se ríe tras las nubes grises, tras sus ojos enrojecidos y entrecerrados, y le pasa a Roberta un porro escuálido.

—Por fin, cojones. —Ella sonríe—. Joder, mira qué canuto. Joder, tío. —Suelta una risa torpe, le quita la ceniza en el borde de un cenicero y da una calada de maría—. Puaj, lo has dejado todo lleno de babas. Joder, que este porro no es Desiree, tío.

Mitchell vuelve a reír, y Desiree, desmadejada en su regazo, suelta también una risita. Tiene los ojos rojos y brillantes, y tan hinchados que casi se le han cerrado. Roberta se traga el humo con toda la fuerza que puede y todo el rato que puede, e incluso hace un ruido como de ahogarse mientras lo retiene dentro.

Phoenix se frota los ojos e intenta enfocar. Roberta le pasa la chusta, que está ardiendo. A Phoenix le pesan las manos. Consigue pellizcar la punta, pero se quema la piel.

—Mierda.

Todos se ríen de ella.

Da una calada pequeña y alarga el brazo para pasarle el porro a Cheyenne, que lo alcanza con dedos expertos, dedos finos y bonitos, con pinta de haberse hecho la manicura, uñas pintadas y sin un solo golpe.

—¿Ya está, Phoenix? —Se ríe a medias—. ¿Estás perdiendo facultades, tía?

Todos vuelven a reír.

Phoenix no les hace ni caso y se reclina en el sofá, se hunde en él, se siente como si acabase de correr varias manzanas. Se mira los dedos, ennegrecidos. Joder. Se le había olvidado que llevaba maquillaje y seguro que se lo ha corrido por toda la cara. A la mierda. Le da otra chupada a su minúsculo cigarrillo. El filtro arde, no queda mucho tabaco, pero ella mira la brasa anaranjada que se enciende mientras inhala lo poco que queda. Brilla. Es como una ciudad minúscula por la noche, las casas se iluminan a través de mil ventanas, un barrio asentado en la ladera de una colina negra y escarpada. Phoenix se pregunta cómo debe de ser algo así, casas construidas en una colina. Solo las ha visto por la tele o en las pelis, pero cree que se parecerían a eso.

Debe de haberse desmayado, porque cuando abre los ojos otra vez la habitación está diferente. La luz es diferente, intensa pero menguante. Desiree y su hombre están k. o. en el sillón, tienen los brazos y las piernas enredados como si fueran una sola persona con dos de todo. Cheyenne está hecha un ovillo en el otro extremo del sofá, su pequeño cuerpo casi es un círculo. Tiene la boca abierta, pero aun así está guapa. A Roberta no se la ve por ningún lado.

Phoenix comprueba el móvil. Las cuatro y media. Ninguna llamada.

En la pantalla hay una fotografía de Roberta y ella ayer, una que se hicieron a primera hora de la noche, cuando estaban recién arregladas, con pinta de duras, con pinta de tías buenas. Roberta maquilló a Phoenix. Sus ojos tenían unas gruesas líneas negras y brillantes que se curvaban hacia arriba en la punta, y las mejillas le brillaban con purpurina roja. Phoenix pensó que parecía una mema de cojones, pero todas le dijeron que estaba muy guapa. En la fotografía, Roberta y ella se están riendo como si nunca les hubiese pasado nada malo. Al principio también Roberta estaba muy distante, pero después pasaron un rato en el baño todas juntas mientras se maquillaban, y fue como en los viejos tiempos, todo normal, como antes de que la internaran en el Centro. Como si todas hubiesen recordado que eran unas las chicas de las otras. Siempre.

A Phoenix le sabe la boca a cenicero, así que va a la cocina a por un poco de agua. La encimera vuelve a estar llena de botellas, bolsas vacías de comida rápida y vasos usados. Encuentra uno que no está muy asqueroso y lo enjuaga un poco. Deja correr el agua lo bastante para que salga buena, fresca y clara, y luego bebe a grandes tragos hasta que siente la lengua normal otra vez y el estómago lleno.

En el fondo, le gustan los momentos tranquilos como ese, cuando todo el mundo duerme y ella puede oírlos respirar. Es como si sus respiraciones caldearan la casa. Su tío está por ahí, en su habitación, con su música sonando tenuemente, largos solos de guitarra tan conocidos que pasan sin más. Su compañero de piso, Kyle, está en el otro dormitorio. Phoenix lo oye roncar desde la cocina. Es un buen tipo. Anoche estuvieron todos pasándolo bien, y él conservó la calma incluso cuando la cosa empezó a calentarse. Kyle es legal, joder, aunque ronque.

Cuando los demás duermen a su alrededor, a Phoenix le gusta mirarlos, ver cómo se relajan sus rostros. La mayoría de la gente cambia mucho cuando no está despierta. De niña, solía mirar cómo dormían sus hermanas pequeñas. En aquella época, cuando estaban siempre solas y ella se pasaba las noches despierta y asustada, se tumbaba al lado de Cedar-Sage y la contemplaba durante horas. La más pequeña, Sparrow, dormía y ya está, bonita y con la boca abierta, pero Cedar-Sage hablaba. No con palabras de verdad, casi siempre decía disparates, pero era divertido escucharla. Phoenix se tumbaba allí y le hacía preguntas para que no dejara de hablar, y se reía porque sus respuestas nunca tenían sentido. Le gustaba hacer eso mientras esperaba a que su madre llegara a casa, mientras esperaba a que el sol saliera para que ya no estuviera oscuro. Era una tonta y una miedica, pero solo era una niña pequeña.

Ahora, el sol cae sobre el seto de fuera y su luz amarilla se cuela por entre las casas y se vuelve anaranjada a medida que enciende las ramas desnudas. Solo un poco más allá, las torres de Hydro se ciernen enormes y metálicas.

Allí es donde todo se vino abajo; allí, detrás de esos mamotretos de Hydro. Phoenix vuelve a revivirlo todo en su cabeza, los sonidos, las formas. Lo ve todo como si solo estuviese mirando, igual que las demás la miraban a ella. Igual que la miró su tío. Igual que Clayton miraba para otro lado. Apuntala su cuerpo como para plantarle cara al viento, se sacude ese pensamiento de encima, tiene ganas de fumar. Encuentra un pitillo a medias en la mesa, con pintalabios en el filtro. Debía de ser de Roberta. Lo enciende e inhala con ganas.

Regresa al sofá y ocupa su sitio, que sigue caliente. Da otra calada y casi se siente normal otra vez.

Quiere volver a mirar el móvil, pero resiste la tentación. Quiere ver si él le ha enviado algún mensaje o algo, pero sabe que no. No espera volver a tener noticias de Clayton, y en realidad no lo culpa mucho por ello.

No está cansada, pero de todas formas se acurruca en el sofá. No tiene nada más que hacer, aparte de dormir. Piensa en sus hermanas, en sus cálidos cuerpecillos dormidos junto a ella. Echa de menos a Cedar-Sage. Debería haberla llamado ayer, cuando salió. Sabe que su hermana sigue aún en casa de esa tal Luzia. Phoenix tiene el número apuntado en alguna parte, en su bolsa. Tendría que haber llamado. Hoy ya no le apetece. Desiree se mueve en sueños y los brazos de Mitchell caen en torno a ella.

Phoenix cierra los ojos, escucha con atención todas las respiraciones e intenta entrar de nuevo en calor.

Una vez, una mañana, le preguntó a Cedar-Sage:

—¿Con qué estabas soñando? ¿Te acuerdas?

Estaban en el apartamento de Arlington Street, el que tenía aquella ventana tan grande en el salón. Hacía que la habitación fuese fría pero luminosa. A Phoenix le gustaba ese piso.

—No —respondió su hermana, nada más, con todo el cuerpecillo tenso. Intentaba hacerse la chula.

—Hablas en sueños.

Estaban sentadas en el sofá, comiendo cereales directamente de la caja porque no había leche. Sparrow también estaba allí, babeando en el suelo, como hacía siempre. Tenía Cheerios pegados en los mofletes húmedos. No debía de haber cumplido ni dos años. Cedar-Sage tendría unos cinco, quizá.

—Ah. —Los grandes ojos castaños de Cedar-Sage tenían una mirada suave y desconcertada cuando se volvieron hacia Phoenix.

—No sé, es como si chapurrearas cosas. —Phoenix se encogió de hombros—. A veces lo que dices tiene sentido. A veces no.

—Me acordaré, Phoenix —prometió ella y asintió como si se tomara el encargo muy en serio.

Phoenix despierta al oír a alguien en la cocina. Su tío, Bishop, sin camisa, sin pelo, tatuado, rebusca por todos los cajones, vuelca botellas y revuelve la basura. Ella se levanta para ayudarlo, pero en lugar de hacerlo se queda apoyada en el marco de la puerta y espera a que se lo pida.

—¿Tienes un cigarro, Phoenix? —pregunta él sin mirarla.

—Pues no. —Niega con la cabeza y baja la mirada.

—Joder, tenía un puto paquete aquí. ¡Cabrones de mierda! —En realidad no grita—. Ve a mirar en la habitación de Kyle. En el último cajón.

Phoenix hace lo que le ha pedido, consciente de que su tío tiene un montón de cosas de las que preocuparse. No llama a la puerta. La habitación está a oscuras gracias a la bandera negra que cuelga tapando la ventana, las paredes están cubiertas de pósteres de viejos raperos que a Phoenix no le molan demasiado. Kyle, todavía roncando, desnudo y flaco, está dormido bajo una manta fina con una chica flaca a cada lado. Una de ellas lleva la camiseta negra que se había puesto él anoche. La otra está desnuda, tiene la boca abierta, los pezones perfectos, marrones y pequeños, igual que el resto de ella. Kyle gruñe y se mueve. Su delgado brazo tatuado cae encima de la chica desnuda. La Muerte que tiene ahí sonríe a Phoenix aunque está en penumbra.

Encuentra el alijo de cigarrillos del último cajón. Son cigarrillos de los de las reservas, bien guardados en una bolsa de Safeway; algunos están rotos y seguramente estarán todos la leche de secos. Saca cinco que parecen estar bien, se coloca uno detrás de la oreja.

De camino a la cocina, enciende dos y deja los dos últimos en un espacio limpio de la mesa para que su tío se los fume después. Le pasa uno encendido. Él solo asiente con la cabeza, todavía sin mirarla.

Está sentado, encorvado, las manos unidas como si rezara. Sí, se parece al abuelo. Está flaco como ella imagina que estaba el abuelo, es más menudo que Phoenix, que a saber a quién habrá salido, a algún pariente gordo. Bishop se anima y da un par de caladas bruscas antes de echarle un vistazo a la mesa llena de cajas de cerveza vacías y ceniceros a rebosar.

—Alguien tendría que limpiar esto, joder —suelta.

—Le diré a Cheyenne que lo haga cuando se levante. —Phoenix se sienta frente a él.

Su tío se encorva un poco más, cavilando. Ella nota que va a decir algo importante.

Solo conoce al abuelo Mac de una fotografía. La encontró una vez entre las mierdas de Elsie y nunca se la devolvió. En ella, el viejo se parece a Bishop tal como está ahora, encorvado, flaco, caviloso, solo que su abuelo Mac estaba sentado en un coche viejo, de esos antiguos con el techo redondeado, todo brillante. Incluso en esa foto apagada, el coche parecía brillante. Y aquel hombre caviloso también parecía feliz, en cierto modo. A Bishop hace mucho tiempo que no lo ha visto feliz.

—Toda esta movida es una puta barbaridad, Phoenix —dice por fin—. Tienes que arreglarlo, joder.

—Ya lo sé. —Es todo cuanto replica ella, y fuman en silencio un poco más.

«Auténtico», lleva tatuado su tío sobre las dos clavículas; grandes letras casi cuadradas. Tiene un puñal enorme encima del corazón, la hoja es brillante y gotea sangre, la empuñadura está envuelta en cuerda de tendón y lleva una pequeña pluma colgando en el extremo. En el hombro derecho tiene una calavera con un tocado completo, y «Monias» escrito con tipografía del ejército en el izquierdo, y también «Alexandra Angelique», el nombre de su hija, le cruza el antebrazo con una caligrafía curvada. Phoenix no ha visto a su prima pequeña desde que era un bebé. Ahora tendrá ya unos tres años o algo así. Siempre ha pensado que ese tatuaje era muy de niña, diferente al resto de tinta que lleva su tío, como si no pegara con el resto de él.

—Joder, como a esa piba le dé por hablar... —dice su tío y apaga el cigarrillo.

—No lo hará, Bishop —asegura ella—. O, al menos, no nos relacionará con ello. Ni siquiera nos conoce.

—¡Estaba en esta puta casa, Phoenix! —grita él.

Phoenix oye a sus amigas en el salón, despertando, sus respiraciones ya no son suaves.

Pero ella está tranquila, tiene el rostro completamente inexpresivo.

—Anoche había aquí como unas cincuenta personas. No lo relacionarán con nosotros.

Su tío pilla otro cigarrillo y lo enciende con manos temblorosas. Chupa con fuerza, igual que hace Phoenix, igual que ella imagina que hacía su abuelo. Así es como lo hacen los jefes.

—Tenemos que limpiar este sitio. ¡Hoy! —insiste él—. No quiero aquí ni un puto porro, ni una puta cría, nada de nada, cojones.

Phoenix asiente con la cabeza.

—Ese puto Clayton. Es un Spence, ¿verdad?

Phoenix asiente.

Él asiente también y piensa.

—Clayton no ha vuelto por aquí, Bishop. Es legal. Es un tipo legal. No te preocupes tanto, joder.

—No me digas que no me preocupe, joder. Me preocupo. ¡Claro que me preocupo, joder, y de la hostia, hasta que todo esto pase y esté olvidado, mierda!

Las chicas susurran en el salón. Joder, más les vale no largarse, piensa Phoenix.

—Esta movida es una barbaridad, Phoenix. —Bishop se levanta y apaga el cigarrillo—. Será mejor que arregles esta puta barbaridad. Y después tienes que largarte de aquí, joder. De verdad. ¡Lo digo en serio!

Phoenix asiente y lo mira mientras sale de la cocina.

En su espalda dice «Indio», en una curva sobre sus omóplatos y con letras cuadradas. Debajo lleva tatuada una chica desnuda, flaca y con el pelo negro y liso. Perfecta. Junto a ella, hacia un lado, hay otra Muerte con una boca que sonríe de medio lado bajo su capucha, y su guadaña gotea sangre roja y brillante. El brazo de la Muerte se curva alrededor de la chica, su túnica es la sombra de ella, sus dedos afilados se alargan hacia su hombro. Y Phoenix no puede verla, porque queda bajo el brazo de su tío, en el costado, pero la Muerte lleva un arma metida en la cuerda que le ciñe la cintura. Ella sabe que está ahí.

Cedar-Sage nunca le dijo qué era lo que soñaba. O Phoenix no recuerda haberlo descubierto. Sí recuerda mirar por esa gran ventana hacia Arlington, hacia la calle, las farolas, los autobuses de color naranja que subían y bajaban, y ella, cada vez que uno paraba, esperando que su madre apareciera ahí detrás. No tenía más de ocho años. Phoenix recuerda que corría a cuidar de su hermana cada vez que sus sueños se volvían pesadillas y la pequeña Cedar-Sage se ponía a gritar. Se alejaba de la ventana para despertarla y la abrazaba hasta que volvía a quedarse dormida. Era una buena hermana mayor. No quería que Cedar-Sage despertara al bebé.

En el baño, Phoenix tira al suelo la bolsa y deja con cuidado el cigarrillo en el estante, que está seco. Se mira en el espejo un rato larguísimo. Maquillaje negro corrido por las sienes, los ojos convertidos en una máscara de villano de película mala. La camisa le queda ajustada y llena de arrugas, se le sube hasta justo debajo de las tetas, la barriga le hace michelines y sobresale por debajo de la tela. Se la quita, y también ese estúpido sujetador, y lo lanza todo a un rincón. Su cuerpo desnudo y deforme en el espejo no es la imagen que se le supone a una chica desnuda. Tiene la piel roja y es gigantesca, está hinchada y cuadrada. Sus pezones son grandes y planos como tortitas. No ha comido nada desde aquellos fideos chinos de ayer y, aun así, está como una puta foca. La tripa le rebosa por la cinturilla de esos vaqueros tan ajustados de Desiree, así que también se los quita. Todo es culpa de Desiree y de Roberta. Ellas le llevaron ese conjunto de mierda y le dijeron que le quedaba bien. La camisa negra de gasa se le ceñía a los michelines, los volantes no disimulaban nada. Pero se lo estaba pasando tan bien dejándose maquillar mientras las demás, sentadas en el borde de la bañera, cotilleaban sobre todos los chicos que les parecía que estaban buenos... Roberta creía que Bishop era «mono». Joder, cómo se rieron con eso.

—¿Qué pasa? —chilló Roberta—. ¡Es verdad!

Phoenix había sonreído. No podía evitar sentirse nerviosa, tímida, entusiasmada. Esperanzada, quizá. Ella solo pensaba en un chico, pero no abrió la puta boca.

Roberta siempre estaba guapa. Incluso maquillando a Phoenix, antes de arreglarse ella misma, estaba guapa. Tenía un cuerpo perfecto debajo de su ropa ceñida, y una melena ondulada y perfecta. Desiree y Cheyenne no estaban mal. Melenas largas y brillantes. Desiree siempre enseñaba escote. Cheyenne se recogía el pelo supertirante hacia atrás en una trenza, pero se dejaba dos mechones largos sueltos a cada lado de la cara y se maquillaba con líneas gruesas y duras. A Phoenix nunca le habían gustado esos potingues, nunca les había encontrado sentido, hasta ahora, que quería ser una chica normal más que ninguna otra cosa, joder.

Roberta había sacado botecitos y tubitos y no hacía más que ponerle mierdas en la cara, hasta que Phoenix notó la piel cargada y empezó a picarle.

—¡Ya! Estás supersexy, tía. —dijo entonces Roberta con su boca de morritos perfectos.

Phoenix se miró en el espejo, pero solo se vio a sí misma. Con los labios brillantes, con manchas oscuras en los ojos, con destellos en las mejillas..., pero seguía siendo ella.

Odiaba esa camisa que le habían llevado, los volantes caían justo encima de su enorme barriga, así que enseguida se echó por encima la sudadera de capucha y se subió la cremallera. Roberta puso los ojos en blanco, pero no dijo nada.

Después compartieron un porro en el salón, y Phoenix se bebió una cerveza a sorbos. Si alguien le preguntaba, diría que estaba pasando el rato, disfrutando de la libertad, joder, pero en realidad solo esperaba a Clayton. Él no se presentó hasta mucho después. La gente ya había empezado a llegar y Mitchell le había escrito un mensaje de texto, pero decía que Clayton no le había contestado. Phoenix no se lo creyó, pero siguió allí sentada, pilló otra cerveza y se la bebió más deprisa esta vez.

Kyle sacó unos gramos de maría, y sus dos putitas y ellas se colocaron que daba gusto. Hacía tanto tiempo desde la última vez, que a Phoenix le subió al momento. Joder. La música empezó a sonar, la casa retumbaba llena de gente. Cuando llegó Clayton, ella ya iba hasta el culo. Estaba sentada en la habitación de su tío, a oscuras, escuchando música antigua mientras Desiree y Mitchell se lo montaban en un rincón. Apartó la mirada de la pantalla de internet y lo vio. De pie justo a su lado, perfecto y alto y con una sudadera de capucha recién estrenada.

—Eh. —Ella intentó sonreír.

—¡Ah, Phoenix, hola! —Él casi sonrió—. ¿Te queda algo de esa maría que están pasando?

—Sí. Claro. —Ella le devolvió la sonrisa, pero no demasiado.

Fumaron, pero él apenas le dirigió la palabra. Fue amable, pero Phoenix lo supo. Supo que Clayton no la quería, por mucho que ella intentara convencerlo, por mucho que su tío fuese quien era. Ella no era más que una pringada gorda, ahora más que nunca, y él tenía que ser amable, pero no le importaba una mierda. A Clayton ya no le importaba una mierda. Si es que alguna vez le había importado.

Ahora, en el baño, después de quitarse todo el maquillaje de la cara, recoge del suelo una camisa de su tío que no apesta demasiado y busca el desodorante de él entre el desorden del estante. Huele mejor que esa mierda de perfumes, de todas formas. Pilla su bolsa, saca sus pantalones anchos y se pasa los dedos por el pelo; cuando se pone la sudadera de capucha ya casi se siente normal otra vez. Rebusca en la bolsa para ver si están sus fotografías, solo para asegurarse.

Rescata el cigarrillo y lo enciende. Las volutas de humo se despliegan frente a su reflejo. Cierra los ojos solo un poco y se relaja.

Ya vale de esta mierda, piensa mientras sale del baño.

En el sótano, esconde la bolsa en el rincón del fondo, otra vez detrás de las grandes cajas de televisores. Ahí sus cosas estarán seguras, piensa. Un tiempo. No quiere mirar las fotografías, pero piensa en ellas: la del abuelo Mac, la de Grandmère cuando era joven, la de sus hermanas pequeñas, de cuando hasta Elsie se portaba bien y se la veía limpia y Phoenix aún era lo bastante pequeña para quererla. Pero no puede mirarlas ahora. Si lo hace, no tendrá agallas para seguir adelante.

En el salón, Cheyenne finge estar dormida todavía, Desiree y Mitchell hablan en voz baja en el sillón. Bishop debe de haberse vuelto a la cama. Queda un poco de hierba en la mesa, así que Phoenix se pone a liar uno. Siempre le ha encantado hacerlo, separar las hojitas del tallo y desmenuzar las fibras verdes hasta que el olor le llega a la nariz. En el Centro le enseñaron a hacer sahumerios bien hechos. Le enseñaron cosas sobre las hierbas medicinales, sus efectos y cómo quemarlas para sahumar. Se supone que el humo te purifica, le explicaron. La primera vez que desmenuzó la salvia le recordó a cuando desmenuzaba maría. Sintió vergüenza. Pensó que el Anciano sabría lo que estaba pensando y que le prohibiría participar, o algo así. Pero qué va. Ella hizo lo mismo que hace ahora, romper las pequeñas hojas y apretarlas entre sus dedos. Solo que en lugar de hacer una bola con ellas y ponerlas en un cuenco de sahumerios, desmenuza la hierba y la deja caer en un papel, y luego la lía con los dedos hasta que tiene un porro bien hecho.

Para sahumar, cogía la bola de salvia del cuenco, la encendía con una cerilla y luego agitaba la mano por encima hasta que la medicina humeaba. Le encantaba ese olor. Se preparó muchos sahumerios los meses que estuvo allí.

Pero nunca se sintió purificada.

Enciende el porro y se reclina hacia atrás. La barriga se le mueve; tiene un hambre que se muere, pero no hace caso. Desiree levanta la vista como si quisiera una calada, pero Phoenix no piensa compartir a su amiguito. La muy puta puede esperar. A Mitchell le suena el teléfono y contesta, intentando no hablar muy alto todavía. Phoenix escucha, pero no le interesa. Sabe que es Clayton, por cómo hablan. Se da cuenta por la forma en que Mitchell se ríe. El muy cabrón se ríe demasiado, joder. Aun así, cuando termina de hablar, Phoenix no hace nada. Todavía no.

Se termina el porro y enciende un cigarrillo. La verdad es que está seco de cojones, pero tendrá que valer. Ya pillará más de la habitación de Kyle. A lo mejor le dice a Desiree que rebusque en la bolsa y escoja los mejores. La chica desnuda sale de la habitación de Kyle, se ha puesto otra de sus camisetas y se la ve la mar de satisfecha consigo misma. Maldita zorra. Roberta intenta salir de la habitación de Bishop sin llamar la atención, pero Desiree y Mitchell sueltan una risita y se burlan de ella. Roberta mira a Phoenix, pero Phoenix no deja que se le note lo que está pensando. Se limita a dar otra fuerte calada y no abre la puta boca.

Cuando por fin está lista, se levanta y pilla el móvil de Mitchell de la mesa antes de que él se dé cuenta, y ya está en la cocina antes de que nadie pueda decirle nada.

—¿Qué pasa, hermano? —Clayton parece muy contento—. ¿Te has olvidado de decirme algo?

Phoenix da otra fuerte calada antes de hablar.

—Soy Phoenix —dice por fin.

—Phoenix... Eh... —Suena inseguro pero no asustado. Todavía no—. ¿Qué pasa?

Ella deja pasar un rato antes de contestar.

—Anoche te largaste bastante deprisa. —Da otra calada.

—Sí. —Sigue sin estar asustado—. Me surgió algo. Tuve que irme. Lo siento.

Ella suelta el aire entre los dientes junto con el humo, despacio, dejándole que piense un momento.

—Escucha, Phoenix —empieza a decir Clayton—. Lo siento. No pretendía... No pensaba que creyeras que aún estábamos... —Tartamudea como un crío. Ella lo deja hablar—. Lo siento —dice otra vez.

—Sí —replica ella por fin—. Eso. —Suelta las palabras despacio—. No es que, no sé, me importe un carajo. Vamos, que eres buen tío y tal, pero me importa una mierda.

Él suspira al otro lado de la línea.

—Mi tío creía... —empieza a decir ella sonriendo—. Él, bueno, siente ¿que le han faltado al respeto? —Lo pronuncia como si fuera una pregunta y se queda callada.

Al otro extremo, él no hace ningún ruido.

Y entonces, por fin:

—Phoenix, yo... no pretendía faltarle al respeto...

—Ya lo sé, ya lo sé.

—Es solo que, bueno, no sé. De verdad que me gustas...

—Ya lo sé, eh, lo pillo. Que a mí me da igual, en fin, las cosas se salieron un poco de madre anoche, ¿no? —Intenta decirlo con una media sonrisa. Intenta no pensar en esas imágenes, las imágenes que ve.

—Sí, mmm... —Él se queda callado un buen rato, como si estuviera pensando—. Sí.

—Y luego, que te largaras así. ¿Después de lo que hiciste? No es... legal, tío. Vamos, que a mí no me importa, pero a mi tío sí. —Da otra calada larga y siente la respiración de él al otro lado de la línea—. En fin, que no creo que debas, mmm, pasarte por aquí en una temporada, ¿vale? —Sí que sonríe de medio lado.

—Vale. —Él casi se ha quedado sin voz.

—Solo he pensado que, ya sabes, era mejor si te lo decía.

—Vale. —No dice más. Pero ella lo oye. Ahora sí está asustado. Sonríe.

—Cuídate mucho.

Phoenix intenta reír, solo una pequeña risa para demostrarle lo poquísimo que le importa en realidad, y cuelga.

No piensa en ello, solo tira lo que le queda de cigarro al fregadero medio lleno. El agua está viscosa y repugnante. Después le dirá a Roberta que limpie.

Cuadra los hombros y vuelve a dejar el móvil de Mitchell en la mesa. Nadie dice una palabra. Roberta está sentada en su sitio, pero se mueve para cederle el lugar, y Cheyenne se despierta y se sienta también. Todas están esperando. Pero ella ya lo sabe. Les dirá que limpien la casa y, luego, cuando su tío se despierte, harán planes. Phoenix y su tío, nadie más. Las demás solo escucharán. Después se darán el piro todas juntas a casa de Desiree o de Roberta, y sus chicas cuidarán de ella, como se supone que deben hacer. Como habrían tenido que hacer anoche.

Pero antes le dirá a Mitchell que vaya a buscarle algo de comer, joder. Se muere de hambre. Y luego que las chicas limpien.

La casa va a quedar impecable, como si no hubiese ocurrido nada, nadie encontrará nada allí.

TERCERA PARTE

Antes pensaba que los espíritus extrañaban la piel perdida. Que los fantasmas pendían en las sombras, justo en el borde del campo de visión de los ojos de los vivos, amando y admirando sus cuerpos, esperando que volvieran a dejarles entrar.

Pero yo nunca he añorado mi cuerpo. La verdad es que no. Casi siempre me resultaba inútil, limitado, con demasiadas necesidades y ni mucho menos lo bastante fuerte.

Sin embargo, añoro los cuerpos de los demás. El tacto de la piel de otra persona contra mi piel. Saber que alguien estaba cerca gracias a su calidez. Te añoro a ti, mi niña, añoro tenerte en mis brazos. Tu mejilla contra la mía cuando dormíamos en la misma cama, hasta esa última noche. Sentí cómo crecías a mi lado hasta que tus pies llegaron a darme patadas en las rodillas cuando dormías. Tu mano siempre se alargaba para tocarme, la piel de tus dedos era más suave que un beso de mariposa. Todavía siento tu cálido aliento infantil en el cuello, aun en este invierno tan tan frío.

También echo de menos las manos de anciana de tu Kookoo. Parecían viejas incluso cuando aún era joven, arrugadas y secas de tanto trabajar, unas uñas mordidas hasta no ser más que tocones. Siempre aferraba mi mano con mucha fuerza, como si quisiera que supiese que jamás me soltaría, tan fuerte que podía sentir sus huesos. Creo que da la mano así para que sepamos lo mucho que nos quiere.

Yo lo sabía.

Siempre lo supe.

Si algo sabía, era eso.

Ahora mi cuerpo ya es solo un recuerdo, pero a veces los recuerdos son lo más real de todo. Y aunque yo ya no estoy, tú me recuerdas y me quieres. Así que, en realidad, no hay nada que envidiarles a los vivos.

Los muertos no se aferran a nada, los vivos sí. Nosotros no tenemos nada a lo que aferrarnos. Nuestros cuerpos se convierten en nada y solo flotamos alrededor de la gente que nos quiere. Volvemos a ser nada. Que es lo único que alguna vez fuimos o que deberíamos llegar a ser.

Para mí, es como estar dentro de un sueño. Las cosas se mueven de forma imperceptible, cambian incontrolablemente, pero siguen estremeciéndose hasta mucho después de haberse desvanecido, como un eco, hueco y lento en desaparecer. Que sigue y sigue y, entonces, algo tiembla y todo se difumina y forma unas espirales que se convierten en otra cosa.

Los vivos se aferran, los muertos anhelan hacerlo.

Stella

Stella se levanta de la cama antes de que salga el sol. La verdad es que ha dormido, aunque de manera irregular, desde que Adam se despertó por la noche hasta que Jeff llegó a casa pasadas las cuatro. En realidad sus sueños han sido más bien recuerdos, de esa chica, de la nieve, de sus primas, de ella. El invierno. Sí, ha soñado con el invierno, o quizá es que tenía frío porque lo sentía a través de la vieja ventana. Tendrían que instalar ventanas nuevas, mejores.

Enciende la cafetera y mira fuera mientras la máquina tose y escupe el café. Todavía está oscuro, no hay estrellas, solo un cielo azul por entre los delgados árboles desnudos que se mecen en el viento. Las ramas son negras contra el cielo oscuro. Se sirve una taza antes de que la jarra esté llena. Sabe por dónde saldrá el sol, por dónde se acerca sigilosamente el este a su ventana. Mira hacia allí, y volverá a mirar más veces mientras espera a que llegue esa luz pálida.

Su bebé dormirá un rato más si hay suerte, piensa mientras va renqueando al baño. En invierno le duele todo el cuerpo, pero se lava la cara con agua fría y punzante y luego contempla su reflejo en el espejo mientras su piel gotea y se estremece.

Su cara le resulta conocida, piensa. Se seca y recuerda con sobresalto a quién se parece. Ya es mayor de lo que su madre llegó a ser nunca, solamente por poco, por un año, pero ya es bastante. Parece mayor de lo que su madre pareció jamás.

Anoche Jeff estuvo a punto de quedarse en casa. A punto. Lo pensó en voz alta mientras comían, pero luego rechazó la idea.

—No puedo llamar diciendo que estoy enfermo solo por esto —le dijo mientras se preparaba la fiambrera—. Vamos, que no es como si nos hubiera pasado algo a nosotros, no sé.

Stella intenta repetirse eso también a sí misma. En realidad no le ha pasado nada a ella. No la han herido, no han herido a su familia ni nada que se le parezca.

Después de marcharse Jeff, ella enseguida conectó la alarma y, en cuanto los niños por fin se quedaron dormidos, se fue directa a la cama. Tiró del edredón hasta arriba y se quedó allí tumbada, inmóvil y rígida durante horas. No era capaz de leer, de relajarse, y la tele le molestaba. No quiso tomarse las pastillas para dormir que le había comprado Jeff «por si acaso». Le preocupaba que el bebé pudiera despertarse y ella no fuera capaz de oírlo. Se quedó allí, levantándose solo cuando el bebé lloraba. En algún momento debió de dormirse, y durante un rato lo bastante largo para recordar y sentir el invierno muy dentro de sí.

Stella se bebe la mitad de su café de pie en la cocina y vuelve a llenarse la taza antes de dirigirse al salón. Tiene la cabeza clara. No oye ningún zumbido, no hay ningún ruido blanco entre sus oídos. El día va a estar despejado. Eso significa que hará frío.

Tiene una cesta llena de ropa limpia esperándola. Stella la va doblando y dando sorbos en la silenciosa semipenumbra, la única luz es la de la cocina, el día crece lentamente.

Los tablones de la vieja escalera crujen. Mattie se ha levantado. Stella va a la cocina a saludarla con la taza vacía en la mano.

—Buenos días, mi niña. —Sonríe al bajar la mirada hacia ella. Mattie salta a sus brazos y se mueve para que la acune un rato.

—Te quiero, mami. —La voz de su hija de tres años queda amortiguada contra el hombro de Stella, y se mecen juntas durante un hermoso minuto más.

—¿Puedo ver la tele? —Mattie se endereza, despierta ahora ya del todo.

—Claro. ¿Quieres un poco de leche?

La pequeña asiente, y Adam llama desde su cama, como si las oyera y no quisiera quedarse al margen.

Cuando el bebé vuelve a dormir y Mattie juega tranquila en su habitación, Stella se detiene en el fregadero y deja que el agua corra más rato del que debería, porque está caliente y porque así evita que la casa esté en silencio.

Recuerda estar ahí de pie anoche, mientras su marido se preparaba para ir a trabajar.

—Hace ya mucho, Stella —le dijo y la rodeó con un brazo mientras ella fregaba los platos—. Te echo de menos.

Apretó su cuerpo contra la espalda de ella, pero Stella se encogió. Todo su cuerpo se puso rígido como una tabla. Él la soltó y se alejó sin decir una palabra más. Sabía lo que significaba eso y no quería intentar llegar a ella desde la distancia. La dejó allí, sola en su tenso silencio.

Después alguien llamó a la puerta. El sonido le dio un susto de muerte.

Jeff fue a ver. Cuando se dio cuenta de que era la policía, Stella subió a recoger la colada y ver cómo estaba Mattie. No quería enfrentarse otra vez a sus dudas y sus excusas. Pero las voces masculinas encontraron la forma de subir por la escalera hasta llegar a sus oídos.

—Creemos que podría tratarse de la víctima de aquí —oyó que decía el agente Christie—. Dice que venía desde Selkirk Avenue.

—Oigan, Stella ya les contó todo lo que sabe. No creo que pueda hacer más. —Jeff sonaba exasperado.

—Lo sé, señor McGregor, pero hemos pensado que... —empezó a decir el joven, el agente Scott.

El paso de Stella hizo gemir la escalera. Mierda, pensó, y se vio obligada a bajar y enfrentarse a ellos.

—La han encontrado. —Su voz sonó debilísima.

Scott asintió.

—Una chica joven. Encaja con la descripción que nos dio usted.

Stella soltó aire con algo así como alivio. No estoy loca, pensó, no lo estoy.

Es horrible.

—Venía de Selkirk Avenue cuando la asaltaron.

—¿Y la violaron?

—Hay señales de agresión sexual, sí. —Asintió, más amable esta vez. Casi parecía sincero—. La verdad es que no podemos decir más.

Stella se sentó.

—Dios mío...

—¿Hay alguna otra cosa que recuerde, señora McGregor? ¿Le ha venido a la cabeza algo más desde la otra vez que hablamos con usted?

El agente se había sentado frente a ella sin que se lo ofrecieran y la miraba directamente a los ojos. Su rostro parecía iluminado, muy diferente a la vez anterior. Ahora sí la creía, aunque solo porque tenía que hacerlo. Stella no se sintió triunfante. También ella desearía habérselo inventado.

—La chica no está siendo muy cooperativa —intervino Christie desde detrás de ella, sin sentarse—. Dice que no recuerda mucho, así que cualquier cosa que pueda decirnos será mejor que nada.

De repente Stella se sintió tan enfadada, invadida por una furia tan enorme que ni siquiera podía hablar. Se miraba las manos, decidida a no levantar la vista, fingiendo que pensaba mientras se le encendían las mejillas.

—Ya se lo dije —pronunció al fin, cuando fue capaz—. Iban vestidos con ropa negra. No vi ninguna cara.

La sala quedó en silencio. Stella sentía que los hombres cruzaban miradas.

—Bueno, tiene nuestros números si recuerda cualquier otra cosa, señora McGregor. —El agente Scott le ofreció una sonrisa cansada y se levantó—. Recuerde, no importa lo insignificante que le parezca.

Stella asintió en dirección a él, muy agradecida por ese último gesto. Miró hacia atrás, a Christie, que estaba consultando de nuevo su reloj, y a Jeff, que miraba el de la pared.

Cuando los agentes se marcharon, Jeff le dio un beso en la frente.

—Bueno, al menos es algo —dijo. La abrazó un buen rato, pensando que con eso ayudaba. Ella lo dejó hacer.

Después Jeff subió a darle las buenas noches a Mattie, y Stella se quedó allí de pie, temblando de rabia. Quería gritar, pero no sabía por dónde empezar, ni siquiera qué palabras usar. Solo pensaba que quería irse de allí, que todos debían marcharse, a cualquier otro sitio, huir. No quiero estar aquí, pensó Stella, y le dio vueltas y vueltas en la cabeza a esas palabras. No quiero estar aquí. Aquí no.

Jeff se fue a trabajar con una sonrisa insegura lanzada más o menos en dirección a su mujer. Puede que también dijera algo, pero Stella se quedó allí de pie hasta que el bebé empezó a alborotar en su silla, hasta que su hija la llamó. Fue a introducir los números de la alarma, y solo después de eso fue a ver a sus hijos.

Se quedaron dormidos enseguida. A eso de las ocho, la casa ya estaba completamente en silencio. Ella se encontraba bien, tranquila al fin. Lo bastante tranquila para volver a intentarlo.

Marcó el número de Kookom y puso la tetera a hervir. Pensó en todas las cosas que quería preguntar y decir, todas esas cosas normales y las anécdotas graciosas de sus hijos. Kookom de todas formas sabrá que pasa algo, pero las anécdotas le gustarán. A Kookom siempre le han gustado las anécdotas de Stella.

El teléfono sonó y sonó una y otra vez.

No hubo respuesta.

Stella contó diez tonos antes de colgar. Dejó estar la tetera y apagó todas las luces. Se tumbó en su cama, bajo las mantas, tensa como algo muerto que ha estado demasiado tiempo a la intemperie, fría.

Y en algún momento de la noche consiguió dormir el rato suficiente para soñar, se durmió lo suficiente para despertar sobresaltada cuando el pequeño Adam la llamó. Caminó a oscuras para ir a buscarlo, y allí, en la escalera, lo recordó. Dos largas noches atrás. Justo igual que en ese momento.

Cogió en brazos a su bebé, que lloraba, lo calmó, besó su suave cabecita y lo estrechó contra sí. Estaba muy caliente. Miró fuera, hacia la Brecha fría y blanca. La sombra de lo que quedaba de la escena, nada, en realidad, porque ya estaba todo oculto bajo la nieve. El viento golpeaba sus ventanas y las hacía traquetear.

Después de la siesta, Stella saca a los niños fuera. Los abriga bien con su ropa de invierno y deja que la niña arrastre al bebé en su minitrineo. Los dos chillan sobre la nieve.

Con las manos libres, Stella coge la pala y empieza a abrir un paso por entre los altos montículos blancos que se han acumulado en el camino de entrada. Al quedar tan cerca de la explanada abierta, siempre están paleando, haga el tiempo que haga. El viento siempre empuja la nieve hacia su jardín, como una larga mano que intenta enterrarlos.

Consigue abrirse paso hasta la parte de atrás, rodea el cobertizo y regresa otra vez a la fachada delantera. Es un jardín tan largo que palear toda la nieve siempre la deja sudorosa. Cuando termina, estira las extremidades, se quita el gorro y se seca la frente. Sonríe a sus niños, que siguen jugando, pero es una sonrisa que no siente. Mira en dirección al descampado, a los altos montículos acumulados alrededor de su valla. Alargadas curvas de nieve esculpida que conforman toda la longitud de la Brecha y llegan incluso hasta la calle. Los días no muy fríos, como ese, con la nieve brillando de un millón de colores diferentes, la tierra parece hermosa, inofensiva.

En su sueño era de noche. Estaba en Bannerman Avenue con Louisa y Paulina. Habían tirado de sus mangas a cuadros para taparse las manos, sostenían unos vasos gigantescos de Big Gulp de cola y bebían sorbitos de sus refrescos fríos aunque estuviera nevando. El viento les echaba el pelo largo a la cara. ¿Cuántos años tenían? Puede que catorce. No, trece. Fue después de que su madre muriera. Recuerda el dolor en el pecho, así que fue después. Le dolió mucho durante mucho tiempo. El coche frenó despacio para dejarlas pasar, así que ellas cruzaron, deprisa a causa del frío pero despreocupadas, al principio.

—¿Qué coño hace ese tipo? —murmuró Louisa en voz baja mirando al coche, que no se movía, que se quedaba allí parado un buen rato.

Siguieron caminando, temblando, hacia casa. Louisa miró atrás. Por fin el coche se puso en marcha y las adelantó despacio mientras el conductor las miraba. Stella vio unas gafas redondas, una nariz larga. Al principio pensó que era una careta; pero no, aquel tipo tenía la cara así.

—¿Qué hacía ese hombre? —preguntó Paulina.

Todas se pusieron nerviosas a la vez. El coche torció a la derecha por Aikins.

Cuando ellas llegaron a esa calle, otro coche se les acercó, esta vez desde atrás, y pasó junto a ellas de esa misma forma lenta y deliberada. Stella no quiso mirar.

—¿Era el mismo? —preguntó.

La cara de Louisa adoptó una expresión firme, como hacía cuando se ponía seria.

—Atajaremos por el patio de Guy, iremos por allí.

Se colaron por el estrecho callejón que había entre las casas. Allí nadie había paleado la nieve, así que estaba bastante alta. Stella tenía que apoyarse en la pared áspera para no perder el equilibrio. Saltaron la pequeña valla y encontraron el tranquilo callejón trasero. Un coche paró de repente en la bocacalle, cerca de donde habría estado aquel tipo. No esperaron a ver quién era. Echaron a correr y punto.

Paulina tiró su vaso a un montículo de nieve y en ese mismo momento Stella cayó al suelo. Resbaló en el hielo, se golpeó la rodilla contra la nieve dura y se la retorció. El vaso se le derramó en la cazadora, pero ella estiró las manos desnudas hacia el suelo duro para frenar la caída. Louisa tiró de su prima y la puso de pie, y Stella siguió cojeando con un dolor horrible en el tobillo. Intentó correr mientras Louisa tiraba de ella sobre el hielo. En Salter Street, aceleraron cuando los faros de aquel coche se deslizaron tras ellas, pero, al volverse un segundo, vieron que al final no era aquel tipo.

—¡Venga ya! ¿Y he tirado mi Gulp por eso? —soltó Paulina con un suspiro. Después sonrió aliviada.

—¡Al menos tú no te lo has tirado por encima! —exclamó Stella con toda la cazadora manchada de cola.

—Bueno, por lo menos hueles bien. —Louisa rio.

Todas rieron, más por los nervios y por el frío que por otra cosa. Otros faros se deslizaron hacia ellas.

—Venga, vámonos a casa —dijo Paulina justo entonces. Sus palabras sonaron severas. Sonó igual que su madre.

Stella se estremecía de dolor al caminar y se apoyaba en Louisa. No dejaba de pensar: Todo va bien, es una calle transitada, estaremos bien. El coche torció justo delante de ellas por Atlantic, pero siguió hacia Main. Vale, estaremos bien, nosotras vamos en la otra dirección.

Cruzaron Salter y el dolor del tobillo de Stella empeoró. Louisa a duras penas podía cargar con ella.

—Ayúdame, Paulina —pidió, y llevaron a Stella entre las dos, una prima a cada lado.

—Lo siento, chicas. Esto es una mierda —les dijo Stella.

—Solo hay que llegar a casa. Kookom te lo curará —aseguró Paulina hablándole a la manga de Stella.

Esas dos manzanas nunca les habían parecido tan largas. Pasó un coche, luego otro y por fin un tercero, y pensaron que ya podían respirar tranquilas.

Paulina estaba abriendo la verja justo cuando apareció otro par de faros. Todas se quedaron heladas y supieron que era él. El color del coche, que Stella vio entonces, los faros redondeados, y el tipo blanco, alto, de pelo rizado y gafas redondas. Pasó junto a ellas despacio, mirándolas de forma insistente, con ojos lascivos. Stella no conocía aún esa palabra, pero cuando la oyó, años después, supo exactamente lo que significaba. Sus ojos eran «lascivos». Louisa y Stella se quedaron allí quietas mirándolo. Louisa intentó poner cara de dura, pero Stella tenía miedo. Paulina les tiraba de las mangas.

—Vamos, vamos.

Sus primas cargaron con ella para subir los escalones y cerraron de golpe al entrar.

—¿A qué viene ese portazo? ¡Venga ya! —gritó la tía Cheryl desde el salón.

Las chicas arrastraron a Stella hasta la cálida sala y la dejaron en el sofá.

—¿Qué narices habéis estado haciendo? —La tía Cheryl alargó la mano hacia su joven sobrina.

Stella fue a quitarse el zapato, pero se estremeció con un dolor enorme y rojo.

—Se ha torcido el tobillo —explicó Louisa.

—¿Te has caído? —Cheryl señaló con la cabeza la cazadora manchada de Stella mientras se arrodillaba para quitarle el zapato.

Stella asintió, pero sin dejar de resoplar por el dolor.

—No pasa nada, no pasa nada. —La tía Cheryl le desató con cuidado los cordones de la zapatilla de deporte, sus dedos cálidos ardían sobre la piel inflamada de Stella—. Louisa, tráeme un poco de hielo.

—Pero si está congelada... —le discutió Louisa, aunque de todas formas fue a buscarlo.

—No importa. —La tía Cheryl tiró de la zapatilla mientras Stella gritaba—. ¡Y pon la tetera a hervir!

Stella lloriqueó un poco, casi sin hacer ruido, claro, intentando disimular.

—No pasa nada, mi niña. ¿Qué ha ocurrido?

La tía Cheryl se parecía mucho a su madre. Tenían los mismos ojos, aunque los de Cheryl eran de otro color, más claros. Tenía el pelo casi rojo, mientras que el de Lorraine era negro azabache.

Stella quería llorar, pero se sentía como una niña pequeña.

—Un tipo baboso nos estaba siguiendo —soltó Paulina.

Louisa regresó a la sala con un paño lleno de hielo y fulminó a su hermana con la mirada.

—Un viejo en un coche amarillo. —Paulina solo tenía doce años.

—¿Qué? ¿Y qué os ha hecho? —La tía Cheryl las miraba a una y a otra, su mirada suave se había endurecido—. ¿Louisa?

—No ha sido nada —empezó a decir su hija mayor.

—Y una mierda que no ha sido nada. ¿Qué ha pasado? —No dejaba de mirarlas.

Nadie decía una palabra. Stella se retorció con la esperanza de conseguir que la pierna le mejorara de algún modo.

—Era solo un viejo baboso. No nos ha hecho nada. Solo nos ha seguido. —Paulina intentaba mejorarlo sin dejar de mirar a Louisa.

—¿Louisa?

—Ha sido... Es que... Nos hemos asustado, nada más. —Esta vez el tono de Louisa fue suplicante.

—Y una mierda —volvió a decir la tía Cheryl, que cogió el hielo envuelto en el paño de cocina para ponérselo a Stella en el tobillo.

Stella recuerda que las manos de su tía fueron delicadas a pesar de que estaba furiosa. Cheryl tiró de la mesita que tenía delante y apoyó el pie de Stella en ella con una sonrisa. La clase de sonrisa que siempre tenía para Stella, por lo menos desde que murió su madre. Entonces se volvió hacia sus hijas y su rostro se endureció otra vez.

—Joder, voy a llamar a la policía.

—No, mamá, no llames, no ha sido nada —volvió a protestar Louisa y siguió a Cheryl hasta la cocina—. No te pases.

Stella se quedó allí sentada y Paulina se apoyó en el marco de la puerta con la cabeza gacha. Louisa se lo haría pagar después. Si había algo que Louisa detestaba, era hacer una montaña de un grano de arena.

—¿Estás bien, Paulina? —Stella miró a su prima pequeña.

—Sí —respondió ella, despacio—. Louisa se va a mosquear.

Stella asintió. Se oía el televisor; una película alegre, de esas que le gustaban tanto a su tía.

En la otra habitación, la voz de la tía Cheryl subió de volumen mientras hablaba por teléfono.

—¿Oiga, policía? Han seguido a mis hijas. Un pervertido que va babeando por el barrio. —El cable del teléfono se tensaba mientras ella paseaba arriba y abajo.

Louisa se apoyó en la encimera con cara de exasperación.

—¡Pues un pervertido! —exclamó Cheryl. Si había algo que a Cheryl se le daba bien era hacer una montaña de un grano de arena.

Mattie la llama. Stella se ha quedado allí plantada a pesar del viento, y el bebé, que se ha caído del trineo, llora en la nieve. Sus piernecitas enfundadas en el mono de invierno patalean como si fuera una tortuga vuelta del revés. Stella contiene una risa.

El niño deja de llorar enseguida, pero ella sigue abrazándolo, no está lista para soltarlo. Es tan cálido...

Sí, la tía hizo una montaña de un grano de arena. Tuvieron que quedarse todas despiertas hasta tan tarde que Kookom se levantó de la cama y preparó té. Kookom siempre preparaba té. Le dio a Stella una taza con un montón de leche y de azúcar, como le gustaba a ella, y Paulina se quedó dormida abrazada a su madre, porque todavía era una niña pequeña. Pero las demás no se durmieron. Esperaron a que llegara la policía. Cuando por fin se presentaron los agentes, Kookom estaba roncando y sonaba la música de *La familia Monster*, porque ya era así de tarde. Paulina se despertó y todas contaron varias veces lo ocurrido. Louisa lo contó como si no estuviera asustada, y seguramente ya no lo estaba, a esas alturas.

Los polis le dijeron a la tía Cheryl que quizá no debería dejar ir a las niñas solas hasta la tienda, como si con eso se arreglase todo.

Cuando se marcharon, la tía se quedó un rato en la puerta, con la mano en el pomo como si fuese a salir corriendo tras ellos.

Kookom le dio unas palmaditas en el hombro.

—Muy bien. Venga a la cama, las tres —les dijo a ellas.

Louisa ayudó a Stella a subir la escalera cojeando, y su tía aún seguía allí de pie, mirando la puerta con la cara encendida de rojo y lágrimas de rabia.

Cuando el bebé duerme la siesta y Mattie está entretenida con un chocolate no muy caliente y la tele, Stella va a por el teléfono y vuelve a intentarlo. Solo dos tonos esta vez. Respira hondo, muy hondo.

—¿Diga?

—Hola, Kookom. Soy Stella.

—Hola, mi niña. —La voz de Kookoo es amplia y abierta, como siempre, pero ¿también triste? Puede ser.

—Hola, Kookom. ¿Cómo estás? —La voz de Stella es tensa pero calmada. La de Kookom siempre consigue emocionarla.

—Ay, mi niña. Estoy bien. Yo estoy bien. ¿Cómo estás tú? —La voz de Kookom es tan grande como un suspiro.

—Muy bien, Kookoo. ¿Cómo te encuentras? —Stella limpia la encimera y recoge mientras habla, distrayéndose para no llorar.

—Ay. Vieja. Nada nuevo por aquí —dice Kookom sin más—. ¿Cómo están tus niños?

—Bien. —Stella se traga los nudos que nota en la voz—. Grandes. El pequeño Adam ya se tiene él solo sentado. Es un bebé gordito. —Se calla—. Tenemos que ir a verte pronto.

—Sí, es verdad. —Kookom no se anda con rodeos.

—Bueno... —Stella de pronto se siente perdida—. Y ¿va todo bien? Se te oye triste.

—Ah, bueno —empieza a decir Kookom—, es terrible. Emily, la niña de Paulina. ¿Te acuerdas de Emily?

—Claro.

—La han agredido, Stella. La han violado. Es terrible, algo espantoso, terrible. —La anciana suena muy frágil, le tiembla la voz.

—¿Qué?

—Fue a una casa. A una fiesta. Un edificio de Selkirk. Allá, en el otro lado de McPhillips. Y esa gente, esos hombres horribles la agredieron.

Stella siente que le falla todo el cuerpo. Le fallan las piernas, tiene que sentarse, pero solo tiene el suelo. Cae sobre él. El estómago es lo último en caer.

—Oh. —Su voz es minúscula.

—Ya lo sé. Pobre niña. Es tan buena niña. Todavía está en el hospital. Tenía cristal metido dentro. La violaron con una botella de cerveza. Una botella de cerveza. ¿Te lo imaginas? Esa pobre niña, pobrecita. Tiene trece años. ¡Trece!

Ahora Stella sí lo nota. Está temblando. Quiere aullar y dar un puñetazo contra algo y hacerse una bola y morirse. Al final masculla algo como «Vaya» e intenta llorar en voz baja para que Kookom no la oiga.

Su abuela no parece darse cuenta y sigue hablando.

—Tendrías que pasar por aquí, hacerme una visita. Ven a casa, mi Stella. Por favor.

Stella respira una y otra vez, intentando recobrarse. Un pánico repentino la despierta.

—Iré, Kookom. Iré.

—Quiero verte, Stella. —Ahora Kookom llora. Ella no llora nunca. Se la oye muy anciana y pequeña. Nunca le había pedido nada.

Stella oye un golpe en la planta de arriba y un aullido de Mattie.

—Ay, Kookom, lo siento. Mattie se ha caído. Está llorando, Kookoo. Tengo que colgar. Iré a verte. Iré.

—Está bien. Está bien. No te disculpes. —La voz de Kookom casi es normal otra vez—. Vuelve a llamarme.

—Vale. Sí. Te quiero —dice Stella, distraída.

Kookom está diciendo algo, pero Stella cuelga demasiado deprisa y no lo oye. Mira un segundo al teléfono, el espacio vacío donde antes estaba Kookom, pero tiene que ir a ver a Mattie. La niña se agarra la cabeza. Sus ojos color avellana son un manantial de lágrimas, junto a ella hay una silla pequeña volcada. Stella envuelve a la niña con sus brazos y la estrecha contra sí. Las dos tiemblan y lloran un buen rato.

Cuando colgó tras hablar con el 911, dejó al bebé en la cuna. El niño lloraba y lloraba, pero ella lo dejó. Corrió escaleras abajo, pero entonces se quedó quieta, paralizada en la cocina. Sabía que los atacantes habían huido, pero podían regresar, y la mujer estaba allí tendida, desnuda de cintura para abajo, tal vez muerta, tal vez viva. Tal vez necesitaba ayuda. Pero Stella se quedó allí, mirando fijamente su puerta trasera, incapaz de abrirla. Se quedó quieta y recordó algo en lo que no pensaba desde hacía mucho tiempo.

Metió los pies en las grandes botas de trabajo de Jeff, pero Adam lloraba. Abrió la puerta, pero la alarma la detuvo. Sonaba y sonaba y ella no conseguía marcar bien los números, sus dedos temblaban sobre los botones, tantísimos botones.

—¡Mamá! —llamó Mattie, despierta.

—No pasa nada, cielo —consiguió decir ella—. Vuelve a la cama. Enseguida subo.

—Adam está llorando.

—Ya lo sé, cielo. Déjalo que llore. Tengo que... Enseguida subo.

Abrió la puerta y se detuvo otra vez. La mujer se había sentado, sola. Emily se había sentado sola en la nieve, se subía los pantalones. Pero Stella se la quedó mirando sin hacer nada, miró a Emily a través del cristal de la contrapuerta, empañado por el frío. La luz de las farolas iluminaba a la niña, que se encogía y tiraba de su ropa y por fin levantó la cabeza hacia el cielo. La nieve caía en silencio a su alrededor.

Stella se detuvo una vez más, con el frío pomo en su mano temblorosa.

—¡Mamá! —Mattie estaba disgustada. Adam se ponía cada vez peor. Stella nunca lo dejaba llorar tanto rato—. ¡Mamá!

—Está bien, está bien.

Sacudió la cabeza. Sabía que debía hacer algo, no sabía qué hacer. ¿Qué podía hacer?

Vio a la mujer, a la niña, a Emily, vio cómo se levantaba, despacísimo, y caminaba coja. Por un instante su rostro quedó iluminado por la luz y la nieve que danzaba a su alrededor, y Stella quiso gritar.

Pero no lo hizo. Solo se quedó ahí de pie.

Ya estaban llorando sus dos hijos. Desconsolados, escandalosos. Sus voces tiraban de ella con tanta fuerza como si fueran manos. El teléfono, callado, aún en su mano. La policía llegará pronto, pensó. La policía ayudará a la mujer, a la niña. A Emily.

Se quitó las botas de Jeff y subió corriendo las rechinantes escaleras hacia sus hijos, que gritaban.

Louisa

La casa está a oscuras cuando vuelvo, el brillo verde azulado del videojuego de Jake es la única luz que se ve dentro. Sus pitidos y sus voces resuenan desde los auriculares de mi hijo. Órdenes. Sus hombros se sacuden siguiendo los movimientos de la pantalla, pero no dice ni una palabra.

—Eh. —Mi voz suena muy lejana.

—Eh. —Sacude la cabeza en dirección a mí.

—¿El pequeño se ha dormido bien? —Me dejo caer en el sofá con la chaqueta puesta y pienso en quedarme dormida ahí mismo. No estaba tan cansada hace un minuto.

—Sí. —Una de sus habituales respuestas de monosílabos, pero también hay algo nuevo en su voz. Un dejo cortante.

Asiento, aunque no puede verme, y me quedo sentada un minuto más a mirar cómo juega. Las voces de sus auriculares suenan amortiguadas y exigentes.

El día entero se me viene encima como un peso; igual que el agua, llega en pesadas oleadas y luego se retira. ¿Qué más puedo hacer? Emily está sedada y es probable que duerma hasta mañana por la mañana. Paulina está bien acomodada en un catre entre Emily y Pete. Mi madre se ha llevado a Kookoo a casa. A Ziggy le han dado el alta después de ponerle puntos en la cara.

He vuelto en taxi con Rita y sus hijos. Rita estaba fuera de sí, la verdad, y yo quería asegurarme de que llegaran bien. El trayecto ha sido inquietantemente silencioso. Yo iba sentada delante, junto al conductor, pero no hacía más que mirar atrás por si podía hacer algo. Buscando una forma de ayudar. La carita de Ziggy era toda vendajes blancos. Tenía los ojos empañados por la medicación. Estaba derrengada, apoyada en su madre, que solo hacía que abrazarla con fuerza, y miraba al frente. Sunny no decía ni una palabra. Miraba por la ventanilla. Su joven rostro parecía haber envejecido.

A todos nos han roto de una u otra forma.

—¿Has comido algo? —le pregunto a mi hijo desde el otro lado del gran abismo.

Él mueve la cabeza como para negar y la luz le da en los ojos, inyectados de sangre y escocidos. Un rojo intenso emborrona los contornos de sus preciosos ojos castaños. Tiene la tez pálida de dolor. Lo veo solo un segundo, pero después lo encuentro en todas partes. Está por toda la habitación.

Me agacho detrás de él y, con mis brazos metidos aún en la chaqueta, envuelvo a mi niño largo y esbelto y lo estrecho con fuerza. Aprieto la cara entre sus omóplatos huesudos y aguanto mientras él intenta llorar haciendo el menor ruido posible. Sus manos caen inertes. El juego sigue emitiendo pitidos.

Al final nos separamos, cada uno en un sofá. Yo lo arropo con mantas finas y él deja que se las remeta para taparle bien los pies. Pone una película, luego otra. Yo voy dando cabezadas en el otro sofá. Los sonidos y los personajes van pasando mientras nosotros intentamos dormir. Pienso en los labios pálidos de mi sobrina, en su piel como de papel. El cuerpo trémulo de mi hermana encorvado sobre su niña, los brazos echados sobre ella con delicadeza. La cara de mi madre estaba roja, húmeda y como plegada sobre sí misma. Mi abuela, mi Kookom, estaba calladísima. Mañana todos tendremos que asegurarnos de que está bien.

Me quedo dormida y despierto pensando en otra cosa. En esa última visita que hice el viernes... ¿Fue solo el viernes? La señora Luzia sirviéndonos más té mientras charlábamos. Sus niñas de acogida sentadas a la mesa con desgana. Tenía a dos. Una de ellas, Destiny, tenía un expediente que era como leer una ficha policial. Era la clase de chica que iba constantemente con moratones pero, aun así, sacaba la mandíbula desafiando al mundo, como pidiendo que volviera a golpearla. Y la otra, Cedar-Sage, aun con las mismas vivencias, el mismo dolor, estaba allí sentada como una tortuga, encorvada sobre sí misma como preparándose para soportar el siguiente ataque. Esas son las dos formas que tenemos de ir por el mundo, creo. Yo siempre he intentado ser como Destiny, llevar la cabeza alta y tirar para adelante. No sé si siempre lo he conseguido, pero sí he estado dispuesta a luchar. Paulina siempre ha sido más como una tortuga. Ella parece la más protegida de las dos. O, al menos, antes era así.

Me levanto antes que el pequeño y decido preparar el desayuno. Reparto el beicon en la bandeja del horno. Hago muchísimas tortitas, de más, para llevar algunas a Pete y a Paulina, e incluso a Emily, si le apetecen. Siempre le han gustado mis tortitas. En cierto modo, el acto de preparar comida siempre nos transmite la sensación de estar haciendo algo cuando somos incapaces de hacer nada más. Le envío un mensaje de texto a Paulina y le digo que me acercaré después de dar de desayunar a mis hijos.

Jake se sienta y coge un plato, pero ni él ni yo hacemos más que toquetear la comida. El pequeño come un poco y luego se tumba boca abajo en el suelo, apoyando la barbilla pegajosa en la palma de la mano, igual que el otro día. Igual que cualquier otro día.

No dejo de echarle miradas a mi hijo mayor, aunque intento contenerme. Sé que quiere hablar, quiere decirme algo. Su rostro es una máscara de dureza. Intenta ser un tipo duro. Yo solo puedo mirarlo de reojo. Tengo la espalda contra el reposabrazos del sofá, puedo volverme hacia el televisor o mirar por la ventana, pero no puedo mirar a mi hijo adolescente y no puedo ser la primera en hablar. Así es como funciona. Si digo algo antes, lo estropearé todo. Tengo que esperar a que empiece él. Toqueteo la comida y finjo mirar el programa y la calle. Los ojos se me van hacia Jake, pero solo cuando no puede verme.

—Creo que sé adónde fueron —dice por fin.

—Ah. —Hago la palabra todo lo corta que puedo. La luz de la mañana es tirando a gris y no ofrece ninguna calidez.

—Ese tipo, Bishop, vive por allí, y todo el mundo va siempre de fiesta a su casa. —Deja el plato y se cruza de brazos.

—¿Quién es todo el mundo? —Bajo la mirada y toqueteo mi comida. Aún no puedo mirarlo.

—Su gente. —Los estrechos hombros de Jake se encogen.

No le insisto por ahí. Está omitiendo cosas a propósito.

—¿Tú has ido alguna vez? —Es todo cuanto pregunto.

—Qué va. Sunny y yo no estamos metidos en esa mierda. Son movidas bastante gordas. —Se le pone la cara roja otra vez. Se tapa con la capucha negra y se reclina.

Espero un momento.

—¿Y cómo acabaron allí Emily y Ziggy?

—Alguien debió de decírselo, supongo. O fueron ellas y ya está.

No hablaría si no le apeteciera, pero no quiere que sea nada sentimental.

Entonces se me ocurre algo.

—¿Crees que fue adrede? ¿Que querían iniciarse o algo así?

—Las chicas no se inician, mamá. —Su barbilla adopta una mueca de sonrisa triste. También ahí le veo vello oscuro, igual que en el labio superior. Mi chico ya es casi un hombre.

—Bueno, y ¿qué pasa con las chicas? —Dejo mi plato en el suelo, las tortitas están frías y toqueteadas. Las migas húmedas han absorbido el sirope marrón, que ya se endurece.

—Pues..., no sé, entran con s-e-x-o. Eso hacen. —Agita las manos, como si no resultara traumático decir algo así. Ha deletreado la palabra para que el pequeño ni siquiera note que su hermano está diciendo lo peor de todo lo que podría decir.

Yo tardo un minuto en tragar.

—¿Crees que eso es lo que pasó?

—No lo sé. Tampoco..., no sé, no tiene ningún sentido. —Sus manos desaparecen debajo de la capucha, frotan su rostro cansado, casi de hombre. Se endereza, me mira a los ojos. Como un adulto—. No sé, conozco a chicas que lo han hecho, o lo hacen, pero es porque ellas quieren, ¿vale? No es que allí fuercen a nadie para hacerlo.

—Ah.

—Es la forma de entrar. Es así o nada. —Hace una pausa—. Al menos eso es lo que he oído. Y no veo a Emily ni a Ziggy yendo a buscar nada parecido. Esas dos no tienen ni idea de todo ese rollo. Pero es que ni idea.

Nos quedamos callados un buen rato.

—Llevas razón —digo yo, aunque tengo muchísimas preguntas—. No parece algo que harían Emily y Ziggy.

Él solo se encoge de hombros.

—Me pregunto por qué fueron allí, entonces. —Es lo único que digo.

Él vuelve a repetir su gesto, y sé que el momento ha pasado. Mi chico se levanta y deja el plato en el fregadero sin preguntarme siquiera. Se yergue y levanta la cabeza bien alta, como hago yo. Le saca la barbilla al mundo, como yo.

Lo miro con orgullo, al principio. Después ya solo con un miedo espeso.

Pienso en Gabe por primera vez desde hace horas, quiero que venga a casa, que se ocupe de los niños y me ayude a convencerlos de que todo irá bien. Pienso en decirle a Jake que lo llame para que Gabe pueda hablar con él como él sabe, y así mejore las cosas. Pero me freno antes de decir nada en voz alta. Gabe aún no ha llamado. Se marchó el jueves, ya es domingo y no ha llamado ni una vez.

La habitación está llena cuando llegamos al hospital. No he podido impedir que Jake viniera, y el pequeño es un buen bálsamo para todo el mundo. Se sienta en el regazo de Kookom. Jake saluda a sus abuelas y va directo a Emily, que tiene la cabecera de la cama algo levantada. Su cara ofrece mejor color esta mañana. Hablan muy juntos y ella sonríe. Paulina se aparta de su hija por lo que parece la primera vez en toda la noche. Yo lleno un plato de poliestireno con comida para Kookoo y se lo corto todo, igual que he hecho para el pequeño. Ella mordisquea con delicadeza y lo comparte con él. Mi madre y Paulina no comen nada, y yo no insisto.

—¿Dónde está Pete? —pregunto a mi familia.

Mi madre mira de aquí para allá.

—Ha ido a hacer limpieza.

—Ah. —No digo más porque mi madre es como mi hijo y voy a tener que esperar.

—Voy a buscar un café. ¿Alguien quiere uno? —Paulina se estira y saca su cartera.

—Puedo ir yo —ofrezco.

—No, necesito estirar las piernas. —Mira hacia Emily, que mira a su primo. La boca de mi hermana dibuja una delgada línea donde antes habría habido una sonrisa.

Una vez que se ha marchado, mi madre me saca al pasillo. Todavía oigo a Kookom cantarle una vieja canción al niño. También a mí me tranquiliza.

—¡Está destrozada! —A mi madre no hay forma de tranquilizarla—. Tu hermana está hecha polvo, joder.

Mi madre siempre pone mucho entusiasmo en afirmar lo obvio.

—Pues claro que lo está, mamá. ¿Cómo quieres que esté? Tú también estarías hecha polvo. Estás hecha polvo.

—Joder, pues yo no sería tan educada ante esas lamentables excusas de mierda de los médicos, ya te lo digo.

—¿Qué ha pasado?

—Quieren darle el alta. A ella. A Emily. Después de todo lo que ha pasado, quieren darle el alta hoy mismo. O quizá mañana, han dicho. Quizá. Quieren librarse de ella ya, ¿te lo puedes creer?

—Bueno, tienen que darse prisa, mamá. Si el médico dice que está bien para irse, es que estará bien. —Quiero alargar el brazo, ponerle una mano sobre el suyo o algo así, pero mi madre, destrozada, se resistiría, y eso nos dolería a ambas.

—No me lo creo. Solo intentan echarnos de aquí.

—¿Por qué iban a hacer eso, mamá? —En lugar de alargar los brazos, los cruzo en el pecho.

—Porque es lo que hacen siempre. No les importa.

Me la quedo mirando un rato, mi pobre madre y todo lo que ha tenido que sufrir. Cómo debe de sentirse con esto.

—Esperemos a ver qué dicen los médicos, ¿vale?

Ella pone una ligera cara de burla y mira pasillo abajo. Hay pitidos y ruidos por todas partes. También el olor se mete por todos los resquicios. Kookom empieza otra canción.

Pienso en mi tía y en cómo murió. En lo que deben de estar pensando ahora mi madre y mi abuela. Aquí, en el hospital, el mismo hospital que quiere darle el alta a su niña, su otra niña.

—Ni siquiera le dieron ningún tratamiento, la echaron directamente a la calle. Ni la examinaron, pensaron que era otra borracha más y no se preocuparon por ella —dice mi madre en voz baja. Ahora habla de su hermana, siente a la vez la pérdida de su hermana y el dolor de su nieta.

—Ya lo sé, mamá. Ya lo sé. —Puedo verlo, el cuerpecillo flaco de mi tía y su hermoso rostro, sucio y desgastado. Al final tenía siempre una expresión dura, como si su piel hubiese quedado grabada y tallada en un único gesto roto—. Pero sí han cuidado de Emily. Están cuidando de Emily.

—Ya lo sé, ya lo sé. —Asiente una y otra vez. Lo sabe pero no lo sabe.

Alargo el brazo y le pongo la mano en el suyo; ella me lo permite. Sé que ha estado pensando mucho rato acerca del hospital y acerca de ese miedo conocido.

Paulina regresa con una bandeja de cafés. Sabe cómo nos gusta el café a cada uno, siempre acierta. Me acerco a Emily para mirarla un buen rato. Ella me mira sonriente, con una sonrisa de disculpa que me hace querer llorar otra vez. Jake se va con mi madre, que acompaña a Kookom a su casa y quiere pasar a ver cómo está Rita. Ziggy ha dormido bien y parece que se encuentra mejor. Se supone que todo el mundo se está recuperando.

El médico entra y quiere hacer otra prueba, por si hay infección, pero dice que Emily debería poder volver a casa mañana. Y que todo está mejorando. Curando. Pete vuelve de limpiar su camioneta. Mi madre le ha traído mantas extra, mantas para extender por encima de todas las manchas de sangre que no ha podido quitar de la tapicería. Las mantas viejas, como las llama ella, raídas, de parientes desaparecidos y olvidados.

Me siento por ahí y espero a encontrar algo que hacer. Tengo a mi niño en el regazo y le leo viejos cuentos gastados mientras esperamos. Al final el pequeño bosteza y Pete dice que puede llevarnos a casa. Le estoy poniendo el traje de nieve al pequeño cuando suena el teléfono de Paulina, que sale al pasillo para contestar. Pete no levanta la vista. Sigue con la cabeza gacha, mirándose las manos dobladas; están callosas y las lleva limpias, pero en las grietas secas se acumula la suciedad del trabajo. Sus uñas son pequeños tocones gastados.

Paulina entra otra vez con un soplido.

—La policía viene de camino. —Le tiembla un poco la voz, y todas nuestras espaldas se tensan colectivamente.

Pete saca un poco la mandíbula. Es un gesto mínimo, pero no se me escapa. Le quito la bufanda al pequeño.

—Puedo quedarme —digo sin que me pregunten.

Paulina

El viento recoge la nieve y golpetea en la ventana. Paulina se sienta junto a su hija cuando los dos agentes de policía entran en la habitación. Se inclina hacia ella, examina a la niña un momento para asegurarse de que está a salvo y todo lo bien que puede estar. Emily parece muy pequeña, toda ella. La cama está levantada, pero sus hombros se hunden en las almohadas. Su cara parece minúscula, sus heridas resultan más grandes aún. El hematoma de debajo del ojo se le ha oscurecido y el corte del labio se le ha hinchado bajo la gasa. Paulina se siente inútil y desprotegida. Todavía puede oler la sangre. Ese aroma denso y metálico lo tapa todo cada vez que se frota la nariz, y tiene la nariz roja y escocida de tanto frotarse. Su cuerpo está entumecido de llevar tantas horas sentada, pero ahí sigue, apostada entre esos hombres uniformados y su niña.

—Bueno, empecemos otra vez por el principio. —Scott abre su libretita con un solo gesto y acerca una silla a la cama—. O sea que tu amiga Zegwan y tú fuisteis a una fiesta en una casa de Selkirk Avenue, ¿es así?

Emily parece sobresaltada, pero asiente bajando la mirada.

Paulina alarga el brazo para asir la mano de su niña con toda la suavidad de la que es capaz. Louisa, en el sillón, no dice una palabra.

Tiene al pequeño en su regazo, jugando a un juego del móvil, que también está silenciado. Pete no ha regresado todavía. No ha subido. Ha dicho que iba a buscar algo de comer, más comida que no se comerán.

—¿Te invitó a ir algún compañero de clase? —pregunta Scott.

Christie está allí al lado, de pie, apoyado en la pared, observando. Emily no aferra la mano de su madre, solo deja que le tome la suya.

—¿Emily? —insiste el agente.

—Sí —dice ella al final—, supongo.

—¿Recuerdas la dirección?

Emily niega con la cabeza, despacio, con dolor, y susurra un débil «No».

Scott suspira como si no la creyera.

—Vale, bueno... —Y lo intenta otra vez—: De todas formas ya volvías a casa, ¿desde algún edificio de Selkirk?

Emily asiente.

—¿Y te asaltaron desde atrás?

Otro asentimiento de cabeza, más pequeño, como un eco del primero.

—¿No sabías que iban a por ti?

Emily niega despacio con la cabeza. Paulina sabe que algo no va bien, siente que la tensión crece de nuevo en sus hombros. Su hija está cada vez más hundida. Intenta ocultar algo.

—Pero, Emily... —El agente joven se inclina hacia ella con los brazos cruzados sobre la cama, demasiado cerca de las piernas de Emily—. ¿Por qué quisiste atravesar ese descampado? Allí la nieve llega hasta las rodillas.

Paulina no se da cuenta de lo que está pasando hasta que Emily abre mucho los ojos y vuelve la cabeza para evitar mirarlos a ninguno de ellos. Su madre no le suelta la mano y nota que su hija se echa a llorar, aunque la niña intenta ocultar su rostro descompuesto. Sabe que Emily no quiere venirse abajo delante de esos desconocidos. También sabe que su hija ya no puede evitarlo. Todos están igual, ya no son ellos mismos, son como sombras, están vueltos del revés.

Paulina desliza la mirada desde la mano de su hija hasta su nuca. Tiene mucho miedo. Oculta algo.

Louisa se mueve despacio por la periferia de la habitación. Deja al pequeño en el sillón y se acerca a la cama. Pete sigue sin llegar. Él quería que buscaran un abogado, para asegurarse de que la policía hace todo lo que se supone que debe hacer.

—Tenemos que ir con cuidado, Paulina —le dijo en la oscuridad de la habitación de hospital de Emily, anoche, mientras estaban tumbados en el incómodo catre que la enfermera había preparado para ella—. Se aferrarán a cualquier cosa que digas. Esto puede ponerse feo muy deprisa.

—Pero es Emily. ¡Emily! —exclamó ella—. Me importa una mierda lo que hagan, mientras ella no sufra más. ¿Y si esos tipos vuelven? ¿Y si le hacen daño otra vez?

Paulina se puso a sollozar sin control. Se le escapaba un llanto torpe, aunque ella intentaba con todas sus fuerzas no hacer ruido. Sentía como si estuviera aullando contra el pecho de él, y se apretó más aún. Pete no iba a quedarse pero al final lo hizo, todo lo que pudo.

—Tú ten cuidado, Paulina. Ten mucho cuidado. —Sus palabras sonaron con suavidad mientras ella calmaba su llanto y volvía a escuchar la respiración de su hija dormida y los pitidos de los monitores.

Se aferró a él durante un buen rato. Seguía dudando de él, seguía preguntándose por qué quería él que tuviera tanto cuidado, pero aun así lo abrazó mucho rato. Todos los qués y los porqués se mezclaban en su cabeza y ya nada tenía ningún sentido.

—Iba a casa de Ziggy, de mi amiga Ziggy. —Emily se vuelve y por fin contesta a los policías, casi desafiante.

—¿Por ese descampado? —Las cejas oscuras del joven se levantan.

Ni siquiera Paulina se cree esa historia.

Emily asiente con inseguridad. Su madre siente crecer el pánico.

—Está bien, empecemos de nuevo —vuelve a decir el agente y comprueba su libreta—. Fuiste allí para ver a un chico, que se llama Clayton, ¿es así? —Pone énfasis en el nombre, Clayton, como si significara algo.

A Paulina le sorprende oír ese nombre. Es la primera vez que lo oye. Clayton. El nombre se repite en su cabeza sin que le suene de nada. Clayton. Es como si caminaran en círculo y cada vez recogieran algo nuevo que solo lo vuelve todo más confuso aún. Emily mira al agente con los ojos muy abiertos, sorprendida también.

—¿Sabes cómo se apellida Clayton, Emily?

La chica sacude la cabeza, desesperada, y mira a su madre en busca de ayuda.

—Pero vas a clase con él, ¿verdad? —insiste el joven agente.

—¡Él no ha hecho nada malo! —exclama Emily levantando demasiado la voz.

Louisa alarga una mano y se la pone en el hombro a su sobrina. Parece que va a decir algo, su cara de trabajadora social se endurece, pensativa, pero se queda callada.

—Solo necesitamos que nos confirmes esa información, Emily. ¿Vas a clase con él? —También Scott levanta la voz.

—¡Él ni siquiera lo sabe! —Emily tiembla.

Paulina lo nota; la mano de su hija se queda helada antes de apartarla.

Louisa, al otro lado de la cama, mira a Paulina con esa expresión firme que ella supuestamente debe entender, pero su hermana no la mira a los ojos. Vuelve a ponerse tensa. Un chico. ¿Qué chico?

—Solo queremos hablar con él, Emily, nunca se sabe...

—Pero él no... —Emily no termina.

Paulina solo piensa eso. Un chico. Un chico malo, un chico cruel. Eso le cuadra. Ha conocido a chicos crueles.

—¿Te refieres a Clayton, el hijo de Jesse Spence? —Pronuncia esas palabras antes de haberlas pensado.

Emily niega con la cabeza, esta vez más deprisa, y le suplica a su madre con la mirada. Está ocultando algo. Louisa profiere un sonido y Paulina sabe lo que significa, pero no puede oírlo del todo. La cabeza le va demasiado deprisa; se ha arrepentido de sus palabras al instante.

El policía joven se vuelve hacia ella.

—¿Usted conoce a ese chico, Paulina?

—Creo que sí. —Sus palabras son como pisadas lentas, y quiere tragárselas a medida que las dice—. Tal vez. No sé.

—Ha dicho Jesse. ¿Quién es Jesse? —tercia Christie, el mayor. También él está excitado.

—Ni siquiera sé si llama así. —Paulina se desdice lo más deprisa que puede—. No lo sé. El chico en el que estoy pensando solo tiene quince años. Si llega.

—Ha dicho Spence, ¿verdad? —vuelve a preguntar el hombre.

—Si es el chico que creo... No lo sé. —Las palabras se le caen y ella intenta mezclarlas con otras palabras—. O Sinclaire, tal vez, no sé.

Los policías parecen satisfechos. Paulina se calla, aprieta los labios. Levanta la mirada. Tanto su hermana como su hija la miran fijamente.

El agente joven se levanta. El mayor tiene una expresión cada vez más engreída en la cara. Están diciendo más cosas, pero Paulina solo oye sus palabras a medias. En contacto. Hablarán pronto.

¿Qué he hecho?, es lo único que puede pensar.

Vuelve a sentarse y sus ojos se encuentran con los de su hermana. Louisa parece a punto de decir algo, luego cambia de opinión.

¿Qué he hecho?

Paulina conoció a Pete en el Briar Pub hace algo más de dos años. Era un hombretón con una camiseta blanca y ella lo vio entrar, pero bajó la mirada para evitar sus ojos. Louisa estaba con ella, y Rita bailaba viejas canciones country. Sus piernas delgadas se doblaban al ritmo de la música, se sabían todos los pasos. Paulina siempre quiso bailar así pero nunca aprendió. Estaba sentada junto a la barra dando sorbos a su segundo whisky con cola. Nunca le había gustado el sabor, solo el valor y la actitud que parecía transmitirle.

—¿Puedo invitarte a otra copa? —Él estaba a su lado, pero ella solo fue capaz de mirarlo a medias. Tenía una voz profunda, parecía agradable y tímido. Tampoco él la miraba directamente.

Sin embargo, Paulina asintió con todo el falso valor que se había bebido, y el rostro de él se suavizó y su sonrisa se curvó un poco más. Olía muy bien. Por fin ella fue capaz de levantar la mirada hasta arriba del todo, pero se le olvidó sonreír.

También él se relajó un poco y se apoyó en la barra. Sus antebrazos desnudos se estiraron, gruesos y largos. Le hizo unas cuantas preguntas amables, y al final ella ni siquiera tuvo que recordarse sonreír. Sabía que no debía confiar en él pero lo hizo, casi al instante.

—No debería haber dicho nada —repite Paulina de nuevo, cuando entra en su dormitorio todavía con cajas por desempaquetar.

Pete la ha llevado a casa para que pueda ducharse, cambiarse de ropa y ponerse algo limpio y cómodo. Louisa se ha quedado con Emily, que ha fingido que volvía a dormir. Sus pequeñas pestañas estaban mojadas y sus vendajes ocultaban un mohín. Las bolsas de papel con la comida se han quedado sin abrir en la mesita auxiliar.

Pete se sienta en la cama sin apartar los ojos de Paulina. Ella todavía se desviste y se viste deprisa cuando él está en la habitación.

—Todo irá bien. Seguramente solo lo interrogarán, nada más. Es un chaval. Si no sabe nada, seguro que lo dejarán tranquilo.

Ella intenta creerlo, pero no puede.

—¿Y si no lo dejan tranquilo? ¿Y si Emily dice la verdad y él no hizo nada? Conozco a su madre de toda la vida. —Escupe su culpabilidad. ¿Qué he hecho?

—Eso no significa que sea un buen chico.

Las manos de Pete, dobladas en su regazo, se abren cuando ella se sienta a su lado, se abren para acoger las de ella. Paulina lo deja hacer, pero en realidad no le sostiene la mano, solo deja que él aferre las suyas.

—No creo que él haya podido hacer algo así. —Intenta sonar convencida. ¿Lo está?

Recuerda a esa chica, Jesse, con camisas a cuadros y vaqueros anchos. Tenía una cara cruel, pero no era mala, solo más dura que Paulina, incluso más que Louisa. No sabían gran cosa de ella, pero durante años fueron siempre a la misma clase y después siempre la tuvieron cerca. Sabían lo suficiente para estar enteradas de que ahora era artista. Hace unos años pintó el mural del instituto. Los cuatro colores de la rueda medicinal en un círculo suave: rojo, negro, amarillo, blanco. Un oso pardo en una esquina, de ojos afables, líneas redondeadas. Esa mujer no podía haber criado a un niño capaz de hacer algo así.

¿Verdad?

Cuando llegan en coche al hospital, el cielo está violeta y despejado. El frío aumenta. Paulina se despide de Pete como si volvieran a ser solo novios.

—Te llamaré por la mañana. —La mano de ella descansa en la manecilla, está ansiosa por regresar a esa habitación con su niña.

Él se inclina hacia ella y le da un beso en lo alto de la cabeza.

—Te quiero, cariño. Todo va a acabar bien.

Ella no lo cree, pero es agradable oírlo.

De vuelta en la habitación, Emily sigue dormida. El pequeño también. Louisa sostiene a su niño y lo acuna suavemente en el sillón.

—¿Estás mejor? —pregunta su hermana sin mirarla.

Paulina solo emite un sonido que suena a que sí pero en realidad no.

—¿Necesitas algo antes de que me vaya? —Louisa alcanza el traje de nieve de su hijo por segunda vez en el día.

—Pete está ahí delante, en la zona de carga —le dice.

—Sí, vale. —Louisa se levanta.

—Sé que piensas que ha sido él. —Paulina intenta sonar firme. No sabe por qué lo dice hasta que ya lo ha hecho.

—Yo no pienso nada, Paulina. —Louisa no levanta la mirada, solo mueve el cuerpo dormido de su pequeño para meterlo dentro del traje de nieve.

—No, no te sientas mal. Es lo primero que pensé yo también.

—Hace un ruido como si riera, pero no ríe.

—Bueno, pues entonces estamos las dos enfermas, a cuál peor.

—Sus palabras son un susurro exagerado sobre la cabeza del niño dormido.

—Pero no fue él. —La voz de Paulina tiembla, y sabe que es verdad.

—No, ya lo sé. Tampoco yo creo que fuera él.

—Fueron otros. —Las palabras de Paulina cruzan la habitación de puntillas.

—Y descubriremos quiénes fueron e irán a la cárcel y no volverán a hacerlo nunca más. —Ahora Louisa la está mirando a la cara con esa expresión tan seria que Paulina conoce bien.

Le responde asintiendo con la cabeza.

Louisa le da un beso en el pelo a su hermana, justo donde la ha besado Pete también, y se marcha con su niño grande en brazos.

Paulina se acurruca junto a su hija, con cuidado de no darle ningún codazo ni molestarla. Sus piernecillas están cálidas bajo la manta.

Cuando Emily nació, Paulina se la llevó del hospital a casa y no tenía ni idea de qué hacer con ella. Kookom le había enseñado a envolverla en una mantita, primero un lado, el culito, luego el otro lado, bien prieta.

—Como si aún estuviera dentro de ti —le susurró mientras la niña recién estrenada dormía cómodamente. Aún seguía haciéndolo; la arropaba bien prieta y le frotaba los pies para que entrara en calor.

—¿Mamá? —La voz de Emily en la oscuridad suena tranquila y adormilada.

—Sí, cariño. —Paulina se seca la cara y luego vuelve a recolocar la manta alrededor de su niña.

—De verdad que él no hizo nada, mamá. Clayton no hizo nada. —Levanta la voz todo lo que puede.

—Ya lo sé. Ya lo sé —dice Paulina, pero se lo piensa—. ¿Estás... estás del todo segura?

—No fue él. ¡No fue él! —Emily sacude la cabeza, pero se detiene.

—Vale, vale. Solo... —empieza a decir su madre.

—No, mamá, no. Mamá, no fue... —La voz de Emily se quiebra un poco, pero se mantiene firme.

Paulina ya no sabe qué creer. Pregúntales a tus tripas, es lo que diría su madre. La respuesta de Cheryl para todo es preguntarle siempre a las tripas.

Emily se vuelve hacia el otro lado.

—¿Emily? —Paulina alarga el brazo en la oscuridad—. Pues cuéntamelo, Emily, cuéntamelo. Dime quién te hizo esto.

Su hija llora, todo lo callada que puede. Paulina no sabe qué le dicen las tripas. Apenas si se acuerda de respirar.

—Dímelo, por favor —solloza Paulina, que en realidad quiere gritar, que siente que necesita saberlo. Como si no saberlo fuese peor—. ¿Quién te hizo esto, cariño?

Emily gimotea, pero su voz suena calmada.

—No fue él. No fue él, mamá. Él no lo hizo. Él no hizo nada.

Las ideas de Paulina se dispersan. Dudas. Sospechas. Amor. Tranquilidad. Seguridad. Está bien.

—Está bien, está bien. —Sus palabras a través de la noche.

—Él no hizo nada. No dejes que le busquen problemas, por favor. —La voz suave de Emily vuelta hacia otro lado.

—Está bien, pero ¿quién, Emily? ¿Quién lo hizo? ¿Quién? —Esta vez suena más tranquila, solo suplicante.

Emily se limita a sacudir la cabeza. Esconde muchas cosas.

Pero Paulina sabe que su hija no puede decirle nada. Todavía no. También piensa que a lo mejor no puede soportar oírlo. No importa, aún. Esos detalles, la historia, lo sucedido. Demasiado bien saben las dos lo que ocurrió, de todas formas. Es esa gran cosa oscura que ocupa toda la habitación, que está siempre ahí. No tienen que verla para notar su presencia, saben que no quieren mirarla.

Y Paulina recuerda que en realidad no le importa el qué ni el porqué. Lo único que importa es su niña y su enorme dolor tembloroso.

—Lo arreglaré —dice Paulina y suspira—. Llamaré a la policía. Me aseguraré de que no le busquen problemas.

No necesita saberlo aún. No puede. Solo puede enderezar la espalda, estrechar a su hija con fuerza, reconfortarla, mantenerla a salvo de más daños. Solo puede mirar por la ventana hacia el cielo oscuro, abrazar a su niña todo lo que ella y su cuerpo roto quieran dejarle. Eso es lo que tiene que hacer ahora mismo. No pensar demasiado, no ponerse histérica, solo cuidar de su niña.

Cuando Pete por fin le dijo que la quería, lo hizo llorando. Fue en el antiguo salón de Paulina, había poca luz y acaban de terminarse una pizza extragrande cuando él se inclinó hacia ella para que pudiera apoyarle la cabeza en el hombro. No podía mirarla, pero ella sintió todo su cuerpo contra su mejilla.

—Te quiero, Paulina. Te quiero mucho. Y ya sé que no confías en mí. Sé que has pasado por muchas cosas y que no tienes motivos para confiar en mí. Pero te prometo que nunca te haré daño. Siempre estaré para lo que necesites, pase lo que pase.

Llevaban meses saliendo juntos. Durante esos meses, ella lo había mantenido a distancia y él solo se quedaba a dormir si Emily no estaba. Durante esos meses, él dejó que ella tuviera la última palabra y estableciera las normas, sin quejarse, solo con sus tímidas sonrisas y sus cálidos abrazos.

—Yo también te quiero —susurró ella hacia el dulce olor de él.

Sabía que era verdad. Inhaló su aroma y supo que no quería confiar en él, pero que lo hacía, casi por completo.

Stella

Stella se sabría el camino hasta con los ojos vendados: bajar por Burrows hasta Salter, de Salter a Church, pasar el colegio y el stop, y ya. Y aunque piensa que no quiere ir y que le llevará una eternidad, el caso es que ha preparado a los niños y se ha puesto en camino en menos de media hora.

Pasa por Powers Street y piensa en Elsie. Hacía muchísimo que no pensaba en Elsie, pero siempre piensa en ella cuando ve Powers. Se le había olvidado la historia de Elsie. Tendrá que añadirla a su lista de «pasados como el suyo», otra historia que no le ocurrió a ella pero que conserva y recuerda. Fue justo ahí. Ahí ocurrió esa vez.

Se detiene junto al alto edificio de ladrillo sin ascensor donde Kookoo vive desde que ella era adolescente, y les canturrea un alegre «Ya hemos llegado» a sus hijos.

El edificio sigue siendo bonito, aunque está algo más degradado que la última vez. Solo tiene cuatro plantas, pero es antiguo, así que los niveles son más altos que en otros edificios nuevos sin ascensor. La primera planta queda tan arriba que las ventanas de Kookom son grandes y a veces luminosas, a pesar de quedar al nivel del sótano. Kookom se trasladó a vivir a ese pequeño apartamento cuando Louisa y Paulina se marcharon por fin de casa y la tía Cheryl regresó al norte una temporada. Stella había vivido con ella a épocas sí y a épocas no; cuando podía permitirse cualquier otro sitio, no. La tía también regresaba a casa a veces, aunque nunca coincidiendo con ella, porque el apartamento solo era de una habitación. Hace unos años que Cheryl se buscó un piso propio, cuando volvió a vivir en la ciudad, allí mismo pero en la primera planta. Stella ve la ventana al lado de la gran entrada principal en arco con su toldo sobredimensionado e inclinado en ángulo. Supo que Cheryl también le había encontrado piso allí a su mejor amiga, Rita, pero no sabe dónde. El apartamento de su Kookom da hacia el otro lado, al callejón de atrás. A su Kookom no le importa. Al menos mira al este, dice. Kookom tiene debilidad por el amanecer.

Con Mattie tras ella y Adam en brazos, Stella llama a la puerta de Kookom, pero luego entra sin más. Dentro ve a una señora mayor con el pelo corto de espaldas a la puerta.

—Ay, lo siento —dice enseguida Stella, con demasiada educación.

—¡Stelly!

Su tía se vuelve con una sonrisa. Tiene el pelo muy corto y salpicado de gris en las sienes. Stella nunca la había visto con el pelo corto y le resulta chocante. Sus pómulos están más angulosos y envejecidos. Sus ojos tienen más arrugas de fumadora y están hinchados de tanto llorar.

—¡Tía! —exclama Stella como en un suspiro.

—¡Mira a estos niños! —La cara triste de la tía Cheryl sonríe mientras echa los brazos alrededor de Stella y Adam. Se separa un poco y mira a su sobrina de arriba abajo, la examina igual que hace Kookom—. ¿Cómo te encuentras?

—Bueno, ya sabes. —Stella baja la mirada.

La tía se parece más a Kookom que la última vez que la vio, es como una versión afilada de su suave abuela. Así lo piensa Stella. Es como si todas se estuvieran convirtiendo en ella. No, es solo que todas se parecen: Cheryl, Lorraine, Stella, Paulina, Louisa, y también Emily. La niña se parece muchísimo a todas ellas.

Mattie se adelanta desde detrás.

—Eh, hola a ti también. —La voz de su tía se alegra—. Seguramente no te acuerdas de mí. Soy tu tía Cheryl.

Se arrodilla y le estrecha la mano a Mattie con una formalidad fingida. La niñita suelta una risilla y vuelve a esconderse detrás de su madre. Cheryl se incorpora con un leve gemido. Stella está a punto de preguntar si se encuentra bien, pero su tía se le adelanta.

—Solo me estoy haciendo vieja, cariño. —Cheryl exagera un gemido y luego ríe.

—Lo siento mucho, tía —dice Stella. Una disculpa que abarca muchísimo.

—No pasa nada, no pasa nada, Stelly. Se va a poner bien.

—Pero es que yo... —No, no puede decírselo. ¿Cómo va a decírselo? La hija de su propia prima. Su propia familia. Stella no puede decirlo. Solo puede sacudir la cabeza y contener las lágrimas, una vez más.

La tía Cheryl le quita a Adam de los brazos.

—¡Ay, míralo! —exclama con una voz aduladora y se lo lleva al salón—. Pasad, pasad, niñas.

El salón de Kookom siempre está igual, lo tiene amueblado tal como estaba en la vieja casa grande. Los muebles ocupan los mismos lugares, solo que son más viejos y están más gastados. Los colgadores de macramé para las plantas están en el rincón, junto a la ventana. El sofá queda demasiado bajo y contra la pared del fondo. Cuando la trasladaron allí, a ese sofá le faltaba una pata, así que Kookoo hizo que las quitaran todas para que no cojeara, aunque así quedase más cerca del suelo. Su abuela está sentada en su viejo sillón gastado con tapicería de velvetón.

—¿Cómo estás? Mi niña. ¡Qué alegría me da verte!

La cara de Kookom es de felicidad. No se levanta. Seguramente está demasiado cansada. Stella se inclina para darle un abrazo. Mattie no le suelta la mano.

—Mattie. Esta es Kookom —le dice ella.

La vieja dama sonríe, pero incluso sus sonrisas parecen hasta cierto punto deslavazadas. Se ha quedado sin color.

Su tía desenvuelve al bebé de su traje de nieve. El niño protesta un poco, pero entonces se lo alcanza a Kookom.

—¡Hola, precioso! —La anciana le ofrece una sonrisa de encías desnudas.

Probablemente ha vuelto a perder los dientes, piensa Stella. A Kookom nunca le gustaron sus dentaduras, siempre se las dejaba junto a la cama o en el cuarto de baño.

Su bebé no lo tiene muy claro, pero mira a Kookom. Podría llorar, o no. Stella le quita el abrigo a Mattie, pero está preparada para ir al rescate si tiene que hacerlo.

—Me alegro de que hayas venido. —Los ojos grises y empañados de Kookom se alzan hasta Stella, lo ven todo.

Su nieta aparta la mirada enseguida.

—Prepararé un poco de té.

—Voy a dejaros solas, mi niña. La verdad es que necesito darme una ducha o algo —tercia la tía Cheryl, todavía de pie en la puerta.

—Desde luego, desde luego. —Stella siente que su voz es demasiado formal, que llega demasiado tarde.

—Volveré después. —Y mira a Stella demasiado rato, demasiado cansada.

—Vale. Está bien. —Ella intenta sonreír.

Mattie la sigue hasta la cocina agarrada a la pernera de su pantalón. Las mismas cosas en los mismos sitios. Los viejos cubiertos para servir, colgados en la pared, están llenos de polvo. El hervidor de agua es nuevo, pero la tetera es la misma que compró Stella, ¿hace cuántas navidades? A los armarios les vendría bien una mano de pintura, pero están bastante limpios.

Stella siente una punzada de añoranza por la vieja casa de Atlantic. Le encantaba aquella casa. La cocina también estaba pertrechada igual. Tenedor y cuchara de servir encima de los fogones, la cubertería en el cajón de la izquierda, los paños de cocina a la derecha, porque así era justo como le gustaban las cosas a Kookom. Aquella casa estaba siempre perfecta, salvo por la habitación de Stella y de su madre. Su cama doble nunca estaba hecha y las mantas siempre se amontonaban encima del colchón, su ropa estaba tirada en el suelo o en una cesta para la ropa sucia que nunca se vaciaba, porque Lorraine nunca fue de hacer esas cosas. En la mesita auxiliar de madera estaba la «lámpara de la hermosa dama» de Stella. Esa lámpara era en realidad una muñeca, más elegante que la típica Barbie, con una delicada melena rubia recogida en un moño y un largo palo que le subía por la espalda. Su sombrero y su vestido eran de color rosa, y el parasol rosa a juego contenía la pequeña bombilla brillante. Stella siempre contemplaba a la hermosa dama cuando su madre le contaba sus historias. Esas que recitaba en voz alta y se sabía de memoria, esas que solo flotaban en el aire y no tenían dibujos. Cuando murió, Stella siguió mirando a la hermosa dama, intentando recordar cada una de esas historias. Al final terminó por regalarla, cuando se hizo demasiado mayor para lámparas de muñecas.

Por aquel entonces, su gran cama doble era ideal para invitar a amigas a dormir. Su madre siempre lo proponía y decía que ella dormiría en el sofá, pero Stella era muy tímida y solo invitaba a una amiga, aunque esa amiga había ido muchas veces. Elsie. La pequeña Elsie Stranger. Fueron inseparables durante muchísimo tiempo.

—Te he echado de menos, mi Stella —le dice Kookom mientras acuna al bebé, que está a punto de dormirse, tranquilo.

Stella le pasa un té, justo como a ella le gusta, con demasiado azúcar.

—Yo también te he echado de menos, mi Nokomis. ¿Cómo te encuentras?

—Ah, bien, bien. Vieja —dice Kookom bajando la mirada hacia el niño, hechizado por esa anciana mágica que le dedica otra reluciente sonrisa de encías desnudas.

La cara de Kookom está mucho más vieja que la última vez que la vio. Stella apenas es capaz de guardarse nada dentro. Sabe que Kookom intuye que algo va muy muy mal, pero ninguna de las dos dice nada.

—Pareces cansada, mi niña —comenta Kookoo, nada más.

Esas palabras ponen a Stella muy triste; es su abuela la que parece cansadísima.

—¿Cómo están Paulina y su niña? —consigue preguntar.

—Todo lo bien que pueden estar. ¿Cómo estás tú?

—Cansada, cansada. —Muy cansada.

—Deberías llamar a tu prima. Cuando esté en casa. Sé que le encantaría saber de ti. —Kookom siempre cree que a todo el mundo le encantará saber de Stella.

Ella se limita a asentir con la cabeza mientras unas lágrimas candentes se le acumulan en los ojos. Está segura de que a nadie le encantaría saber de ella, sobre todo ahora.

Hablan de nada. Hablan de todo. Los ojos de Adam se van cerrando despacio mientras Kookom lo acuna dulcemente en sus brazos, que siguen siendo lo bastante fuertes. Todos están tan cansados...

Ayer Adam se despertó otra vez a medianoche; tuvo que darle el pecho y consolarlo por lo menos durante una hora entera. Stella se sentó allí, amamantando a su bebé, sin más opción que mirar hacia el descampado vacío de la Brecha, junto a su casa, y recordar, aunque intentaba no hacerlo. Todo se repetía como en un eco. Cuerpos negros sobre la nieve blanca. ¿Cómo se mueven así las sombras?

Mattie quiere ver un viejo DVD. Stella va a ponerlo, pero se encoge al leer lo que hay escrito con rotulador sobre la carátula: «Emily Traverse». Stella lo mete deprisa e intenta pensar en otro tema de conversación.

Vuelve a sentarse en el sofá bajo, que huele un poco a moho y mucho a hogar.

—¿Alguna vez piensas en cambiarte de casa, Kookoo? ¿En ir a una residencia o algo así? —Ya se lo había preguntado otras veces, pero cree que puede volver a intentarlo.

Kookoo se ríe.

—¿Cómo voy a irme? Siempre he vivido por aquí cerca.

Es cierto, desde que todas ellas tienen memoria. Stella siempre dijo que se escaparía con Kookoo, si Kookoo quisiera irse con ella; se marcharían lejos, muy lejos de ese lugar.

—¡Voy a llevarte a Australia, Kookoo! —le decía.

—Allí hace demasiado calor.

—¿Y qué te parece Italia? Dicen que es precioso.

—Demasiada gente.

—¿Y Asia? O la India, algún rincón tranquilo de las montañas.

—¿Qué comeríamos?

—Comida india, está rica.

—Nooo, nunca ha acabado de gustarme eso del curry. Y tampoco soporto esa clase de arroz. No está bien.

Stella fue una vez a México, cuando estaba en la universidad. Sacó muchísimas fotos de la playa, las islas, las ruinas y las esculturas. Llenó todo un carrete con las olas del océano, quiso capturar la espuma que formaba el agua sobre la arena. Ninguna le salió bien, pero se las enseñó todas a Kookom, explicándole lo que había intentado hacer.

—Suena agotador —fue todo cuanto dijo su abuela.

No se equivocaba.

Kookom sostiene al bebé y le tararea una canción sin nombre que Stella conoce tan bien como el latido de su propio corazón. Nota la cabeza muy pesada. Estar ahí tumbada le parece de lo más natural, mirando cómo Mattie se mueve al ritmo de los gatos bailarines sentada en el suelo con las piernas cruzadas. Adam está muy dormido, por supuesto, pero Kookoo no piensa soltarlo.

—Esto nunca parece nuestra casa cuando tú no estás. —La voz de Kookom es relajante.

Stella no sabe si habla con ella o con el bebé. El pequeño al que acaba de conocer y ya debería haber conocido.

—Lo siento, Kookoo. —Podría echarse a llorar muy fácilmente, abandonarse a las lágrimas y no levantarse nunca.

—No pasa nada, mi niña. No pasa nada. —Su respuesta para todo.

Se quedan calladas un buen rato, las voces insistentes de la televisión, la sala cálida. Kookom empieza a tararear otra nana tranquila y Stella se hunde un poco más en los cojines.

Elsie era guapísima. Tenía unos ojos azules muy poco comunes, y una melena de rizos espesos y oscuros que ella llamaba *métis-afro*. A Stella le encantaba, aunque Elsie envidiaba el pelo liso de su mejor amiga y, en cuanto tuvo edad suficiente, intentó dominarlo con geles y cremas, lo que hiciera falta con tal de dejarlo superliso. Stella jamás habría hecho eso si hubiese tenido su melena.

Habían sido amigas íntimas desde cuarto, cuando Stella empezó a ir a su colegio, cuando Kookoo la cambió de centro después de que muriera su madre. Siempre fueron juntas a clase, hasta en el instituto y todo. Elsie era su «alguien especial». Paulina y Louisa siempre se tuvieron la una a la otra, y Stella se sentía al margen de su relación de hermanas. Ella no tenía a nadie; hasta que encontró a Elsie. Elsie también vivía con sus abuelos. Eran los dueños de su propia casa, que estaba al otro lado de Redwood Bridge, y como no querían que Elsie tuviera que cambiar de colegio, su abuelo Mac la acompañaba todas las mañanas con su viejo coche dorado, uno de esos largos y cuadrados. Stella pensaba que parecía una limusina. El abuelo Mac era muy simpático. Llevaba a Stella a casa cuando creía que hacía demasiado frío y, si Stella iba a verlos a ellos, él siempre preparaba algo especial para comer, siempre algo de carne, como costillas o asado. Su Grand-mère también era simpática, aunque Elsie siempre decía que era muy estricta.

El abuelo Mac murió cuando iban a sexto. Elsie nunca se lo dijo a Stella, su mejor amiga, simplemente no se presentó en el colegio durante una semana entera. Stella intentó llamarla, pero nadie contestaba al teléfono. Por fin, una mañana, Elsie reapareció. Stella la vio llegar por Main Street.

—¿Dónde has dejado la limusina? —le gritó Stella. Le dio la sensación de que su mejor amiga estaba muy lejos de allí.

Elsie se encogió de hombros, como si fuese un día cualquiera.

No fue hasta unas semanas después, un día que Stella fue a dormir a su casa, cuando se enteró.

—¿Dónde está el abuelo Mac? —Miró por toda la casa, que no olía a comida.

—Murió. —Elsie ni siquiera parecía triste.

Stella debió de darse cuenta entonces de lo extraña que era. De la facilidad con que esa familia podía amputarse.

Cuando Louisa y Paulina volvieron a trasladarse allí, Elsie y Stella ya habían recuperado la normalidad, y juntas formaron un cuarteto. Elsie no tenía hermanas, solo hermanos pequeños que vivían con su madre y el nuevo marido de su madre, cerca de Kildonan Park. Tampoco hablaba nunca de ellos. Una vez pasaron por allí, un día de verano, cuando ya iban al instituto, porque tenían que cruzar el parque para ir a la piscina.

—Ahí es donde vive mi madre —dijo Elsie señalando.

Una casa por la que habían pasado decenas de veces. Parecía que le hacía falta una limpieza, y entre la hierba crecida del jardín había una motocicleta.

—¿La ves alguna vez? —preguntó Louisa, que no conocía a Elsie como Stella.

—A veces viene ella a verme —contestó Elsie, nada más, y apartó la mirada—. Algún día volverá a vivir conmigo.

Stella cambió de tema porque sabía que su amiga querría que lo hiciera.

La fiesta de Powers Street era en casa del Otro Mike. Le llamaban el Otro Mike para no confundirlo con Mike Bruyere. Stella no sabía por qué no llamaban a ese Mike también por su apellido y ya está, pero siempre había sido el Otro Mike. Y en noveno, su casa era la casa de las fiestas. Allí se podía conseguir de todo y, si eras chica, solo con llevar cinco pavos podías beber y fumar todo lo que quisieras. Los viernes, cuando la tía Cheryl les daba diez pavos a cada una, todas juntaban su dinero. Elsie no tenía asignación, pero podían invitarla y aún les quedaba bastante para comprarse un paquete de tabaco para compartir. Esa noche pensaban ir a dormir a casa de Elsie para poder beber más. Su Grandmère siempre se acostaba temprano, así que era el mejor sitio para quedarse a dormir. Incluso Paulina iba achispada, y eso que normalmente era la responsable. El novio de Louisa, James, también estaba allí. Iban todos bastante pedo. Elsie estaba en la cocina, jugando a las cartas con el Otro Mike y unos tipos a los que no conocían. Llevaba semanas intentando que el Otro Mike se fijara en ella, así que Stella se sorprendió, pero no para mal, cuando los vio subir juntos por las escaleras. No se fijó en que los otros tipos los seguían también. Stella no sabía cuánto tiempo estuvieron allí arriba. Al recordarlo ahora, cree que debió de ser un buen rato, pero ninguna de ellas se dio cuenta de nada. No hasta que un imbécil que iba bastante colocado se acercó a James y le dijo:

—Tío, tienes que subir ahí arriba. Hay una piba que nos lo está dando todo, a todos. —Y se largó corriendo con una carcajada.

Stella sintió frío y miró a Louisa, que puso una cara muy seria. Dos tipos bajaron las escaleras riendo. Louisa se levantó, muy decidida, y Stella la siguió, asustada de repente, sobria de repente. Recorrer esas escaleras le llevó mucho tiempo; otro tipo bajó mientras ellas subían. La puerta de la habitación estaba abierta. La cama estaba contra la pared del fondo, así que Elsie fue lo primero que vieron nada más doblar el recodo del pasillo. El precioso pelo rizado de Elsie aplastado contra su cara por una mano enorme. La escena fue haciéndose más clara con cada paso. Estaba tumbada boca abajo y tenía a un tipo encima. La mano de él le inmovilizaba la cabeza. El Otro Mike estaba junto a otro tipo, riendo y charlando como si allí no pasara nada. El otro tenía la mano en la hebilla del cinturón. Se tambaleaba de lo bebido que iba.

Stella no podía moverse. Fue Louisa la que reaccionó.

—¿Qué coño es esto? ¡Quítate de encima! ¡Suéltala! —Entró corriendo y empezó a dar empujones.

—Calma, zorra, calma —dijo el Otro Mike levantando la mano—. Calma. Nos ha dicho que...

—Que la dejéis, joder.

Louisa no se calmó, y aquel tipo estaba lo bastante borracho para dejarse empujar contra la pared. El pene se le bamboleaba, entre erecto y flácido. Era el primer pene que veía Stella.

—¡Fuera! —gritó Louisa y tiró de una manta para cubrir el trasero desnudo de Elsie.

Fue entonces cuando Stella pareció despertar y reaccionó.

—¡Elsie! ¡Elsie! —gritó, pero su mejor amiga no se movía.

—Ella lo quería. Nos lo ha dicho —insistió el Otro Mike con una risotada—. Nos lo ha dicho. —Su risa de dibujo animado parecía resonar con eco.

—Que salgáis de aquí, joder —volvió a gritar Louisa, que se colocó encima de Elsie como para protegerla de algún golpe.

Stella miraba la cara de Elsie, todavía apretada contra la almohada, la boca abierta, el pelo húmedo.

—¿Qué coño pasa aquí, Mike? —oyó que decía uno de ellos mientras Louisa saltaba y los echaba a empujones por la puerta.

—¡Joder! ¡¡¡Joder!!! —les gritaba.

—Qué serias, joder —oyó Stella que decía el Otro Mike antes de que la puerta se cerrara de golpe sobre su risa de gallina.

—Elsie, ¿estás bien? —Louisa intentó levantarla—. ¿Elsie?

La incorporó, pero Elsie estaba inerte, como si se hubiera desmayado pero con los ojos abiertos.

Stella se echó a llorar.

—¿Qué le pasa?

—¡No lo sé! —Louisa seguía gritando mientras intentaba darle la vuelta.

—¿Respira? ¿Está muerta? —Stella empezó a hiperventilar.

—Respira. Sí, respira.

—¿Por qué no se mueve?

—Ve a buscar a James. Y a Paulina.

Eso Stella sí que podía hacerlo, así que bajó corriendo las escaleras. Los otros dos ya estaban subiendo, y ella tiró a Paulina de las mangas para que fuese más deprisa.

James y Louisa vistieron a Elsie, que se aguantaba sentada. Stella se quedó allí de pie junto a Paulina, llorando como una tonta.

—Elsie, ¿qué coño ha sido eso? ¿Qué ha pasado? —preguntaba Louisa mientras le ataba los cordones.

Pero Elsie no decía nada, solo miraba al vacío. Sus ojos parecían muertos.

—¿Puedes levantarte? Levanta, Elsie.

Su amiga consiguió conferirle algo de peso a sus pasos y caminó con Louisa y James a lado y lado de ella.

—Vale, vamos. Nos vamos a casa.

—¿No deberíamos llevarla al hospital? —preguntó Paulina detrás de ellos.

—No lo sé. ¿Elsie? —La voz de Louisa ya sonaba más suave, pero aun así Elsie no contestaba.

Cuando bajaron las escaleras, nadie miró hacia ellos, todo el mundo siguió con la fiesta como si no hubiese ocurrido nada. Alguien intentó pasarle un porro a Stella, pero ella lo apartó sin más. Llegar hasta la puerta se les hizo eterno.

En cuanto estuvieron fuera, Elsie empezó a caminar sola. Stella corrió para ponerse a su lado e intentó que dijera algo, pero no había manera. Elsie apretaba los labios y se ceñía la cazadora con fuerza. Nadie dijo una palabra, aunque la acompañaron todo el camino hasta su casa.

—¿Quieres que nos quedemos? —preguntó Stella, pero Elsie no se detuvo al subir los escalones. Miró un poco hacia atrás y negó con la cabeza.

Stella quiso seguirla de todas maneras, pero Paulina la agarró del brazo. Todos vieron cómo Elsie subía los escalones cojeando y cerraba la vieja puerta al entrar.

Paulina le tiró de la manga y pasó el brazo por debajo del de Stella durante el trayecto de vuelta a casa. James y Louisa iban delante. Él tenía el brazo sobre los hombros de ella mientras Louisa se estremecía.

Esa fue una de las pocas veces que Stella ha visto llorar a Louisa.

Se despierta sobresaltada y ve que está oscuro, la habitación desierta y el televisor con una pantalla azul vacía.

Kookom habla en voz baja en la cocina.

Mattie responde.

Se oye ruido de cacharros en el armario.

Stella se levanta para ir a ver. Adam duerme en la alfombra, entre cojines.

—Ah, estás despierta. Bien, ¿bien? —Kookom se inclina y coge su vieja sartén de hierro colado con las dos manos.

Mattie le da a Stella un abrazo rápido antes de retomar su posición de ayudanta.

—Espera, déjame que la saque yo, Kookoo. —Stella cruza la pequeña sala para quitarle la sartén de las manos a su abuela, que se debate con ella.

—Uy, ya puedo, ya puedo. Iba a prepararle a tu niña un sándwich de queso —dice, pero se la entrega.

—Puedo hacérselo yo, Kookoo. Tú siéntate. —Stella le da unas palmaditas en la espalda.

—No armes tanto revuelo —dice la anciana mientras se sienta en su silla—. Ni que no lo hiciera todos los días.

Stella unta mantequilla en el pan, lo pone en la sartén y espera. Jamás supo qué le había ocurrido a Elsie, nunca volvió a ver a su mejor amiga. Cuando llamaba, o bien no contestaban o era la suave voz de Grandmère.

—No, *m'petite* —le decía a Stella—. Elsie no se encuentra bien.

No se encontró bien durante mucho tiempo. Y luego desapareció. Un hombre que por fin contestó un día le dijo que Elsie se había marchado a casa de unos familiares. Stella nunca supo quién era. Ni por qué había tenido que pasar nada de todo aquello. Tenía enormes espacios en blanco donde deberían haber estado todas las respuestas. Stella nunca supo nada.

Varios meses después se enteró de que Elsie había ido a uno de esos hogares para adolescentes embarazadas y de que iba a tener un niño. Varios años después, alguien la vio con una niña pequeña en un parque al otro lado del puente. Pero Stella nunca lo supo por ella, su mejor amiga. Esa persona que había sido toda suya jamás volvió a llamarla. Stella se mantuvo a distancia, al principio por respeto, luego por costumbre.

Stella encuentra una espátula y vuelve a buscar por la cocina de su Kookoo, esta vez fijándose en que las cosas no están tan limpias como solían estar: hay sartenes en una pila sobre la encimera, seguramente para que no tenga que agacharse, y el fregadero está lleno de platos cubiertos de comida reseca. Se pone manos a la obra. Sabe que no debe preguntar antes; deja correr el agua para que los platos se mojen bien y limpia la encimera con un trapo.

Mattie desenvuelve las lonchas de queso con cuidado y se las pasa de una en una.

—¿Tú quieres uno, Kookom? —pregunta Stella y le sirve a Mattie su plato.

Su anciana abuela despierta con un ligero sobresalto.

—Vale, vámonos, Kookoo. —Le da uno golpecito suave—. ¿Kookoooo? —Usa su antiguo nombre, y su abuela la mira sonriente.

La ayuda a levantarse.

—Puedo yo sola. Puedo yo sola. —Kookoo le aparta las manos a tortazos, pero con delicadeza.

Entran en el dormitorio a oscuras, y Stella enciende la luz. Hay ropa amontonada en la vieja silla y encima del tocador, a algunas prendas es evidente que les hace falta un buen lavado. Una capa de polvo gris cubre la mesita y hace que todas las joyas tan preciadas de Kookoo parezcan manchadas.

A Stella se le parte el corazón. No puede creer que la cosa haya empeorado tanto. Siente una punzada de ira contra la tía Cheryl por no cuidar bien de ella, pero, no, luego siente culpa. Solo culpa. Esto es culpa de Stella.

—Vamos a meterte en la cama —dice como si no hubiera visto nada.

—Lo limpiaré mañana —dice Kookom, porque sabe lo que ve su nieta.

—Yo te ayudaré —se ofrece ella.

—Estarás aquí. ¿Vas a quedarte? —La cara de Kookom se ilumina como la de una niña, como la de Mattie, con ilusión.

—Sí, Kookoo. Nos quedaremos.

Stella le quita el jersey a su abuela por los hombros y se detiene solo un instante, un instante hermoso, antes de acostarla como acostaría a su hija.

Adam despierta en cuanto ella cruza la cocina. Se sienta para darle de comer y mira el salón más detenidamente. El polvo se amontona, pero hay un viejo parque infantil arrinconado contra la pared. Solo tiene que recolocarlo.

Stella sabe que no quiere irse y piensa en todos los pasos, en todo lo que tendrá que hacer. Tiene que llamar a Jeff para quedar con él. No espera a que a Jeff le dé tiempo de decir nada más que «Diga».

—Jeff, estoy en casa de Kookom y vamos a quedarnos aquí.

Una vez vio a Elsie en la calle. Fue en el centro, y había mucha gente, pero ella enseguida supo quién era. Por su forma de caminar, aunque su rostro pareciera mayor de lo que debería ser. Stella pasó muy cerca de ella para que sus miradas se cruzasen. Elsie la vio, pero no pareció reconocerla. Sus ojos seguían igual de vacíos que aquella noche. Seguían muertos.

Zegwan

Ziggy no ha hecho nada más que estar tumbada en el sofá desde que llegó a casa. Cuando han entrado en el apartamento ya era supertarde, pero Rita la ha acostado en el sofá como si fuera una niña pequeña enferma. Ha colocado cojines con delicadeza alrededor de la cabeza de Ziggy para que pudiera reclinarse en ellos y le ha sacado su manta preferida de la habitación. Y en todo ese rato su madre no la ha mirado directamente. Rita estaba muy callada y con la cara retorcida, como si fuese a llorar, lo cual ha asustado a Ziggy más aún que si hubiese estado cabreada.

—Tu padre llegará mañana a primera hora —le ha dicho.

—¿Mi Nimishomis también? —Ziggy no quería sonar como una niña pequeña, pero sabía que era así.

—Sí, a primera hora. Antes de que te levantes. —Su madre le ha sonreído, más o menos, pero no ha sido una sonrisa de verdad—. ¿Quieres algo? ¿O solo que te deje dormir?

—¿Puedo ver un poco la tele? Un ratito.

Ziggy ha movido la cabeza con cuidado sobre los cojines con la intención de colocarse bien para no tener que moverla otra vez. Su madre ha hecho una mueca, pero le ha pasado el mando a distancia y se ha ido a preparar chocolate caliente.

Sunny ya se había puesto los auriculares y se había ido a su habitación. Llevaba horas enviándose mensajes con Jake. Todo era como de costumbre. A Ziggy le habría apetecido ver la tele con él, pero su hermano ha dicho que iba a salir. Ella ha comprobado el móvil: ningún mensaje.

—Salgo a fumar —ha anunciado su madre, que le ha dado una taza demasiado caliente aún para beber y ha desaparecido.

Ha estado fuera un buen rato. Sin duda echando humo como una vieja dama en los fríos escalones del edificio. Ziggy se ha quedado ahí tumbada, bien colocada y algo solitaria.

Ha sido un día algo solitario, todo el rato en silencio, esperando. Esperando a los médicos, a la policía, a que la dejaran levantarse para ir a ver a Emily, que ni siquiera habló con ella. Cuando Ziggy finalmente ha podido subir a la habitación del hospital, su mejor amiga estaba allí tumbada con los ojos cerrados con fuerza, como si fingiera dormir. Cheryl ha dicho que necesitaba descansar para poder regresar pronto a casa. Cheryl se comportaba de una forma algo exagerada con ella, igual que la madre de Ziggy pero al revés, como si todo fuese un poco más dulce, un poco más «te hablo como si fueses una niña pequeña» de lo que a Ziggy le hubiese gustado. Cheryl lo hacía con buena intención. Todos tenían pinta de cansados y la cara hinchada de tanto llorar. Todos le han dicho que Emily ya estaba bien, pero Ziggy se habría sentido mejor si hubiese podido hablar ella misma con su mejor amiga. Decirle que sentía haberla perdido. Pero Emily no se ha despertado.

Ziggy está tumbada, cambiando canales ella sola. Tiene muchas ganas de ver a su padre y a su Moshoom. Cree que ellos conseguirán hacerla sentir mejor. Conseguirán que se olvide de esa sensación de miedo, de vergüenza.

Hace más de un mes que Ziggy no ve a su padre. Suele acercarse cada dos fines de semana para llevárselos a casa, a esa vieja casa del monte con estufa de leña. Aunque últimamente Sunny ha intentado escaquearse. Hace unas semanas no se presentó cuando llegó su padre. Su padre lo llamó sin éxito, y al final se marcharon sin él. Fue un fin de semana aburrido y su padre estuvo todo el rato de mal humor. Cuando volvieron a la ciudad, Sunny hizo como si no le importase. Ella pensó que habría estado triste por perderse el viaje a la casa del monte, pero él no dijo ni palabra, y tampoco Rita. Después de eso, su padre se saltó el último fin de semana. Dijo que tenía que trabajar, pero Ziggy sabía que solo intentaba actuar como si tampoco a él le importase.

Rita vuelve de fumarse el cigarrillo, o los cigarrillos, y se queda dormida al otro extremo del sofá, lista para ayudar a la mínima que Ziggy lloriquea. Le duele muchísimo. Más aún cuando duerme, cuando sueña que tiene miedo y da media vuelta para huir corriendo. Se estremece como si de verdad pudiese hacer algo, como si su cerebro intentase revivir lo que ocurrió y cambiar el final. Un sueño estilo «elige tu propia aventura», una y otra vez. En cada ocasión se despierta, y Rita está ahí, con la mano en su frente, o la mano en su tobillo, como si fuera una extraña danza en la oscuridad, sin apenas palabras, y Ziggy vuelve a dormirse.

—¡Aaniin! —La voz de su padre llena todo el salón—. ¿Cómo está mi niña?

Rita sigue aún con la bata de estar por casa y se la ciñe para taparse mejor.

Su Moshoom está detrás de él, pero su padre entra directo y se arrodilla frente a Ziggy mientras Moshoom saluda a su madre con un gran abrazo. Ziggy no puede evitar echarse a llorar al ver la cara de su padre tan cerca. La ha despertado con su vozarrón y de pronto está ahí. Huele a recién duchado, a café negro y a su vieja camioneta. La autopista es larga. Debe de haberse levantado muy temprano.

—¡Ay, mi niña! —Sus ojos castaños rezuman ternura, como si también él fuese a llorar, pero se recompone—. ¡Espero que el otro tipo quedara peor! —Ríe. Cuando su padre ríe, la sala entera quiere reír también.

Recoge las dos bolsas de plástico que ha dejado junto a la puerta y se las entrega a Rita.

—He parado en la tienda de camino.

—Gracias. —Rita asiente, educada e incómoda. Con la mano libre se alisa el pelo alborotado.

Su Moshoom se acerca a Ziggy y le da un abrazo muy largo. Huele como la cabaña. Siempre huele como la cabaña, como si viviera rodeado de cedro todo el rato.

—¿Te duele, nieta mía? —le pregunta en su idioma.

—No mucho —contesta ella en inglés. Le da mucha vergüenza hablar con él en su idioma. Sabrá que se le está olvidando, que pierde lo que siempre ha sabido. Su lengua no se amolda a las palabras como antes. Le salen burdas, mordidas.

Su Moshoom asiente, sin embargo, porque lo sabe, y se sienta en el suelo dándole la mano.

Miran a los padres de Ziggy, que se mantienen apartados el uno del otro. Rita sostiene la bolsa, y las manos de su padre están bien hundidas en sus bolsillos. Antes se querían muchísimo. Ziggy recuerda que Rita solía sentarse en su regazo, le echaba los brazos alrededor del cuello y reía. Pero ahora ya no puede imaginarla haciendo eso.

—Bueno, pues será mejor que me ponga a cocinar todo esto —dice Rita, aturullada. Se vuelve hacia la cocina—. ¡¿Queréis café?! —exclama hacia atrás.

—Te ayudaré a prepararlo. —El padre de Ziggy le sonríe una vez más a su niña y se va para allá.

Moshoom mira otra vez hacia ella, que ahora se da cuenta de que ha llorado. Lleva un buen rato sentado dándole la mano y llorando.

—Estoy muy triste por lo que ha pasado, nieta mía.

—Yo también —dice ella, todavía en inglés, aunque piensa primero las palabras en su idioma.

Él sigue sentado allí, dándole la mano. Ziggy oye que Sunny se levanta y saluda a su padre. No parece que estén enfadados. Así es como suele ser cuando ocurre algo horrible: ninguna otra cosa parece estar mal.

Se pasan el día sentados todos juntos, hablando e intentando reír. Su padre ha llevado beicon y huevos para comer hasta hartarse. Ziggy come todo lo que puede, pero le duele la mandíbula con cada mordisco. Rita parece más a gusto después de darse una ducha y cepillarse el pelo. Hasta Sunny se está portando bien.

Durante un rato, todo eso ayuda. Ayuda oír a su familia charlando, escuchar historias sobre lo que sucede en la casa del monte y lo mucho que la echan de menos allí. Después, el dolor regresa y Rita corre a buscar más medicamentos. Después, la vergüenza regresa y Moshoom le aprieta la mano con más fuerza, como si lo supiera. Pero la vergüenza no desaparece, no del todo.

Cuando la tarde se queda tranquila, Rita y Moshoom hablan en voz baja en la cocina. Sunny se va a su cuarto. Ziggy está allí tumbada con su padre todo para ella. Él se ha sentado en el otro extremo del sofá y ven a medias un programa. Su padre se ríe cuando se supone que debe reír, pero no con tantas ganas como esa mañana. No deja de mirarla. Ziggy conoce esa mirada. Es la misma mirada de reojo que le dirigió cuando vinieron a vivir a la ciudad. Ziggy sabe lo que sigue ahora.

—Estás bien, mi niña —empieza a decir él, por fin.

—Sí. —Es todo lo que puede decir—. Supongo.

—Un susto de muerte, ¿eh?

—Supongo.

—Sé que tu madre está bastante asustada.

—Sí. —Se lo piensa un momento—. Pero es dura.

—Sí que lo es. —Él hace una pausa—. Pero tú eres su niña. Es más difícil cuando se trata de tu niña.

Ziggy levanta los hombros para encogerlos, pero le duele, así que, en lugar de hacer un gesto de indiferencia, se estremece.

—Te duele mucho, ¿verdad? —Su padre le toca los vendajes con suavidad y le recoloca las mantas.

—Supongo. —Se siente cansadísima, no quiere hablar de ello. Ni pensar en ello.

—Apuesto a que estás preocupada por tu amiga.

—Sí.

—Se pondrá bien, ¿sabes? Nos lo ha dicho tu madre. Emily estará bien. Pero primero necesita recuperarse del todo.

Sin mover la cabeza, Ziggy levanta la mano para enjugarse otra lágrima que le cae del ojo bueno. No quiere llorar más. El ojo malo empieza a escocerle. Quiere pensar en cosas alegres y olvidar lo que ha ocurrido. Quiere hablar con Emily y oírla parlotear otra vez sin parar sobre chicos. O solo hablar con ella.

—Te quiero, mi niña. —Su padre le acaricia la rodilla. Tanto su padre como su madre hacen lo mismo. Como si lo hubieran aprendido el uno del otro.

—Ya lo sé. —Piensa un momento y se pregunta dónde tiene el móvil—. Es que me da mucha mucha vergüenza. —Lo dice antes de pensarlo, pero sabe que ha estado ahí todo el rato.

—¿Vergüenza? ¿Por qué te da vergüenza? —La voz de su padre es delicada, seria.

—No sé —dice ella haciéndose atrás.

—Sí que lo sabes, ¿por qué te da vergüenza? —La presiona como solo él sabe hacer.

—Bueno, es que... —responde despacio—. No pude hacer nada. No hice nada.

Ahora su padre se acerca para enjugarle una lágrima, y la mira, directo a los ojos como él sabe hacer.

—¿Y qué podrías haber hecho?

—No sé —responde ella en voz baja. Intenta no encogerse de hombros.

Él no le quita los ojos de encima.

—Sé lo que se siente cuando tienes vergüenza. Es la peor sensación del mundo, pero no tienes nada de lo que avergonzarte. Tú no podías hacer nada.

—Ya lo sé —dice Ziggy al final, aunque no lo siente.

—Emily necesita ahora a su amiga, tú solo sé su amiga. Así te librarás de esa vergüenza, estando ahí cuando te necesite. Y ten por seguro que no había nada que pudieras hacer. —Su padre asiente y se yergue. Como si acabara de transmitirle todo su consejo paternal. Pero entonces mira para otro lado, hacia la ventana pero más lejos aún.

—¿Podemos ir a verla otra vez? ¿Podemos ir a ver a Emily?

—Le preguntaremos a tu madre. —Su padre siempre dice eso, que Rita tiene la última palabra en todo.

—¿Y si vamos mañana, a primera hora? —dice Rita cuando regresa al salón, todavía con la cara retorcida, pero también enrojecida y con ronchas. Ha estado mucho rato hablando con Moshoom—. En cuanto hayas descansado un poco más. Allí todo va bien. Emily está bien. Podemos verla mañana.

Ziggy solo quiere hablar con su mejor amiga.

—¿Mamá? ¿Dónde está mi móvil?

Emily no ha enviado ningún mensaje ni nada. El último sigue ahí, del viernes a las dieciocho y cuarenta y siete, antes de que ella fuera a buscarla para ir a esa estúpida fiesta. Estúpida de cojones.

Rita dice que va a acompañarlos a la camioneta, pero no regresa en un buen rato. Ziggy, sola otra vez, sigue echada en el sofá. Al final su hermano sale de su habitación, hablando ahora por el móvil.

—Sí, sí, lo tengo. Lo tenemos —dice—. Estaremos allí dentro de como una media hora... Vale... Vale.

Ziggy siente curiosidad, pero no pregunta, solo espera a que Sunny termine de escribir un mensaje y levante la mirada.

—¿Cómo lo llevas, Zig Zig? —A veces, recibir su atención es muy bonito, es como si todos los chicos guays le dijeran hola al mismo tiempo.

—Muy bien. ¿Y tú? —Hunde los brazos bajo la manta, pero intenta no mover la cabeza.

—Bah... —Sunny vuelve a fijarse en su móvil—. ¿Dónde está Rita?

—Fumando. O a lo mejor se ha ido a casa de la tía Cheryl, quién sabe.

—Volverá. Solo está estresada.

—No sé por qué. Yo estoy bien.

Él la mira fijamente. Con cara de hermano mayor serio.

—Unas pandilleras te han destrozado la cara después de que fueras a una fiesta de una banda. No me sorprendería que la estuvieran convenciendo para que nos envíe de vuelta a la reserva. —Señala hacia la ventana con el mentón.

—No serían capaces. ¿Verdad? —Ziggy se lo imagina, vivir otra vez en la casa del monte todo el tiempo. El monte, la auténtica oscuridad de la noche.

—Yo no me fiaría. No es que sean fans de la vida del barrio, ¿sabes? —Mira el móvil una última vez y se sienta. Le da un golpe en la rodilla con el puño cerrado, pero no muy fuerte—. Todo va bien, Zig Zig.

—¿Crees que nos obligarán a marcharnos? —Ziggy no recuerda muy bien cómo era ir al colegio allí, ni tampoco cómo es el instituto. ¿A qué centro iría?

—A lo mejor. Papá haría cualquier cosa por su pequeña Ziggy Poo. —Alarga una mano y le pellizca un poco la mejilla buena.

Lo hace en broma, pero ella se encoge de todas formas, se aparta y ahoga un grito de dolor.

—Perdón —dice Sunny con la cara retorcida, igual que la que pone Rita.

—No pasa nada —replica Ziggy recomponiéndose. Si hunde un poco el lado bueno en el cojín, todo parece tranquilo y casi normal. Pero el efecto de los analgésicos va pasando.

Rita regresa con la capucha puesta. Tiene las mejillas sonrosadas.

—Empieza a hacer un frío de muerte ahí fuera, hijos.

—Es que has estado mucho rato —dice Ziggy, que suena más como una niña pequeña de lo que le gustaría.

—Lo siento. —Tiembla mientras se quita el abrigo y se frota las manos para poder comprobar la frente de su hija. Le huelen mucho a tabaco—. ¿Necesitas algo, mi niña?

Ziggy va a negar con la cabeza, pero se detiene antes de que la cara empiece a palpitarle otra vez.

—Me duele —dice, en lugar de eso.

—Ya lo sé, ya lo sé. —Su madre le acaricia la mano esta vez—. Puede que sea hora de otro Tylenol. Iré a ver.

Rita mira a Sunny con una cara rara mientras se levanta.

—¿A qué ha venido eso? —pregunta Ziggy sin pensar.

—A nada. Solo está preocupada. —Sunny vuelve a mirar el teléfono.

—¿Y adónde vas? —Ziggy cambia de tema.

—Por ahí. Con Jake.

—Hace un frío que pela. ¿Adónde vais a ir?

—¡A ningún sitio! ¡Joder!

Ziggy no es capaz de decir si está enfadado de verdad o si solo es sarcasmo, pero su hermano se levanta.

—Voy a darme una ducha.

Rita regresa con dos pastillas grandes y un vaso de agua. Todavía le cuesta tragárselas. Después espera, otra vez, a que llegue el alivio.

Vuelve a comprobar su teléfono. Nada aún. El último mensaje de Emily es el del viernes, antes de que salieran para ir a la fiesta.

«Tráeme tu top rojo», dice. Estaba muy contenta. Emocionada.

Qué estupidez, joder.

¿Por qué coño le siguió Ziggy el juego? Ella es más lista que eso. Sunny se lo había advertido y ella tendría que haber sido más lista. Se lo advirtió cuando empezaron séptimo, porque irían al instituto y allí tendrían que saberlo.

—Básicamente hay dos grandes bandas, ahora mismo —le dijo muy serio—. Una es roja y la otra es negra; tú solo busca rojo o negro. Se supone que en el insti no se pueden llevar los colores, pero hay formas de evitar la prohibición. Gorros negros, jerséis rojos, cosas así. Y bandanas, claro, pero suelen llevarlas metidas en el bolsillo de atrás, o en el de la sudadera, escondidas casi todo el tiempo. ¿Lo pillas?

—Pero ¿y las sudaderas de capucha negras? ¿Todos esos son de la banda negra?

—No, joder, eso es solo una sudadera negra. —Su hermano se mofó de ella, como si fuera una pardilla—. Todo el mundo tiene una. —Se cerró su propia cremallera negra.

—Pero yo pensaba que los de la banda roja llevaban sudaderas de capucha rojas, así que ¿por qué...?

—Joder, no te hagas tanto lío. Sudaderas rojas, sí. Sudaderas negras, no. Esto no es como esa mierda de los códigos de vestimenta de las escuelas privadas, joder.

—Tendría más sentido así, nada más. —Ziggy ocultó una sonrisa.

—No tiene ningún sentido, de eso se trata. También hay logos. G Unit es uno, Tap Out es otro. —Enumera con los dedos.

—Todo esto es una auténtica chorrada. Yo solo quiero ir a clase.

Ya habían comprado todo el material escolar. Rita les había sacado del trabajo una pila de carpetas apenas sin usar, pero todos los lápices y los bolis de Ziggy eran nuevos. Hasta tenía una mochila nueva.

—No es una chorrada, es importante. —Sunny no le daba tregua—. Tienes que andarte con ojo, aunque solo sea un poco, para evitar meterte en líos.

—Como que yo me voy a meter en líos... —Ziggy le ofreció su mejor sonrisa de listilla.

—Sí, eso es verdad, eres una puta pardilla, pero aun así... —Le dio unos golpecitos en la rodilla con el puño, como hacía siempre—. Es una puta estupidez, pero tú ándate con cuidado, ¿vale?

—¿Y tú qué? ¿Tú tienes que andarte con cuidado?

—¿Yo? Sí. Para los chicos es diferente. Los chicos tienen que ir con cuidado de verdad.

—Bueno, y ¿en qué banda estás?

—Bah... Sí, claro, déjalo. ¡Es complicado, nada más!

Rita dice lo mismo cuando no quiere hablar de algo. «Es complicado.» Era complicado cuando se trasladaron a la ciudad, complicado cuando les trajo a ese capullo apestoso a vivir con ellos, complicado cuando el tipo se largó sin más.

Emily piensa que Jake y Sunny son demasiado inteligentes para meterse en esa mierda, pero es tan ingenua que entró ella solita en la fiesta de esa banda sin darse cuenta siquiera. Tal vez pensaba que el rojo era el color preferido de Clayton, nada más.

Pero ahora Ziggy no sabe qué hacer ni qué pasará. ¿Cómo se comportarán en el instituto? ¿Significa esto que ahora están en la banda? ¿O que tienen que mantenerse alejadas?

Es complicado.

—¿Qué os parece una pizza para cenar? —Rita entra con el teléfono en la mano.

—Genial —responde ella, porque sabe que su madre se enfadará si no come nada.

Sunny entra con el pelo mojado y ropa limpia.

—¿De qué quieres la pizza? —le pregunta su madre.

—No, no quiero.

—¿Adónde vas? —Su voz suena preocupada otra vez.

—Solo voy a salir.

—Y una mierda vas a salir. Esta noche no, amiguito. —Rita es capaz de enfadarse muy deprisa.

Ziggy se queda ahí sentada e intenta no mover la cabeza.

—Relájate, mamá —dice Sunny poniendo los ojos en blanco, como si no fuera nada del otro mundo.

—A tu hermana acaban de partirle la cara y a su amiga la agredieron, joder. ¿Adónde narices tienes que ir justo ahora? —Su voz suena muy aguda.

Él solo la mira y se vuelve para coger su cazadora.

—No, Sunny, no. —Rita va tras él, le tira de las mangas—. No empieces a hacer el idiota, Sunny. Déjalo ya.

—Hemos quedado —grita él, pero la voz le hace soltar un gallo. Aún le pasa a veces, y normalmente Ziggy se ríe de él.

—¿Sunny? ¡Sunny! —Rita intenta conseguir que la mire.

—No voy a hacer el idiota, mamá.

—No te creo.

—Cree lo que quieras —contesta él, y abre la puerta de golpe y empuja a su madre para apartarla, pero no con fuerza. Sunny nunca la empujaría con fuerza.

Rita se queda allí de pie un momento. Ziggy quiere preguntar, pero a la vez no quiere.

—¿Mamá?

—Un momento, cariño.

Rita habla por el móvil.

—Hola, soy yo. ¿Estás muy lejos?... ¿Podéis volver? Sundancer acaba de salir... No sé adónde ha ido. Es que, no sé, ¿no podéis dar una vuelta y buscarlo?... Se ha marchado sin más... No sé adónde. Ve por Selkirk Avenue o por ahí... No lo sé... ¡No lo sé!... ¡Ya lo sé! Vale. Adiós.

Se queda mirando un rato el móvil, allí de pie.

—¿Mamá? —A la propia Ziggy se le quiebra la voz.

—¿Qué, mi niña? —Como si estuviera a millas de distancia.

—¿Qué está pasando?

Su madre se sienta en el sofá sin quitarle los ojos de encima al móvil, enviando mensajes, a Sunny, sin duda.

—Solo estoy... Me preocupa tu hermano. Me preocupa que vaya a hacer alguna tontería.

—¿Como qué?

—Como ir a por esos tipos, ¿los que os hicieron esto?

—Esto me lo hicieron unas chicas —dice ella, y se acurruca más aún bajo la manta.

—Ya sabes lo que quiero decir.

Y Ziggy lo sabe, pero no lo dice. Se refería a los que atacaron a Emily, los que la violaron.

—Sunny no haría nada. Odia esas mierdas. Todo ese rollo. —Se contiene.

—Ya lo sé, cariño. Sé que dice eso, pero... —La cara de Rita se retuerce otra vez de esa forma que da tanto miedo.

—No, de verdad. Jake y él se mantienen al margen de todo eso. No se meten en cosas de bandas. Solo juegan a videojuegos.

—Ya lo sé, Ziggy —dice su madre con esa mirada de «solo eres una niña pequeña».

—Es verdad, mamá. Son buena gente. Todos somos buenos.

—Separa la cabeza del cojín, despacio, con suavidad, y busca los brazos de su madre.

Rita la abraza, todavía preocupada, pero la acaricia como sabe hacer ella.

—¿Todavía vamos a pedir pizza? —Ziggy recupera lentamente su postura. La cabeza le pesa muchísimo.

—Sí. —Rita aún tiene el teléfono en la mano—. Sí, claro. Pero voy a llamar a Louisa primero.

—Vale. —Ziggy piensa un momento—. Ese de antes era papá, ¿verdad? Papá va a volver.

—Sí, cariño. Encontrará a Sunny. No te preocupes. —Le sonríe a su hija. Una sonrisa demasiado dulce, pero Ziggy la acepta.

No se atreve a decirle a su madre lo que ha visto: la bandana negra que se le ha salido a su hermano del bolsillo de la sudadera cuando ha empujado a Rita. La ha visto y ha sabido lo que era. Ella no es imbécil. Pero no se ha preocupado, no de verdad. No hasta que su madre le ha dicho que no se preocupase.

Tommy

Tommy repasa sus notas mentalmente mientras conduce por Main Street en dirección norte. En su cabeza, todas esas mujeres se funden en una, sus rostros son muy parecidos. La chica, la pobre Emily, menuda y rota en la cama de hospital; su tía, la de los ojos inquietantes que miran con tanta atención; y la mujer, la testigo, tan aliviada que ya no les ha dado la impresión de estar loca. Todas se parecen: el mismo pelo negro y oscuro, liso y brillante, los mismos ojos almendrados, casi.

Joder, qué cansado está. Ha tenido que entrar antes otra vez, ha arrastrado a Christie al trabajo antes otra vez. La verdad es que nunca dejará de oír sus quejas. Tiene la esperanza de que su compañero, en su fuero interno, admire su entusiasmo y que eso acabe repercutiendo para bien en su relación. Ha escrito y reescrito todas sus notas con minuciosidad. Dentro de un rato se reunirán con el sargento y quiere que todo esté como debe, que todos los números estén bien marcados y sean correctos, todas las notas limpias y detalladas. Nunca ha hecho nada tan importante. Hasta el momento, sus informes han sido bastante básicos, pero este caso es diferente. Todo tiene que estar bien.

Quiere realizar un interrogatorio más esta noche; hay un lugar más que quiere comprobar. Christie piensa que solo es para descartarlo, pero Tommy tiene un pálpito. Eso es lo que le dice a Hannah durante la cena, intentando que suene menos desesperado de lo que es en realidad.

—Sé que fue en esa casa. Solo tengo que conseguir que alguien me diga lo que no debe, solo una persona.

Corta la carne con firmeza. En realidad no tiene mucha hambre, pero a Hannah le gustan las cenas del domingo, aunque sean demasiado temprano, justo antes de que él se vaya a trabajar.

—Bueno, no es muy probable que eso pase, ¿verdad? Vamos, que no les gusta hablar con la policía, ¿no? —Hannah come con delicadeza, mastica despacio, como si en realidad no estuviese disfrutando de la comida. Para las cenas del domingo siempre prepara estofado o pollo asado.

—Hay que hacerles las preguntas adecuadas de la manera adecuada, cariño. —Le gusta pensar que ella cree que es un tipo duro, pero solo lo mira con lástima.

—Son pandilleros, Tommy. Son, no sé, unos sádicos y todo les importa una mierda. No creo que vayan a sentir pena por la chica esa. Las cosas no son como en la tele. Son asesinos y violadores y traficantes de drogas.

Tommy desearía poder mirarla con la misma lástima que recibe de ella, pero sabe que no debe. Hannah lo pillaría y luego estallaría. Siempre le pilla esas miradas, así que ahora ya solo lo piensa por dentro.

—Vamos, que nadie les importa nada. Solo son una panda de matones y criminales. Con ellos no se puede razonar. —Dice «razonar» como si fuera la idea más loca del mundo.

Tommy quiere que esté equivocada. Quiere demostrarle que se equivoca. No sabe muy bien por qué, pero le jode. Ella tiene un montón de opiniones sobre personas a las que nunca ha conocido y sitios en los que nunca ha estado. Él ya le ha contado mucho sobre ese caso, demasiado, y le recuerda que no lo comente con nadie.

—¡No diré nada, Tom, por Dios! —Recoge los platos de ambos. El tenedor de él se queda suspendido en el aire; iba a dar otro medio bocado—. Vamos, que todas mis amigas ya saben lo jodida que es la ciudad donde vivimos. No es que tenga pensado, no sé, confirmárselo.

Él ha tenido que contárselo; necesitaba darle vueltas y más vueltas a los hechos en voz alta. No tenían sentido. Nada tenía sentido. Ahora que se lo ha contado, desearía haber hablado con su madre en lugar de con Hannah. Eso era lo que quería hacer en realidad. Marie tiene un sexto sentido para estas cosas. No solo cree que sabe de esto por leer el *Sun*, sino que sabe de verdad.

—Solo son unos pandilleros locos, cielo. Son violentos. Y punto. Solo quieren hacerle daño a todo el mundo porque se creen muy duros. —Lo dice como si eso explicase algo—. ¿Podemos cambiar ya de tema, por favor?

Hannah quiere que la vida sea sencilla y no tiene ningún deseo de entender nada. Quiere que él detenga a todo el mundo y no piense más en ello. Solo quiere disfrutar de agradables cenas de domingo y una conversación cordial.

Tommy se detiene frente a la casa de Christie y el viejo sube al coche con un suspiro y apestando a frito. La barriga le sobresale tanto que le tapa todo el cinturón. No podría atrapar a un delincuente a la carrera ni aunque le fuera la vida en ello. Tommy se promete en silencio que irá al gimnasio cuando acabe el turno. Y que volverá a dejar los carbohidratos.

—Bueno, ¿cuál es la dirección de ese sitio? —El viejo tose. Hasta su voz suena repleta.

—Mil doscientos algo de Selkirk. ¿Puedes buscarlo?

Tommy recuerda el número, lo ha memorizado, pero intenta parecer menos entusiasmado. No quiere que nadie piense que se está obsesionando con el caso. Ya tiene bastante con haber convencido a Christie para esto. Son muchas horas para un solo caso. Se supone que tienen que informar después de ese posible último interrogatorio, y lo más probable es que el sargento les diga que se olviden del tema. Podría ser su última oportunidad antes de dedicarse otra vez a poner fin a fiestas de tres días y demás incidentes habituales de un domingo por la noche.

La casa está hecha polvo. La luz verde azulada de un televisor atraviesa las ventanas cubiertas con sábanas. Una de las telas tiene un estampado de rayas en zigzag que puede que una vez fueran marrones, pero ahora son casi amarillas porque el sol las ha descolorido. Unos setos sin podar rodean el pequeño jardín delantero, que está lleno de colillas de cigarrillo y botellas de cerveza. La barandilla de los escalones de la entrada está en el suelo, rota; debió de caerse hace poco, porque todavía no está enterrada en la nieve. Los escalones ya están todos helados, la gruesa capa de nieve ha quedado apisonada y alisada después de que le hayan pasado por encima muchísimos pies.

Christie llama a la puerta. Será él quien dirija el interrogatorio esta vez. Eso ha dicho. Tommy no le ha confesado que estaba contento. Pero lo está.

La puerta se abre y en el resquicio aparece la cara de una mujer joven. La madera del batiente está desportillada, la ventana está rota y sujeta con una X de cinta adhesiva que mantiene en su sitio el cristal partido.

—Buenas tardes, ¿le importa que entremos? —pregunta Christie con su vozarrón profundo de poli viejo. Es efectivo, a su manera.

La chica asiente con la cara contra la puerta.

—¿Quién es? —pregunta una voz tras ella. Un hombre, joven.

—La poli —responde ella, como si no fuese nada.

Abre la puerta del todo y entonces ven a un tipo nativo, delgado, joven, sentado como si los estuviese esperando. Sonríe. Lleva la camisa a cuadros abotonada hasta arriba del todo, de los dedos le cuelga un cigarrillo. El lugar tiene una iluminación escasa, pero huele a limpiasuelos. El aire está cargado de incienso. El joven alcanza el mando a distancia y baja el volumen, pero las imágenes siguen bailando en la pantalla. Un *reality show* que Tommy no conoce.

—Hola —dice el joven, pero no se levanta. Su sonrisa resulta inquietante y tensa.

—¿Es usted el propietario? ¿El inquilino de la casa? —pregunta Christie mirando al tipo y por toda la sala.

Tommy también mira a su alrededor, al sofá y las sillas que no hacen juego, a las paredes sin cuadros. Hay dos chicas sentadas en el largo sofá, la flaca que les ha abierto la puerta y ahora se enciende un pitillo, y otra regordeta que está toda encorvada y con una capucha que le tapa el pelo. Parece joven y algo asustada. Perdida. Él ya ha visto eso antes: jóvenes que tienen miedo de la policía. Le sonríe a medias, pero ella aparta la mirada.

—Inquilino, sí. —El tipo sigue sonriendo—. ¿Algún problema?

—Agredieron a una chica la otra noche, no lejos de aquí, y estamos haciendo algunas preguntas para ver si alguien sabe algo.

Tommy no les quita los ojos de encima a las chicas, pero ninguna de ellas reacciona. La flaca, que claramente es mayor, solo sigue fumando.

—No puedo decir que sepa nada. Ha sido un fin de semana bastante tranquilo. Mi novia y yo solos, y su hermana pequeña.

—Su sonrisa y sus ojos no se mueven, pero su brazo abarca toda la sala e incluye a las chicas del sofá.

La flaca sonríe. La regordeta baja la mirada.

—¿Podemos ver su documentación, señor? —La radio de Christie emite unos ruidos que suenan como a interferencias.

El tipo se rebusca en el bolsillo y saca una tarjeta plastificada. Christie la coge y se la pasa a Tommy. Es un carnet del Censo de Nativos caducado, de los viejos, con fotografía de fotomatón. Michael Hutchinson. Reserva India Dog Creek. Tommy lo anota todo.

—¿Y ustedes, señoritas, alguna identificación?

La flaca sacude la ceniza de su cigarrillo y va a por su bolso. La regordeta niega con la cabeza. Es joven, joven de verdad, así que Christie le pregunta cómo se llama.

—Roberta. Roberta Settee.

También ella saca un cigarrillo y lo enciende. Se mueve despacio, como si fuera demasiado grande o estuviera demasiado llena; como Christie. No hay ni rastro de comida por ninguna parte, sin embargo.

Roberta dice que vive en Pritchard Avenue y da un número. La otra chica es una tal Angie Dumas y vive en Machray Avenue. Tommy también anota todo esto.

—Muy bien. Gracias. ¿Les importa que echemos un vistazo? —Christie, sin inmutarse ante su extraordinaria cooperación, presiona más.

—Están en su casa —dice el tipo sonriendo aún. No obstante, sus ojos se mueven hacia la pantalla del televisor.

Tommy sigue a su compañero y se fija en todo. La cocina está limpia, pero el suelo está manchado. Una niña pequeña, de unos tres años quizá, duerme en la cama de una habitación. El otro dormitorio está desocupado. En ambos se ven los mismos pósteres y banderas. Hombres jóvenes. Incluso el baño está limpio. El sótano está completamente vacío, no hay ni una caja, solo un par de mantas viejas y mojadas por los charcos que hay en el suelo de cimientos agrietados.

Christie mira a su compañero. Tommy no sabe interpretar qué está pensando.

—Gracias, joven —dice, de vuelta en la entrada—. Señoritas. Si se producen más acontecimientos, se lo haremos saber.

Tommy sale y mira bien dónde pone el pie en los escalones cubiertos de nieve.

—Bueno, pues ha sido una pérdida de tiempo de campeonato —espeta Christie en cuanto están en el coche.

Tommy se acerca el portátil y empieza a escribir.

—¿Qué sacas en claro?

—Pues, que o es el hijoputa nativo más limpio de la historia, o esconde algo.

—Esta dirección ha recibido muchísimas quejas por ruido —arguye Tommy.

—¿De quién es la casa?

Tommy regresa a su libreta de papel.

—Solo aparece una empresa con uno de esos nombres de asignación automática.

—Mmm. ¿Y has consultado quién es el dueño de la empresa?

—No, aún... —empieza a decir.

—A mí me picaría la curiosidad. —Christie se muerde el labio. Está pensando. Tommy sabe que también se le ha despertado el interés. Lo siente como una victoria—. Bueno, y ¿quién es ese tal Hutchinson?

—Michael Hutchinson. Hay muchos. El jugador de hockey, por ejemplo. Unos cuantos están fichados, pero no parece nada serio.

—¿Y las chicas?

—De Roberta, nada. Ah, Angie Dumas fue detenida en 2010 por posesión de mercancía robada..., pero la soltaron. Se la ha relacionado con Alex Monias.

—Ese nombre me suena. Consúltalo.

Tommy teclea y lee con atención. El brillo intenso de la pantalla hace que sus ojos cansados desenfoquen.

—Tenemos a cuatro. Alex M. Monias tiene cargos por conducir borracho; ah, pero es mayor. Alex D. Monias tiene una infracción leve de tráfico. Aquí. Este cumplió tres años por agresión grave hace bastante, y lo soltaron antes de tiempo. Contactos conocidos... Apodado «Bishop»...

—Ese es. A ese lo conozco. Lo detuvimos hará como diez años.

—Sí. Salió en 2009.

—¿Algo más desde entonces?

—Cosas leves... Sospechoso de tenencia de armas el año pasado, en espera de vista. Posesión de mercancía robada. La misma fecha de detención que la chica. 2010. Volvió a entrar una temporada.

—Levanta la vista—. O sea, que es el Monias de la ficha de la chica.

—Eres un genio, *métis*. Comprueba su foto.

Tommy lo hace, pero antes de que aparezca la imagen ya sabe lo que verá. Sabe exactamente cómo será Alex Monias.

—¡Joder!

—Menuda sorpresa. —Christie, de algún modo, ha vuelto a ser el poli viejo y cansado.

—¿Qué hacemos?

—Nada. —Su compañero bosteza—. Informamos de esto y luego ya veremos. No hay que hacer ninguna tontería como emprenderla con ese tipo. Lo único que sabemos es que es un pandillero que no quiere que sepamos que es un pandillero.

Tommy piensa en posibles respuestas a eso. Piensa en otras cosas que podrían hacer, preguntas que plantear. Pero no tiene nada, debe aceptarlo y aguantarse, y ya se le ocurrirá algo sobre la marcha.

—Está bien, sabemos que la chica estuvo en la fiesta de una banda. Eso lo sabemos. —Christie está haciendo su propia lista—. Y sabemos que este tipo nos ha mentido, pero no sabemos si tuvo algo que ver con... la agresión. Todavía no lo hemos vinculado con eso.

—No hay nada en su ficha que parezca indicarlo, no.

Tommy consulta el documento una vez más, repasando las palabras una y otra vez con la esperanza de que algo le llame la atención.

—Ningún rastro físico en la víctima.

Tommy piensa otra vez en esa lista. Los hematomas en las muñecas y los tobillos sugieren la posibilidad de que varias personas la inmovilizaran. Las lesiones en el lado izquierdo de la cara seguramente fueron por un puñetazo. La otra víctima también recibió puñetazos en la cara, y aún peores. Pero eso lo hicieron unas chicas. Zegwan ha declarado eso, que fueron chicas. Emily no ha dicho que fuera nadie. Solo cuatro de una banda. Con pelo largo.

Phoenix

—¡Tienes que largarte, joder, Phoenix! —le grita Bishop desde la cocina.

Phoenix sigue sentada en el sofá. Cuando los polis se han marchado, no se ha movido, solo se ha encendido otro cigarrillo y ha dado una larga calada. Tiene la sensación de que les ha ido por los pelos. Demasiado. Su tío sabe cómo tratar con ellos, pero no está contento. Cuando se han marchado, se ha puesto a caminar de un lado a otro, cabreado, la verdad. Parecía uno de esos personajes de los dibujos animados a los que les sale humo por las orejas. Angie se ha levantado para hablar con él, pero ni siquiera ella ha podido calmarlo.

—Que te vayas de una puta vez, Phoenix. ¡Tienes que largarte, joder! —le exige a gritos.

Su pequeña Alexandra, en el dormitorio, empieza a llorar. Angie parece destrozada; levanta las manos para tocar a su hombre, su bebe llora. Bishop la aparta de un empujón, así que ella se va a ver a la niña haciendo «chis» todo el rato, como si eso sirviera de algo.

—Necesito que desaparezcas —dice Bishop, más tranquilo. Arrastra una silla por el suelo y se sienta.

La culpa no es de él, es de ella. Phoenix lo sabe. Todo es culpa de ella.

Sabe que tiene que irse.

Se termina el cigarrillo y se levanta. Lleva todo el día con dolor y mareos, así que tiene que moverse despacio de verdad. Va a la habitación de Kyle, no enciende la luz, pero alcanza su bolsa, que está en el estante de arriba del armario, donde la ha metido cuando han sacado todo el material del sótano. Pasa la mano buscando lo que se supone que hay dentro: las fotografías de papel grueso anticuado, una camiseta, un par de pantalones que ya no le caben. Saca otro jersey del cesto de la ropa sucia, donde las chicas han metido todo lo que han encontrado por el suelo, y se lo pone, con la sudadera por encima. Eso, más la cazadora, la abrigará lo suficiente, piensa. Vuelve a nevar, y eso quiere decir que ya no hará un frío de la hostia. También encuentra otros calcetines. No le vendrán mal.

Cuando sale, Angie está sentada con Bishop en el sofá. Él sigue estresado y ella le acaricia el brazo. A Phoenix siempre le ha caído bien Angie. Cuando era pequeña, solía tratarla superbién. Cuando Phoenix iba a visitarlos, Angie compraba granizados y comida rápida, sobre todo cuando estaba gorda por el embarazo de Alexandra y se pasaba todo el día comiendo. Ahora nadie lo diría, porque ha vuelto a quedarse flaquísima, pero antes comía un montón. Phoenix come todo el rato de todas formas.

No les dice nada a ninguno de los dos, ni siquiera los mira, solo se va hacia la puerta, saca sus zapatos del montón que hay allí y se sube la cremallera de la cazadora. Nota toda la ropa más apretada, debe de ser por las capas, pero le queda todo tapado, así que estará bien.

—Vale, nos vemos. —Levanta la mirada como si fuera un día cualquiera. Normal.

Angie sonríe, pero tiene los ojos tristes. Bishop la mira de reojo, no vuelve la cabeza hacia ella. Phoenix cree que lo ve asentir. Habría estado bien que asintiese. Habría sido respetuoso.

Fuera, alarga la mano hacia la barandilla antes de recordar que se cayó, y casi pierde el equilibrio sobre el hielo. Está hecha una experta en caminar sobre hielo, joder. Nieva un poco, el viento empuja la nieve. Hace más frío de lo que ella creía. La noche solo está oscura a medias. Las estrellas han salido por un lado, la luna se ve casi llena. No sabe decir si estará llena pronto o si está menguando. Una vez se lo enseñaron en el colegio, pero nunca se acuerda de en qué dirección se supone que va.

Pasa los setos, rodea el jardín y tuerce hacia McPhillips. Por allí conoce sitios, cafeterías en las que puede quedarse un rato sentada. Quizá uno o dos de sus buenos portales sigan disponibles. Hace ya bastante desde que se pasaba toda la noche fuera, y odia hacerlo en invierno, pero sabe que tiene que descansar cuando puede y seguir andando cuando necesita entrar en calor. El cartón bloquea el viento; no necesita nada más. Se reajusta la bolsa a la espalda, no pesa, la lleva casi vacía, pero de todas formas es lo único que le preocupa.

El Windmill es una vieja cafetería decadente con paredes de color naranja en las que hay colgados cuadros viejos y polvorientos. Se sienta en el compartimento del fondo y estira las extremidades. Quiere quedarse allí el mayor tiempo posible, así que pide una hamburguesa con patatas fritas. En garitos como ese es menos probable que te den la patada si pides una comida completa. La camarera es una señora blanca con pintalabios rojo brillante. Le hace pagar antes que nada, pero a Phoenix no le importa. El café te lo rellenan gratis, así que se sienta con el periódico y se lee todos los artículos para matar el tiempo.

Se come su hamburguesa demasiado deprisa y ya vuelve a tener hambre cuando acaba de vaciar el plato. La vieja camarera la mira con mala cara y le pregunta si quiere postre. Phoenix decide que no y sacude la cabeza. Le ha pillado un billete de veinte a Kyle de su escondite; solo uno de veinte, porque no es ninguna ladrona. Tendrá que durarle toda la noche.

—Pero sí quiero más café.

La camarera vuelve a ponerle mala cara. Tiene la piel tan arrugada que hasta el pintalabios rojo parece agrietado.

Phoenix se lee las tiras cómicas dos veces, porque están al final y cuando acabe con ellas no tendrá nada más. Después de la segunda taza de café ya no tiene tanta hambre, pero se muere por fumarse un cigarrillo. Vuelve a pensar en sitios a los que podría ir, pero sabe que no la acogerán en ninguno de ellos. La madre de Desiree no dejará ni que se acerque a su casa, lo mismo que la de Roberta, y ahora Clayton está más que muerto para ella. Cheyenne ha vuelto a mudarse y ni siquiera se ha molestado en decirle adónde. Tendría que habérselo preguntado, pero eso fue cuando aún pensaba que su tío le echaría un cable. Eso fue antes de que se pusiera histérico y le ordenara a Kyle que metiera todo el material en una furgo y se lo llevara de allí.

—Como venga por aquí la poli..., ¡me cago en Dios, Phoenix!

Al menos ha cumplido su palabra. Cuando está cabreado se parece muchísimo al abuelo. No a su bisabuelo, el abuelo Mac, sino al padre de él, el abuelo de Phoenix, Sasha. No es su abuelo de verdad, pero al de verdad nunca lo conoció. Y a ese, a Sasha, solo lo recuerda siendo malo con ellos.

—Hora de irse. Vamos a cerrar —escupe la camarera cuando se lleva la taza medio llena de Phoenix.

—Pensaba que estaba abierto toda la noche —dice ella.

La señora niega con la cabeza.

—Ahora cerramos a las nueve. Ya no tiene sentido abrir toda la noche en esta zona. Lo único que tenemos es gente que busca café gratis y un sitio donde entrar en calor.

Phoenix siente que se está cabreando, pero le dedica una sonrisa torcida a la mujer.

—Voy al váter.

Se desplaza por el banco para salir del compartimento. Le duele levantarse. Casi vomita, pero consigue evitarlo y camina hacia los viejos servicios sonriendo por dentro. Habría sido gracioso de cojones vomitarle en todos los zapatos a esa vieja blanca.

Usa el baño y se prepara mejor para el frío. Solo necesita la camiseta extra que lleva en la bolsa, y puede ponérsela. Los pantalones de todas formas ya no le caben, así que los deja tirados junto con la bolsa vacía para el siguiente pringado que entre allí. Lo que sí saca con cuidado son las fotografías. Tienen los bordes rugosos y se han quedado algo descoloridas, pero todavía están bien.

La del abuelo Mac y el coche. Piensa que debió de conocer al abuelo Mac, pero no. Murió cuando Elsie era joven. Pero Elsie lo quería mucho. Siempre le contaba historias sobre él, siempre lloraba por él. Por eso Phoenix lo conoce tan bien. Es como si estuviera vivo aun después de morir.

Hay una foto de ella con Cedar-Sage y Sparrow, sus hermanas. Phoenix tiene unos diez años y lleva un corte de pelo horrible. Es Navidad, y el árbol está encendido detrás de ellas. Sparrow no es más que una niña pequeña con coletas, Cedar tiene unos seis años. La larga pared blanca de ladrillos detrás de las tres. Aquella era la casa grande, la de proyectos sociales. Lego Land, llamaban a aquellas casas. A Phoenix era la que más le gustaba de todos los sitios en los que vivieron después de que se marcharan de la casa marrón, la casa de Grandmère. La casa Lego Land era muy grande y limpia, y había un parque enorme justo al lado. Sparrow empezó a caminar y a hablar allí, y todo fue muy bien durante una temporada. Así es como se las ve en la fotografía. Bien. La cara de Phoenix muy joven, y su pelo muy encrespado, pero está feliz, o como si intentase ser feliz. Cedar también tiene una sonrisa enorme. Sparrow no tiene ni tres años y no mira a la cámara, está demasiado distraída por todos los juguetes que hay por allí. Mirando esa fotografía, nadie diría lo jodidas que estaban.

La otra foto es del mismo día, pero de Elsie. Se la hizo Phoenix. Elsie está agachada y se ríe, no está preparada para que le saquen una fotografía. Alarga una mano hacia un papel de regalo, quiere recogerlo del suelo. El suelo estaba cubierto de papel. Ese año tuvieron muchísimos regalos. Casi fue como si Elsie supiera que iba a ser su última Navidad feliz. A Phoenix le gusta esa foto de Elsie. Se la ve muy real, tal como era cuando las cosas le iban bien. Casi siente pena por su madre, pero se contiene y esconde la foto detrás de las demás.

La última es de Grandmère cuando era joven. Es en blanco y negro, ella va toda arreglada con ropa anticuada y está en alguna esquina del centro de la ciudad. Se la ve muy elegante, como si fuese una mujer importante de verdad. Phoenix sabe que en realidad no lo era. Solo era una mestiza que ni siquiera podía entrar en la mitad de las tiendas del centro, por aquel entonces. Pero aun así se arreglaba para ir allí. Eso lo sabe porque Grandmère solía contarles sus historias de épocas pasadas. A Phoenix le encantaban esas viejas historias, aunque todas resultaran ser tristes. Aun así, le gustaba estar allí sentada con Grandmère, que ya era tan vieja que apenas podía ver, pero todavía podía hablar y contar las mismas historias una y otra vez. Ahora Phoenix las conserva, todas las que es capaz de recordar, las guarda a salvo en su interior. Antes pensaba en ellas como en secretos buenos que solo ella conocía. Cuando era pequeña, pensaba que, si sabía más secretos buenos que secretos malos, todo iría bien. Ahora que ya es mayor sabe que todo eso son chorradas, pero todavía le gusta tener cerca los secretos buenos.

Se guarda las fotografías con cuidado en el bolsillo interior de la cazadora y vuelve a abrigarse. Cuando sale, la mala cara de la vieja camarera es una mirada fulminante, pero Phoenix no dice nada, solo saca la barbilla y sale a la calle.

Sabe cuál es el siguiente sitio al que quiere ir, así que sube por Selkirk Avenue con determinación y la cabeza bien alta.

Solo pasaron una Navidad en la casa Lego Land. A las niñas se las llevaron antes de que se derritiera la nieve. La culpa de aquello también fue de Phoenix. Se había puesto el jersey ancho de su madre para ir al colegio, las mangas le iban demasiado grandes y le colgaban más largas que los brazos. No tendría que haberlo hecho. Sabía que tenía moratones. Grandes moratones largos, de dedos. No es que a ella le importara el cabrón del padre de Sparrow. Él podía irse a la mierda, joder, pero sabía que todo el mundo le echaría la culpa a su madre. Elsie estaba muy bien por entonces, cuando vivían en la casa Lego Land. Pero luego se llevaron a las niñas y la cosa se puso mala de verdad. Cedar-Sage y Sparrow acabaron en un hogar, pero allí no tenían sitio para Phoenix, así que ella se quedó atrapada en un hotel con niños mayores. Esa primera noche lloró. Ahora no lo haría ni en broma, pero entonces aún era una niña pequeña. Intentó ocultarlo llorando contra su manta. Una de las niñas mayores la pilló, se rio y le dijo: «No seas cría, joder. Llorar no sirve de nada.

Nadie va a venir a buscarte, idiota». Después de eso, Phoenix dejó de llorar, pero aun así echaba de menos a sus hermanas y a su madre. En secreto, sin embargo, se alegraba de estar lejos del padre de Sparrow.

Hace un frío de cojones, pero ella está bien. Es como si se hubiera acostumbrado esos últimos días. Cuanto más frío pasas, más te acostumbras. Sube por Main, tuerce por Redwood y cruza el puente. Todo parece tan normal que casi está bien. Por dentro, finge que solo regresa a casa, que Grandmère y Elsie estarán allí esperándola, y hasta la abuela Margaret será amable con ella. Y Alex, Alex estará allí con su bici y se la llevará a dar una vuelta aunque sea invierno. Recorre la calle y piensa que la gran casa marrón estará allí mismo, pero no. Y justo cuando piensa que lo recordaba todo mal, ve el porche retorcido y la ventana maltrecha. Su antigua casa.

Parece más vieja, pero sigue siendo marrón. Las cortinas están corridas, pero se ve una luz azulada de televisión en la planta de arriba. En el porche hay dos grandes sillas rojas que parecen cómodas, como si pudieras juntarlas y echarte a dormir allí. Si fuera verano, claro. Han paleado la nieve de la acera hasta dejar el cemento limpio, sobre el que solo se ven los pocos copos que acaban de caer. Phoenix quiere seguir fingiendo que todavía vive allí, que siempre ha vivido allí y que ha vuelto a casa después de pasar una temporada fuera. Casi se lo cree. Si no tuviera tanto frío, se lo creería del todo.

Da la vuelta a la casa y enfila el callejón de atrás, pero el patio trasero está diferente a como ella lo recordaba. Hay un enorme garaje nuevo donde estaba el antiguo. En realidad, era más bien un cobertizo con dos viejas puertas de madera. Dentro guardaban la bici de Alex y un viejo cortacésped que nunca vio usar a nadie. Aquello siempre estaba oscuro, olía a madera y a gasolina, y había cajones llenos de herramientas que tampoco había visto usar nunca a nadie. Cuando era pequeña, Alex decía que el abuelo Mac todavía estaba allí dentro, que tenía encantado ese sitio, así que ella nunca entraba del todo.

Pero ahora ya no queda nada de eso.

No sabe cuánto tiempo vivió en esa casa, no recuerda ningún otro lugar hasta que Elsie y ella se marcharon. Eso fue cuando Elsie estaba embarazada de Sparrow. Grandmère había muerto y la abuela Margaret quería irse de allí, quería «vender esa maldita ruina». Phoenix se acuerda. Elsie se puso hecha una fiera. No quería trasladarse, pero lo hicieron. No podía permitirse esa casa sin sus padres, ni aunque el padre de Sparrow se hubiese ido a vivir con ellas. Así que se marcharon. Se fueron de una casa grande a un apartamento pequeño, y el padre de Sparrow se fue con ellas de todas formas. Nunca regresaron. Phoenix no había visto la casa desde entonces.

Da media vuelta y recorre el callejón por las roderas que han dejado los coches. El río está blanco, liso y ancho bajo el puente. Piensa en cómo sería saltar al hielo y la nieve, en cuánto le dolería. Probablemente se moriría y ya está. Pero primero dolería. Es un pensamiento extraño. Todavía está algo mareada, y ahora, encima, está triste y tiene frío. Se cala el gorro hasta taparse bien las orejas, pero aun así le arden. Se cuela en el drugstore y finge pasearse un rato por la sección de vitaminas. Cuando ya ha entrado lo bastante en calor, sale otra vez con disimulo y se va hacia la zona de la gran catedral y Mountain Avenue. Conoce una tienda de donuts que está en McPhillips. Esa sí que está abierta las veinticuatro horas, seguro.

Grandmère nació en la parte francesa de la ciudad y no habló inglés hasta que fue mayor. Su Père era miembro de la Union Nationale Saint-Joseph y estaba muy orgulloso de quién era, incluso cuando decir que eras *métis* era peligroso. Aunque crecieron en la ciudad, Grandmère y sus hermanos y hermanas ponían trampas para conejos a lo largo del río. Grandmère sabía fabricar una trampa incluso cuando se quedó ciega. Le había enseñado a Alex, y él las ponía en St. John's Park. Phoenix y Alex casi atraparon un conejo una vez; la cuerda se enredó en la larga pata del animal, pero consiguió liberarse dando sacudidas. En secreto, Phoenix se alegró de que se escapara, porque no quería matar a un conejo. Que solo era una niña pequeña, joder.

El abuelo Mac también era *métis*, pero mestizo ojibwa, y hablaba inglés, así que, cuando se conocieron, Grandmère empezó a hablar ese idioma. El abuelo Mac trabajaba muchísimo y compró esa casa con sus ahorros. Grandmère estaba muy orgullosa de él y le encantaba su casa; tanto, que nunca quiso vivir en ningún otro lugar. Quería que fuese para sus descendientes, hasta llegar a Phoenix. Todos sus hijos fueron varones hasta que tuvieron a la abuela Margaret, que fue la última. Todo el mundo estuvo muy contento, la quisieron muchísimo. Después, la abuela Margaret tuvo a Elsie, y Elsie fue la preferida del abuelo Mac. Luego Elsie tuvo a Phoenix, que fue la preferida de Grandmère. Eso es lo que Phoenix recuerda más que nada, que Grandmère, aunque tenía muchos hijos y nietos, le decía eso a Phoenix, y ella se sentía especial. Casi no se acuerda de las historias, solo de las sensaciones y las imágenes que guarda en el recuerdo. Grandmère en su silla. Grandmère sonriéndole. Los ojos viejos de Grandmère, grises por la edad y la ceguera. Grandmère en el centro, con su vestido elegante anticuado. Phoenix sabe que hay otras fotografías. Grandmère solía enseñarle un montón, pero no ha vuelto a verlas desde que se marcharon de esa casa. Debe de tenerlas la abuela Margaret, o las tuvo hasta que murió.

Le queda suficiente dinero para pedir un donut y un café. Aquí no te rellenan la taza gratis, así que pide un vaso de agua y bebe despacio, a sorbos. Lee una de esas revistas Coffee Time. Encuentra un viejo lápiz corto y gastado, como los que se usan para los boletos de lotería, y hace dibujos en los espacios vacíos. Nada, en realidad: un pájaro, una cara enfadada con barba, su nombre en letras fardonas. Si no fuese tan tarde, llamaría a Cedar. Tendrá que encontrar la forma de hacerlo mañana. Debería hablarle a su hermana pequeña sobre su Grandmère. A Cedar le gustaría. Es lista y le gustan las buenas historias.

Cuando el reloj da las dos, a Phoenix le parece que ya va siendo hora y echa a andar. Un viento frío barre todo McPhillips, así que tuerce por una bocacalle. El camino es más largo por ahí, pero al menos los edificios la protegen del viento.

Pasa junto a la Brecha, pero no la mira. Ve los altos robots y siente que el viento es más fuerte y más frío, pero no levanta la mirada. No le hace falta. Recuerda cada segundo.

La casa de su tío está tranquila y totalmente a oscuras. El televisor está apagado y nada se mueve. Ella había intuido que él actuaría con discreción y le diría a todo el mundo que no se acercara, pero hasta ahora, que ve la casa tranquila, se ha preguntado si habría acertado o no. Entra por el callejón de atrás y abre la puerta sin hacer ruido. Dentro, la cocina está en silencio. Ve envoltorios y una caja de cerveza entre las sombras. Parece que han cenado bien y se han tomado unas cuantas cervezas. Eso está bien. Su tío dormirá toda la noche.

Se cuela por la puerta del sótano, pero no enciende la luz. Sabe que está vacío y que las viejas mantas siguen en el suelo, mojadas. No pasa nada, ella ya tiene suficiente abrigo con sus capas de ropa, y hay sitio suficiente para dormir en lo alto de las escaleras. Todavía tiene náuseas, pero se encuentra mejor que antes. Tiene ganas de mear, pero se aguanta. Casi huele igual que aquel viejo cobertizo. Viejo y encantado. Solo que Phoenix ya no tiene tanto miedo. Hace ya mucho que esas mierdas no le dan miedo.

Se hace un ovillo ahí mismo, se apoya contra la puerta e intenta dormir. Pensando en la vieja casa marrón y fingiendo que siempre ha estado allí, tal como se suponía que iba a ser.

CUARTA PARTE

Es solo un sueño, mi Stella. Es algo que no sé, o no del todo, y que tampoco entiendo.

Y así está bien, creo. Creo que nunca se supuso que debiéramos saberlo todo. Nadie dijo que debiéramos saber por qué ocurren las cosas tal como ocurren. Solo que hay que aceptarlas tal como llegan, ¿verdad?

No he visto ninguna luz blanca. Nadie con una túnica larga o una capa se ha presentado para decirme adónde se supone que debo ir, o qué se supone que debo hacer ahora. Estoy aquí y punto. Es como un sueño, pero lo mismo da. Porque me he quedado aquí, donde he estado siempre, junto a todas estas casas que se caen a pedazos y las torres de Hydro, todos estos árboles enormes y estas mujeres tristes. Junto a la vieja casa de Atlantic Avenue, con la cama grande sin hacer y esa cocina que siempre huele a cinco comidas diferentes a la vez. Me he quedado junto a ti, mi niña. Estaba ahí cuando te hundías en los brazos de mi madre en ese viejo sillón de velvetón, cuando la dos os acunabais hasta caer dormidas.

Durante mucho tiempo esperé. Esperé una luz, o a alguien que me mostrara el camino y lo que se suponía que debía hacer.

Esperé en esa vieja casa hasta mucho después de que todas vosotras os marcharais. Después vagué por la nieve y las calles con la esperanza de encontraros, como si las perdidas fueseis vosotras, no yo.

Entonces te oí, todavía con tanto dolor y tristeza, y solo quise estar a tu lado. Todavía necesitaba que me necesitases. Yo soy el leve aliento y la brisa que te rodean. Yo soy esa sensación de que en realidad nunca estás del todo sola. Tú eres toda mi fuerza y ni un ápice de mi debilidad. Tú eres el sueño que mi vida ha hecho realidad. Esas son las mejores cosas que jamás podré hacer por ti.

Un cuentacuentos me dijo una vez que en nuestros idiomas nunca existió la dimensión del tiempo, que el pasado y el presente y el futuro sucedían todos a la vez. Me parece que así es como sucede ahora para mí, todo al mismo tiempo. Me parece que también por eso tú no me dejas marchar, porque todavía sucedo.

Ninguna de las dos deja marchar a la otra, no de verdad. Nadie nos ha enseñado nunca a hacerlo. Ni nos ha dicho por qué.

Pero tú eres muy fuerte, mucho más fuerte de lo que yo fui jamás. No tengo ninguna duda de que conseguirás superar cualquier cosa. Solo tienes que aceptarlo tal como llegue.

Y llegará.

Cheryl

Cheryl llama a la puerta, pero entra antes de que Rita responda. Sabe que su amiga está levantada; huele el café por debajo de la rendija. Aun así, Rita agradecerá la bandeja de cartón con cafés que le trae.

—¡Eh! —exclama Rita con tranquilidad desde el fondo del pasillo oscuro.

Cheryl ve a Ziggy dormida en el sofá, su carita toda vendada e inclinada en un ángulo extraño.

—Eh —susurra Cheryl en respuesta, y su voz se rompe de una forma que no esperaba.

Se quita los zapatos y va a la cocina, donde la luz tenue de la mañana intenta atravesar la ventana sucia y las nubes. Deja la bandeja, destapa su café solo, para que se enfríe, y le deja a su amiga el que lleva doble de azúcar y de crema de leche.

—Ah, gracias. —Rita aparece detrás de ella y ve el café para llevar—. Por eso eres mi mejor amiga. —Intenta reír, pero tiene toda la cara crispada. Deshecha.

Cheryl le sonríe con debilidad.

Se dan un fuerte abrazo y suspiran una sobre el hombro de la otra. Cheryl cree que podría desmoronarse ahí mismo, le encantaría, en realidad, poder desmoronarse completamente.

—¿Cómo está Ziggy? —pregunta en un susurro al hombro de su amiga.

—Medicada. Dormida.

Rita no llora de verdad. Ha practicado para evitar cualquier tipo de vulnerabilidad. Puede que la voz le tiemble, incluso puede que se le quiebre de maneras que ella no desea, pero sus ojos siguen secos.

Cheryl le acaricia la espalda antes de soltarla. Sabe que no hay nada que pueda hacer, nada que pueda decir, en realidad. Lo único que puede hacer es estar ahí. Y no desmoronarse. Rita suspira y por fin se separa de ella.

—¿Ya se han ido los hombres? —pregunta Cheryl mientras se sienta a la mesa.

—Sí, se marcharon ayer, después de cenar. Tenían que volver a la carretera. —Rita tira de una silla y se deja caer en ella.

—Bueno, al menos vinieron a ver a su niña. —Cheryl sonríe. De alguna forma se siente forzada y sincera a la vez. Piensa en su Joe. En sus palabras apaciguadoras por teléfono. Dijo que iba a venir.

Rita se encoge de hombros.

Cheryl prueba su café con un sorbo precavido. Sabe que su amiga no dirá nada más, ni de su ex ni de su suegro, así que solo puede seguirla en su cambio de tema.

—¿Ya está todo el mundo sano y salvo en casa? —pregunta Rita un momento después.

Cheryl conoce bien ese truco suyo de trabajadora social, interesarse por todo el mundo, asegurarse de que todos están a salvo e instalados en algún lugar. Cheryl también lo hace, pero solo con sus chicas y los hijos de estas.

—Sí, bueno, todos sanos y salvos. Después me acercaré a ver a Emily. Mi madre está abajo. —Cheryl sopla en su vaso de cartón—. Stella está con ella.

—¡Stella! Ya era hora, joder. ¿Se ha enterado, o cómo ha sido? —La frente de Rita se arruga. Sus ojos casi parecen negros.

—Supongo. Se la veía bastante desmejorada, como deprimida, aunque quizá sea el posparto. Sus niños son una monada. Cómo se parece el bebé a Lorraine, madre del amor hermoso.

Stella estaba mucho mayor que la última vez que Cheryl la vio, y se parecía mucho más a su madre. La misma mirada gastada de Lorraine, solo que Lorraine tenía los ojos más brillantes.

—Es duro negar quién eres, ¿eh? —Rita es implacable.

—Sé amable. Ahora está aquí. —Cheryl da un sorbo e intenta creérselo. Su dulce y joven sobrina, todavía tan guapa, todavía tan triste, todavía cargando con todo. Sus espaldas casi están encorvadas a causa del peso.

—Debería haber estado desde el principio. —Para Rita todo es tajante y seco.

Cheryl no se lo puede discutir. Rita acierta tanto como se equivoca. Piensa en algo más sobre lo que su amiga tenga una opinión que darle. A Rita le gusta estar enfadada. La distrae.

—Llamé a Joe, ¿sabes? —Cheryl se reclina contra el respaldo y pasea la mirada por la cocina, que está perfectamente limpia. Duda que Rita haya dormido ni un minuto.

—¿Y qué se trae entre manos ese cabrón inútil? —Rita rebusca los cigarrillos en su bolso.

—Lo de siempre. —Cheryl deja su vaso y se frota las manos viejas y doloridas—. Llamará a Paulina esta mañana. Dice que vendrá en cuanto haya terminado un trabajo con el que está liado.

—Sí, claro. —La ceja de Rita dibuja un arco airado, pero incluso su ira resulta cansada—. Lo creeré cuando lo vea, ¿sabes?

—Sí, supongo que sí. —La voz de Cheryl suena muy lejana, no quiere decir nada más.

Rita la conoce mejor que nadie y sabe lo que siente por Joe. Lo que siente al oírle decir que va a venir.

Su amiga pone mala cara.

—¿Mamá? —llama Ziggy desde el otro extremo del pasillo.

La cara de Rita se transforma al instante, se levanta de un salto para ver qué pasa.

Cheryl se queda sentada un momento más, pensando en las palabras inútiles de Joe. Su voz suave y tranquilizadora, que tira de ella hacia el monte, hacia sus brazos y esa casa de contrachapado vieja y mohosa. Que vendrá, cuando pueda. Cuando le dé la gana.

Abre una ventana y enciende un cigarrillo. Mira hacia las copas de los árboles, donde la nieve se queda atrapada en las ramas. Piensa en el monte. En aquella casa. La calidez, las mantas echadas sobre el mobiliario desgastado, las raquetas para la nieve colgadas en la pared junto a algunos de sus primeros cuadros, de la época en que pintaba árboles y no personas.

Cuando se fueron a vivir juntos allí, en aquella otra vida, Lorraine aún estaba viva y todo el mundo se las apañaba por sí mismo. Cheryl tenía muchas ganas de ir. Se escapó al monte con su hombre loco, sin nada más que sus hijas y un sueño. Quería educarlas en la tranquilidad de la naturaleza, construir una vida diferente. Durante todo un invierno fue maravilloso. Ella pintaba árboles, intentaba perfeccionar sus delgadas curvas. Le encantaban las noches oscuras.

Pero no pudo hacerlo durar mucho tiempo. Lorraine estaba empeorando, desaparecía durante semanas seguidas, regresaba a casa cada vez más colocada. Cheryl llegó a tenerle pavor a los dos timbres breves del viejo teléfono de disco; siempre era su madre, susurrando, sola. Su voz pareció envejecer muchísimo ese invierno. Regresaron en cuanto llegó la primavera. Cheryl se llevó a las niñas a pasar el verano con su prima, le dijo a Joe que solo sería algo temporal y que volverían con él cuando su hermana estuviera mejor. Él asintió como si la creyera.

Lo cierto era que ella quería regresar a la ciudad. Echaba de menos el ruido y el humo de los coches, las tiendas de alimentación tan a mano y a veces hasta los caminos que abrían en la nieve. Añoraba la vieja casa destartalada de su madre en Atlantic y el olor a salchichas polacas del barrio. Aquello era su hogar. El monte era el de Joe. Ambos lo sabían y, aunque estuvieron años yendo y viniendo, ninguno de los dos abandonó su lugar de procedencia. En realidad, solo empezaron a visitarse el uno al otro. Ella sabía que tenía que estar con su madre, sobre todo después de que su hermana desapareciera. Sabía que no podía quedarse en el monte. Él iba encontrando a mujeres del pueblo cercano para mantener caliente su cama mohosa, aunque ninguna de ellas duraba mucho por allí. Cheryl encontró más de una y más de dos formas de sobrellevarlo, casi siempre el whisky de centeno.

—Todo esto podría haber sido tuyo —le dijo él una vez en que ella fue a verlo.

Una vez que acompañó allí a sus hijas y a los bebés por entonces recién nacidos de estas. Se lo dijo con amor en los ojos y un exagerado gesto de la mano que abarcó los cobertizos cochambrosos y la hierba cubierta de excrementos de perro.

En aquel entonces ella se rio, pero ahora lo recuerda a menudo. Su tierra tranquila y reconfortante, sus ojos, suplicantes y herméticos a la vez. También Joe evitaba ser vulnerable.

Han pasado cinco años desde la última vez que fue a visitarlo, la última vez que lo dejó con su monte y con la primera mujer que pudiera encontrar. Pero aquel lugar, el hogar de Joe, parece acompañarla siempre.

Rita vuelve a sentarse, todavía pesarosa, y da sorbos a su café.

—¿Cómo está? —pregunta Cheryl.

—Bien. Bueno, dolorida pero bien. —Suspira.

—No tiene nada roto.

—No tiene nada roto. —Lo dicen como un mantra de alivio, como si pudiera ser cierto.

—Bueno, ¿cómo está tu madre? ¿Con Stella por aquí? —Rita cambia de tema.

—Está contenta, pero, mmm, se comporta de una forma rara. Se nos está yendo, Rita. Está cada vez más desorientada, más..., no sé.

—Vieja.

—Sí, no sé. Vamos, ¿tú crees que tendría que irme a vivir con ella? ¿Debería buscarle una enfermera a tiempo completo o algo así? Sé que no querrá irse a una residencia.

—No, no querrá, ¿eh? —comenta Rita. Pone en marcha el ventilador del techo para poder encenderse un cigarrillo ella también—. Y todo esto... debe de haberla dejado muy tocada, ¿no?

—Ni te lo imaginas. Está destrozada, como todos nosotros, pero también de una forma diferente —explica Cheryl—. No está del todo presente todo el rato. Y luego, de pronto, regresa. No sé. Es duro.

Rita asiente, pero no dice nada.

En el hospital, anoche, su madre había querido marcharse.

—Cheryl, por favor, ¿podemos irnos ya a casa? Por favor —susurró, suplicante, y sus ojos viejos parecían lloriquear. Parecía una niña pequeña.

Y cuando Cheryl la acompañó a su apartamento del sótano, su madre no quiso que se marchara.

—Pensaba que querías estar en casa —le dijo Cheryl—. Solo voy aquí arriba. —Estaba pensando en la botella por abrir que llevaba en el bolso y en el tranquilo remanso de su propia cocina vacía.

La vieja dama sacudió la cabeza y no levantó la mirada, dijo que tenía un mal presentimiento. «Un mal presentimiento», repitió, y sus ojos volvieron a anegarse.

Cheryl suspiró y dio unas palmaditas en las hermosas manos viejas de su madre. Pero ¿en qué debía de estar pensando? En Lorraine, desde luego. En esa otra tragedia que vivieron. Una de esas que nunca se olvidan. Un hijo nunca se muere del todo.

—Todo irá bien —le dijo—. Ahora todo el mundo está a salvo. Pero puedo quedarme, si quieres. Puedo quedarme.

Cheryl la dejó allí, en la cocina, para que preparara un té. Ella se aderezó el suyo con un buen chorro de whisky, y se tomó un par de tragos directamente de la botella por si acaso. Encendió el televisor y arropó bien las piernas de su madre bajo una vieja manta. La mujer levantó la vista para mirarla, elocuente, pero Cheryl no hizo caso y puso el canal de uno de sus tontos programas. Cuando Cheryl le alcanzó su taza, su madre le dio unos golpecitos en la mano como si fuera ella la que estaba allí para reconfortar a su hija, y quizá fuera así.

Cheryl contempló a su madre meciéndose en su sillón y al final se quedó dormida en el sofá. Se estiró, inspiró el aroma a dulce hogar y durmió por primera vez desde que se había enterado de lo de Emily. La despertaron unos golpes en la puerta. Recordaba con vaguedad que el teléfono había sonado mientras dormía. Despertó y se encontró a su madre feliz y alerta. Su sonrisa era fuerte.

—Esa es Stella —anunció.

Cheryl se levantó, medio dormida, y fue a abrir la puerta.

En la cocina de Rita, Cheryl se enciende otro cigarrillo y se traga el nudo que siente garganta abajo. Sus dedos siguen manchados de virutas de lápiz y le duelen por el invierno mientras sostienen su enésimo cigarrillo. Fuera, los coches recorren Main Street, como de costumbre, como si no hubiese ocurrido nada. Las dos amigas están calladas. Rita mira hacia el pasillo en penumbra, atenta por si oye a su hijo, que podría levantarse pronto. La otra persona por la que se preocupa constantemente. Cheryl piensa en su madre, piensa que quizá debería volver a pasar dentro de un rato a ver cómo está.

—Louisa está bien. No tienes que ir a cuidar de ella —le dijo Joe ese último día de hace cinco años. Acababa de llegar a casa desde el pueblo, oliendo a cerveza y a tabaco, porque eso era lo que hacía cuando las cosas venían mal dadas.

Ella había tomado una decisión y ya tenía la maleta hecha y metida en el maletero de su viejo coche, porque eso era lo que hacía ella.

—Pero es que ese tal Gabe no está nunca en casa —le dijo a Joe—. ¿Qué narices va a hacer la pobre cuando llegue el niño?

Estaban al final del invierno, cuando se supone que tiene que llegar la primavera pero aún no lo hace. Cheryl siempre estaba inquieta en esa época. Anhelaba la ciudad. Joe lo sabía y se lo decía.

—Hará lo mismo que hizo cuando nació Jake: ocuparse de él. Ir tirando. Tiene allí a Paulina para que le eche una mano. Estará bien, Cheryl.

—No sabes lo mucho que le costó con Jake —dijo ella con acritud—. James no estaba nunca por allí. Y ahora Gabe... Quién sabe si estará o no. Mierda, todo esto ha ido demasiado deprisa. Ni siquiera lo conocemos.

—Gabe te cae bien. Es un buen tipo. —Joe suspiró y se dio una palmada en los vaqueros, pero empezaba a exasperarse. A sentirse derrotado—. Solo quieres una excusa para volver a casa.

—Solo quiero ir a cuidar de ellos, nada más. —Cheryl con las manos extendidas, deseando que él lo comprendiera.

La voz de Joe sonó tenue y siseante.

—Eres tú la que necesita que la cuiden, Cheryl. Admítelo de una puta vez ante ti misma, al menos.

Ella odiaba que se pusiera así cuando sabía que había ganado ella. O perdido.

—¿Qué narices se supone que significa eso? —Fue un grito espantoso y feo.

—Significa que necesitas ayuda. Tienes que desintoxicarte y poner orden en tus mierdas. —Le escupió las palabras y la miró lanzándole treinta años de culpa.

—Mira quién fue a hablar. —Ella empezó a pasearse por la habitación, extendiendo los brazos para enfatizar sus palabras—. Ya sé lo que significa «en el pueblo». Sé que siempre estás en ese puto bar. —Tenía resaca. No era su mejor día. Como casi ningún día.

—Lo que tú digas, Cheryl. Haz lo que quieras. Es lo que haces siempre, de todas formas. —Alcanzó su viejo abrigo de trabajo del gancho—. Pero esta vez quédate allí, ¿quieres? Deja de volver cada vez que buscas una salida barata. Quédate allí, que es donde tienes que estar. —Abrió la puerta de golpe y la embestida del frío golpeó la cara de Cheryl como un bofetón. Joe salió hacia los ladridos de sus perros y no volvió la vista atrás.

Ella recordaba haber pensado que lo llamaría en cuanto llegara a casa de su madre, en la ciudad. Lo llamaría y todo iría mejor en cuanto estuviera en casa.

La verdad es que no fue mejor. Solo fue igual. Cada vez hablaban menos. Él encontró a otra mujer. Hablaron menos aún. El mismo ciclo cansado y desgastado de toda su vida.

Cuando le contó lo de Emily, la voz de él se quebró. Prometió vagamente que iría cuando pudiera. Dijo que tenía un trabajo en marcha. No podía dejarlo. Casi había acabado. Sonaba viejo. Su mujer lo había dejado; lo mencionó casi de pasada. A Cheryl se le encogió el estómago con un hambre voraz y de pronto deseó esa bonita casa de contrachapado, deseó escapar de toda esa realidad. Él no le dijo cuándo iría, solo que lo haría. Cheryl quería creerlo, así que lo creyó.

—Bueno, ¿cómo se encuentra tu hija? —pregunta Rita al fin. Cheryl sabe que se refiere a Paulina.

—Está alterada, muy alterada —contesta ella tras unos instantes—. ¿Cómo quieres que esté?

Rita asiente.

—¿Y su niña?

—No sé si Emily lo superará algún día.

—¿Quién podría? —replica su amiga y deja escapar el aire entre los dientes.

Se quedan calladas. Sus vasos ya están casi vacíos. Cheryl mira por la ventana, al cielo, que se va aclarando. Será un día soleado.

Todavía puede verse el perfil de la luna llena, amarilla y porosa. Como una sombra.

—Me parece que pronto iré a hacer una sauna ceremonial. Me parece que me llevaré a mis hijos al monte —dice Rita con decisión.

—Es buena idea. También yo debería llevar a las mías. Todos necesitamos un poco de sanación. —Cheryl habla despacio, sus palabras son pasos hacia algo. Hacia algún lugar—. De purificación.

Rita asiente con la cabeza.

—Aunque habrá que volver a una vida limpia y dejar esto —dice con un gesto en dirección al cenicero lleno.

—Uf, sí, ya lo sé. También yo me hago vieja —contesta Cheryl, que así es como lo siente. Quiere reírse de ello, pero no puede.

Entonces se quedan en absoluto silencio. El sol empieza a brillar sobre la cara de Cheryl, y la inyección de cafeína y nicotina le recorre el cuerpo, aunque ni una cosa ni la otra le alivia el dolor.

Cierra los ojos contra la brillante calidez e intenta absorberla. Es uno de esos momentos que, en cierto sentido, quiere olvidar y al mismo tiempo recordar.

Una vez, cuando Lorraine todavía vivía y las cosas le iban bien, se la llevó a ver a un cuentacuentos. Estaban en enero y el hombre ofrecía su espectáculo una vez al mes en la biblioteca. A Lorraine le encantaban las viejas historias, siempre tenía que ir a todas las funciones. El cuentacuentos contó una sobre hombres lobo: «Nuestros hombres lobo son mujeres. Mujeres jóvenes y hermosas que se convierten en lobos y se comen la juventud de los hombres para poder vivir para siempre».

—Imagínate —comentó Lorraine riendo y con los ojos brillantes cuando volvían a casa. Siempre le habían gustado las historias de lobos, y esa se convirtió en su preferida—. Comer hombres. Suena divertido.

Cheryl gruñó sin dejar de tiritar mientras caminaban por la calle vacía.

—Ojalá pudiera transformarme en lobo. Nadie se mete con un lobo. —Lorraine rio y levantó la cabeza hacia la nieve que caía.

Estaba contenta, tenía un día estupendo. Caminaban por el centro de Atlantic, cada una en una de las rodadas bajo los árboles, desnudos por el invierno. Lorraine bailaba mientras avanzaban, sus pies enfundados en *mukluks* saltaban sin hacer ruido sobre el suelo helado. Sus pies siempre pisaban con seguridad. Nunca resbalaban. Cheryl avanzaba penosamente a su lado con sus viejas botas Sorel, atenta a cada uno de sus pasos y embozada en su bufanda. «Nadie se mete con un lobo.» Fue un comentario de pasada, lanzado en mitad de un paseo invernal, pero Cheryl lo conservó durante todas las malas épocas de Lorraine. Su hermana siempre estuvo a merced de su cuerpo, que era débil ante la bebida y las drogas, o ante algún que otro hombre. Lorraine habría sido un buen lobo de verdad.

Y también todas ellas, ¿o no?

Stella

Stella abre los ojos sin saber si estaba durmiendo o solo recordando. Huele el aroma cálido y a la vez mohoso del sofá, bajo ella, y oye a su Kookom en la cocina. Es como era siempre, todas las mañanas, cuando era pequeña: Kookoo en la cocina, en pie mucho antes de que saliera el sol, el café haciéndose ya y el horno abierto para caldear la casa. Stella solía quedarse despierta en la cama y primero escuchaba, la oía en la cocina y sabía que pronto todo estaría calentito.

En esa sala se siente como en casa. Está llena de recuerdos y ecos silenciosos. Se cuelan en su mente y luego salen de ella, uno a uno. Igual que los cuadros de las paredes, porque es ahí donde habitan sus recuerdos. A Stella no le hace falta mirarlos. Pero, por supuesto, lo hace. Y recuerda. Todas las cosas que hay en ellos y que ella ha intentado olvidar, y todas las cosas que ocurrieron y que jamás podrá olvidar.

Stella solo recuerda retazos sueltos de cuando su madre y ella no vivían con Kookoo. Épocas pasadas en fríos apartamentos en los que no se despertaba viendo la cara sonriente de su abuela ni oliendo el aroma del café recién hecho. Stella se puso contentísima cuando su madre y ella se mudaron por última vez a aquella gran casa vieja.

Sabía que nunca tendría que marcharse de allí, aunque su madre dijera que era solo temporal. «Hasta que vuelva a tenerme en pie por mí misma», le dijo. Stella no recuerda que Lorraine se tuviera nunca en pie por sí misma.

Ha vivido una vida entera desde que su madre murió. Se graduó en el instituto, fue a la universidad, viajó, tuvo buenos trabajos, se casó con un buen tipo, planeó tener a sus hijos; todas esas cosas que jamás pensó que pudiera hacer. Se ha convertido en una clase de mujer a la que nunca había conocido. Y aun así, ahí está, exactamente la misma niña, incluso en el mismo sofá, con los mismos cuadros mirándola desde la pared. Pequeña, aterida, asustada, sola, metida en uno de esos bloques cuadrados en los que ha vivido la mayor parte de su vida.

Cuando Stella se fue a vivir con amigas cerca de la universidad, Kookoo por fin se deshizo de la casa grande de Atlantic. La tía Cheryl volvió al norte para irse a vivir otra vez con el tío Joe, Louisa vivía con su novio y su hijo, y Paulina se quedó una temporada en la casa de ellos. Kookoo dijo que no tenía sentido conservar esa gran casa. Se mudó cuatro manzanas más allá, a un edificio de Church Avenue. Llevaba años pasando por delante de él y siempre decía que era bonito. Louisa y Paulina también se quedaron cerca. Fue Stella la que se marchó a dos autobuses de allí. Y más lejos que se habría ido. Tenía intención de hacerlo, pero al final no se animó.

—Hola, Kookoo.

Stella se ciñe el jersey al cuerpo y se queda de pie junto a la puerta abierta del horno. La barra de dentro brilla de color naranja, igual que un fuego de verdad.

—Buenos días. Tus niños te duermen muy bien, tienes suerte.

La mujer se sirve una taza humeante con el pulgar sobre el borde para no llenarla demasiado. Stella le indica con las manos que vayan a la mesa, y le echa el azúcar.

—El niño se ha despertado de noche, pero solo un poco. —Incluso el bebé había dormido mejor que desde hacía tiempo. Como todos—. ¿Cómo te encuentras?

—Bien, bien. Hoy hace más calor, creo.

—¿Tú crees?

Stella mira por la ventana oscura, pero no ve más que el callejón trasero vacío. Lo más que logra distinguir es que no está nevando.

—Sí, creo que sí. Este invierno ha hecho mucho frío. Ahora ya necesitamos un descanso. —Kookom sopla su café—. Hoy hará más calor. Creo que lo peor ya ha pasado.

Stella se sienta, levanta las rodillas por encima del asiento y mira a su Kookom, igual que hacía siempre. Kookom siempre habla del tiempo como si supiera de eso más que nadie. Y siempre tiene razón. A Stella le cuesta creer lo mucho que añoraba eso. Casi siente ganas de llorar otra vez, pero la mañana es demasiado perfecta para algo así.

—Lo siento mucho, Kookoo —dice hablándole a la mañana.

—Ahora estás aquí. —La anciana aparta la mirada y la pierde a lo lejos.

—Hoy me ocuparé de la limpieza. —Stella se traga su inutilidad—. Haré todos los armarios y alguna cosa más.

—¿Intentas decirme que mi casa está sucia? —pregunta su abuela sonriendo.

Stella tarda un momento en darse cuenta de que Kookom está bromeando, y entonces le contesta con una sonrisa burlona. ¿De cuántas cosas puede sentirse culpable Stella?

Se quedan calladas un rato largo y agradable.

Se pasa el día durmiendo y despertando. Más adelante, Adam está dormido en el parque infantil y el salón está envuelto en la oscuridad de la tarde. Oye a Kookom en la cocina, hablando con Mattie sin levantar la voz.

—No hay que toquetear mucho la masa, solo lo suficiente. —Kookom, armada con una gran cuchara, está sentada frente a la niña, que tiene los codos blancos de harina y las manos recubiertas de masa beis pegajosa. Kookom espolvorea más harina—. Venga. Mezcla bien.

—Mamá, estoy haciendo pan *bannock*.

—¡Ya lo veo! —Stella de repente está contentísima, encantada de estar ahí.

Se lava las manos y ayuda a Mattie a amasar. Después colocan la masa en el viejo molde de cristal para tartas, el que Kookom tiene desde siempre, y la aplanan bien.

—Ahora hay que pincharla por arriba para que el aire pueda salir —le dice a su hija y le pasa un tenedor.

—¿Por qué?

—Para que se cueza bien.

—¡Ah!

Todo es maravilloso, la pequeña pincha la torta plana y la machaca con marcas de tenedor.

Meten el molde en el horno y Kookom saca una lata de sopa para abrirla.

—Ya lo hago yo, Kookoo —se ofrece Stella, pero su abuela dice que no con un gesto, así que, en lugar de eso, ayuda a Mattie a lavarse las manos.

Después mira cómo su Kookom aparta el cazo del fuego, llena la lata de leche guiándose con un dedo puesto en el borde, y se esfuerza por colocar correctamente el cazo, que ahora pesa más, de nuevo en el fuego.

—Bueno, a sentarte. —Stella la reemplaza.

Kookom está lo bastante cansada para sentir que ha hecho algo.

—Gracias, mi niña. —Su abuela se sienta en la silla y Mattie se va otra vez a ver un DVD, prometiendo que no hará ruido para no despertar a su hermano.

Stella prepara un té y le sirve a Kookom una taza como a ella le gusta.

—Me alegro de que estés aquí, mi Stella —dice Kookom apartando los ojos hacia algún lugar.

Stella la mira un buen rato, sus ojos viejos están empañados pero sonríen.

—Yo también, Kookoo.

Más tarde, Stella se tumba en el sofá a dar de mamar a su niño, medio dormida entre las sombras del salón. En la oscuridad de sus ojos cerrados los ve otra vez, esos cuerpos borrosos, negros, sobre la nieve blanca de la Brecha. Adam llora y llora. Ella grita y grita. Emily. Emily grita, allí abajo, en la nieve, bajo esos otros cuerpos, ahora Stella puede oírla. No, eso no es así. No oyó nada.

Se despierta sobresaltada. Adam también da un respingo, pero se calma de nuevo y sigue mamando dormido, sus pequeños labios se curvan hacia dentro y hacia fuera con cada diminuto aliento. Mattie está sentada en la alfombra, jugando y viendo la tele, el pelo ya casi seco y rizado otra vez. Kookom se mece en su sillón. Stella no es capaz de decir si sus ojos, tras las gafas, están abiertos o cerrados. Estrecha al niño contra sí y se lo queda mirando un rato, olvidando que, cuando levante la vista, no tendrá que enfrentarse a esa maldita ventana.

Cuando levante la cabeza, será su familia a quien vea. Sus fotografías en la pared, detrás del sillón de Kookom: Emily, pequeña y con coletas, tal como la recuerda Stella; Louisa y Paulina antes de ser madres, una apretando la mejilla contra la otra y sonriendo; su madre y su tía más o menos de la misma edad, sus rostros enmarcados por gruesas cintas de piel para el pelo; y Stella, ella sola, con apenas una tímida sonrisa y un velo de pelo largo. Hay otra fotografía de su madre, una más en la que solo sale ella. Es una imagen glamurosa de los años ochenta, y va maquillada y con purpurina, la permanente recién hecha, su sonrisa quizá algo más exagerada de lo necesario. Esa foto nunca fue la preferida de Kookom; solo fue la última buena que consiguió.

—Ya lo hago yo —le dice Stella.

—Ay, gracias, mi niña —contesta su abuela y sale de la cocina arrastrando los pies.

Un minuto después, llama desde el dormitorio:

—¡Lorraine! ¡Lorraine! ¿Has visto mi jersey azul, el que tiene unas flores?

Stella se sobresalta y corre hacia allí con las manos llenas de jabón y un paño de cocina.

—¿Kookoo?

Adam se remueve al oír su voz y se prepara para berrear.

—Mi jersey azul. El de flores. Abriga mucho. —La anciana está delante del armario con aspecto de sentirse triste y perdida.

—No lo sé, Kookoo. —Stella se seca las manos en los vaqueros y alarga los brazos.

Adam protesta en el salón.

Algo se quiebra en el rostro de la anciana.

—Ve a calmar a tu niña, no te preocupes por mí. —Baja la mirada, derrotada.

Stella no sabe qué hacer, así que corre a por el niño. Lo acuna y se abre la camisa para darle el pecho, luego vuelve la mirada otra vez hacia la puerta abierta del dormitorio. No es la primera vez que Kookom la llama por el nombre de su madre. Solía confundirlas a todas continuamente, sobre todo a Louisa, Paulina y Stella, o decía los nombres de todas a la vez: «¡Cher-Lorr-Lou-Pau-Stella!».

—¡Que soy Stella, Kookom! —solía exclamar ella.

—Ay, lo que sea —replicaba la mujer riendo, ocupada con lo que fuese que estuviera haciendo.

El nombre de Lorraine nunca faltaba en esa lista, ni siquiera después de que muriera. Pero más adelante, cuando aparecía así, sin invitación, siempre iba seguido de un silencio denso en lugar de una risa.

Esta confusión parece diferente.

Un minuto después, Kookom sale del dormitorio con el jersey puesto. No el azul de flores, sin embargo. Uno negro de lana.

Su madre era muchas cosas. Era guapa, y le encantaba bailar. Era lista, tenía una mente más que rápida, y respondona. Eso era lo que decía todo el mundo. «Caray, menuda boca tiene esa Lorraine.» Stella siempre lo supo, pero aún sabía más cosas. Su madre también era muy muy divertida. Nadie podía hacer reír a Stella tanto como su madre. Incluso Kookom sonreía siempre con Lorraine. Incluso cuando intentaba enfadarse con ella, Lorraine siempre conseguía hacerla sonreír. Lorraine conseguía cosas como mejorar las historias de antes de dormir. Ponía voces y cambiaba los finales. Stella y ella se tumbaban una al lado de la otra con el libro de dibujos entre ambas y la lámpara de la hermosa dama encendida con una buena idea debajo de su parasol. *La Bella Durmiente* era su preferido. Maléfica le daba miedo y le provocaba esas cosquillas malas en el fondo del estómago, pero aun así quería mirar. Lorraine le ponía a la reina con cuernos una voz divertida y terminaba el cuento de una forma diferente cada vez.

—Y entonces vivieron felices para siempre... porque la Bella Durmiente le dijo al príncipe que se largara, que ella tenía una buena casa en el monte y quería criar perros y vivir una vida apacible. No quería para nada esos apestosos vestidos de noche y esas fajas que picaban. «¿Alguna vez te has puesto una faja?», le preguntó al príncipe. Y él dijo que no con la cabeza, porque en realidad era muy tonto y no tenía ni una idea original dentro de su hermosa cabecita. «Bueno, pues no hacen ninguna gracia», se mofó la Bella Durmiente. Y le meneó el dedo delante de la cara, se volvió hacia sus hadas madrinas y anunció: «Venga, chicas. ¡Nos largamos de aquí!». Y se largaron, e hicieron todo el camino hasta su pequeña casita. Era un camino largo, pero no les importaba, porque solo se puede respirar de verdad cuando estás en el monte y, después de todos esos días en el palacio, se alegraron de llegar a su hogar. Fin.

—Pero ¿no se casa, mamá? —preguntó Stella sabiendo ya entonces que, al final, se suponía que todas se casaban.

—Nooo... Bueno, salió con algunos chicos, ¿sabes?, leñadores y eso, pero no acababa de encontrar al tipo adecuado.

—¿Y no se sentía sola?

—¿Por qué iba a sentirse sola? Tenía a sus tías y un montón de perros.

—¿Qué clase de perros?

—De los que parecen lobos. Grandes. Grises. Y también uno muy grande y negro. Ella lo llamaba Rey, porque era mejor que ese príncipe aburrido y apestoso.

Stella siempre se reía. A veces la Bella Durmiente se casaba, a veces tenía una hijita muy lista, o una hermana y sobrinas, y vivían todas juntas en una gran casa, pero siempre, cada vez, la Bella Durmiente era feliz. Siempre vivían felices para siempre.

Stella limpia y Kookom está sentada, contándole todos los cotilleos que se ha perdido. Quién se ha escapado con quién y qué ha ocurrido en el barrio desde que ella se marchó. Ha habido una serie de robos en casas, ventanas rotas, ¡y las bandas son terribles! Los hechos se hacen un lío en la mente de Kookom y salen todos a la vez.

—¿Nunca tienes ganas de irte de aquí, Kookoo? —pregunta Stella después de un rato—. ¿De instalarte en otro sitio?

—¿Y adónde iría? Esta es mi casa. Crecí allí mismo. —Señala con la barbilla hacia el río, hacia algún lugar de más abajo, volviendo la esquina al final de la manzana—. Tú creciste por allá. —Señala en el sentido contrario—. Siempre he vivido aquí.

—Ya lo sé, pero es un mal barrio, Kookoo. A lo mejor deberíamos irnos a vivir a otra parte. —Habla en plural por si con eso la convence. A lo mejor, si Stella se va antes, la anciana estará dispuesta a seguirla.

—Bueno o malo, un barrio solo es un barrio.

Stella sacude la cabeza.

—No lo es. Hay un montón de cosas que en los barrios buenos no pasan.

Kookom ríe, pero no con crueldad.

—Allí las cosas solo son diferentes, mi Stella. Solo diferentes, o lo esconden. Solo parecen diferentes, pero en todas partes ocurren cosas malas.

—Kookom. —Mira a su abuela, seria y directa—. En los barrios buenos no agreden a las niñas.

Kookom le devuelve la mirada igual, dura, no, más dura aún, incluso con esos ojos casi ciegos.

—Mi Stella, en todas partes agreden a las niñas.

Se quedan sentadas en silencio un instante. Stella piensa. Kookom da un sorbo.

—Echo de menos a mi madre. —Lo dice porque es verdad. Todos los días.

—Yo también, mi niña. Yo también. —Kookom suspira y alarga el brazo para tomar la mano de Stella.

Ella deja el paño y la aferra. La mano de Kookom está suave y arrugada, igual que su masa de *bannock*.

Kookom siempre estaba con ella, incluso cuando Lorraine no estaba. Lorraine solía marcharse, Stella nunca supo muy bien adónde. «Ha ido a ver a una amiga», le decía Kookom, y ella lo entendía. Su madre necesitaba marcharse de vez en cuando, pero siempre regresaba a casa.

Algunos de sus mejores momentos juntas los pasaron en casa del tío Joe. A Lorraine le encantaba aquello. Le gustaban los árboles y el espacio. A Stella no le gustaba lo oscuro que se ponía de noche, pero por lo menos podía ver todas las estrellas. Dormía con sus primas, turnándose en las camas de Louisa y de Paulina. Solían quedarse despiertas hasta tarde y hablar todo lo que querían, porque sus padres no podían oírlas desde el otro lado de la casa. Salían todos juntos de excursión por entre los árboles. Recogían bayas, y las niñas se estaban calladísimas mientras sus madres chismorreaban. Una vez la tía Cheryl señaló un lugar donde la hierba estaba aplastada.

—Ahí debe de haber dormido un oso —les dijo.

Stella se quedó atónita. Un oso de verdad.

—¡Vamos a tumbarnos ahí, igual que el oso! —repuso Lorraine riendo.

Y todas lo hicieron. La hierba estaba cálida a causa del sol, pero Stella pensó que aún conservaba el calor del oso. Se comieron las bayas de sus manos mugrientas y Lorraine empezó ese juego, el preferido de Stella, en el que miras las nubes y te imaginas todas las cosas que podrían ser.

—Esa parece un tren. —Su madre movió la barbilla en dirección a una gran nube cuadrada.

—Esa es una flor. —Paulina señaló con un dedo morado a un montón de algodones blancos.

—¡No, no es verdad! —gritó Louisa demasiado fuerte—. ¡Es un edificio explotando a cámara lenta!

A Stella le gustaba porque, si te esforzabas un poco, de verdad podías ver lo que veían los demás.

Stella nunca quería marcharse. Su madre también era feliz allí. Una temporada. Pero nunca se quedaban mucho tiempo. Lorraine siempre quería volver a casa, como si tiraran de ella desde la ciudad. Stella nunca supo por qué; Lorraine nunca hacía gran cosa cuando llegaban, solo salía por ahí. De adulta, comprendió que su madre era una adicta y que ese tirón era lo único que creía necesitar. Pero de niña, Stella solo sabía que su madre necesitaba algo que ella no podía darle.

Stella se apoya la cesta de la colada en la cadera y entonces oye entrar a su tía.

—¿Hola? —llama la voz de Cheryl—. Ay, hola, niño precioso.

Adam está tumbado en la manta junto a su hermana, que se ha echado boca abajo. La niña le va pasando juguetes y él los agarra y los lanza una y otra vez.

—Hola. —La niña levanta la mirada con timidez, pero sigue jugando.

—¿Dónde está tu Kookoo? —Cheryl parece recién levantada, huele a café y a tabaco. Lleva unos pantalones de chándal y una camiseta vieja cubierta de pintura.

—Se ha echado un rato. —Stella recoloca toda la ropa en la cesta y la deja junto a la puerta—. Ha dicho que estaba cansada.

—Ah. ¿Cómo se encuentra? —Cheryl baja la voz.

Stella oye que Kookom se levanta, los muelles de la cama rechinan bajo ella.

—Ven a ayudarme, mi niña —pide llamando a Cheryl.

—¿Qué pasa, mamá? ¿Estás enferma?

—No, no, solo estoy vieja —dice mientras se acerca a su sillón—. Bueno, dime, ¿cómo está Emily hoy?

—Está bien, cada vez más fuerte. —Cheryl se sienta en el sofá con las fotos de sus nietos detrás de ella, en la pared. Emily y Jake en idénticas fotografías escolares. Una foto de estudio del benjamín, Gabriel. Las de los hijos de Stella son más pequeñas, y antiguas: Mattie cuando era bebé, y una recortada de Adam de hace unos meses—. Puede que la dejen volver a casa mañana, si sigue mejorando. ¿Quieres que vayamos hoy?

—Más tarde. Después de comer, quizá. —Kookom le sonríe a Mattie.

—Kookom. —Mattie lo pronuncia despacio—. ¿Me puedes leer esto? —Sostiene en alto uno de sus cuentos ilustrados.

—Ay, mis ojos... —La mujer aparta la mirada—. ¿Por qué no se lo pides a tu Kookoo?

Cheryl mira a Stella. Ninguna de las dos sabe qué hacer por un segundo.

—Sí, Mattie, ¿quieres que tu tía Cheryl te lo lea? —se ofrece la tía.

La niña está desconcertada, pero se acerca a esa extraña que le sonríe mucho y le abre los brazos.

Stella vuelve a la tarea. Mattie se hunde en el regazo de su tía un poco más con cada página.

—¿Ha vuelto a quedarse dormida? —susurra Stella más o menos una hora después. Kookom está sentada en su sillón. Stella comprueba que sigue respirando—. ¿Siempre está así?

—Cada vez se cansa más. —Cheryl hace un gesto con la mano para quitarle importancia—. Está sana, por lo general. Tiene un poco de angina, pero su médico dice que no es nada preocupante, en realidad. Las cataratas las tiene bastante mal, pero ahora la cirugía lo empeoraría.

—¿Deberíamos... deberíamos pensar en meterla en algún sitio? —Stella empieza a decirlo, pero sabe la respuesta en cuanto ha terminado la frase.

Adam se pone a alborotar en el suelo.

—Jamás iría. —Cheryl tapa a su madre con una manta y le aparta el pelo gris de la cara igual que haría con una de sus hijas.

—Tal vez una enfermera de cuidados a domicilio. —Stella vuelve a ponerse al niño al pecho.

—Ya tiene a alguien que viene un par de días a la semana, para ayudarla a bañarse. A mí no me deja que la ayude. —También Cheryl parece cansada.

—¿Sigues pintando, tía? —Stella señala su camiseta con la cabeza.

—Ah... —dice ella, burlona—. No tanto como debería.

Durante un rato se quedan calladas. El suave chupeteo de Adam, nada más.

—Te pareces muchísimo a tu madre —dice la tía al cabo.

Stella sabía que se lo diría.

—Ya lo sé. —Baja la mirada hacia su niño para no establecer contacto visual con ella—. Ya soy mayor, ¿eh?, de lo que fue ella.

—Lo sé. —Cheryl se derrumba en el sofá como si la hubieran derrotado. Nunca había quien derrotara a la tía.

—He estado pensando otra vez en ella, estando aquí. Viene y va, ¿sabes?

—Siempre está aquí, Stelly. —Los ojos de la tía Cheryl se van a algún lugar lejano—. Aún debería estar aquí.

Stella asiente con la cabeza, feliz, de algún modo, pensando en su madre. Bailando.

—Bueno, será mejor que me prepare para ir al hospital.

Stella deja de sentirse bien de repente. La sala está en silencio salvo por la música juguetona del programa de Mattie. Se le ha despejado la cabeza.

—¿Estás bien, Stelly? —Su tía se detiene y le da unas palmaditas en el brazo.

—Tía, tengo que decirte una cosa. —Stella habla como en un suspiro, deprisa, antes de pensárselo demasiado—. Tía, tengo que decirte que lo siento. Lo siento muchísimo. Me duele, todos los días, y lo siento mucho. —Las palabras salen más deprisa de lo que Stella tarda en pensarlas. Está llorando antes de darse cuenta de que iba a hacerlo.

—Chis, ¿qué ocurre? No pasa nada, Stell. ¿Por qué tienes que sentir nada? —La tía Cheryl se sienta a su lado otra vez.

—Fui yo. Yo lo vi. Lo vi y no hice nada. Estaba demasiado asustada. Muy asustada. —Se le cierra la garganta con cada palabra. Le caen las lágrimas.

—¿De qué estás...?

—Pensaba que me atacarían, que vendrían a por mí, o a por mis hijos. Y el bebé estaba llorando, y entonces Mattie se despertó, y estaban muy asustados. Yo tenía miedo, miedo de que regresaran. Pero no pensaba. No pensé. No sabía que era Emily. No lo sabía. Lo siento muchísimo.

—¿Qué? ¿Por qué?

—No hice nada. —Su voz lloriquea a demasiado volumen. Su voz se atraganta y ella mira a Kookom, pero la mujer ni siquiera se mueve.

Mattie la mira con el rabillo del ojo, pero finge que no.

—¿Con qué? —La tía Cheryl solo la mira.

—Con Emily. Con lo que le pasó a Emily. Lo vi. Fue delante de mi casa. Lo vi y no hice nada más que llamar a la policía.

Durante el momento más largo que Stella ha conocido jamás, su tía guarda silencio. Stella no puede levantar la mirada. Mattie se pone de pie y le abraza las piernas. Adam se queda dormido.

Por fin, su tía suspira.

—Ay, Stelly. ¿Cómo? ¿Qué?

—Tendría que haber hecho algo más —dice ella en una inhalación. Y sigue, trabándose—: Tendría que haber salido. Y gritarles y chillarles y perseguirlos. Tendría que haber salido corriendo y hacerla entrar en mi casa y haberla tenido allí a salvo, pero la dejé marchar. —Stella exhala un llanto grave—. No sabía qué hacer.

—Ay, Stelly —repite su tía—. Ni siquiera sabía... Ni siquiera sabía que vivías por allí.

Stella asiente una y otra vez. Mattie le da palmaditas en la pierna. Stella levanta a la niña y la sienta a su lado para tranquilizarla y que vea que todo va bien. Le había dicho lo de la casa a Kookoo, pero no dónde estaba, solo le prometió vagamente que la llevaría algún día a verla. Esa fue la última vez que habló con ella. Justo después de que naciera Adam. ¿Cómo pudo ser esa la última vez?

Stella quiere hundir la cara en el hombro manchado de pintura de Cheryl y quedarse dormida. Piensa que se irá directa a dormir.

—Pero llamaste a la policía. Eso es algo. —Las palabras de su tía son pequeñas pero fuertes.

—No es suficiente.

Su tía vuelve a suspirar.

—¿Qué esperabas? No pasa nada por asustarse. No pasa nada por no saber qué hacer. ¿Quién lo habría sabido?

—Pero no hice más que pensar en mí. Y en mis hijos. No pensé en la hija de Paulina. No pensé que la conocería. Si hubiese sabido que era la hija de Paulina...

—Ya lo sé, ya lo sé. Estas cosas... ocurren. No sé, no parece real, pero ocurren. ¿Cómo ibas a saberlo? —Su voz suena insegura, pero le da unas palmaditas a Stella en el hombro, torpe pero cariñosa.

—Lo lamentaré toda la vida.

—Sí, eso también ocurre.

Stella se ha echado a llorar y su tía la estrecha contra sí. Cheryl huele igual que su madre: a tabaco y pelo limpio. Stella sigue llorando, no puede parar.

—No pasa nada, Stella —susurra su tía—. Hiciste todo lo que pudiste, Stelly. Hiciste todo lo que pudiste. —Y le acaricia la espalda en círculos, igual que hace su Kookoo, igual que hacía su madre. ¿Dónde aprendieron a hacer eso?

No se queda dormida, pero llora hasta agotar el llanto. Hasta el final. Apretada entre su tía y sus hijos.

Kookom rompe el silencio con un profundo ronquido desde su mecedora. La tía Cheryl se ríe.

—Está tan contenta de que hayas venido, Stelly... —Hace una pausa, su rostro se pone serio. Stella no sabe cuándo empezó su tía a parecer tan mayor—. Yo también me alegro de que hayas venido.

—Gracias. Muchas gracias, tía. —Traga saliva.

—Quédate un poco más, ¿de acuerdo? Cuida de ella y deja que ella cuide de ti. —Alarga una mano y no es tanto que tome la de Stella como que la agarra con fuerza, un buen rato.

—De acuerdo. —A Stella se le atragantan las palabras.

—¿Stelly?

—¿Sí?

—Sé que hiciste todo lo que pudiste. —Sus ojos son profundos, de un marrón oscuro, y completamente sinceros.

—De acuerdo. —Pero Stella no puede mirarla mucho rato.

—Te quiero. Siempre te querré.

Y eso es todo lo que necesitaba. En ese momento, eso lo es todo.

—Yo también te quiero, tía. Siento muchísimo que haya pasado todo esto.

Mueve el otro brazo y cubre la mano vieja de su tía. La mano de anciana de Cheryl, igual que la de la madre de Stella, igual que la de Kookom.

—Yo también, Stelly. Yo también.

Su madre «necesitaba salir». Fueron sus palabras. Eso es todo lo que Stella recuerda. Era un día normal; de invierno, frío. Normal. Cuando Stella apartó los ojos del televisor, vio a su madre coger los cigarrillos de su sitio, en la mesa de café, y un billete de veinte del escondite de Kookom, y subir a arreglarse. No era nada fuera de lo común, en realidad. Solo que no había nadie más en casa. Stella no dijo nada y siguió viendo su programa, porque su madre había usado su voz de enfadada, esa que quería decir que Stella no debía contestar nada, solo estarse callada. A Stella siempre se le dio bien estarse callada.

—Pórtate bien —le dijo desde la puerta. El pelo recogido, el maquillaje brillante. Aun así, no la miró a los ojos.

La banda sonora se detuvo justo entonces, las risas enlatadas del público y las voces quejicas de la sitcom callaron. Stella oyó el golpe de la puerta de entrada, una breve bocanada de frío llegó a su cuerpecillo desde el exterior, y luego todo acabó.

Kookom llegó a casa del trabajo horas después.

—¿Dónde está tu madre?

—Necesitaba salir.

Stella había encendido las luces de toda la casa y se había atrincherado en el sofá con comida basura. El teléfono justo al lado, en la mesa de café, por si las moscas.

Kookom masculló algo entre susurros, pero no regañó a Stella por estar cenando Cheetos ni por malgastar electricidad. Solo llamó a la tía Cheryl, que estaba en algún sitio con sus niñas, pero que tomó el primer autobús para volver a casa. Aunque su madre la dejara sola todo el tiempo, esa vez había algo diferente, había algo hiriente en el aire.

Unos cuantos días después, a Stella y a sus primas las enviaron a casa desde el colegio. Su nombre y el de Louisa sonaron por el intercomunicador.

—¿Señorita Perlmutter?

—¿Sí? —Su profesora de cuarto tenía una voz así como cantarina. Stella recuerda cómo canturreaba cada vez que la secretaria se ponía en contacto con ella.

—¿Podría enviar a Stella y a Louisa Traverse a casa, por favor? Las quieren allí cuanto antes, gracias.

—Muy bien —contestó la profesora y se volvió hacia ellas—. Espero de verdad que todo vaya bien —les dijo gorjeando a las niñas mientras las ayudaba con sus mochilas y las despedía con una sonrisa en el guardarropa.

Se reunieron con Paulina en el pasillo.

—Me pregunto qué habrá pasado —dijo Paulina, siempre tan despistada—. ¡Espero que no sea Kookom!

Louisa solo miraba a Stella. Los ojos de ambas se encontraron, nada más, porque no había nada que pudieran decirse.

Solo le comunicaron que había muerto. Así se lo dijeron: «Lo siento mucho, Stelly, pero tu mamá se ha muerto». Muerta.

No le dijeron nada más.

Hasta que Stella encontró un periódico no se enteró de lo que había ocurrido. Encontraron el cuerpo de su madre detrás de un contenedor. Tenía los pantalones por los tobillos. Había una fotografía granulosa en blanco y negro: un gran contenedor cuadrado delante de una pared de ladrillo muy alta, y algo cubierto sobre el suelo de hormigón. No parecía nada más que una manta caída, abandonada.

Le enseñó el artículo a Kookom, señalando sin palabras.

—Ay, Stelly, dame eso. —Kookom le quitó la página y la dobló. Tenía la cara hinchada a causa de su propio dolor, pero aun así se arrodilló y le dijo—: Tu madre estaba en un bar. Estaba bailando, ya sabes cómo le gustaba bailar a tu madre. Bueno, estaba allí ella sola y empezó a bailar con el tipo equivocado. Él fue malo con ella, Stelly. —Esa fue la palabra que usó, «malo».

La verdad de la historia acabó saliendo a trozos y retazos. A veces cuando Stella se quedaba muy muy callada mientras los adultos hablaban, sobre todo si estaban tristes y bebiendo. Su madre había estado diciendo barbaridades en el bar. Siempre fue una bravucona. Seguro que les dio las opiniones equivocadas a las personas equivocadas. Un tipo blanco intentó ligar con ella, y se fueron a su camión. Más adelante, la policía encontró sangre en la cabina y supusieron que él la había dejado medio muerta de una paliza allí mismo, sin salir siquiera del aparcamiento. Nadie vio nada de eso, ni cómo se alejó ella medio inconsciente hacia el hospital. Allí la encontró una enfermera, borracha y ensangrentada. La enfermera puso los ojos en blanco y le dijo a la madre de Stella que esperase. Eso decía el expediente. Estuvo allí lo suficiente para que hubiera un expediente. Pensaron que solo estaba bebida, que la herida de la cabeza se la había hecho ella sola y que podía esperar. Pero ella no esperó. Aunque hacía frío, aunque debía de estar medio congelada. Supusieron que se cansó de esperar y que pretendía regresar a casa cuando se metió en aquel callejón a mear. Fue entonces cuando perdió el conocimiento del todo. Y al final murió congelada. No hizo falta nada más. El invierno. Había tenido relaciones sexuales hacía poco, pero no había señales de que no fueran consentidas. Aquel tipo, cuando lo encontraron, dijo que lo fueron; dijo que fueron consentidas y que ella estaba loca. Que le había pegado, pero que lo sentía. Ella tenía antecedentes y él no. Por eso no tuvo que ir a la cárcel, aunque lo condenaron. Ella no habría muerto si no hubiese bebido. Si no hubiesen estado en invierno, si hubiese esperado, si no hubiese sido tan tonta. La herida de la cabeza solo tuvo parte de la culpa, a fin de cuentas.

Stella se enteró de todos los detalles. Los recopilaba como escombros y los pegaba como si así pudiera volver a unirlos. Le pidió a su tía que se lo contase todo, pero Cheryl solo le contó parte. Le pidió a su Kookom que le contase más, y ella le contó algo más. Así fue descubriendo todos los detalles que pudo hasta que consiguió recomponerlo todo, colocando cada pedazo junto a los demás y haciéndolos encajar. El bar. El hospital. La calle. El callejón. Ya no era una salida nocturna. Era una cronología. Su madre ya no era una persona. Era una historia. Pero nada de eso importaba, de todas formas. Cuando Stella lo supo todo, supo también que los detalles no eran ni mucho menos tan importantes; lo importante era lo que significaban. Significaban que todo había sido culpa de su madre. Todo culpa de su madre. Su madre estaba muerta y la culpa había sido suya.

Durante mucho tiempo eso fue lo único que le importó de verdad.

Cuando su tía se marcha, el sol se desvanece en la ventana y una luz gris cubre las paredes. Stella está sentada en la oscuridad, siente todas las partes de su cuerpo exhaustas. Kookom vuelve a echarse una cabezada en su cama, esta vez con Mattie acurrucada a su lado. El niño patalea en el parque infantil y balbucea cosas, pero no la necesita. Stella lleva años sentada en silencio. Dejó a su familia, se fue a vivir con un hombre que no hacía preguntas y siguió en silencio todo el tiempo que pudo. Pensó que así podría sanar, pero solo estaba descansando, solo aguardaba inmóvil a que comenzara el trabajo de verdad. Aguardaba a encontrar las palabras.

Stella se reclina en el mullido sofá, el olor que desprende es tranquilizador, perfecto, imperfecto, es hogar, y se queda dormida arrullada por los ruiditos de su niño y los suaves ronquidos de su Kookom, a la sombra del rostro de su madre. Y por primera vez siente que está exactamente donde debe estar.

Esa noche Stella sueña con el invierno. Está en la Brecha, recorriendo un sendero blanco, largo y perfecto, que va hacia el norte.

No le cuesta caminar, sus pies se mueven con seguridad y el sendero es llano. Las torres y las casas se desdibujan en la niebla. Se siente sola, pero, como siempre que está sola, nunca está sola del todo. Su madre está ahí, cerca, cuidándola. Stella puede olerla en el viento y sentirla acurrucada cuando duerme. Los brazos de su madre quedan justo donde ella no llega a alcanzarlos.

En el sueño, la Brecha es un terreno como cualquier otro, solo un descampado cubierto de nieve. El cielo está claro, las estrellas relucen y parpadean, la luna está llena y brillante. Puede verle todas las marcas y las curvas, y la luz que refleja, de algún modo, resulta cálida como el fuego. El viento es un viento de invierno, enorme y abrumador para sus oídos. Es lo único que oye, pero no le hace sentir frío. Stella continúa y sabe que puede seguir ese sendero hacia el norte hasta el final. Puede seguirlo hasta llegar al límite de la ciudad, donde verá el cielo y la nieve extenderse por entero, enteramente vacíos. Así que su yo del sueño camina hacia allí y no vuelve la vista atrás.

Louisa

Le lavo los platos a Paulina. Solo hay unos pocos, pero los ha dejado demasiado tiempo en el fregadero. Así hago tiempo mientras espero a que salga de la ducha. El grifo queda debajo de un ventanal, y la luz del sol cae oblicua sobre el pequeño jardín trasero, la nieve está intacta salvo por un paso abierto toscamente hasta el garaje. Me imagino a Pete pisoteándolo todas las mañanas, cuando se va a trabajar como un buen hombre.

Antes de que pasara todo esto, hace unas seis semanas, me acerqué a la antigua casa de Paulina para ver una película. El pequeño estaba cansado y protestón, así que lo tenía abrazado con fuerza. Se calmó, pero ya no lo solté. Emily estaba con Ziggy en su habitación; se las oía soltando grititos al otro lado de la puerta. Yo abrazaba a mi bebé mientras las escuchaba. Pete estaba sentado en el otro extremo del sofá. Siempre ha dado la impresión de ser un tipo tímido, tranquilo y fornido, con unas manos que nunca están limpias del todo. Entonces todavía no tenía la sensación de conocerlo de verdad. Paulina estaba haciendo palomitas en la cocina, así que Pete y yo la esperábamos y manteníamos una conversación torpe. Yo no tenía ni idea de dónde estaba Gabe, había ido a algún concierto o había salido sin más, seguro. El caso es que, cuando Paulina entró en la habitación con el gigantesco cuenco en las manos, vestida con una camiseta vieja y pantalones de chándal, Pete la miró como si fuera lo más bonito que había visto en su vida. Se le iluminó la cara, casi literalmente. Recuerdo que pensé: «Ah, a eso se refieren con esa frase». Estaba resplandeciente. Por poco me echo a llorar. No por mi hermana, ni mucho menos. Me alegraba mucho por ella. Sino, sobre todo, porque sentí una lástima absoluta y vergonzosa por mí misma.

Un buen hombre.

Lo recuerdo mientras termino con los platos y preparo un té para el camino. Paulina baja, se sienta a la mesa con los brazos estirados frente a ella, la cabeza caída como si tuviera una bisagra rota. Podría echarme a llorar, pero en lugar de eso me rehago y me acerco a ayudarla.

Está nerviosa. Vibra de los nervios. La policía va a volver al hospital, otra vez, porque Paulina no podía soportarlo y tenía que enmendar su error. Llamó a ese agente anoche, tarde, cuando no podía conciliar el sueño, cuando no podía dejar de pensar en Clayton Spence. Habrá más preguntas, muchísimas preguntas más. Pete está con Emily, quería irse a trabajar, pero ha dicho que se quedaría una hora más o así. Lo suficiente para que Paulina viniese a casa. En realidad nadie ha estado aquí, en casa, desde que ocurrió. El nuevo hogar feliz de mi hermana tiene ahora esta mortaja de tristeza encima, como si se hubiese muerto alguien. Todo está en penumbra y en silencio.

—¿Estás bien? —le digo, aunque sea una pregunta idiota.

—Solo quiero que todo esto acabe ya. Quiero pasar página. —Suspira, pero no levanta la cabeza.

Solo puedo asentir en silencio. Los días son largos, pero el viernes queda ya muy lejos, en cierta forma. Me acerco a ella por detrás y le acaricio la espalda.

—Todo irá bien, Paulina.

—Se supone que no debes decir eso —me suelta.

—¿Qué?

—Me dijiste que se supone que no debes decir eso. —Su cabeza sigue gacha, sus palabras suenan enfadadas pero agotadas—. Cuando estabas estudiando. Dijiste que se supone que los trabajadores sociales no le dicen a nadie que todo irá bien, porque es una promesa y eso no se puede prometer, porque no lo sabes.

Tiene tanta ira dentro que lo único que puedo hacer es callarme. Y le acaricio la espalda un minuto más.

Emily está sentada en la cama, incorporada y con aspecto de querer estar en cualquier otro lugar. Mi madre está a un lado de ella, Paulina al otro. Kookom no se encuentra bien y se ha quedado en casa, me ha dicho mi madre alargando su mirada. Sé que hay algo más detrás de eso. Me lo contará después, cuando los polis hayan venido y se hayan marchado y las cosas hayan vuelto a calmarse. Pete se ha ido a trabajar, aunque parecía que al final no quería irse, en realidad. Yo me quedo plantada con mi taza de té para llevar. La verdad es que no valgo para nada, pero no quiero estar en ningún otro sitio.

Los agentes entran con pinta de estar tan cansados y enfadados como nosotras. El más joven pasea la mirada como un perro que olfatea el peligro. El mayor se sienta en el sillón sin que nadie se lo ofrezca y suspira como si también prefiriese estar en cualquier otro lugar.

—Siento que tengamos que volver a hacer esto, Emily. —El joven intenta ser amable, pero acaba resultando una advertencia—. Queremos que esto se acabe tanto como tú.

Se llama Scott, lo recuerdo de antes. El otro es Christie. El joven sigue hablando porque nadie dice nada.

—Bueno, tu madre me ha llamado y me ha dicho que no fue Clayton. Dijiste que Clayton no tuvo nada que ver con esto, ¿verdad? Y te creo. Hemos hablado con Clayton. No es sospechoso, ¿de acuerdo? —Sus ojos la miran con demasiada compasión, como si se estuviera esforzando demasiado.

Emily asiente con la cabeza, pero no lo mira. El rostro de Paulina está lleno de dolor.

Yo miro por la ventana y me trago mi rabia. Qué valor. Ese tonito paternalista de mierda. El sol brilla con intensidad, pero no calienta. Respirar, eso es lo que dicen que hagas. Ese poli joven no tiene ni idea. Respira.

—¿Qué te parece si repasamos otra vez la cronología de los hechos? —propone. En su voz resuena una excitación extraña, como si supiera algo que nosotras no sabemos—. ¿Te ayudaría?

—¡No! —La voz de Emily se quiebra en esa palabra—. No puedo.

—¿No puedes qué, Emily?

—No puedo. —Sacude la cabeza y se encoge como si hasta ese pequeño movimiento le doliera. La mano le tiembla de nervios, todavía la tiene conectada a un tubo de plástico, el suero va entrando despacio en su cuerpo.

—Solo con que fueses capaz de... —empieza a decir el joven, pero no lo dejo terminar.

—Agente. —Intento poner mi mejor voz de trabajadora social—. ¿No puede entender que Emily se encuentra en una posición muy vulnerable? No sabemos quiénes son esas personas, pero si ella es la responsable de sus detenciones y resulta que están vinculados a una banda, o son pandilleros...

—Pero si está entorpeciendo una investigación deliberadamente... —empieza Scott otra vez.

—Tiene trece años y acaba de ocurrirle algo terrible, impensable. ¡No está haciendo nada deliberadamente! —Escupo esa última palabra.

—Está bien, está bien —interviene el mayor—. Estamos aquí intentando todo lo posible para efectuar una buena detención. Si le presta atención...

—¿Si le presto atención a quién? —Miro al tal Scott—. ¿A usted? ¿Qué ha descubierto?

Él mira a Emily.

—Emily, hemos descubierto que la casa donde estuviste pertenece a un conocido jefe de banda. ¿Lo sabías?

Ella se lo queda mirando.

—Sé que estás asustada, Emily. —Casi podría ser sincero, pero carga demasiado las tintas. Su desesperación inunda la habitación.

—¡Pues claro que está asustada! —digo levantando demasiado la voz—. ¿Cómo no va a estar asustada? Y un jefe de banda, además. ¿Sabe usted siquiera lo que implica eso? ¿Para nosotros? ¿Para ella, si dice algo?

—Señora... Louisa. —Se vuelve hacia mí y la furia de su rostro resulta chocante. Mi madre tiene razón, podría ser *métis*. Lo parece, más aún cuando se apasiona, como ahora.

—¡No! —La palabra ha salido de mi boca antes de que haya podido pensarla—. Esto tiene que acabar. Ella tiene que recuperarse. No pueden seguir acosándola así.

—Esto es una investigación. —El color de sus mejillas y de sus pecas parece más oscuro.

—Pues vaya a investigar. Vaya a esa casa, pregunte a esas personas, vaya a hacer su trabajo, porque si algo de todo esto hace pensar que ella ha dicho algo... —Me freno. Ni siquiera soy capaz de pensarlo.

—Podemos protegerla... —intenta decir el mayor.

—No, no pueden. Ni siquiera pueden decir eso. No tienen ni idea de cómo protegerla.

—Bueno, quizá la familia pueda pensar en mudarse... —El joven otra vez.

—¿Qué? ¿Por qué? Acaban de irse a vivir allí. Tienen un hogar. ¿Cómo puede decir eso? —No contesta nada, así que sigo—: ¿Por qué tendrían que huir como si hubiesen hecho algo malo?

—Hay formas de... —Pero ni siquiera él se cree sus palabras.

—¿Usted se marcharía? Si esto le ocurriera a su familia y alguien le dijera que corriera a esconderse, ¿lo haría?

—No. No sé si lo haría. —Es la primera verdad que ha dicho desde que ha llegado.

—Entonces ¿por qué habrían de hacerlo ellos? —Más tranquila ya, aunque no me relajo.

—Pero también lucharía. —Me señala con un dedo condescendiente.

—Estamos luchando. Esto es luchar. —Mis brazos salen disparados para abarcar toda la escena, a mi madre, a mi hermana, a mi sobrina. Esas mujeres duras.

—Está bien, está bien, así no llegaremos a ninguna parte —interviene el mayor antes de volverse hacia Paulina—. Señora Traverse, si su hija y usted tienen algo más con lo que puedan colaborar, hágannoslo saber. Jamás señalaremos con el dedo a su hija ni la pondremos en peligro. Sabemos que esa gente da miedo. Queremos impedir que sigan haciendo lo que hacen. Nada más.

—Está bien. Gracias —dice Paulina en voz baja.

Emily por fin asiente con la cabeza.

Cuando se marchan, mi madre respira hondo y con ruido, intentando purificar la habitación.

—Pues muy bien, ¿alguien necesita un café? —ofrece intentando ser de ayuda.

—Iré a buscarlos yo —digo, porque necesito dar una vuelta.

—No, no, voy yo, tú siéntate. —Cuando quiere ser de ayuda, mi madre siempre acaba resultando exasperante.

—No, no me importa. —Intento que mis palabras no suenen tan duras como quieren ser.

—Que no, yo puedo...

—Por lo que más quieras, mamá —interviene Paulina—. Déjala que vaya. No la hagas enfadar otra vez.

Todas nos reímos al oírla. Incluso Emily. Y así, sin más, la habitación queda despejada, un momento.

—Mamá, ¿cuándo va a volver papá a casa? —me pregunta el pequeño en el baño. Tiene el pelo lleno de espuma, los mofletes mojados y brillantes.

He venido corriendo para descansar un poco y porque el pequeño odia que lo bañe su hermano. Jake está sentado en el retrete y casi no aparta la vista de su teléfono.

—Frótate, cariño, que te entre el jabón en el pelo, no solo por encima.

Todavía tengo metido dentro el frío de la calle, me alegra estar en casa pero aún pienso en el hospital. Me quedaré aquí a darle de comer al pequeño. Jake quiere escaparse un rato, salir de casa.

—¿Mamá? —dice mi niño, fastidiado pero aun así inocente.

Lo miro a esos ojos enormes y caigo en la cuenta, me está preguntando por su padre, su padre que ha vuelto a irse. Se me había olvidado. No, no es verdad. Solo he intentado olvidarme.

—Bueno... —No puedo empezar si no es despacio—. Ha vuelto a su casa una temporada, cariño.

—Tenemos que subir a buscarlo. —Los niños de cuatro años tienen respuesta para todo.

—Mmm... —Intento estar presente, pensar en mi niño y en lo que necesita—. Ahora mismo quiero estar con la tía Paulina y, además, no tenemos coche, cielo.

—Pete tiene coche. Una camioneta muy grande.

Se hunde en el agua y yo paso los dedos por su pelo espeso. Contiene la respiración, aunque el agua no es lo bastante profunda para cubrirle la cara.

Espero hasta que vuelve a emerger.

—Pete y la tía están bastante ocupados ahora cuidando de Emily. Está enferma, ¿te acuerdas?

—Ah. —Se lo piensa—. ¿Podemos ir a ver a Emily?

—Sí, volveré a llevarte mañana. —Mi sonrisa es débil, insignificante.

—Vale. —Su sonrisa está tan repleta de amor, de confianza...

Tiro de la toalla para abrirla y envolverlo en ella.

—¡Mamááá! ¿Dónde está mi sudadera de capucha negra? —grita Jake desde el final del pasillo.

—Pues creo que acabo de lavarla —contesto, acaricio la suave cabeza limpia de mi pequeño y lo seco. Él se deja hacer.

—¡No está en mi cuarto! —grita Jake—. ¿Dónde está?

—Siéntate —digo. Le paso su ropa al niño y me levanto—. Está por ahí, en algún sitio.

Rita estaba preocupadísima anoche. Estaba convencida de que los chicos habían salido a hacer alguna tontería, así que envió a su ex, Dan, tras ellos. A mí no me parecía que pasara nada raro, pero la observé mientras se dejaba llevar por el pánico. Todos nos enfrentamos a cosas diferentes, ¿verdad? Me senté con ella y no le dirigí palabras condescendientes para tranquilizarla, pero sabía que todo iría bien. No soy capaz de imaginar que estos chicos sean tan estúpidos.

Dan y su padre los encontraron en un pequeño supermercado. No estaban haciendo nada, que ellos pudieran ver, pero de todas formas se los llevaron a tomar un café. Cuando Jake volvió a casa, le pregunté de qué habían hablado, pero él solo me dijo: «De cosas de hombres». Quiero confiar en él. Sí, confío en él.

Jake está en la puerta de su habitación, revolviendo entre montones de ropa. Tiene la cara hinchada de llorar, pero no digo nada. Ahora no puedo avergonzarlo. Va todo despeinado. A veces lo único que veo es al niño pequeño que no quería ir a la guardería aquel primer día. Necesita un abrazo, pero dudo que me permitiera darle uno ahora mismo.

—Madre mía, chico, si está ahí. —Señalo el cesto de la ropa, lleno de prendas limpias, dobladas y sin tocar. Su nueva sudadera de capucha preferida está justo debajo de sus viejos vaqueros.

—Ah —dice.

Me echo a reír.

—Piensas recoger todo esto cuando vuelvas a casa. —Le pongo mala cara, pero no demasiado en serio.

—¡Está bien! —exclama mientras se pone la sudadera y se ahueca el pelo ante el espejo antes de colocarse el gorro otra vez.

—En casa dentro de dos horas, ¿vale? Quiero volver al hospital esta noche. Y ten cuidado. Ten mucho, pero que mucho cuidado.

Le arreglo el cuello y me lo quedo mirando todo lo que me deja. Cuando va a dar media vuelta, tiro de él y lo acerco a mí. Él no me devuelve el abrazo, pero se inclina y me deja estrecharlo.

Vuelvo con el pequeño, que se ha vestido solo y ahora está de pie en el taburete del baño, fingiendo que se arregla el pelo aunque no es lo bastante alto para verse en el espejo.

—Estás estupendo, mi niño —le digo, y se le ilumina la cara—. ¿Tienes hambre?

En la cocina, enciendo el grill para gratinar un sándwich de queso y oigo a Jake en la puerta.

—¡No te olvides las manoplas! —grito.

Él suelta un gemido sonoro.

—¡Que las cojas!

—Vale.

Veo cómo mete los pies en los zapatos. Pronto va a necesitar zapatillas de deporte nuevas. Ya he dejado de intentar que lleve botas.

—¡Eh! —exclamo, para recordarle algo.

Él vuelve a gemir, pero regresa corriendo y me da un beso rápido en la mejilla.

—¡Hasta dentro de un rato!

—Portaos bien. ¡No llegues tarde!

—¡Eh! —El pequeño inclina la cabeza para recibir también su beso.

—¡Venga ya! —Jake ríe en la puerta y desaparece antes de que pueda decirle adiós.

Sé que solo va a ver a Sunny a su casa, sé que Rita estará allí y que todo irá bien. Sé que confío en él y que no es idiota. Pero, aun así, tengo miedo. Mi chico, que le saca la barbilla al mundo, que reta al mundo a algo. Todo eso da mucho miedo.

Mi madre entra cansada y estresada. Los últimos días le han supuesto demasiada presión. Se sienta a mi mesa y me pregunta si tengo té.

—Claro, mamá.

Pongo agua a hervir y me siento a esperar.

Tiene los labios unidos en una línea fina. Casi desaparecen cuando está así, cuando quiere pero no quiere decir algo.

Yo solo puedo suspirar y mirar por la ventana, igual que ella. La nieve ha quedado apisonada por mis chicos, sus huellas ya van llenándose poco a poco de nieve nueva. Jake construyó un pequeño fuerte con su hermano el fin de semana pasado. Distingo sus curvas entre las sombras oscuras. El pequeño estaba empeñado en hacer un fuerte de nieve. Habían construido uno en la guardería y él quería otro en su propio jardín. Gabe dijo que lo haría con él, pero no llegó a ponerse.

Tras un rato largo, mi madre por fin decide de qué quiere hablar y dice:

—O sea que ¿Gabe no va a volver a casa?

—No va a volver a casa, mamá. Ya está en su casa. —Entrelazo las manos delante de mí, parapetándome frente a ella. Sé que mi lenguaje corporal está a la defensiva. Lo he visto miles de veces.

—Es un buen hombre. Solo es que eres demasiado orgullosa para pedir ayuda.

—No, mamá. Es que no lo necesito. —Miro otra vez por la ventana. El cielo está cambiando de color, el naranja del atardecer se está imponiendo—. Y él quiere que lo necesiten. Su familia lo necesita, ahora mismo.

Todavía veo sus manos, estiradas delante de ella como si estuviera rogando. No puedo mirarla a la cara, pero oigo sus palabras:

—No quieras hacer tú sola todo el camino, mi niña. Créeme.

Sigo mirando por la ventana durante más rato del necesario. Los últimos rayos de sol todavía hacen relucir la nieve, solo en una pequeña parcela del jardín, pero veo cómo danzan un poco antes de empezar a apagarse. Mis chicos estuvieron fuera varias horas. Amontonaron la nieve en un semicírculo lo bastante alto para que al pequeño le llegara justo hasta las rodillas, luego se agacharon dentro y empezaron a tirar bolas de nieve contra la casa. Los golpetazos me daban unos sustos de muerte cada vez que acertaban en la ventana. Los reñí con una mirada severa a través del cristal, pero ellos se rieron.

—No importa si es un buen hombre o no —digo cuando estoy segura de que no me temblará la voz—. Él aquí no es feliz, ¿verdad? Siempre se está marchando, a cualquier sitio, de gira, de fiesta con alguien, con cualquiera, en realidad. El caso es no estar aquí.

—Pero vuelve a casa. —Ese es su único argumento.

—Yo quiero algo más que alguien que solo vuelve a casa. —Me paso la palma de la mano por la cara, deprisa, y vuelvo a abrazar mi propio cuerpo.

—Solo quiero que estés segura, mi niña —dice ella despacio apartando la mirada otra vez—. No quiero que te arrepientas.

—Creo que de lo que me arrepiento es de haberlo alargado tanto. —Puedo mirarla al decir esto, pero solo porque sé que ella no me está mirando—. Haber alargado esta relación, así. Debería haber hecho algo hace mucho.

Ella asiente con la cabeza.

—Hay que intentarlo todo —opina mirando hacia el último resto de luz exterior—. Hay que hacerlo. Por esos niños, también por vosotros dos. Tu padre y yo, o yo, al menos, me arrepentí durante mucho tiempo.

Asiento con la cabeza, sé que tiene razón. Me reclino contra el respaldo y ella no dice nada. Así puedo pensar un momento. Contemplar el sol que se pone tras las casas del otro lado del callejón trasero, la oscuridad que llega.

—Sé que hace una temporada que no eres feliz —dice, derrotada, creo. Esas palabras son un regalo.

—Una temporada larga. —Asiento—. Creo que debo pensar que tal vez sea mejor así, porque no podemos seguir más tiempo haciendo lo que hacíamos.

—Eso lo entiendo, pero... tú ten cuidado. La soledad es muy grande donde yo estoy. —Alarga la mano.

Se la tomo.

—Donde yo estoy también hay mucha soledad, mamá.

Preparé chocolate caliente cuando los chicos entraron por fin, con las manitas y las mejillas rojas de invierno. Sus risas resonaron en la cocina. Luego hice sopa de tomate y los envolví en mantas.

Gabe ni siquiera se había levantado aún.

—Pero todo eso ahora no importa, ¿eh? —digo limpiándome la cara e irguiéndome—. Ahora tenemos que ayudar a Emily, ayudar a Paulina.

—Sí. —Ella se estremece, pero habla con el mismo tono que todas las mujeres cuando entramos en materia—. Y a Pete. Va a necesitarnos para que le digamos qué hacer.

—Mmm... —Mis labios son una línea recta.

—¿Ya estás convencida? —dice mientras remueve su té—. ¿De que él no hizo nada? Porque no lo hizo. Es un...

—Ya lo sé, ya sé que es un... buen hombre. Sé que fue otra cosa, otras personas. Ya lo sé. Es solo a donde me llevan estas cosas. Es el primer sitio al que me llevan. En mi trabajo, todo el mundo es sospechoso; lo único importante es el menor.

—Bueno, pues no vayas por ahí, al menos no con él. —Me señala otra vez con su dedo torcido—. No creo que sea capaz de tocarles un pelo a ninguna de ellas. Jamás. Así que deja de pensar que le pasa algo raro y permíteme conservar a un yerno guapo. —Sonríe.

Yo le devuelvo la sonrisa.

—Vale, mamá. Está bien.

Lo único importante es el menor. Lo extraño es que todo el mundo ha sido menor. Y, a veces, hasta los adultos siguen siendo niños.

—Tengo que contarte una cosa, Louisa. —Su rostro se endurece, el aire cambia.

Suspiro, respiro, me parapeto otra vez.

—Tu prima Stella está en casa de Kookom. Por eso Kookom no ha venido hoy. Stella ha vuelto.

—Ah, qué bien. —Mi prima, a la que debe de hacer unos cuatro años que no veo—. Está muy bien. ¿Se ha enterado de lo ocurrido?

Mi madre respira hondo.

—Lo vio.

—¿Qué?

—Vio la agresión, dice que vio cómo ocurría. Fue justo delante de donde vive. Fue ella quien llamó a la policía.

—¡Es una locura! ¿Qué? ¿Dónde?

—Por lo visto su casa está justo allí, y lo vio. —Hace una pausa—. No sabía que era Emily, por supuesto.

—No lo entiendo.

—¿Qué hay que entender? Vio cómo agredían a su propia prima y no lo sabía. Le he dicho que no pasa nada, pero me quedé... en shock, creo. Y sigo. Qué barbaridad, ¿verdad? Ni siquiera sé qué decir.

—Muy bien, espera. —Gesticulo con las manos—. Vamos a pensar un minuto. Ella estaba en casa, ¿cuándo se fue a vivir allí? Aunque eso da igual. Dice que lo vio... ¿todo?

—Es lo que me ha dicho. Llamó a la policía. —Se lo piensa—. ¿Qué? ¿Crees que lo sabía? No lo pillo.

—No, esa parte cuadra, supongo. No ha visto a Emily desde que era pequeña. ¿Qué tenía... ocho, nueve años? —Ni siquiera soy capaz de pensarlo. Solo tengo que dejarlo apartado un rato, no mirarlo directamente—. Esa parte, por lo menos.

—Todo esto es demasiado, ¿verdad? Demasiado.

—Sí, mamá, la verdad es que sí. Pero, en fin, es que ocurrió justo ahí. —Señalo con la barbilla—. Imagínate que ves algo así. Me alegro de que llamara a la policía. Eso ya es algo. Fue lo correcto.

Mi madre asiente con la cabeza, como si no pudiera parar.

—Mamá, no pasa nada.

—Es demasiado. Todo esto es demasiado. —Agacha la cabeza, se le encorva la espalda y empieza a temblar.

—Ya lo sé, mamá, ya lo sé —digo.

Le doy la mano y dejo que llore. Tengo un millón de preguntas más, pero no puedo soportar hacérselas a ella. La verdad es que ahora mismo tampoco importan. De verdad que no.

Emily está dormida cuando regreso al hospital. Paulina se estira en el sillón y baja el volumen del televisor en cuanto entro.

—¿Dónde está Pete?

—Se ha ido a casa a dormir. Aquí no hay mucho que pueda hacer. —No deja de mirar hacia la pantalla verde azulada, como si esperase algo.

—No, supongo que no. ¿Alguna novedad?

—El médico dice que ha reaccionado bien a los antibióticos. —Ahora mira a Emily y su rostro cambia—. Ya no tiene infección.

—¿Todavía creen que podrá volver a casa mañana?

—Tal vez. Tal vez.

Me siento y levanto la mirada hacia el televisor mudo, como ella, y dejo que esté callada todo el rato que necesite.

—¿O sea que Gabe no va a volver a casa? —Está resentida. Paulina nunca está resentida, pero ahora tiene mucha ira en su interior.

—¿Quién? ¿Gabe? No, Paulina. Gabe ya está en su casa.

—¿No lo has llamado? ¿No le has pedido que vuelva?

—Pues no —contesto—. No necesito que vuelva. Al menos no por mí.

—Entonces ¿se acabó?

—Sí. —Es todo lo que hay que decir.

—¿Y no piensa nunca en su hijo, joder?

La miro un buen rato. Su rostro flaco está fruncido en un ceño y brilla por el reflejo de las imágenes cambiantes. Así es como nos distraemos.

Las noticias pasan por la pantalla, imágenes veloces de coches patrulla, personas hablando con sus nombres impresos debajo.

—Creo que Pete va a dejarme —dice Paulina al cabo de un rato—. Todo esto es demasiado, ¿sabes? Sé que yo lo dejaría. —Su voz suena calmada, pero sus ojos suplican.

—No, no lo harías. Y él tampoco lo hará. No es esa clase de persona.

Mi hermana arruga la frente.

—¿No hemos dicho ya eso antes?

Niego con la cabeza, convencida. Intentando parecer segura.

—No, Pete te quiere. Te quiere de verdad.

También ella sacude la cabeza, aunque no de la misma manera.

—Pero es que todos pueden dejarte, Louisa. Pueden irse aunque no ocurra nada, y ahora ocurre muchísimo. Lo necesito. Y Emily me necesita a mí. Yo solo... sé que va a dejarme.

Vuelvo a apretarle la mano.

—Te niegas a confiar en él. Pero puedes hacerlo. Es difícil, pero puedes. Es un buen hombre.

Sacude otra vez la cabeza, pero veo que me está escuchando.

—Te mira con muchísimo amor —le digo.

—¿Y qué coño quiere decir eso? —me suelta.

—La forma en que te mira, se esconde mucho amor ahí dentro.

No está convencida.

—Bah. Gabe también te miraba así a ti. Eso no significa nada.

—Pero es diferente. —Intento que no me vea abatida.

—No lo es —exclama—. Tú no lo sabes más que yo.

—Que sí —le aseguro—. Pete es diferente. Lo sé. —Me callo un momento—. Te mira más rato. Gabe solo me miraba un segundo. Era bonito, pero enseguida se había acabado. Pete te mira un rato largo. No aparta los ojos. No te dejará.

—No es que eso sea exactamente una prueba. —Se limpia la nariz con la manga. La he tranquilizado, aunque solo un poco. Vuelve a mirar la pantalla y escupe sus siguientes palabras—: Vivimos en un mundo loco, Louisa. Es un sitio jodido y loco, y yo ya creo a todo el mundo capaz de cualquier cosa.

—Confías en mí, confías en Emily y en Kookom. —Me yergo

más en la silla para denotar seguridad y sonrío—. Incluso en mamá, y ella está loca.

—Es que vosotras sois mi familia.

—Bueno, pues a lo mejor ahora Pete también es tu familia. —Asiento e intento resultar lo más convincente posible.

Guardamos silencio durante un largo aliento.

—Estamos bien jodidos —suelta Paulina de pronto—. Estamos jodidos, estamos todos bien jodidos.

Mi hermana gesticula hacia la pantalla del televisor: otro oleoducto reventado, otra mancha de alquitrán negro que oscurece el río. Un científico que lanza un tubo de pruebas al agua para tomar una muestra y frunce el ceño ante la cámara.

—Jodidos, y ya está.

La miro, a mi hermana pequeña, y siento ganas de llorar. Paulina siempre es la primera en ser optimista, la primera en decir que todo irá bien. Esta vez no.

—Estamos jodidos, sí, pero no jodidos del todo. —Me obligo a sonreír todo lo que soy capaz.

—¿Qué coño se supone que significa eso?

—Significa que todo irá bien, Paulina —digo al fin y alargo el brazo por encima de la cama de hospital y de los piececillos tapados de Emily para darle la mano. Ella la acepta, con debilidad, pero la acepta—. Todo irá bien.

—Se supone que no tienes que decir eso, joder. —Su voz suena más tranquila.

—Puedo decir lo que me salga de las narices. Hoy no soy trabajadora social, hoy soy tu hermana, y tu hermana te dice que todo irá bien.

Percibo gran parte de su dolor. Aunque no todo. Nunca podemos percibir todo el dolor de otra persona, ni siquiera de una hermana.

Ella sigue mirando la pantalla. Unas personas han tomado las calles, empujan pancartas contra los cuerpos de otras personas, una reportera rubia explica por qué, pero no la oímos.

—Eso espero —dice por fin.

—Bueno, yo lo sé ya, y tú puedes saberlo más adelante. —La miro para ver si me ha oído siquiera.

—De acuerdo. —No es una sonrisa lo que me ofrece, es algo mucho más pequeño, pero ahí está.

—De acuerdo. —Le aprieto la mano. Miro por la ventana y lo único que veo es el cielo oscuro del invierno.

—De acuerdo. —La voz de Paulina se desvanece y las imágenes de la tele siguen y siguen.

Tommy

—Phoenix Anne Stranger...

Scott vuelve a bajar el volumen de su radio, se frota los ojos e intenta concentrarse. Necesita dormir. Necesita enviarle un mensaje de texto a Hannah y decirle que sigue trabajando. No, solo necesita poder dormir una noche entera.

Christie mira al frente mientras van en el coche. Tommy se da cuenta de que está molesto y que solo quiere acabar con esto de una vez. Tommy lleva días paseándolo por ahí. Ayer el sargento no lo ayudó en absoluto. No vio nada que vinculara a ese tal Monias con la agresión. La compañía propietaria de la casa resultó estar a nombre de Angie Dumas, la chica flaca, la novia de Monias, y no han encontrado a nadie en su domicilio, así que Christie ha propuesto probar con la hermana.

—¿Cómo se apellidaba? ¿Settler?

—Settee —ha contestado Tommy y ha buscado la dirección en sus notas manuscritas.

Pritchard Avenue.

Es allí adonde van ahora, pero todo empieza a parecerle un círculo.

Después de hablar con el sargento, la noche del domingo cayó sobre el norte de la ciudad como era de prever. Los borrachos cansados salían tambaleándose de sus casas de borrachos cansados. Solo hubo dos avisos de violencia doméstica, como si todo el mundo estuviera demasiado agotado para pelearse con ganas. Como si solo realizaran los movimientos esperados, pero sin pasión. Tommy metió a un hombre enorme esposado en el coche patrulla y volvió la mirada hacia su mujer, que se quedó atrás, de pie, impasible.

Tiembla y quiere un café. Si no descubre algo pronto, tendrá que dejar el caso sin resolver y las palabras se convertirán en números. Emily se convertirá en el «caso 002-121869», que nunca volverá a abrirse. Piensa en la otra chica. En Zegwan. Significa «primavera». Otra vez se acuerda de su profesor de lengua. Su rostro siempre estaba a punto de sonreír, tenía esa sonrisilla leve mientras Tommy intentaba que su lengua se retorciera para pronunciar las extrañas palabras.

—Zeeg-wahn.

—Marcas demasiado las letras. Relájate —decía el viejo y se echaba la trenza larga y perfecta a la espalda.

—Zeg-wihn.

—Mejor.

Ben. Así se llamaba. Ben.

Ben ¿qué más?

—¿Y la otra víctima? ¿No deberíamos hablar otra vez con la tal Zegwan, quizá? —Tommy tiene la idea de que, si hace la pregunta correcta, todo se desentrañará, igual que cuando estiras un hilo de un jersey.

—¿Esa tal Sutherland? No creo que sepa nada más. —Christie se frota los ojos rojos—. La dejaron k.o. unas chicas. Ya está.

Tommy piensa en su cara pequeña y vendada. Le dolió mirarla.

Y su madre junto a ella, negándose a apartarse de su lado. Todas esas mujeres se sostienen unas a otras.

Bueno, pues le preguntarán a la hermana, esa criatura regordeta y de aspecto triste. Puede que les diga algo sin los otros dos delante. Puede que Tommy dé con la pregunta correcta.

La casa de dos plantas está en bastante buenas condiciones. Tiene molduras verdes y su revestimiento exterior blanco está deslucido, se yergue alta entre los montículos de nieve sucia. El viejo Challenger destartalado que hay en el camino de entrada está cubierto con una lona gastada, pero él ve el parachoques.

—Un coche bonito —comenta cuando se acercan.

Su padre tenía un Challenger. Azul medianoche. Tommy vio fotografías. Su padre el pelirrojo parecía feliz de verdad posando junto a su verdadero orgullo y satisfacción. Su bestia negra, como lo llamaba él. Le contó que tuvo que venderlo cuando nació Tommy, porque él no encontraba trabajo y Marie tuvo que dejar el suyo por culpa del bebé. Marie nunca le dijo que tuviera que hacerlo, pero él de todas formas le echaba la culpa a ella.

El marco de aluminio de la contrapuerta está doblado como si lo hubieran empujado muchas veces hacia dentro y hacia fuera. Tommy llama dando unos golpes en el cristal sucio y una adolescente delgada aparece al otro lado.

—¿Está tu madre en casa? —Tommy pone su mejor voz de agente de policía. Sabe que Christie le cederá a él este interrogatorio. Sabe, sin preguntar, que llevará la voz cantante.

Una mujer mayor con una bata rosa baja la escalera. Lleva el pelo recogido hacia atrás y el maquillaje corrido. Parece que acabe de levantarse, aunque ya es la media tarde de un lunes. Pensándolo bien, la adolescente también debería estar en el colegio.

—¿Sí? —pregunta la mujer, y la adolescente desaparece.

—Hola, señora. —Hace una pausa para causar impresión—. Estamos buscando a Roberta Settee. Esperábamos...

—¿Qué cojones has hecho ahora? —exclama la mujer en dirección a la habitación contigua.

—¿Señora? —pregunta Tommy.

—Pasen, pasen —les dice, y se vuelve otra vez hacia dentro—. He dicho que qué coño has hecho ahora, joder, Robbie.

—¡Nada! —protesta la chica desde la otra habitación.

Tommy se vuelve hacia la sala anodina. Nada fuera de lo normal: un sofá, sillas, un televisor gigante, una gran ventana y un póster de un águila en la pared. *Migizi.*

La chica está derrengada en su silla.

—Pues la policía no te estará buscando porque sí. —La madre suena hasta cierto punto razonable, grita y maldice, pero no parece cruel—. Pasen.

Se sienta y se enciende un cigarrillo, incluso le ofrece uno a Tommy, pero él lo rechaza con un gesto de la mano.

Christie está de pie tras él. Tommy nota cómo lo está registrando todo con la mirada.

—Lo siento —empieza a decir Tommy—. Estamos buscando a Roberta. Settee.

—Sí, bueno, pues ya la han encontrado. —La madre agita las manos en dirección a la chica delgada, que no hace más que mirarse los dedos. Tiene los nudillos rojos y en carne viva.

Tommy se detiene y mira un momento a Christie, que ya está prestando atención.

—Tú eres Roberta Settee.

La chica asiente.

—¿Qué ha hecho?

—Lo siento, señora. —Se lo piensa un momento y decide lanzarse—. Ayer conocimos a una joven que dijo llamarse Roberta Settee y nos dio esta dirección.

A la madre no le sorprende. Suspira.

—¿Cómo era?

Tommy piensa en la mejor forma de describirla.

—Corpulenta, indígena, más o menos de la misma edad.

—¿Quién es esa? —pregunta hablándole a su hija—. Dímelo, Robbie, o te juro por Dios que...

Tommy prueba con otra táctica.

—¿Roberta? ¿Puedes decirnos dónde estuviste el viernes por la noche?

La chica se hunde más aún, como si intentara convertirse en una bola.

—Salió con unas amigas. Sé cómo se llaman. Cheyenne y Desiree, ¿verdad?

—¡Mamá! —exclama ella.

—Bueno, o hablas tú o hablo yo. Estoy harta de esta mierda. De que cargues con su rollos y te metas en líos. Ahora van por ahí dando tu nombre... ¿Quién es la gordita? Venga, ¿quién es?

La chica solo se retuerce más sobre sí misma.

—¿No será Phoenix? ¿Ya ha salido? —Su voz se eleva hasta convertirse en un grito agudo—. ¿Esa puta loca ha salido ya?

—¿De quién habla, señora? —Tommy intenta recuperar el control.

—¿Es ella? —La madre no aparta los ojos de su hija.

La chica, por fin, asiente ligeramente con la cabeza.

—Es a ella a la que están buscando. Phoenix. Stranger, se apellida. Está loca y es violenta. Está más que loca. Sea lo que sea, ha sido ella.

Tommy lo apunta. Phoenix Stranger. ¿Dónde ha oído ese apellido?

—¿Por qué dice eso, señora?

La mujer apaga el cigarrillo.

—Porque está tarada. Está... como para que la encierren. Todo el mundo lo sabe, pero nadie dice nada por quién es su tío.

—¿Y quién es su tío?

—Alex. Bishop, o como coño se haga llamar. —La madre no deja de mirar a su hija—. Te dije que te mantuvieras lejos de ellos, joder, te lo dije. Mierda. —Sus palabras suenan más tristes que furiosas.

Tommy mira a Christie, en cuya cara no encuentra su ceño habitual. Casi parece excitado, así que deja que sea el viejo quien clave el último clavo.

—¿Qué te ha pasado en los nudillos, Roberta?

De vuelta en el coche, Tommy teclea el nombre y la alerta aparece al instante. Lee en voz alta.

—Phoenix Anne Stranger escapó del Centro Migizi, en la parte sur de Saint Vital, el viernes por la mañana y no se la ha visto desde entonces... Entre las personas con quienes se la relaciona está Alexander David Monias... Es ella.

Piensa en la chica regordeta que tenía los brazos echados alrededor de su propio cuerpo como si estuviera intentando camuflar la tripa. Una vieja sudadera negra de capucha con los puños gastados le tapaba las manos.

Christie le hace un gesto para que continúe.

—Agredió... Joder, agredió a un tipo con un bate de béisbol. Le partió la mandíbula y el brazo. Los testigos declararon que actuó con bastante brutalidad.

—Suena a que es nuestra chica.

—¿De verdad? No sé, buscamos a un violador.

—¿Ah, sí? —Christie suelta el labio que se había mordido—. La agredieron con una botella. Vamos, ¿sabemos siquiera si fueron hombres?

—Tuvieron que serlo. —Tommy reflexiona. Tuvieron que serlo.

—Bueno, *métis* —dice Christie—, detesto decirlo, pero lá verdad es que has hecho un buen trabajo policial aquí. Has construido un caso sólido. Está muy bien. Lo único que tenemos que hacer ahora es encontrar a esa señorita loca.

Tommy mete la marcha y arranca en dirección a Powers.

—¿Podrías dejar de llamarme así? —dice por fin.

—¿Cómo? ¿Buen agente de policía? —Christie suelta su risa gutural.

—No. *Métis*. Por favor —dice Tommy, consciente de que no debería haber dicho nada.

—Bueno, es que es lo que eres, ¿o no?

—Sí, ya lo sé. Lo soy. Pero no tienes que llamarme así. Yo no te llamo «blanquito» ni nada parecido.

—Pues podrías, a mí no me importa. —El viejo suspira bien fuerte, como si fuera un calvario—. Tranquilízate, chaval, tampoco hace falta que pongas el grito en el cielo. No tengo por qué llamarte *métis* si no te gusta.

Tommy asiente un poco con la cabeza, pero no dice nada.

Christie espera un rato y luego añade:

—Ya sabes que con eso no quiero decir nada. No es que piense que eres como esos nativos de ahí fuera ni nada por el estilo. No pienso eso de ti. Tú eres diferente. Vamos, que no eres tan diferente, pero un poco sí. Eres un buen chaval. Incluso te estás convirtiendo en un poli bastante decente. Los apodos no significan una mierda por aquí.

Tommy ya ha oído todo eso antes, exactamente esas mismas palabras y otras parecidas, esos cumplidos entrelazados con insultos entrelazados con... algo más. No dice nada. ¿Qué iba a decir? Solo sigue conduciendo.

La casa de Selkirk parece vacía cuando pasan por delante. Van a comisaría a pedir una orden. Regresarán con ella. En la alerta que ya está difundiéndose se añade una línea más: «Se busca para interrogarla por un caso reciente de agresión...».

Nada de eso tiene sentido.

—Vete a casa —le dice Christie—. Lo has hecho bien.

Pero no se siente bien. Podría irse a casa. Podría ver un rato la tele y dormir toda la noche, acostarse junto a Hannah hasta la mañana siguiente. No hay nada que le apetezca más que dormir. Pero no se siente bien.

Aparca frente al viejo edificio de pisos a las cinco. Sabe que ella estará en casa. Dentro, toda la escalera huele a patatas, todo el mundo está haciendo la cena. Sin embargo, su madre seguramente no está cocinando. Rara vez prepara grandes comidas ya. No tiene por qué.

—Hijo mío. —Lo envuelve con sus brazos—. Justo estaba pensando en ti. ¿Tienes hambre? Estoy haciendo sopa de tomate.

Tommy asiente, porque sabe que la mujer no aceptará un no por respuesta, aunque solo sea una sopa de lata. Su madre enchufa el hervidor de agua y él se deja caer en una silla de la cocina.

En cierto modo, el apartamento de Marie le transmite una sensación de hogar, aunque nunca haya pasado ni una sola noche en él. El cuarto de baño huele a su crema de siempre, la cocina huele a té. Todo huele como su madre, y eso es lo que es ella: hogar.

—Pareces cansado, hijo mío. Quiero decir que estás guapo de uniforme, pero cansado. ¿Acabas de salir, o entras? —Le tira del cuello para enderezárselo.

—Acabo de salir —responde él—. Llevo todo el fin de semana trabajando.

—Ya veo —añade ella, elocuente. Se sienta en su silla—. Bueno, cuéntame.

Él se lo cuenta todo, más de lo que le ha contado a Hannah. Le cuenta todos los detalles que ella entenderá: la madre que no aparta los ojos de su hija, la chica regordeta que no levanta la mirada, la chica joven, pequeña, rota en su cama de hospital. A Marie puede contarle todas esas cosas indescriptibles. Nada le sorprende. Solo asiente con la cabeza, se pasa las manos por el pelo rizado y deja que lo saque todo. Hasta que él se detiene, y entonces se quedan un minuto sentados en silencio. La mujer se levanta para verter agua caliente sobre las bolsitas de té y remover la sopa para deshacer los grumos.

—Es una barbaridad. —Asiente, pero no igual que Hannah. Marie sabe exactamente qué clase de barbaridad es esa—. No quieres que sea esa chica, ¿eh?

—¿Cómo va a ser una chica, mamá? Es de locos. Una chica no podría hacer eso. —Intenta que sea una afirmación, pero en realidad es una pregunta.

Marie saca los cuencos, las tazas y las cucharas, y los deja sobre la mesa. No dice una palabra más hasta que están comiendo. Parte un pedazo de *bannock* y lo mastica despacio. Marie nunca le pone mantequilla; el pan le gusta seco.

—Cuando yo era niña, había una chica, una chica algo mayor, tendría unos dos años más que yo. Daba muchísimo miedo, madre mía. Yo nunca me acercaba a ella. Estaba hecha un palillo, pero era mala, ¿sabes? —Habla despacio, mientras mastica. Marie siempre ha sido una mujer paciente—. Las otras chicas decían que solía perseguirlas detrás del colegio, allí las inmovilizaba y les metía los dedos. Por... ahí abajo. Les hacía eso y luego se reía y las soltaba.

—Dios mío.

Tommy mira a su madre, tan dura. No le hace falta preguntárselo.

—A mí nunca me hizo nada. Siempre me mantenía alejada de ella. Igual que todo el mundo. Los niños hablan, ya sabes. Todo el mundo habla. —Sopla su té hasta que puede dar un pequeño sorbo.

—¿Por qué? ¿Por qué hacía eso, quiero decir?

—Era una cuestión de poder. Una violación es cuestión de poder. Quería poder.

—Pero ¿por qué...? ¿Por qué no les daba una paliza y ya está, si lo único que quería era poder?

—Seguramente habían abusado de ella. Los niños que han sufrido abusos acaban abusando de otros. A algo así no se le puede encontrar sentido. Por eso decimos que es una barbaridad.

—O sea que ¿tú sí crees que una chica pudo hacer esto? ¿Que esa chica pudo hacer esto?

—Creo que he oído barbaridades más grandes.

Tommy lava los platos mientras Marie sirve otras dos tazas de té y se sienta. Se come otro trozo de *bannock* mientras su hijo frota el viejo cazo. Siempre le enseñó a ocuparse de las tareas domésticas, aunque su padre lo ridiculizara por hacer «cosas de mujeres». Tommy nunca se quejó de colaborar con las tareas. Ayudar a su madre era algo que hacía siempre, y ya está.

—¿Por qué te casaste con papá?

—¿Qué clase de pregunta es esa? Porque lo quería, bobo. —Lo mira de medio lado—. Sabes que me dejó embarazada, ni lo intentes.

—Pero es que era un cabrón. ¿Por qué te quedaste con él? —Sabe que tuvo que casarse con él. En aquella época había que casarse con el padre, se lo había dicho cientos de veces. «En aquella época», decía su madre con un suspiro.

—Tu padre era complicado, sí. Era malo, pero también era bueno o, al menos, quería serlo.

—¡Era un capullo racista! —Se da cuenta del gran taco que ha soltado y se disculpa con la mirada—. Tenía más de malo que de bueno.

—La bebida pudo con él. —Su madre habla con ecuanimidad.

—¿Por qué no te marchaste? —Ya conoce la respuesta, pero, igual que un niño a la hora de acostarse, quiere oírla una vez más.

—Porque a veces estaba sobrio. —Así de simple.

Tommy recuerda a su padre los últimos días, cuando Tom padre no era más que un ser en los huesos al que ya no le quedaba ánimo de pelear. Cuando estaba enfermo y se moría poco a poco. Sí, incluso él sintió lástima por ese hombre. Un poco.

—¿Sabes cómo me ha llamado Christie hoy? —pregunta, consciente de que solo pueden hablar de su padre hasta cierto punto—. Me ha dicho que soy «diferente». ¿A ti te ha pasado? ¿Te han llamado «diferente»? Como diciendo: no eres como yo, pero tampoco eres como los nativos.

—Los blancos suelen pensar que soy igual que los nativos, hijo mío.

—Ya lo sé, pero ¿no te tratan como si fueses una excepción?

Ella asiente, despacio.

—¿Una excepción de qué, quisiera saber yo? —dice.

—Es como si fuese diferente. Y soy diferente, soy mestizo. Siempre seré un mestizo y nada más, mitad de cada. Ni lo uno ni lo otro. —Lava el último tenedor y vacía el fregadero.

—¿Quién lo dice? No es que... La gente que dice eso no sabe nada, hijo mío. No lo entienden.

—Llevo toda la vida oyendo lo mismo. Que no soy igual. Entonces ¿qué soy? —Se seca las manos, se baja las mangas y vuelve a sentarse frente a Marie.

Otra vez la ve más vieja. De algún modo, cada vez que la ve está más vieja.

Su madre se queda callada un buen rato. Tommy puede sentir cómo se va formando su historia. Marie lleva mucho cuidado antes de empezar a hablar. Quiere que todas las palabras le salgan bien. También quiere asegurarse de que es seguro decir lo que quiere decir. Eso le viene de los años en que recibía palizas cuando decía algo equivocado.

—Verás —empieza por fin—, fue tu tía quien me habló del «grado de sangre». ¿Alguna vez lo habías oído? Es la parte de indio que tiene cada uno. Me dijo que eran los blancos quienes consideraban primordial saber qué parte tenías de indio, pero que a los indios nunca les importó tanto. Ellos acogían a todos los suyos dentro de su familia, aunque solo tuvieras la mitad de color que ellos.

Tommy lo piensa, eso de tener la mitad de color que su madre.

—Pero en realidad nunca estuvimos mucho con tu familia. La tía era la única con la que pasé algo de tiempo, la verdad. —No lo dice como una acusación, sino más bien como una explicación.

—Sí, eso fue error mío. Lo lamento. Pero para ellos siempre has sido de la familia.

—La familia de papá nunca nos consideró familia. —Tommy ve aún a todos esos pelirrojos a los que nunca les cayó demasiado bien. Arrugaban la cara, como si Tommy oliera mal. Su abuelo siempre los miraba con desprecio a su hermano y a él, incluso levantaba la barbilla para poder mirarlos literalmente por encima del hombro.

—Algunos sí. Pero no todos ellos, no. —La mujer sigue pensando—. Una vez una señora mayor con la que trabajaba me dijo: «Ay, Marie. Eres tan agradable. Tan limpia. Me caes bien aunque seas piel roja». De verdad que dijo «piel roja». Era vieja. —Se ríe con timidez.

—¿Cómo...? ¿Cómo te enfrentas a eso?

—Igual que te enfrentas a todo lo demás, hijo mío. Lo haces y punto. La gente es tonta. Tu padre, esa señora, tu compañero gordo... No tienen mala intención, al menos a su manera, pero son tontos. Con un tonto no hay nada que hacer. No lo puedes arreglar... Sigues siendo quien eres y punto. No pueden cambiarte.

Tommy no se lo discute. No hay discusión, en realidad. Solo la escucha. Su madre merece que ahora solo la escuche. Se están un rato callados y él piensa en una historia para devolverle a ella.

—Cuando estaba creciendo, nunca fingía que era solo blanco, pero era más fácil no decir nada, ¿sabes? Vamos, que siempre tuve un aspecto diferente. Los niños siempre creían que era griego, o asiático, o algo, y yo me reía cuando me lo decían, pero no contestaba nada. O, bueno, si lo hacía, decía que era escocés como papá, pero nada más. Era más fácil así. Si les contaba que era nativo, tenía que explicar una historia larga y enorme, así que lo evitaba. Vamos, que fui a algunas clases en el colegio, esa clase de lengua ojibwa, pero nunca sentí que de verdad fuese uno de ellos ni nada por el estilo. Luego, cuando conseguí este trabajo, puse en el formulario que era *métis* solo porque Hannah me dijo que lo hiciera. Pero entonces todo el mundo lo supo. Era la primera vez que todo el mundo sabía lo que era yo, y me sentí muy diferente. Me trataron de una forma diferente. Así que últimamente me he sentido más... indio. Pero Christie piensa que soy diferente a ellos. «Ellos», dice. Toda esa gente de ahí fuera. Si no soy un indio de verdad, entonces ¿qué soy? ¿Solo algo a medio camino? ¿No soy igual a nadie?

Ella asiente con la cabeza.

—Siempre pensé que era bueno que pudieras pasar por blanco. La gente te trataba con normalidad casi siempre. Yo nunca pude.

—Lo sé. Veía cómo te trataban. Joder, veía cómo te trataba mi padre. El caso es, sin embargo, que yo no me siento diferente a ellos. A ninguno de ellos, de vosotros. Los veo y me recuerdan a ti, a tus hermanas, a mí mismo. Ellos son las personas que se parecen a mí. Las únicas personas que se parecen a ti.

—Son tu gente, es por eso. —Me ofrece su sonrisa tímida.

—Jamás lo pensé de esa forma.

—Ya lo sé. Eso es culpa mía. Y lo siento. Solo quería protegerte. Quería que tuvieras lo mejor de todo. Y, en aquella época, eso quería decir ser blanco, así que fuimos todo lo blancos que pudimos.

—Deberíamos ir a una sauna ceremonial o algo así. Deberíamos hacer algo de eso. —Lo suelta y en ese mismo instante sabe que lo dice en serio.

—Podríamos, o podríamos ir a visitar a tu tía y ya está.

—Sí, deberíamos hacerlo. —Tommy piensa en su anciana tía, dura como la piedra. Esa expresión está hecha a medida para ella. Después piensa en Hannah. Ella no es ni mucho menos como su madre o su tía, pero quiere que también ella lo sepa. Por primera vez, quiere de verdad que ella lo vea—. Podríamos llevarnos a Hannah.

—¿Crees que soportará el monte? ¿Ella? —Su madre se lo queda mirando de reojo.

Tommy sabe lo que quiere decir, pero también sabe que jamás diría nada malo contra su mujer, aunque de verdad le apetezca.

—Sí, puede. —A Hannah le gustaría. Bueno, puede.

—Mmm. —Es la respuesta de ella.

Tommy sabe lo que piensa.

—Se esfuerza de verdad. Pero es que no sabe nada, ¿entiendes? Es como si quisiera saberlo, pero no lo sabe.

—Sí. Bueno, eso ya es más que muchas de las personas a quienes hemos conocido, ¿no?

—Sí —contesta Tommy, y la palabra resuena un rato en la cocina, flotando en el acogedor silencio.

Se quedan otra vez callados durante un buen rato. Tommy piensa de nuevo en su caso y lo repasa todo mentalmente. Las historias de su madre hacen que se sienta mejor, pero aun así no está del todo tranquilo. Quiere que todo sea diferente. Quiere la simplicidad de la contundencia. Pero las cosas nunca son como en las películas, siempre tienen continuidad. Es como si una canción se acabase un compás o dos antes de lo que debería; te deja la sensación de que tiene que haber más, pero no hay nada, solo un espacio vacío y un eco largo que se desvanece.

Emily

Ahora todo es diferente. Todo es o Antes o Después. Antes, estaba en su casa y solo era una chica que iba al instituto. Después, es una persona enferma en una cama de hospital. Su madre apenas se ha apartado de su lado y todo el rato la mira como si tuviera miedo de que pudiera romperse en un millón de pedazos. Emily lo haría si pudiera, se rompería para desaparecer en la nada. Seguro que ni siquiera le dolería, desmontarse así, convertirse en nada. Puede que incluso fuese agradable.

—Venga, Emily. Hoy tenemos que intentar que te levantes y camines. —La enfermera habla a un volumen muy alto. Emily piensa que está acostumbrada a hablar con gente mayor y sorda, o algo así—. Venga, tú mete los pies en estas zapatillas. Dame la mano.

Ella mueve las piernas todo lo despacio que puede. No le duele como antes, pero le sigue doliendo de una forma diferente. Toda la mitad inferior, de cintura para abajo, la tiene entumecida. Se resiente de la espalda. Su madre le ha dicho que la medicación y los analgésicos seguramente le harían sentir arcadas, pero que se está curando. Eso es lo que se dice a sí misma, que se está curando.

La enfermera retira la manta y de pronto las piernas de Emily están desnudas y frías. Las magulladuras son intensas y marrones. Ni siquiera las nota. Su madre suelta un grito ahogado, pero enseguida se lleva la mano a la boca, como si pudiera tragárselo de nuevo. Después le dirige a Emily esa mirada otra vez. Sus ojos como de cachorrito. Se encoge como si Emily pudiese hacerle daño.

Sus pies solo han entrado a medias en las zapatillas cuando la enfermera la levanta tirando de ella. Parece que lo haga con mala fe y a toda prisa. Paulina le pasa una bata por encima de los hombros y la agarra del otro brazo.

—Tú puedes, Emily. —La enfermera dice las cosas de una forma muy ensayada. Las ha dicho cientos de veces y a cientos de personas diferentes.

Una vez de pie, a Emily se le va la cabeza. Siente los tobillos débiles, las rodillas empiezan a temblarle sin control, como si estuviera nerviosa. Tal vez lo esté.

—Creo que voy a vomitar —tartamudea, y Paulina la ayuda a sentarse otra vez con delicadeza.

—Vale, vale, cielo, tú siéntate. ¿Necesitas una palangana? —Le frota la espalda como hace siempre que vomita.

Emily detesta vomitar. De repente está llorando y devolviendo y profiriendo unos fuertes jadeos, como si no consiguiera tomar aire, como si hubiese estado corriendo mucho rato.

Al menos han dejado de preguntarle por ello. Al principio, eso era lo único de lo que le dejaban hablar. De cómo se encontraba y si se iba recuperando y, luego, de qué había ocurrido. Todo el mundo quería saber qué había ocurrido. Ese agente de policía era muy agradable, y guapo de verdad, pero luego tuvo que contárselo. Quería morirse. Sabía que era una tontería pensar en lo mal que llevaba el pelo y en lo hinchada que tenía la cara, pero lo pensó. Quería parecerle guapa, pero estaba hecha una pena. La víctima. Así la llamó él. Ella sabía lo que quería decir con eso, pero aun así le sonó feo.

El día parece dividirse en pequeños fragmentos entre cabezada y cabezada. No hace más que dormir. Su cuerpo se ha convertido en un pegote bajo las mantas; sin sensaciones, solo dos piernas y una barriga, y unos brazos que mantiene pegados al torso. Siempre tiene frío. No quiere mover la mano porque tiene conectada una aguja por la que le inyectan suero, según le ha dicho su madre. Su madre le ha dicho que pronto podrán quitársela, seguramente hoy. Lo ha dicho sonriendo, como si Emily hubiese hecho algo. Como si Emily pudiese controlar su recuperación.

Cada vez que hace pipí le escuece. Se aguanta todo lo que puede, pero entonces le sale demasiado deprisa. Su madre tiene que ponerle la cuña. Le da tanta vergüenza que se echa a llorar. Paulina se asegura de que todo el mundo salga de la habitación y de que nadie sepa que Emily tiene que ir al baño, pero aun así llora. Parece que todo la haga llorar.

Así son las cosas: dormir y llorar, a ratos.

Ya está oscuro cuando despierta. La habitación de hospital está vacía, salvo por Ziggy. Ziggy con la cara vendada y solo un ojo abierto, rojo y triste.

—Eh, Emily —dice como si estuviera nerviosa.

Ella solo la mira. Desorientada y con un poco de náuseas.

—¿Dónde está mi madre? —Es lo primero que dice.

—Ha salido un momento al pasillo con Rita. ¿Quieres que vaya a buscarla?

Emily sacude la cabeza, pero solo un poco. No necesita a su madre, solo quería saberlo.

—¿Cómo estás? —Ziggy intenta sonreír, ahí sentada y encorvada, con una pinta tan pesarosa como la propia Emily.

—Bien. —Emily se estremece al incorporarse. Aprieta el botón para elevar la cabecera de la cama. La pobre Ziggy tiene la cara machacada—. ¿Cómo estás tú?

—Estoy bien —dice, nada más. Hay un gran espacio vacío donde se supone que debería estar el resto de sus palabras. Se mira las manos—. Quería venir antes a verte, pero Rita no me ha dejado. Está bastante histérica.

Emily asiente, un poco.

—Sí, Paulina también. Muchísimo.

—Yo tenía más miedo por ti. —Ziggy levanta la vista y mira a su amiga con atención. No como hace Paulina, pero casi.

—No sabía que te hubiese pasado nada, al principio. Y cuando Paulina me lo contó, dijo que estabas herida pero bien. —Emily la mira—. No sabía... ¿Te duele?

—Me dan un montón de pastillas. —Ziggy pone una gran sonrisa, pero solo un segundo—. Estoy bien, de verdad. Tengo el pómulo casi fracturado y aquí me han puesto un par de puntos. Tiene una pinta bastante horrible debajo de esto, pero la cirujana plástica dice que podrá arreglarlo y que no me quedará cicatriz.

—A lo mejor te puede arreglar la nariz, ya puestos. —La sonrisa de Emily da la sensación de ser pequeña.

—Yo estaba pensando en hacerme una liposucción en el culo, pero, sí, la nariz también.

Emily se ríe, pero demasiado fuerte. Hace que todo le duela otra vez.

—Lo siento, Emily. —La cara de Ziggy se descompone—. Intenté encontrarte. Lo intenté... Fui detrás de ti. No te encontraba.

—No pasa nada, Ziggy. —Alarga hacia su mejor amiga la mano con la aguja.

—Tendría que haberte obligado a venir a casa. Tendría que... —Se detiene, su voz se apaga.

—Sí, tendría que haberte hecho caso —dice Emily, pero en voz muy baja, casi como si no hubiese dicho nada—. No tendríamos que haber ido.

Se están calladas un buen rato.

—¿Tú crees que él, Clayton, no sé, lo sabía?

Emily sacude la cabeza, pero baja la mirada hacia la manta.

—Sunny dice que Jake y él van a descubrir quién fue. Que lo arreglarán todo. —Ziggy se inclina hacia su amiga y habla en voz muy baja, por si sus madres las oyen—: Pero no digas nada. Rita está superhistérica.

Emily asiente. Ya está cansada otra vez. En realidad nada tiene ningún sentido. Todo le parece profundamente irreal. Cierra los ojos y oye las voces de Rita y de su madre, que entran en la habitación; no lo que dicen, solo sus voces. Lo único que nota es la mano de su mejor amiga, que aprieta la suya con suavidad.

No olvida. Lo recuerda todo. Siempre recordará cada fragmento, cada detalle, aunque no quiera contarlo en voz alta. Cada vez que describe alguno en voz alta se hace más grande, así que prefiere mantenerlo todo ahí, dentro de ella, y decir solo lo imprescindible. Así es diferente. Así puede mantenerlo alejado de su madre y de los demás. Así no tienen que saberlo, no del todo. No tal como fue.

Eso es lo único que puede hacer Emily para mejorar toda esta situación.

Después de dar media vuelta, huyó por entre los matorrales crecidos y casi resbaló en la acera cubierta de nieve, pero no se detuvo. Corrió por entre los coches aparcados y atravesó un paso abierto a pala entre los montículos de nieve. Patinó por el terreno helado. No sabía dónde estaba y no podía pensar; solo lo veía todo blanco. Siguió un sendero y corrió hasta meterse de lleno en la nieve espesa, una nieve que era demasiado profunda para caminar por ella. Pero aun así siguió corriendo, o lo intentó. Levantaba las piernas todo lo que le daban de sí y llegó a otra calle y siguió avanzando. Miró a su alrededor en busca de algún sitio donde esconderse y casi bajó el ritmo, pero entonces oyó sus voces: «Por aquí, la he visto». Se puso histérica, un pánico inmenso lo cubrió todo. Esas chicas le pisaban los talones y no había ningún sitio donde esconderse, todo estaba muy abierto y la nieve era demasiado honda. Emily ni siquiera sabía dónde estaba, así que echó a correr en línea recta por la nieve, levantando las rodillas. Se movía como si fuese a cámara lenta.

Se cayó, o tropezó. El caso es que se vio en el suelo y de pronto las tenía encima. Gritó todo lo fuerte que pudo y entonces una de ellas le tapó la boca y la nariz con la mano. No podía respirar. Luchaba por dar una bocanada de aire. La nieve le caía en los ojos, pero lo único que podía hacer era parpadear intentando evitarla.

—Puta chavala. —La chica más grande, Phoenix, parecía reírse.

Se le colocó encima y le sujetó los brazos, que ella no dejaba de mover. Alguien resopló. Todas la insultaban. Emily intentó apartarse de debajo de la mano de la otra chica para poder respirar. Era la de la trenza. Intentó gritar otra vez, pero la chica de la trenza se puso a horcajadas sobre su cabeza y le inmovilizó los brazos con las rodillas. Le apretó la boca con fuerza y le hundió la cabeza en la nieve. Apenas podía respirar.

Alguien más le inmovilizó las piernas, y entonces le dieron puñetazos y más puñetazos en la tripa. Pensó que iba a asfixiarse.

No podía oír lo que decían. La estaban apaleando y la insultaban, la voz de Phoenix era más grave y más cruel que las demás.

Emily sintió unas manos frías sobre su piel desnuda, sintió que le bajaban los vaqueros de un tirón. No entendía lo que estaba ocurriendo, solo intentaba dar patadas, no dejaba de mover los pies, pero volvieron a inmovilizarla. Le separaron mucho las piernas. Sintió tanto peso en los tobillos que pensó que se le partirían. No podía mover nada, solo sentía la punzada de la nieve helada por debajo y los copos cayéndole encima.

Le dolió tanto que estuvo a punto de desmayarse. La mano de esa chica sobre su cara, casi sobre su nariz; le costaba horrores respirar. Pensó en eso, se concentró en intentar respirar. La voz de Phoenix seguía hablando sin parar, a veces más flojo, pero siempre igual de cruel. Nadie más parecía decir nada, pero seguían sujetándola. Emily lloraba por dentro, por fuera, por todas partes. Toda ella lloraba y lloraba.

Entonces su cuerpo pareció desgarrarse y retorcerse, y todo quedó en silencio, un silencio tan grande que todas oyeron cómo se rompía la botella con un crujido.

—¡Me cago en todo! —gritó Phoenix.

La otra chica le quitó la mano de la cara. Emily estaba demasiado ocupada tomando aire para gritar y no quería abrir los ojos.

—¡Joder, Phoenix! —gritó una de ellas.

—¡Hay que largarse! —exclamó otra.

—Mierda, en esa casa hay alguien. —La chica de la trenza se levantó y soltó a Emily, pero ella no se movió.

—¡Venga! —gritó alguien, ya a medio camino del callejón de atrás.

Emily profirió un gimoteo, alargó las manos hacia abajo para cubrirse. Todo lo que no le dolía lo tenía entumecido. Se dio la vuelta, tosiendo aire y nieve.

Alguien le dio una última patada en la espalda encorvada y luego echó a correr. Cree que fue Phoenix, pero aún no había abierto los ojos.

Se tiró de los pantalones para volver a subírselos. La nieve caía levemente sobre su piel enrojecida. Lo único en lo que pensaba era en subirse los pantalones. Estaban vueltos del revés y rígidos por el frío. Se quedó sentada en la nieve, volviéndolos del derecho. La piel entumecida, fría pero ardiendo justo por debajo, como si tuviera congelación.

Le dolía todo. Consiguió cubrirse las piernas, pero lloró al intentar levantar el trasero. Lloró de dolor. Un dolor afilado y cortante en su interior. En la casa de al lado se encendió una luz. Ella se puso tensa. Tenía que largarse de allí. ¿Y si alguien la pillaba? ¿Y si alguien la encontraba así? Se movió todo lo deprisa que pudo. No iba rápido, pero consiguió levantarse. No pudo abrocharse los pantalones, pero el jersey le cubría hasta por debajo de la cintura. Se ciñó la cazadora alrededor del cuerpo y empezó a moverse con torpeza. Encontró una bota en la nieve, la otra al otro lado del callejón, y metió los pies en ellas. Cojeó siguiendo una rodada, intentando no resbalar en el hielo que había bajo la nieve fresca.

Se le habían mojado los pies y notaba las piernas pegajosas. Sabía que estaba sangrando, pero la oscuridad lo disimularía. Tenía que llegar a casa. Tenía que llegar a casa y lavarse antes de que su madre regresara. Podía darse un baño y olvidarse de que aquello había ocurrido. Eso era lo único en lo que pensaba mientras cada paso la pellizcaba y la raspaba, mientras sentía unas puñaladas que la recorrían por dentro. Solo pensaba en su casa, en su estúpida y apestosa casa, donde podría entrar en calor y donde todo desaparecería.

Ahora todo es Antes y Después. Antes, le gustaban un chico que se llamaba Clayton, las *boy bands* y los estudios sociales. Antes, su primer beso se suponía que iba a ser lo mejor del mundo. Antes, tenía a Ziggy y no importaba si no tenía más amigos. Antes, odiaba mudarse de casa y llamaba a Pete «el Pestoso» y pensaba que eso tenía gracia. Antes, lo más triste que se había sentido jamás fue cuando su Kookom se puso enferma y su tía Louisa le dijo que Kookom era vieja y que los viejos algún día tenían que irse al mundo de los espíritus. Antes, eso era lo que más había asustado nunca a Emily, saber que su Kookom tendría que irse pronto.

Kookom ha estado allí, en esa habitación de hospital. Le ha cantado canciones, igual que cuando Emily era pequeña, le ha dado la mano y le ha hecho olvidar, durante un rato corto. Todo el mundo se queda con ella un rato y luego se va, como si de repente se soltaran y se alejaran flotando. Su madre sigue ahí, y Pete también está casi todo el tiempo. Ha estado callado, pero ha estado. Se queda detrás de su madre y le acaricia los hombros, y ella levanta una mano y aferra las de él, y a veces las besa. Su madre es diferente con él, y Emily lo sabe. Sabe que él es diferente. Emily recuerda cómo Pete la agarró, la levantó a pulso y salió corriendo con ella en brazos. Lo recuerda a retazos, como entre sueños, que la alzó como si no pesara nada, y a ella le dolía pero se sintió segura, como si supiera que él iba a ayudarla. Y eso hizo. Después se despertó ahí, y todo estaba entumecido.

Paulina dice que volverá a casa pronto, y Emily sabe que tendrá que hacerlo, algún día, pero eso le parece todavía muy lejano. Volver a casa es como otro Después, uno que queda aún más lejos que el Antes.

Phoenix

—Phoenix Stranger. —La funcionaria la mira directamente. La puta vieja sonríe con desdén al decir su nombre.

Phoenix se despega de la silla de plástico e intenta meter tripa, pero le cuesta. Le duele, todo le duele, pero ella saca barbilla y también pecho, como si fuera la zorra más dura del lugar. Le dedica a la funcionaria de prisiones una mirada de desprecio cuando la mujer se le acerca, todo como a cámara lenta. Como si le importara un carajo. Levanta las manos, pero esa puta coja sonríe y sacude su cabeza de cabrona. Phoenix no cambia la cara, solo da media vuelta y empieza a andar. Las manos esposadas le quedan justo por debajo de la tripa, pero no se la toca, allí no. No en un sitio donde cualquiera podría verla. Allí solo sigue andando, con la cabeza alta.

Ya lleva nueve días en prisión preventiva y se sabe bastante bien de qué va todo ese rollo. Todas esas uniformadas de mierda son putas pánfilas que solo intentan dejar claro quién manda haciendo cosas como tenerla esposada cuando no es necesario, con la esperanza de que les suplique. Que se jodan. La sección de mujeres adultas es igual que el correccional de menores, está lleno de zorras inútiles que prefieren sacarte los ojos con las uñas antes que soltar un buen puñetazo. Phoenix se las apañará. Incluso tiene una celda para ella sola; es una de las ventajas de ser tan joven, o de estar tan jodida.

La funcionaria se toma su tiempo en abrirle las puertas, pero cuando Phoenix por fin se arrastra a la sala de visitas desearía que hubiese tardado más aún. Elsie está ahí sentada con los hombros caídos y llorando cosa mala, joder. Está más flaca que nunca y moquea en un pañuelo de papel. La puta enclenque de Elsie.

—Phoenix, Phoenix. —Su madre salta hacia ella—. Cielo, ¿estás bien?

La puerta se cierra de golpe y Phoenix solo puede dar un paso hacia delante. Elsie sigue balbuceando, está convirtiendo esto en todo un espectáculo. Tiene la cara hinchada, como si llevara un buen rato así. Su labio inferior está todo marcado y le hace un mohín. Alarga los brazos, patética, pero Phoenix aparta las muñecas esposadas de las manos que le tiende su madre. Elsie se da cuenta, recula y se sienta. Phoenix mira a su alrededor y va a sentarse también, despacio, intentando que no le sobresalga la barriga.

Aprieta los dientes para exhalar mientras su cuerpo pesado se deja caer en otra silla dura, incómoda. La mesa es de hormigón. Las paredes son de plástico transparente, así que puede ver a las demás visitas en las salas contiguas. Una rubia oxigenada está hablando con su abogada en la de al lado. Phoenix detecta a un abogado a una milla de distancia. Abogados y trabajadores sociales, todos tienen una pinta muy concreta y un olor más concreto aún. A esa no puede olerla desde ahí, pero la señora tiene pinta de abogada, eso seguro.

—He intentado venir a verte antes, pero han tenido que hacer muchas comprobaciones. Joder, cuántas comprobaciones... Como si tu propia madre no fuese lo bastante buena para venir a verte.

Elsie se seca la nariz y se da unos toquecitos en los ojos hundidos, por ese orden y con el mismo pañuelo de papel. Después mira alrededor como para ver si alguien la está mirando, lo deja en la mesa y saca uno nuevo del bolsillo. Tiene el dorso de la mano magullado, la gruesa cicatriz del labio es una quemadura, y su piel está pálida como la nieve. Phoenix intenta recordar la última vez que vio a su madre. Hace un año, no, catorce meses. Y la última vez que pensó en ella siquiera fue cuando entró en el Centro. Cedar-Sage le había preguntado a Phoenix si sabía dónde estaba.

—No te preocupes por ella, Cedar-Sage, tú solo preocúpate de ti misma —le dijo.

Su hermana no volvió a preguntarle, pero Phoenix se daba cuenta de que quería hacerlo. Cedar-Sage todavía era muy pequeña, todavía quería a Elsie.

—¿Has hablado con Cedar-Sage? —le pregunta a su madre. Las esposas de metal entrechocan cuando intenta rascarse la nariz—. ¿Hablas con tu hija?

—Sí —farfulla Elsie—. Claro. Yo... No le he contado lo ocurrido, pero... está bien. Ella está bien. —Su voz se pierde.

Phoenix deja salir el aire entre los dientes. No se cree ni una palabra.

—¿Sigue aún con esa tal señora Tannis? —pregunta.

—Mmm, sí. Está bien, Phoenix. Se las arregla bien. —Elsie habla más para sí que para su hija mayor, aunque la tiene delante.

Phoenix aparta la mirada. Sabe que su hermana pequeña ya no está con esa Tannis. La trasladaron después de lo que le pasó a Sparrow. Elsie ha estado demasiado colocada para darse cuenta.

—Bueno, ¿qué coño quieres? —escupe Phoenix intentando ser lo más cruel posible.

—¿Que qué quiero? —Los ojos de Elsie suplican—. Phoenix, cielo, ¡solo quería verte, corazón! —Sin embargo, su voz no transmite mucha convicción. Suena débil y quebradiza. Palabras como «cielo» y «corazón» no acaban de salirle del todo por esos labios marcados, no suenan como si las dijera con sinceridad—. Quería asegurarme de que estabas bien. He estado preocupadísima...

Phoenix se yergue contra el respaldo y vuelve a mirar alrededor. Esa puta funcionaria sigue sonriéndole con desdén a través de la puerta. Baja la mirada, pero no enseguida. Sus manos son bultos pesados sobre su regazo. La barriga se le sacude. Phoenix casi sonríe, pero se contiene.

—¡Es verdad! Estaba muy preocupada, Phoenix —tartamudea Elsie. Tira otro pañuelo al montón y saca uno nuevo.

La última vez que Phoenix vio a Elsie estaba igual que ahora, llorando, llorando y sin hacer nada. Al menos fue en un funeral. Esta vez solo es, bueno, lo que es. Solo es teatro. La imagen que ella cree que debe dar una buena madre.

—Esto es muy duro, cariño, es duro de cojones. Me siento fatal, joder, tú no lo entiendes. No sabes cómo me mira la gente. Saben que fuiste tú. Saben lo que hiciste. ¡Y después de todo lo que he pasado, encima! Ay, Dios mío, Phoenix. ¿Es que no te haces una idea? ¿Cómo pudiste? —Las palabras de Elsie salen así, primero son un reguero y luego una riada.

Su rostro se convierte en una mueca enorme y fea, luego se retuerce y se le vuelven a saltar las lágrimas. Todas esas arrugas resecas que tiene repartidas por la cara la hacen parecer más enfermiza aún. Si Elsie fuese cualquier otra persona, Phoenix se habría echado a reír, y en su cara, además, de lo rara, de lo patética que resulta. Quiere ser así de cruel con ella, pero no puede. Sigue siendo Elsie. Su madre. Y Phoenix sigue sabiendo todas las cosas por las que ha pasado Elsie. Así que baja la mirada a su regazo y se quita una pelusa de esos feos pantalones grises. Tiene las manos temblorosas.

No pensaba que Sparrow fuese a morir. Ella estaba encerrada por entonces, no sabía mucho de sus hermanas y tampoco conocía la dirección de donde las tenían. Una trabajadora social le dijo que la más pequeña de sus hermanas estaba enferma y que tenían que llevársela al hospital para tratarla, pero la muy zorra hizo que no pareciera tan grave. «No hay de qué preocuparse», le dijo con una inútil palmadita en la espalda. Todo porque no querían concederle una visita, joder. Phoenix no pensaba que fuese a morirse.

Pero se murió.

Sí que la dejaron ir al funeral. Nadie podría habérselo impedido. Tuvieron que acompañarla dos guardias, pero no la esposaron ni nada, solo se quedaron a su lado. Era la primera vez que veía a Elsie en dos años. A Cedar-Sage no la había visto desde hacía más tiempo aún, desde justo después de que Phoenix se pusiera el jersey equivocado para ir al colegio y se las llevaran a todas. Luego tuvieron visitas, todas ellas con Elsie.

En el funeral, su hermana pequeña, que ya era su única hermana, parecía que hubiera recibido un puñetazo en la cara; pero sin los moratones, solo por el dolor. No era más que una cosita pequeña, flaca como Elsie, encorvada como si esperase recibir el siguiente golpe. Phoenix la abrazó y no la soltó en todo el rato. Los familiares llegaban y se marchaban, tíos y tías a los que ninguna de ellas había visto desde que se fueron de la casa marrón de Grandmère. Nadie supo nunca dónde estaban sus hermanas y ella, solo su tío. Elsie balbuceaba sin parar, y tenía a un tipo pegado a ella todo el rato. A Phoenix no le dijo quién era, y Phoenix no preguntó.

Cuando se marchó, le dio a Cedar-Sage su dirección y le dijo que le escribiera cartas todos los días. Su tío le dio su número de teléfono nuevo y le dijo que lo llamara si necesitaba cualquier cosa. Pero Elsie solo se la quedó mirando un rato, la abrazó más de lo necesario y lloró un charco de lágrimas inútiles en su hombro. Phoenix casi se alegró cuando por fin los putos guardias dijeron: «Bueno, ya es hora de irse».

Cedar le escribió una temporada. Escribía mucho, cartas largas con letra redondeada y en tinta lila. En su nuevo colegio le gustaba aprender, pero odiaba a los niños. Tenía un nuevo hogar de acogida, muy lejos, en las afueras, con una señora mayor que se llamaba Luzia. Cedar estaba bien.

Phoenix le contestaba también, cartas breves con su gruesa letra mayúscula y en negro. Pero perdió la dirección al salir de allí, unos meses después.

Debería haberla memorizado.

Cuando Phoenix alza la vista, Elsie le parece más pequeña. No aparta los ojos de la mesa y da la sensación de que quiere decir algo. O quizá solo es que Phoenix quiere que diga algo, aunque en realidad Elsie solo está pensando en el siguiente colocón que se va a pillar. Como sea, el caso es que están calladas un buen rato.

—Ay, Phoenix —dice Elsie—. No me lo puedo creer. Lo estabas haciendo tan bien... —Su madre suelta un sollozo, un sonido moqueante que no significa nada.

Phoenix respira hondo y vuelve a enfadarse.

—Ah, ¿sí? —Se la queda mirando a los ojos, con dureza.

—Yo creía que sí —tartamudea Elsie, que mira hacia otro lado. Nunca ha sabido aguantar una mirada; es demasiado débil—. Estabas en ese Centro y..., ibas a clase y...

Phoenix suelta un fuerte suspiro, sorprendida de que Elsie sepa tanto. Espera que no sepa nada más. Pero ni siquiera sabe dónde está Cedar-Sage, así que lo más seguro es que no.

Elsie mueve las manos con torpeza, aprieta su pañuelo de papel y baja la mirada con aspecto de estar consumida y hecha polvo. Tras ella, la rubia oxigenada le da la mano a su abogada y aprieta el botón para regresar a las celdas.

Phoenix se despertó antes de que echaran la puerta abajo de una patada. No aguantaba más sin mear, así que salió a hurtadillas por la puerta del sótano y cruzó la casa. Era temprano, la luz del día justo empezaba a verse. Todo parecía gris, pero había bastante calidez para ser invierno. La puerta de su tío estaba abierta, así que fue supercuidadosa para no hacer ruido. Se asomó a su habitación y vio la luz que entraba por la ventana en finas tajadas, vio a su prima pequeña Alexandra dormida entre sus padres. Qué perfecto todo: mamá, papá, hijita. El tipo duro de su tío, tan vulnerable y blando, acurrucado junto a su niña, con un brazo sobre ella para que nada pudiera hacerle daño. Phoenix casi se echa a llorar allí de pie. Jamás se había sentido tan sola.

Todavía estaba en el cuarto de baño cuando la sobresaltó el golpetazo en la puerta. La niña empezó a llorar y Phoenix oyó que su tío salía corriendo y que la puerta de entrada se abría de golpe. Se oyeron muchas pisadas de calzado pesado, como botas, y una voz grave que gritaba:

—Alex Monias. Tenemos una orden de detención contra Phoenix Anne Stranger.

—No está aquí —contestó su tío gritando también.

—No se mueva, señor Monias. —La voz sonó más calmada.

Las botas siguieron pisoteando, primero en dirección a la cocina. La niña no paraba de llorar. Phoenix se quedó allí de pie, la ventana del baño estaba cerrada y clavada, y de todas formas su barriga era demasiado grande para caber por ella. Se escondió detrás de la puerta sin hacer ruido. A lo mejor no entrarían a mirar, a lo mejor no registrarían el cuarto de baño.

Totalmente rota, Elsie se vuelve de nuevo hacia Phoenix y alarga una mano débil por la mesa de hormigón, pero su hija no se mueve.

—Ay, Phoenix, ¿sabes que quieren juzgarte como adulta? Joder, que estás en prisión preventiva, por el amor de Dios. Esto es horrible.

Phoenix se da cuenta de que Elsie se está esforzando mucho, casi no suelta palabrotas, aunque está demasiado consumida para sentir nada de verdad. Phoenix sabe que lo único que quiere su madre es un chute. Parece que lleve limpia un día entero más o menos, así que seguro que ahora empieza a encontrarse mal. Seguro que le ha costado un esfuerzo enorme entrar ahí a verla. Phoenix preferiría que no se hubiese molestado. Elsie no es más que una inútil y una débil, igual que esa visita ha sido inútil y débil, joder.

—¡Quieren acusarte de agresión con arma! ¡Agresión! ¿No sabes lo que significa eso?

—Significa de ocho a diez años, ¿no? —Phoenix no levanta la mirada. Su abogado cree que, al final, serán benévolos con ella. Aunque Phoenix no lo tiene tan claro.

—¡Ay, Phoenix! —balbucea Elsie—. Quieren acusarte de agresión sexual, ¡sexual! Vas a ser una delincuente sexual. —Pronuncia esas palabras como si fuesen lo peor del mundo, y Phoenix se estremece, porque lo son.

Intenta no pensar en esa noche, la nieve, la botella, esa chica. Ahora desearía haber sido más cruel con Elsie, o haberse negado a recibir su visita. Desearía muchas cosas.

—Y eso... —dice su madre gesticulando con la mano hacia la barriga de Phoenix—. ¿Qué coño vas a hacer con eso?

—Esto no es asunto tuyo, mierda —suelta Phoenix, de pronto a la defensiva. No sabía que Elsie estuviera al corriente. ¿Cómo se ha enterado?—. ¿Quién coño te lo ha dicho?

—Soy tu madre, Phoenix. Te guste o no, sigo siendo tu madre. —Estira los pañuelos usados con la palma de la mano y se seca la estúpida barbilla mojada—. Eso importa, ¿sabes?

Phoenix se mofa y baja la mirada de nuevo.

—Verás, pronto... Joder, pronto comprenderás lo que es ser madre. ¡Muy pronto!

Fue el poli quien la encontró. El más joven abrió la puerta y entró despacio. Phoenix no respiraba. Y la encontró allí, de pie junto al retrete, con la espalda contra la pared. Fue a esposarla con rabia en la mirada, demasiado lleno de odio para decir nada. Su mano le rozó entonces la barriga dura y se quedó blanco. Más blanco aún. Phoenix lo vio. Supo que algo iba mal. Lo supo y todo se volvió borroso. Su tío le gritaba, su prima lloraba, Angie tenía a la niña en brazos, y todos ellos se volvieron borrosos mientras tiraban de ella por toda la casa para sacarla al frío de fuera. Algo iba mal.

—¿De cuánto estás? —Esa puta enfermera de la prisión preventiva la miró como un segundo y le habló como si fuese una mierda.

—¿Qué? —Phoenix, que solo estaba allí sentada, sintió náuseas.

—Tu bebé, tu... ¿Desde cuándo?

Phoenix se encogió de hombros.

—Túmbate. —Esa zorra suspiró y le puso una cinta métrica en la barriga con sus putas manos, tan frías y brutas—. Yo diría que estás como de seis meses.

Siete, pensó Phoenix, pero no dijo nada. Habían pasado siete meses, desde julio, desde Clayton, desde antes del Centro, antes de todo.

Siempre había pensado que se daría cuenta, que lo sabría, pero no sospechó nada de nada. No hasta ahora, no hasta que ha sido tan evidente, joder.

—No creas que voy a ocuparme yo de él. —Elsie intenta hablar con una voz cortante—. Vamos, que, aunque me dejaran, no puedo hacerlo. No quiero. —Sus ojos miran a cualquier otra parte.

—No te preocupes. —Phoenix se lleva la mano a la tripa sin pensarlo siquiera, pero la deja ahí. Se asegura de que la puta funcionaria no esté mirando e intenta que su voz suene dura—. No pienso dejar que te acerques a él.

—Bueno, pues muy bien. ¡Porque tengo demasiada mierda encima para, además, tener que criar a tu puto niño! —escupe Elsie—. ¡Irá a acogida y punto!

Phoenix se encoge de hombros, pero no piensa mandar a su hijo a acogida. Piensa salir de ahí, tener un hijo, conseguir un apartamento de verdad y un cochecito. Recuerda a Sparrow en su cochecito. Ella empujaba a Sparrow por Arlington Street, con Cedar-Sage agarrada a la barra lateral. Iban a la tienda y ella guardaba la leche en la bandeja inferior, debajo del asiento. Luego tenía que subir el cochecito por las escaleras hasta el apartamento, pero a Phoenix no le importaba hacer todo eso. Le encantaba, la verdad. Hacía que se sintiera importante. Necesitada.

Elsie suspira. Se ha cansado de llorar y de luchar, según parece. Se queda callada un buen rato, con pinta de estar exhausta. Eso es todo lo que puede dar de sí, piensa Phoenix, un poco de lucha, un pequeño llanto para sentirse bien como madre, y ahora ya está pensando en colocarse.

Elsie siempre ha sido así. Incluso cuando está limpia, sigue siendo así de triste. Cuando Phoenix era muy pequeña, Elsie se mantuvo limpia una temporada larga, pero de todas formas siempre estaba llorando. Cuando el padre de Sparrow apareció en escena, Elsie también estuvo limpia un tiempo, y era una enclenque de mierda. Incluso siendo una niña, Phoenix sabía que no quería ser como su madre.

En la sala del otro lado hay una señora mayor a la que Phoenix recuerda del comedor. Esa señora tiene una gran melena rizada que está casi toda gris y una cara severa como la que tenía Grandmère. Pero esa señora lleva una lágrima tatuada debajo del ojo derecho, y muchísimos tatuajes caseros en las manos y las muñecas. La tinta verde está tan desgastada que casi no se lee lo que dice ninguno de ellos. Solo parecen letras borrosas y un círculo irregular cruzado por líneas finas: una rueda medicinal, piensa Phoenix, o una cruz. La señora está sentada a su propia mesa de hormigón, frente a un anciano igual de viejo y serio que ella. Se dan las manos por encima del hormigón. Parece que él le esté diciendo lo mucho que la quiere, y ella asiente con la cabeza. Le sonríe, una sonrisa seria pero auténtica.

Phoenix baja otra vez la mirada a su regazo. A sus muñecas esposadas. Sus pulgares se pasean por su barriga trazando círculos.

Se la llevaron a hacerle una eco para estar seguros. Estaba tumbada en la mesa y le pusieron un gel frío por toda la parte baja de la tripa. La asistente parecía asustadísima ante la convicta loca y la funcionaria de prisiones. Phoenix casi se echa a reír, pero entonces ese sonido susurrante, como de agua, llenó la sala. Shhh shhh, hacía, una y otra vez.

—El latido. —A la asistente le temblaba la voz. Giró el monitor hacia Phoenix. La imagen era en blanco y negro y granulada, como en un televisor antiguo, pero ella pudo verle la nariz, las mejillas, una mano extendida como si saludara—. Es un niño.

Phoenix asintió con la cabeza. No podría haber dicho nada aunque hubiese querido. Bien, pensó. Está bien que sea un niño. Será fuerte.

—Lo hice lo mejor que pude. —La voz de Elsie se resquebraja. Phoenix levanta la mirada, pero ni siquiera sabe si su madre está hablando con ella—. Hice todo lo que pude.

Phoenix nota los pulgares entumecidos, pero siguen trazando círculos y su barriga se estremece. No, es su bebé, que se mueve. Su niño. Lo llamará Sparrow porque quiere que sea igual que su pequeña Sparrow. Solo que fuerte. Sano. Duro. Como se supone que es un niño.

—Ya lo sé —dice, pero en voz tan baja que ni siquiera cree que Elsie la haya oído.

Entonces suspira. Ahora ya solo quiere marcharse. Sabe que las dos están cansadas de cojones para seguir, así que se levanta despacio.

—¡Ay, Phoenix, espera! —Elsie levanta la mirada como si acabara de despertar—. Espera, mi niña, ¿qué pasará ahora? ¿Phoenix? —Intenta alcanzar la mano de su hija, pero Phoenix se aparta. No quiere tocarla. Hoy no. Ahora no—. Oh, Phoenix, ¿qué voy a hacer? ¿Qué puedo hacer?

—¿Cómo coño quieres que lo sepa? —dice, más agotada que cruel.

Elsie vuelve a agachar la cabeza; una mujer pequeña, flaca, inútil. Phoenix aparta la mirada y aporrea el timbre para que la dejen salir. La funcionaria escoge ese preciso momento para no estar allí. Joder.

—Puedo hablar con tu abogado, cielo. Puedo ir a ese Centro, o a tu antiguo colegio, buscar a algunas de tus amigas para que digan cosas buenas de ti. —Qué patético.

—Mis amigas me han delatado —le dice Phoenix a la pared.

Elsie alarga la mano otra vez.

—Ay, Phoenix, ya sé que no eres lo que dijeron, eso que Desiree y las demás te llamaron...

—«La cabecilla.» —Phoenix deja caer las palabras lentamente.

—Sé que eso no es verdad, Phoenix —balbucea Elsie.

—Sí que lo es.

Phoenix mete los dedos en una grieta de la pared de hormigón, sus muñecas son pesos pesados que quieren hundirse. Puede oler la nieve que cae, la sangre. Phoenix sabe que sus viejas amigas han dicho la verdad. Sabe que todo es culpa suya y que ella hizo todo lo que dicen que hizo. También sabe que son unas chivatas, y que su tío va a ir a por cada una de ellas y que no volverán a pronunciar esa palabra nunca más.

Pero, aun así, es verdad.

Elsie suspira.

—Déjame ayudarte. Podemos... enfrentarnos a esto. Puedo ayudar. —Pero son palabras sin sustancia, como todas las palabras de Elsie.

Phoenix vuelve a aporrear el timbre.

—No... —Su voz es casi un susurro—. No te preocupes.

—Por favor, Phoenix, por favor. Déjame hacer algo.

No quiere mirarla, no quiere ver a Elsie humillándose como hace siempre, siendo débil. No quiere sentir lástima por ella, sentir nada por ella.

—No hay nada que hacer. —Es lo único que dice cuando la puerta por fin se abre con un zumbido.

Esa puta funcionaria se la queda mirando, pero Phoenix pasa de ella y vuelve a endurecer el rostro.

Mira atrás, justo por encima del hombro, y ve a su madre convertida en un pequeño borrón mientras cruza la puerta.

Oye que Elsie la llama, pero no se vuelve. No le hace falta. Se ha acabado.

Esa puta funcionaria también parece a punto de decir algo, pero Phoenix sigue andando como si no se diera cuenta, como si no le importara en absoluto. Solo cuadra los hombros, saca la barbilla, intenta meter tripa todo lo que puede y camina pasillo abajo. Camina como si nada pudiera atraparla, como si nada le importase una mierda.

Flora

Al final, lo único que importa es lo que tenemos delante.

No recuerdo dónde lo oí, pero siempre he recordado esas palabras. Contienen una gran verdad. Lo único que importa es lo que tenemos delante.

Últimamente parece que pienso un poco en todo. Quizá es porque soy vieja y casi todo el tiempo estoy aburrida y cansada, pero he estado pensando en mi vida y las vidas de mis niñas, a mi alrededor. Pienso en mi cuerpo y en mi corazón, en mi alma y en mi espíritu y en todas las cosas que han tenido que sufrir. Pero, al final, nada de eso es importante. Solo importa lo que tenemos delante, lo que hay ahí.

Sin embargo, aquí hay un secreto. Uno nuevo. Se lo noto a Stella y a mi Cheryl. No me lo están contando todo. Solo me dicen que Emily está bien. Que pronto volverá a casa. Que todo está curado, ahí abajo. Me lo dicen con palabras así, como si yo fuera una niña. Como si no lo supiera. Se sienten mejor pensando que me protegen, así que lo dejo estar. Cheryl y yo hicimos lo mismo cuando se nos fue mi Lorraine: nos apretamos alrededor de Stella y de las demás, pero sobre todo de Stella. Queríamos protegerla. Protegerla nos ayudó. Pero a ella no le sirvió de nada. Su madre seguía muerta, ella seguía notando ese agujero en su interior, y de todas formas acabó sabiéndolo todo, de algún modo, porque los detalles no importan. Lo único importante era que Lorraine ya no estaba.

Yo por entonces no lo sabía. Por entonces, tenía tanto dolor y tanta rabia... Demasiada. Dolor por mí y por mi familia, porque tendríamos que seguir adelante sin ella, y muchísima rabia hacia ese hombre. Pero tampoco él era importante. Solo era un hombre estúpido que se volvió peligroso porque nadie le había enseñado a hacer las cosas bien. Nunca le vi la cara, ni una sola vez, al hombre que decían que había matado a mi niña de una paliza.

Nunca me enseñaron una fotografía, solo me dieron un nombre y me dijeron que su pena de prisión había quedado «suspendida». Así lo llamaron. No fue a la cárcel. No era culpa suya, dijeron. Que si ella no hubiese hecho esto, que si ella no hubiese hecho lo otro, todas esas cosas que todos sabíamos que no debía hacer..., pero que de todas formas hacía. Sin embargo, de no haberlas hecho, ¿de verdad seguiría con vida? No importa. Lo único que importa es que ya no está aquí.

Louisa viene a verme. Entra con su voz grande y potente.

—Eh, Kookoo, ¿cómo te encuentras? —grita llenando toda la habitación.

Debo de haberme quedado dormida, pero estoy aquí, en mi sillón. Siento los suaves reposabrazos, gastados pero buenos bajo mis dedos. La luz de la ventana es más débil que hace un momento, las manos me cosquillean como si hubieran estado haciendo algo. ¿Qué era?

—¿Cómo te va, Kookoo? —Se deja caer en el sofá, frente a mí.

La colada está bien doblada y apartada a un lado, e incluso el parque infantil está recogido en un rincón.

—Estoy bien, estoy bien. —Pienso un momento—. ¿Y tú? —Me

paso la lengua por las encías desnudas, como si hubiera olvidado algo. ¿Qué era?

—Yo estoy bien.

Suspira y se reclina. Me doy cuenta de que no es verdad. Se esfuerza demasiado cuando no es feliz. La voz le sale más aguda, más forzada, como si intentase tapar lo que la inquieta.

Se va a la cocina y yo me froto las manos para devolverles la vida. Las tengo heladas. Entonces recuerdo que Stella ha salido con sus hijos a comprar comida, que Jeff ha venido a buscarlos. Le he dicho que no me compre nada, que me gusta la tienda de la esquina, y ella me ha dicho que no me preocupe.

Pero yo siempre me preocupo, a mi manera.

Louisa me trae una taza, pero la dejo a un lado. Nos quedamos un rato calladas, pero sé que quiere hablar. Entre nosotras hay un silencio largo y cálido. Cuando por fin dice algo, es sobre sus chicos, esos niños encantadores. El pequeño no se encuentra muy bien y ella quiere volver enseguida a casa a cuidarlo. Jake no es el mismo desde la agresión de Emily. Quiere decir más, pero se frena.

Sé que hay más.

—¿Dónde está Gabe? —pregunto. Conozco la respuesta nada más preguntar, porque la cara de mi Louisa se pone toda triste. Bajo la mirada a mis manos frías y las envuelvo una con otra para que entren en calor.

—Bueno. —Mira hacia otro lado—. Todavía sigue allí arriba, en el norte, Kookoo. En su casa.

No tengo que levantar la mirada para ver sus lágrimas, aun con mis viejos ojos.

Me río un poco, pero sin maldad, solo para relajar el ambiente, y me acuerdo de otra cosa.

—¿Alguna vez te he contado esa historia de tu abuelo Charlie? ¿Tu Moshoom?

—Pues sí, varias. Me has hablado de él, Kookoo.

—Sí, en fin, él era así, siempre necesitaba estar en otro lugar, ¿sabes? Tenía la bebida, sí, Charlie.

—Ya lo sé, Kookoo, ya lo sé. Pero Gabe no bebe. Es solo que siempre sale corriendo, se va por ahí.

—Es lo mismo, en realidad. Una necesidad.

—Está mejor en su casa. —Su voz suena muy distante.

Yo asiento, despacio, pensando demasiado tiempo en Charlie.

—¿Y tú, también estás mejor así? —pregunto en voz baja.

Ahora llora de verdad. Y yo me acuerdo tanto de Charlie que siento su presencia. Su olor dulce y pegajoso, el pelo alisado hacia atrás y lleno de gomina, una sonrisa más grande que el cielo.

—Todavía quiero a Charlie, a veces. —Siempre, digo desde algún lugar perdido en el pasado—. Y, aun así, me alegro de haberlo dejado. Él necesitaba marcharse.

Fuera se está haciendo tan oscuro que tenemos que encender una luz.

Stella entra con niños, bolsas y ruido. Jeff la ayuda a cargar las cosas y Louisa se vuelve hacia un lado para secarse los ojos. Mattie viene corriendo hacia mí para enseñarme su nuevo libro. Yo quiero leerlo, pero la letra es demasiado pequeña, así que Louisa se ofrece a leérselo por mí. Me encanta que haya tanta vida en mi casa.

Entonces todo se acalla de nuevo y Stella me acuesta en la cama como si yo fuera uno de sus hijos. Mi Stella, mi niña, la niña de Lorraine. Tiene los ojos más brillantes que ella, pero en ellos se oculta la misma tristeza. Me da un beso en la frente y me quedo dormida con una sonrisa.

Sueño otra vez que vuelo. Estos días he estado volando en sueños, levanto el vuelo desde mi apartamento del sótano y planeo sobre la tierra. Los árboles están allí abajo, a mis pies, con sus ramas desnudas y orgullosas alzándose hacia mí. El mundo entero brilla a causa de la nieve y las nubes y las estrellas, y ni siquiera siento el frío.

Entonces despierto y huelo mi habitación húmeda y polvorienta.

En algún momento de la noche sueño con Charlie. Mis ojos se ensombrecen y están permanentemente magullados, como cuando él vivía. En mi sueño se convierte en el tornado que era, esa forma que tenía de zarandear mi tristeza por todas partes como si fuese un vendaval. Me resquebraja el espíritu, como si yo estuviese hecha de una tierra seca y quebradiza. Y luego me voy flotando, deshecha en pedazos de polvo que bailaban pendiendo bajos en el cielo. Floto, todo está borroso y no consigo levantar la mirada para ver el sol o las estrellas.

Cada vez que sueño con Charlie, despierto con un sudor frío, destemplada como si tuviera miedo. Mis puños se cierran como si me preparase para pelear. Entonces recuerdo dónde estoy: en un sótano con goteras de Aikins Street. Recuerdo que estoy a salvo de Charlie, que ya no hay Charlie, que Charlie se fue hace tiempo, murió hace tiempo.

Entonces me quedo tumbada y añoro ese amor. Añoro a Charlie y siento lástima de lo roto que se quedó después de que yo lo dejara. De cómo se derrumbó y murió demasiado joven. Pienso en lo mucho que me quería. Pienso en él y un viejo viento recorre todo mi cuerpo roto por dentro, hasta ese lugar donde estuvo Charlie, donde engendró a nuestras hijas y me hizo sentir todo su amor. Sudo, acalorada por esa clase de amor, la clase de amor que solo conocí una vez.

Al final, lo único que importa es lo que nos ha sido dado.

Otro monstruo estuvo aquí. Un monstruo que hizo daño a Emily. No sé quién fue. Para mí, su aspecto es el de mi Charlie, o el de ese hombre estúpido que hizo daño a mi niña. Sé que no es ninguno de ellos, sino otro monstruo dentro de otra persona. Siempre hay algún otro.

Lo importante es que Emily está bien. Que saldrá adelante y será una mujer asombrosa. Sé que lo será. Es fuerte. No puede ser ninguna otra cosa. Eso es lo único que importa ahora, que pueda sanar. Que todavía tiene vida por delante para sanar.

—¿Qué estás cocinando, Kookoo? ¡Me muero de hambre! —grita Jake desde la ventana. Su voz entra con una ráfaga de viento desde el exterior. El aire ya casi es de primavera.

—El desayuno, ¿tú qué crees? —Me río y abro el gancho de la mosquitera. A Jake le gusta entrar por la ventana. Le gusta ser diferente en cosas así.

—¡Huelo a beicon!

Se relame con gestos divertidos y exagerados. Se le ilumina la mirada. Tiene los ojos grises y brillantes como jamás se los había visto. Qué muchacho más guapo. Yo sabía que esto sería un regalo especial para él. Su madre no le da de comer suficiente carne. Le gusta cocinar sano, pero a mí me parece que eso no es bueno para un muchacho en edad de crecer.

—¿Dónde está tu hermano? —pregunto.

—Se ha quedado en casa con mamá. Estaba muy pesado —explica encogiéndose de hombros, y salta desde la silla que hay bajo la ventana. Se lo ve muy alto en mi pequeña cocina, más alto que ayer, creo yo.

Ahora lo recuerdo: su hermano está un poco pachucho. Louisa me lo dijo anoche, o quizá fue la anterior. No, fue anoche.

—Pondré los platos. —Jake me da una palmadita en el hombro y me saca de mi ensimismamiento.

—Muy bien, hijo mío —digo, y le doy la vuelta al beicon con el tenedor grande.

—¿Por qué no te sientas, Kookoo? Ya termino yo. —Me mira de reojo.

Debo de estar despistándome. Aunque me encuentro bien. Por la mañana siempre es cuando estoy más despierta, y luego parece que me voy desvaneciendo durante el resto del día.

Me lleva hasta mi sillón y me prepara una taza de té. Me gusta sentarme en este sillón, bajo la ventana, sobre todo a primera hora de la mañana. Mira al este, y la luz es muy brillante justo después del amanecer. Desde aquí se ve un pequeño rincón del huerto comunitario que hay al otro lado de la calle, donde la gente cultiva verduras y las cuida con sumo cuidado, como si las plantas fuesen sus preciosos bebés.

Yo solía plantar geranios allí, hace ya unos años.

Stella me ha dicho que me ponga barrotes y cerrojos buenos en las ventanas, que no me quede solo con estos marcos finos viejos y sus mosquiteras de enganches oxidados.

—Pero ¿quién querría robarle a una anciana? —le pregunté. Seguramente mucha gente, pienso—. ¡Si yo no tengo nada que robar! —exclamé sonriéndole a mi niña seria.

Sin embargo, sé que las cosas nunca son lo importante, lo que importa es que te roben. Eso lo aprendí hace tiempo.

El denso olor a grasa de la carne llena la sala cuando los pequeños se despiertan.

Mattie entra frotándose los ojos para quitarse el sueño de encima. Olfatea el aire como un perrito.

—¡Beicon!

—¡Ni tocarlo, es mío! —bromea Jake, que apaga el fuego y saca el beicon con un tenedor para dejarlo en un plato cubierto con papel de cocina.

Mattie se sobresalta, porque todavía no conoce muy bien a su primo mayor.

—Tranquilos. Hay suficiente para todos —tercio con una risotada desde mi sillón.

—Tengo hambre. —Mattie viene hacia mí.

—¡Mis pobres niños que se mueren de hambre!

La abrazo. Es muy pequeña, muy insegura, pero deja que la abrace como si lo necesitara. Todavía no me conoce bien, pero yo me alegro mucho de conocerla. El bebé llora en la otra habitación. Adam, el bebé de Stella. Oigo que ella se levanta y le dice algo. Qué buena mamá es, mi Stella, como su madre. Como podría haberlo sido su madre.

Le doy unos golpecitos a Mattie en el brazo, le digo que saque los tenedores y le señalo el cajón.

Esta mañana no dejo de pensar en Charlie. Sigue aquí, como un eco entre los ruidos del día. Eso es lo que pasa cuando sueño con él. Solía decirme que yo era un Horror. A mí me parecía extraño que me llamase así. Era una palabra que utilizaba, pero que en realidad no sabía muy bien lo que significaba. Me reí de ello una vez. Solo una.

—¡Mujer! —me dijo—. ¡Eres un Horror conmigo! —Ponía una voz toda grave, como un predicador—. ¡Eres un Horror, mujer!

Hasta que un día por fin contesté:

—¿Quieres un Horror, hombre? ¡Ya te daré yo Horror!

Y se lo di, con la sartén grande directa a la entrepierna. La vieja, la de hierro colado, negra de tanto freír carne. Le di con ella justo donde tenía un don. Lo más fuerte que pude. Todavía me río al recordar la cara que puso en ese momento, a medio camino entre la sorpresa y el espanto, se quedó. Casi todo el golpe fue a parar al muslo, nunca tuve muy buena puntería con nada. El pobre no sabía de dónde había salido eso. En aquel momento no me pareció tan divertido, pero ahora sí que me río. Madre mía, se lo tenía merecido...

En aquel momento solo estaba hecha una furia. Fui a por mis hijas y salimos de la casa antes de que él tuviera ocasión de levantarse. Agarré a las niñas y las saqué de allí, con la sartén aún en la mano. Fue lo único que me llevé de esa casa. Todavía la tengo.

¿Dónde creéis que he frito el beicon esta mañana?

Cuando los niños acaban de comer, Jake se lleva a Mattie al salón y Stella entra en la cocina, callada. Le señalo el té y ella rodea la mesa. Es tan callada, la dulce Stella... Se sienta a la mesa, y a su alrededor el aire está cargado de cosas por decir.

Espero a que ella hable primero.

—¿Cómo te encuentras? —pregunta—. Debes de estar cansada.

—No, no, estoy bien —le digo—. Me gusta hacer cosas, ya lo sabes. Me encanta hacer cosas para Jake y para la niña Mattie.

Ella tiembla dentro de su gran jersey.

—Te quiere mucho, Kookoo.

—Está aprendiendo, sí.

Nos quedamos calladas un rato, pero lo noto. Noto todas las cosas que desearía poder decirme pero que no es capaz de decir. Siempre ha sido así. De niña solía quedárselo todo guardado dentro, como si fuera una botella de refresco con burbujas. Yo notaba que estaba a punto de estallar. Solo ella esperaba tanto, y luego explotaba y hacía algo grande y loco, como irse a vivir a otro sitio y no llamar en una larga temporada. Se fue al centro, a estudiar en la universidad, y pasó años sin venir a visitarnos, pero luego regresó. Y cuando se encontró perdida, regresó con sus hijos. A veces hay que hacer eso.

—Mañana Jeff libra, así que quizá me vuelva a casa mañana por la noche —dice al fin.

—No pasa nada, mi niña. No me importa —le aseguro.

—Sí. —Suspira—. Pero yo quiero quedarme contigo, Kookoo. Ya no me parece bien marcharme. —Levanta las rodillas hacia el pecho, las abraza y descansa la barbilla en ellas—. Solo quiero estar aquí.

—Y yo también quiero que estés aquí. —Intento mirarla todo lo que puedo. Es tan joven y guapa, mi Stella. Pero ella no lo sabe, todavía no.

—Me siento fatal, Kookoo. —Se traga las lágrimas, se le atragantan las palabras—. Ni te lo imaginas.

—Sé que eres una buena persona. No importa lo que pase, lo sé.

Tiene el pelo liso y negro, igual que lo tenía mi Lorraine. Se parece muchísimo a su madre.

—Pero es que no es verdad, no soy una buena persona ni de lejos —escupe.

—Sí que lo eres, mi niña. Lo eres.

Después de que Lorraine muriera, yo la veía en todo lo que hacía Stella. Llegué incluso al punto de llamarla Lorraine para mis adentros. Llamaba a esa pobre niña como a su difunta madre.

—Perdí el rumbo, Kookoo, me perdí muchísimo. —Se limpia la boca con el dorso de la mano.

Yo hago ademán de levantarme para ir a buscarle un pañuelo de papel, pero me detiene y va a cogerlo ella.

—Pero has vuelto —digo solamente, porque es la verdad. Todavía la persiguen los fantasmas, se parece muchísimo a ella. Lorraine persigue a su hija, se cuela en su interior y cambia su rostro al pasado.

—Pero, Kookoo... —Calla para sonarse la nariz y pensar—. No siento que sea una persona muy buena, Kookoo. Yo... —Se queda sin voz.

La miro y río con mi risa desdentada.

—¿Y quién siente eso, mi niña? Siempre has sido muy dura contigo misma. Durísima. Eres más dura contigo de lo que nadie será jamás.

No responde, solo se encoge de hombros a medias y le da un sorbo a su té. Quiero seguir mirándola para recordar siempre quién es.

Después de que Lorraine muriera, Stella y yo nos convertimos en una sola persona. Stella era muy pequeña entonces, puede que tuviera nueve años. Sí, creo que tenía nueve cuando murió su madre. Cuidamos una de la otra, nos aferramos una a la otra para salvar la vida.

Oigo el soniquete de un programa de televisión y al pequeño Adam reírse. Alguien le está haciendo reír. Jake está con él. Es un muchacho muy bueno, mi Jake.

—Jeff es bueno de verdad. Es un buen hombre, Kookoo, pero es que no lo entiende. —La voz de Stella suena algo más alta, algo más fuerte—. No lo comprende, y ya está. —Sigue ahí sentada, con las piernas apretadas contra el pecho, protegiéndose.

—Ningún hombre lo comprende. —Suelto una risotada y pienso—. Comprender no es su cometido.

—No sé si puedo estar con alguien que no lo comprenda. —Su rostro descansa sobre una rodilla, mirando hacia otro lado.

—Entonces estarás sola, y también eso estará bien.

Voy a servirle más té. Stella se incorpora, coge la tetera de mi mano temblorosa y me sirve ella a mí.

—Tiene otros cometidos, no tiene por qué comprender, no tal como tú quieres que lo haga. Él lo entiende a su manera.

Asiente, pero no sé si sabe ya que los hombres así son buenos, fuertes, asombrosos y apocados, pero no lo son todo. No pueden. Están demasiado ocupados haciendo otras cosas, igual que debería hacer ella.

—Me parece que voy a volver a estudiar —dice, porque sabe lo que estoy pensando—. Bueno, creo que quiero.

—Bien —contesto y lo digo en serio—. Es tu lugar.

—No sé —suspira—. A veces creo que todo eso es una bobada.

—Eso es solo porque aún no sabes cuál es tu cometido. Cuando lo sabes, no es una bobada, es una pasión.

—¿Es eso lo que te ocurrió a ti? ¿Encontraste tu cometido?

—Ay... Yo no pude hacer mucho. Tenía a tu madre y a tu tía. Me ocupaba de ellas. Es lo que he hecho siempre. Todos vosotros fuisteis mi cometido, lo que se suponía que debía hacer. Para ti es diferente. Puedes hacer cualquier cosa —le aseguro—. Siempre has sido una cuentacuentos, una conservadora de historias, una guardiana. Mi Stella, siempre has guardado el mundo, y sientes dentro de ti todo lo que ves. Conseguirás títulos y aprenderás cosas nuevas, pero no estarás haciendo más que lo que has hecho siempre.

Ella asiente con la cabeza, y Adam se echa a llorar en el salón. Stella salta para ir a calmarlo. Es muy buena. Cumplirá más años de los que cumplió su madre. Puede que incluso llegue a ser más vieja que yo.

Al final, lo único que importa es lo que queda atrás. Los momentos pasan muy deprisa.

Cuando era pequeña, siempre estaba muy triste, siempre pensaba «Pobre de mí». Era una niña sin dinero, una niña abandonada, una huérfana. Jamás sentí que formase parte de la familia en la que estaba. Nunca quise hacerlo. Me utilizaron, me maltrataron, se portaron conmigo como si no valiera nada. Pensaba que no valía nada. Después tuve a Charlie y a mis niñas, y cosas que hacer, personas a las que atender. Tuve a Lorraine y a Cheryl, y tuve que perder a mi Lorraine, pero ella me dejó a Stella, así que nunca se marchó del todo. Me alegro de que Charlie se fuera antes que Lorraine. Él no habría estado bien después de eso. Los hombres se rompen cuando les ocurren cosas así. Y cuando los perdí a ellos dos, todavía tenía a Cheryl, y ella me tenía a mí. Y ahora Emily tiene a muchas personas: Louisa, Paulina, Peter, Jake y los más pequeños. Emily está viva y es fuerte. Jake será un hombre asombroso. Todo eso es lo que tengo, y todo lo saqué de la nada. Y los demás, los que tuvieron que irse, Lorraine, Charlie, me esperan al otro lado, adonde pronto iré. Porque soy vieja y siento que me desvanezco, igual que mi vista de anciana. Hay muchas cosas que ya no puedo ver. Tengo que pasear la mirada largo rato, deslizarla por espacios borrosos. Pero sé que tengo a mi gente. Noto su presencia, incluso cuando se alejan. Tener a mi gente significa mucho. Lo es todo. He sido muy afortunada.

Estoy otra vez en mi sillón, el cielo se oscurece y Cheryl me ha traído donuts. ¿Dónde está Stella? La habitación está fría y en silencio.

Muerdo uno relleno de crema. Es blando y dulce. Cheryl saca su ordenador y me enseña vídeos en él. Cosas divertidas que cree que me gustarán, de gatos y bebés. Ah, sí, es verdad, Stella se ha ido a su casa esta noche.

—Pensaba que te gustaría —me dice Cheryl mientras cierra ese cacharro.

—Sí, me ha gustado.

—Has estado pensando en Lorraine, ¿verdad? —pregunta con una voz fuerte pero cansada.

—Sí. Sigue aquí, ¿sabes?, cerca de nosotros —contesto, sin pensarlo, porque sé que es verdad.

—Siento que debería hacer algo, pero no se me ocurre qué más hacer —me dice ella—. Mis chicas, los chicos, creo que ya lo he hecho todo, pero entonces pienso que debe de haber algo más que pueda hacer. —Parece tan llena de cosas, mi Cheryl. Me mira un buen rato, y yo siento cómo crece su secreto en su interior. No quiere contármelo.

—No importa. —Sonrío. A veces pongo una gran sonrisa y pienso en lo boba que se verá mi boca desdentada. Gran parte de ello no importa, en realidad. No sé si he dicho esas palabras o solo las he pensado.

Cheryl me acompaña a la cama y se tumba conmigo como solía hacer cuando era pequeña. Como yo hacía cuando todas ellas eran pequeñas.

—¿Quieres una historia? —Me arropa bajo las mantas.

—No, solo tu brazo —le digo, como solía decir ella, como ha dicho siempre.

Me abraza, cálida, suave. Es uno de esos momentos que construyen su propia historia sin palabras.

Cierro los ojos y me meto en un sueño. Estoy volando otra vez. Floto muy por encima de los tejados puntiagudos y de los árboles ásperos, en algún lugar entre las estrellas. Subo más arriba y veo las calles alineadas formando cuadrados por debajo de mí. Cuadrado tras cuadrado, como si la ciudad fuese una colcha de patchwork, están todos hilvanados aunque tienen diferentes tonos de amarillo y gris. Entonces voy más allá, hacia esa franja alargada de tierra donde están las torres de Hydro, retorcida como un río ancho y blanco, una parcela que lo atraviesa todo.

Charlie está aquí, pero es más una sensación que algo que pueda ver. Siento su presencia igual que siento el cielo negro a mi alrededor y en ningún sitio al mismo tiempo. Siento a mi Lorraine. Ella me da calor.

Sus brazos son tan fuertes que puede sostenerme, y yo estoy contentísima de estar con mi niña. Mi Lorraine, mi dulce niña. Las nubes brillan mucho a nuestro alrededor, y podemos meternos en ellas volando. Así que lo hacemos.

Volamos deprisa, veloces como una corriente. Pienso en mis otras niñas, en la dulce Stella, en Louisa, en Paulina, en la pobre, pobrecilla Emily, y en el fuerte Jake, y en esos bebés preciosos, pero algo en mi interior me dice que estarán bien. Se tendrán unos a otros. Y mientras se aferren unos a otros, siempre estarán bien.

Yo me aferro a mi Lorraine, mi dulce, dulce niña, y todo mi cuerpo parece hecho de nada, como si nada más importase. Ni el sufrimiento ni la culpa ni el dolor. Todo desaparece.

Nos dirigimos al norte. Veo unas estrellas borrosas y la luna blanca del invierno, y vamos para allá.

Cheryl

Cada vez que sale de la ciudad, Cheryl respira hondo. Le encanta ese último momento, el último semáforo antes de que la autopista se despliegue ante ella y ya no haya nada que la frene.

La tierra se extiende completamente llana al sur de la ciudad. La carretera tuerce y se estira hacia lo lejos bajo el largo cielo. Esa conocida autopista gris y agrietada, la tierra amortiguada, la nieve que al derretirse se ha convertido en un lodo helado, a la espera de la primavera. Ha pasado mucho tiempo desde la última vez que vio tanto cielo. Cheryl deja que todas las cosas que han ocurrido ese invierno se precipiten en su interior mientras contempla el borrón blanco que las envuelve. El invierno ha sido tan largo, tan triste... Va en el asiento del copiloto, con la frente apoyada en la fría ventanilla, y la carretera pasa a toda velocidad bajo las ruedas, como si por fin lograran dejar atrás esa estación.

Rita, experta en autopistas, conduce demasiado deprisa, sobre todo cuando vuelve al monte. Las niñas están en el asiento de atrás, una a cada lado del pequeño, que va dormido en su asiento elevador con el cuello torcido en un ángulo extraño. Las niñas van mirando sus teléfonos y hablan de lo que ven en las pantallas, grupos de música y cotilleos. Cheryl suspira con gratitud cada vez que se da cuenta de lo resistentes que son, pero sigue esperando que de vez en cuando miren por la ventanilla para ver cómo se despliega su país a su alrededor. Zegwan todavía tiene el ojo magullado e hinchado, y una tirita pequeña le cubre el corte más grande del pómulo. Emily aún cojea un poco al caminar, e incluso ahí, rodeada solo de su familia, se sienta con el cuerpo replegado sobre sí mismo, como una tortuga a punto de ocultarse en su caparazón. Todavía le queda mucho camino por recorrer, pero ahí están, dos chicas jóvenes que viven y charlan por encima del pequeño, cuyos perfectos mofletes caen flácidos mientras suspira en su sueño indemne.

A Cheryl le encanta ir en coche por la autopista, ese paréntesis tranquilo antes de llegar a cualquier parte. A una hora de la ciudad, en cada dirección hay un paisaje muy diferente: el norte es todo monte, el oeste se curva en colinas y, hacia el este, las rocas salen expulsadas de la tierra y empiezan a dibujar el largo Escudo Canadiense. Pero al sur solo hay llanuras, un valle largo y somero que por alguna razón siempre parece amarillo, como la hierba quemada por el sol, o cubierto de una nieve que no acaba de derretirse.

—Creo que los hemos perdido. —Rita entorna los ojos mirando por el retrovisor.

Cheryl se vuelve hacia atrás y no ve la vieja camioneta azul de Pete.

—Vas a ciento cuarenta.

—No es culpa mía que ese chico no pueda seguirme el ritmo. —Rita resopla y se ríe con su risa enorme. Ella también lo percibe, y Cheryl lo sabe; su amiga siente ese aliento profundo y regenerador de la tierra—. Ah, ese podría ser él. Venga, reduzco.

La camioneta de Pete aparece en el horizonte y se hace más grande. Tres cabezas rebotan dentro: los anchos hombros de Pete al volante y las idénticas siluetas negras de las hijas de Cheryl. Siempre le ha encantado verlas a las dos, lo bien que quedan juntas. Cuando eran pequeñas, solía vestirlas con ropa a juego, de colores diferentes pero con los mismos conjuntos. De bebés eran igualitas, el mismo pelo oscuro, ligero y fino, los mismos ojos rasgados. En las fotos solo las distingue por lo que llevan puesto. O por Stella, nacida entre ambas, con una mata de pelo negro y grueso en la cabeza. Siempre iban así: Stella en el medio, y Louisa tal como Paulina sería al cabo de un año. Louisa era un poquito más alta, pero solo hasta que acabaron de crecer, a partir de entonces las dos tuvieron la misma estatura. Solo sus rostros, su carácter y la sensación que transmiten las diferencian.

Cuando la camioneta los alcanza, Rita acelera otra vez. Cheryl la mira y sonríe.

—¿Qué? Llegamos tarde —le dice Rita a su amiga, que sabía que diría eso.

Cheryl sacude la cabeza. No llegan tarde. Nadie empezará hasta que estén allí.

Rita reduce solo un poco para torcer por la pista de grava; se conoce tan bien la salida que apenas tiene que frenar. El polvo se arremolina a su alrededor y la vegetación se cierra unos instantes, como dándoles un rápido abrazo de bienvenida. Cheryl huele el fuego antes de verlo. Cuando los árboles se abren, la vieja casa de tablones rojos es lo primero que aparece a la vista, con su porche hundido como si quisiera volver a la tierra. El jardín que hay detrás es alargado y está mustio, y la cabaña redonda y baja está rodeada de árboles y cubierta con un gran plástico azul desvaído y pieles muy viejas ya. La hoguera que hay al lado es casi igual de alta que la construcción. Dan y su padre se levantan y saludan al coche, sus brazos descansan un momento en sus horcas. Los dos chicos están encorvados sobre el montón de rocas y van alimentando el fuego con ellas, una a una.

Dan se acercó a la ciudad para asistir al funeral y a la vuelta se llevó a Jake y a Sundancer. Han pasado toda la semana allí, haciendo «cosas de hombres», como dicen ellos, aprendiendo viejas lecciones que solo un Moshoom podría enseñarles como es debido. Cheryl pensó que a su nieto le sentaría bien. Su pequeña familia siempre ha estado tan llena de cosas de chicas y tareas de mujeres... Ni mejores ni peores, solo diferentes.

Rita detiene el coche y mira fuera, a su hombres, con una rápida sonrisa. Los chicos llevan camisas de manga larga a cuadros y chalecos de caza abultados, parece que vivan allí desde hace años. Sus rostros son apacibles, sus sonrisas amplias. La camioneta de Pete se detiene detrás de ellos y Louisa baja antes de que frene del todo. Jake echa a correr y le da a su madre un enorme abrazo de oso. Está más alto, en cierta forma.

—Ya hemos llegado, peque —le dice Emily a su primo para despertarlo con delicadeza.

Cheryl se estira.

—Me muero de hambre. Mamá, ¿qué hay para comer? —pregunta Zegwan.

—No deberías comer antes de una sauna ceremonial, mi niña. Te pondrás mala. —Rita abre su puerta al cálido aire limpio.

—Pero es que tengo hambre —protesta su hija.

—Bueno, pues haber comido cuando te lo he dicho. Ve a beber algo de agua y saludar a tu Nimishomis.

Zegwan refunfuña, pero obedece.

—¿Estás preparada, mi niña? —Cheryl se vuelve hacia atrás, hacia Emily.

—Sí —contesta ella con su nuevo tono de voz, cautelosa.

—Irá bien. Siempre se siente uno bien, después.

Cheryl nota que Emily asiente, aunque no la ve hacerlo, y se gira para abrir su puerta. La brisa huele a hoguera y el sol cae con fuerza. Nota la hierba suave bajo los pies. Casi toda la nieve se ha derretido, aunque todavía aguanta en las sombras. Por encima, un águila vuela en altos círculos. Está tan arriba que no es más que una mancha, pero sus movimientos son inconfundibles.

—Gracias, mamá. Ay, gracias —susurra Cheryl, y nadie la oye. Nadie más que el águila del cielo.

Se turnan para ir al baño. Parece que la vieja casa de Rita lleva demasiado tiempo ocupada por hombres. Cheryl siente una añoranza repentina por la cabaña de Joe, y por Joe, claro. También él asistió al funeral, desde luego. Ella se alegró de que lo hiciera, era lo más respetuoso. Tenía la barba más densa, más blanca, la piel que la rodeaba estaba seca y ajada por el invierno. Se le veían unas cuantas arrugas más en los ojos, pero aun así se le llenaron de lágrimas cuando abrazó a sus niñas, y cuando chocó esos cinco con Jake, porque el chico se sentía tímido a su lado. Se la quedó mirando largo rato y la abrazó durante más tiempo del que habría hecho falta. Ella habría querido hablar más, pero también sabía que no tenían nada que decirse en voz alta.

Rita tenía unas cuantas faldas viejas en una caja mohosa y se las ha dado a las niñas para que se las pongan. Emily va al baño para cambiarse sola y sale toqueteándose la ropa, insegura.

—No te preocupes, Emily. Estás estupenda —le dice Louisa con su tono sarcástico pero amable a la vez.

Ahora todos son muy amables con ella. Es como si llevase puesto un caparazón, algo protector y transparente que la cubre por entero, algo que podría romperse en cualquier momento. Cheryl intenta sonar normal cuando habla con ella, intenta ser normal, pero todavía se siente triste, afectada y furiosa cada vez que mira a su niña, tan joven. Cada vez que siente el dolor en su interior. Ocurrió lo mismo cuando Lorraine se les fue. Todos se portaban así con Stella, como si fuese un objeto delicado. La trataron con muchísimo cuidado, la protegieron al máximo y se enfadaron con el mundo.

Cheryl no sabe cuándo cambió todo, si es que cambió, y volvió a la normalidad. Solo intentaba no pensar en ello y, al cabo de un tiempo, empezó a darle la sensación de que le quedaba cada vez más y más lejos. Pero entonces ocurría algo, o soñaba algo, y era como si todo acabase de suceder otra vez, y volvía a sentir ese sufrimiento desgarrador, ese gran espacio vacío donde se suponía que debía estar su hermana. Se había suturado la herida con puntos, pero siempre le quedaría una cicatriz. Y ahí la piel era tan sensible que siempre se la notaba y evitaba tocarla.

Cheryl tenía que contárselo a Rita, por supuesto.

—O sea que... ¿vio cómo ocurría y no hizo nada? Joder, no me lo puedo creer. —Rita expulsó el humo de su cigarrillo y también su rechazo.

—Llamó a la policía. —Cheryl intentó no ponerse a la defensiva.

—Pero, qué coño, ¿es que no pudo hacer nada? ¿Nada?

—Supongo que se quedó paralizada, ya sabes. Con todo lo que ha visto y sufrido en su vida...

—A mí qué coño me importa lo que le haya pasado, de todas formas tendría que haber hecho algo. —La cara de Rita era severa, pero su voz había perdido ya ese filo cortante que tenía antes.

—Sí, puede, vamos, desde luego —dijo Cheryl y tiró lo que le quedaba del cigarrillo—. Pero no lo hizo. No pudo.

—Pues debería. —También Rita lanzó su cigarrillo con un gesto tajante.

Cheryl solo pudo contestar encogiéndose de hombros. No podía estar de acuerdo ni en desacuerdo. Es Stella, la niña de Lorraine, fue lo único que pensó. Pero no dijo nada.

Cheryl no sabía cómo contárselo a Paulina. Louisa insistió en que tenían que hacerlo, al principio. Pero entonces su madre, su Kookoo, murió al fin, y todo se detuvo y cambió otra vez. Para Cheryl todo se convirtió en una serie de pasos, cosas que hacer: organizar un funeral, revisar las pertenencias de su madre... Y una pena profunda subyacía por debajo de todo ello.

Paulina y Emily no estaban preparadas para ir al apartamento, y Louisa estaba demasiado ocupada ayudándolas, así que en realidad fue Stella quien se pasó por allí para revolverlo todo. Cheryl y ella se pasaron días apilando y empaquetando cosas, muchísimas cosas. Cosas que se vuelven inútiles cuando ya no le pertenecen a nadie. Stella no hablaba mucho. Solo trabajaba, limpiaba las cosas de su Kookom. Su pena era tan grande que llenaba la habitación. En el funeral, Stella no se quedó mucho rato y tampoco saludó a sus primas ni a sus hijos. Y tal vez Cheryl no podía esperar que fuese de ninguna otra forma.

Todavía les queda mucho que revisar, mucho que limpiar. Stella está ahora en el viejo apartamento de Kookom. O puede que haya terminado ya y se haya marchado, otra vez.

Pero al menos eso lo ha hecho.

Cheryl sabe que algún día tendrá que contárselo a Paulina. Teme que llegue el momento, pero, en realidad, ¿qué importará ya? No cambiará nada. Ya están tan rotas que... ¿acaso podrían romperse más?

—Si queréis reuniros todos aquí, me parece que estamos listos para empezar. —Una mujer mayor se coloca junto a la hoguera y sostiene la concha con las hierbas para el sahumerio.

Cheryl se acerca, deja que el humo de salvia le acaricie las palmas de las manos y se purifica la cara con su medicina. Se limpia los ojos y las orejas y el pelo corto, mueve sus manos rígidas sobre su vieja piel como le enseñó a hacer su madre hace muchísimos años. Vuelve la mirada hacia su familia, sus chicas con sus hijos envueltos en mantas, preparados para entrar en la cabaña. Jake llora discretamente, con la cabeza cubierta por la capucha. Sus piernas flacas y pálidas sobresalen de su enorme bañador, de esos que llevan ahora todos los hombres.

La puerta de la cabaña se abre de repente y revela una húmeda oscuridad y la hondonada del centro donde irán las piedras ardientes. Cheryl se agacha para entrar mientras los demás van rodeando el hoyo vacío. Ya tiene calor, pero se acurruca bien entre Louisa y Emily. Su nieta entra, pero se queda junto a la puerta por si quiere salir. La mujer que los guía reparte sonajas y luego coloca las primeras rocas de los abuelos en el hoyo. Las piedras candentes relucen anaranjadas cuando la horca las extrae de la hoguera y las lleva al centro vaciado de la cabaña circular. Entonces la puerta se cierra y todo queda a oscuras salvo por las piedras relucientes. La mujer espolvorea cedro sobre ellas y estallan chispas de luz que se apagan deprisa. Cheryl inhala en silencio la dulce medicina mientras los demás lanzan aullidos y exclamaciones a su alrededor. La guía hace sonar su pandero, empieza a cantar y, poco a poco, otros se le unen. Cheryl se sabe la canción pero no tiene voz, así que agita su sonaja y se aferra a Emily. Hacía mucho que no respiraba tan profundamente. El vapor se hace más denso y todos cantan con más fuerza. Las lágrimas se mezclan con el sudor de su cara, y ella sigue aferrándose.

Se queda allí las cuatro rondas enteras, canturreando en voz baja. Cheryl sueña con unos lobos en la guarida que imagina para su hermana. Están todos allí, solo son lobos con pieles mudadas, cálidos y juntos. Como tienen que estar.

Del todo empapada, se arrastra al exterior y sale al luminoso día con tierra pegada en las rodillas. Se yergue cuan alta es y estira la espalda al sol. Está agotada, revitalizada y muerta de hambre. Se cubre los hombros con una toalla y se sienta a la mesa junto a Louisa. Envuelve con brazos sudorosos a su niña, que grita en protesta. Igual que hacía cuando tenía la edad que tiene ahora su hijo adolescente.

—Venga ya, mamá. ¡Estás toda mojada! —Se aparta, pero no del todo.

Rita se les acerca con la cara roja y acalorada, sus ojos sonríen mientras prepara dos bocadillos y mastica una patata crujiente.

—Una buena ceremonia de sudor, ¿eh? —Le da un codazo a Cheryl.

—Bastante buena —contesta ella con una sonrisa enorme en la cara y mira a un lado para ver a sus nietos jugando en la hierba.

Acababan de llegar a casa de Paulina cuando llamó la policía. Acababan de llevar a Emily a casa. Cheryl la había ayudado a subir los escalones y la había metido en la cama, luego se acostó allí con la niña de su niña entre sus brazos de Kookoo, como solía hacer cuando Emily era pequeña, cuando necesitaba cuatro cuentos y una canción antes de dejar marchar a su Kookoo. Cheryl estuvo allí acostada un buen rato y le canturreó esa vieja canción que había aprendido de su madre. Después regresó a la planta baja, y entonces sonó el teléfono.

Cheryl vio que Paulina escuchaba y luego le pasaba el auricular a su hermana en lugar de informarles ella misma. Fue Louisa quien pronunció las palabras.

Al principio Cheryl no se lo creía, no tenía sentido.

—¿Unas chicas? ¿Unas chicas? —repetía esas palabras una y otra vez y miraba a sus hijas, sentadas frente a ella en el salón de Paulina—. ¿Cómo pueden...? ¿Unas chicas? —No dejaba de decir lo mismo, como si sirviera de algo.

—Dicen que esa chica usó una botella de cerveza, que así lo hicieron. —Louisa construía sus frases como si no quisiera terminarlas—. Eso lo sabíamos. Sabíamos lo del... del cristal.

Paulina solo miraba hacia otro lado, la furia había fraguado en su rostro. Sus dedos se apretaban en su barbilla, como si así se la sostuviera.

—Unas chicas —dijo Cheryl de nuevo, en voz baja esta vez. No quería que Emily la oyera, aunque estaba en el piso de arriba, dormida.

—Ahora está detenida, la cabecilla, y piensan que se declarará culpable. —Louisa lo explicó todo, despacio, con cuidado. No quería tener que repetirlo.

Cheryl asintió.

—No puedo... Es tan... —Su voz se perdió.

—Lo sé. —Louisa se inclinó hacia ella con las manos unidas como si estuviese rezando—. Pero es bueno. Vamos, al menos ahora lo sabemos, ¿no?

Cheryl asintió otra vez. Paulina apartó la mirada.

—Da la impresión de ser una chica con bastantes problemas. Vamos, que tiene que serlo para... —Louisa no termina.

—Me importa una mierda su historia, Louisa, así que para con eso ahora mismo —dijo Paulina, todavía sin mirarlas.

—No pretendía... —empezó su hermana.

—No pasa nada —les dijo Cheryl a ambas levantando las manos para que ellas no levantaran la voz otra vez. Se sentía como si estuviera dando vueltas, agitando las manos y hablando desde el fondo de un abismo—. Tenemos mucho que asimilar. Que pensar. Al menos ya no está en la calle, ¿verdad? No volverá a hacerle daño a Emily.

—Sí. —Louisa asintió con la cabeza—. Eso es lo más importante.

Paulina no asintió, pero su rostro se relajó un poco. Las arrugas se suavizaron, aunque solo un segundo.

Lo más importante.

El sol empieza a ponerse, el fuego se va apagando. Es hora de marchar. Dan recoge y Moshoom habla a solas con Rita un buen rato. Cheryl se fuma otro cigarrillo y el pequeño sigue correteando entre los matorrales, perseguido por su hermano y los demás adolescentes. Emily no corre, pero aun así le hace gestos con los brazos a su primo pequeño, aun así finge que lo atrapa, que es lo que él quiere. Sus risas resuenan por encima de los árboles. Louisa está sentada frente a su madre, en el suelo, y saca un cigarrillo. Cheryl no se lo recrimina.

—¿Y ahora qué? —le pregunta Louisa.

—Mañana iré al apartamento de Kookom. A limpiar lo que falta, si quieres ayudarme.

—Supongo que debería, ¿no? —Louisa mira a los niños—. Siento haberme escaqueado. Es que... no estaba preparada.

—Ya lo sé. Lo entiendo. —Cheryl mira hacia arriba, al cielo vacío que gira—. Pero me vendría bien tu ayuda. No quiero pedírselo a tu hermana.

—Está bien. Iré mañana. —Louisa asiente en dirección a la luz menguante, y se quedan calladas otra vez.

—Antes he visto un águila. Cuando hemos llegado —dice entonces Cheryl, despacio.

—Bien. —Louisa sabe lo que significa ver un águila—. Sabía que estaría por aquí, en alguna parte.

—Sí, está aquí. —Cheryl suspira, siente a su madre allí cerca, no quiere desprenderse de esa sensación. Vuelve a mirar arriba, pero el cielo sigue vacío. Incluso el sol lo está abandonando.

El pequeño duerme en el medio, y esta vez son Paulina y Louisa las que van sentadas atrás con él. El paisaje está negro a su alrededor. Cuando Rita conduce volviendo a la ciudad, va más despacio.

En algún punto de esa autopista tranquila, Rita por fin habla:

—Mis hijos van a volver y se irán a vivir con su padre. Creo que necesitan estar una temporada en la casa del monte, en su hogar.

—Es buena idea, es bueno para ellos —dice Louisa, pero Cheryl sabe que está pensando en su propio hijo. Lo oye por cómo se le endurece la voz.

—Yo subiré el fin de semana que viene, si Emily y Jake quieren venir conmigo. El padre de Dan dice que pueden quedarse también, pero ya le he dicho que a lo mejor vosotras no estabais de acuerdo.

—No, pero es muy amable por su parte.

Por el retrovisor, Cheryl ve que sus hijas cruzan una mirada rápida. Las dos están pensando en que sus hijos perderán a sus mejores amigos.

—Es buena idea. Así pueden salir del barrio y reencontrarse enseguida con sus amigos —les dice Cheryl—. Yo también subiré, si me dejan. Me gusta este monte.

—Es un buen sitio, ¿eh? —dice Rita—. Nunca me doy cuenta de lo mucho que lo echo de menos hasta que vuelvo.

—Es tu hogar —comenta Cheryl mirándola.

—Necesito otra ceremonia. He dicho demasiadas oraciones en esa cabaña. He dicho que dejaría de beber. Ha llegado la hora de desprenderme de eso.

—Sí, estoy de acuerdo. Es hora de deprenderse de muchas cosas.

—¿Quieres ser mi compañera de sobriedad? Podemos beber té hasta hartarnos y ser Kookoms de verdad.

—Yo ya soy una Kookom de verdad —dice Cheryl—, y el té solo me hace mear.

Pero se lo piensa un momento. De repente la idea de no beber le resulta liberadora y aterradora. Pero buena. Cálida.

—Deberías apuntarte, es primavera. Todas deberíamos desprendernos de algo malo todas las primaveras —afirma Rita.

—¿Eso forma parte de tus tradiciones ancestrales, Rita?

—Sí, se llama Ritología. Deberíais haceros creyentes. —Rita se echa a reír—. Por solo cincuenta pavos, os lo curaré todo.

Cheryl ríe y piensa en encenderse un cigarrillo, pero Louisa la mataría si fumara yendo en el coche con el pequeño.

—Piénsatelo —insiste Rita, más calmada—. Yo te ayudaré. Seré tu compañera de no salir de copas.

Cheryl se lo piensa. La necesidad de estar limpia sienta casi tan bien como dormir en el monte. Solo asiente ligeramente con la cabeza, pero Rita se da cuenta.

—¿Y tú vas a dejar algo, Louisa? —pregunta Rita mirándola por el retrovisor.

—¿Por la Ritología? —se burla ella—. Bah... Mmm, acabo de dejar a mi hombre, ¿eso cuenta? —Ríe, y Rita se le une con generosidad.

Cheryl mira por la ventanilla hacia la noche, que pasa veloz. Retazos de luz en la oscuridad. Todavía huele cómo se acerca la primavera.

—Estamos jodidas pero no tanto —dice Paulina rompiendo el silencio que se ha impuesto entre ellas. Y entonces, antes de que Cheryl pueda preguntarle nada, añade—: Yo voy a dejar de sentirme tan desesperada. O por lo menos voy a intentar sentir esperanza, toda la que pueda.

—Esa es buena —opina Cheryl y asiente en dirección a su hija.

—A todas nos vendría bien un poco de eso —añade Rita—. Recordar eso.

Cheryl se vuelve y ve que Paulina alarga el brazo y le da la mano a su hermana. Louisa solo asiente y mira hacia otro lado, hacia esa noche que cada vez es más profunda. Cheryl no encuentra su voz, pero sí, piensa, esperanza. Eso es justo lo que necesitan conservar.

Mira hacia arriba y logra ver una estrella, y luego otra, borrosas pero consistentes. Piensa en el águila y luego imagina una nueva obra. Su madre, esta vez, sí, pero no pintada desde una fotografía. Algo dibujado, algo con sus manos y esas amplias alas marrones del águila. Sí, algo completamente nuevo.

Las manos de Cheryl se relajan, ya siente esa comezón de la necesidad imperiosa de ponerse a trabajar. Aún les falta media hora para llegar a la ciudad, y entonces podrá pasarse la noche entera esbozando. De momento, sin embargo, puede disfrutar de un rato más ahí, en el calor de ese coche y con sus chicas junto a ella. Esos son los momentos que más le gustan, los que sientan bien de principio a fin, pase lo que pase.

Agradecimientos

Este libro es una ofrenda de gratitud a los trabajadores sociales y los cuidadores que salvan el mundo de un millón de pequeñas formas todos los días. A los que aligeran pesos, a los que ayudan sin esperar nada a cambio, a los que aceptan el dolor y ofrecen cura: gracias.

A los artistas que nos han devuelto el ánimo: gracias.

Este libro no habría sido una realidad sin el feroz caos que es el programa UBC Creative Writing, y sobre todo sin Annabel Lyon, que ayudó a dar sentido a todo ese ruido. Gracias a Marilyn Biderman, mi fiera abogada y agente, a Janice Zawerbny por su amable liderazgo, y a todos los trabajadores de House of Anansi por acogernos en su redil a mí y a mis hermanas de la ficción.

Gracias a aquellas que desbrozaron el camino, Lee Maracle, Beatrice Culleton Mosionier, Eden Robinson, Rosanna Deerchild, y a todas mis otras *neechi* del alma, casi *neechi* y demás personas de letras que me han ayudado por el camino. ¡Sois una fuerza mágica! Y, por supuesto, un enorme agradecimiento para el Indigenous Writers Collective: no sé dónde estaría sin vosotros.

Gracias a mi hermana, Chrysta, y a Anna, y a Ko'ona. Gracias a todas las Boulettes, y a Lena, y vayan mis buenos pensamientos y mi recuerdo para April y Brian.

Gracias a mi madre, a mi padre, a mi hermano Peter, a mis guapas sobrinas y sobre todo, y siempre, a mis increíbles hijas, que son tan tan buenas.

Miigwetch. Marsi. Merci. Thanks. Gracias.

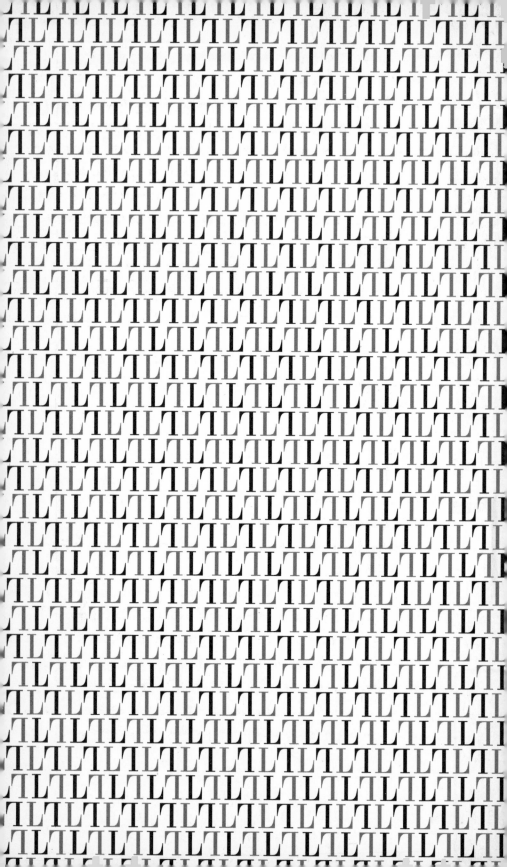